CLASSIQUES JAUNES

*Littératures francophones*

# Adolphe

Réimpression de l'édition de Paris, 1985.

Benjamin Constant

# Adolphe

Anecdote trouvée
dans les papiers d'un inconnu

Édition critique par Jacques-Henry Bornecque

PARIS
CLASSIQUES GARNIER
2019

Jacques-Henry Bornecque fut professeur à l'université de Caen puis à l'université de Paris-Nord. Spécialiste de la littérature française moderne, il livra une importante histoire de la littérature en deux volumes, *La France et sa littérature*. En plus d'essais sur Alphonse Daudet, Paul Verlaine, Stéphane Mallarmé et Auguste de Villiers de L'Isle-Adam, il établit les éditions critiques de grandes œuvres du XIX<sup>e</sup> siècle.

Couverture : Site internet Pixers.be, d'après la création de DemoncicPhoto.

ISBN 978-2-8124-1312-4
ISSN 2417-6400

# NOTE PRÉLIMINAIRE

« Pourquoi, *après tant d'autres, encore une édition d'*Adolphe ? *Quels motifs nouveaux la requièrent-ils ? A quels problèmes révélateurs le critique entend-il s'attaquer pour essayer de les résoudre ? »* — *Telles sont les questions que tout lecteur averti a le droit de se poser, et auxquelles il sied d'abord de répondre.*

*La publication par MM. Roulin et Roth des* Journaux intimes *de Benjamin Constant, enfin complétés et rendus à l'authenticité de leur texte, ne justifie pas seulement une nouvelle édition d'*Adolphe : *elle l'imposait.*

*Depuis* 1887, *date de la première publication des* Journaux intimes *par M*me *Dora Melegari, la genèse d'*Adolphe *semblait inscrite dans quatre phrases paisibles et sans ambiguïté, dont il n'était point jusqu'à l'agencement qui ne semblât aiguiller les critiques vers des directions précises. Constant y parlait d'*Adolphe *en ces termes :*

Je ne me lasserai pas de servir Mme de Staël, mais je rencontre bien de l'opposition. Je vais commencer un roman qui sera mon histoire. Tout travail

sérieux m'est devenu impossible au milieu de ma
vie tourmentée |. Je passe une soirée très douce chez
M^me Condorcet avec Cabanis et Fauriel |. J'ai fini
mon roman en quinze jours.

*Ainsi la contiguïté matérielle de l'allusion à M^me de
Staël et de la mise en train d'un livre* « qui sera *mon*
histoire » *suggérait le rapprochement psychologique
et dénonçait clairement l'inspiratrice. Ce livre devait
être un miroir, un délassement aussi, dans l'impossibilité
de tout travail* « sérieux ». *La rapidité même avec laquelle
il avait été écrit,* « en quinze jours », *donc pratiquement
sans retouches et comme sous la dictée créatrice, confir-
mait son caractère d'autobiographie libératrice, tout
armée, et presque tout d'une pièce...*

*Sans doute, à peine la question semblait-elle résolue
que les questions harcelaient lecteurs et critiques : la
contexture de l'œuvre se révélait complexe et rebelle à
toute analyse trop simpliste ; l'une après l'autre chaque
clef unique détraquait sans la forcer la serrure à combinaisons qui ouvre les divers mécanismes du roman.*

*Que faire pourtant ? Les quatre phrases avaient
la force écrite pour elles : il fallait bien s'en arranger,
ou arranger pour elles les hypothèses, et même les faits...*

*Or, de ces quatre phrases, deux sont inventées, et
deux tronquées. Constant n'a jamais écrit :* « un
roman qui sera *mon* histoire », — *mais :* « qui sera
*notre* histoire ». *Le rapprochement avec M^me de Staël
est également falsifié, tout comme les termes dans lesquels
Constant en parle :*

... J'ai couru ce matin un peu pour Minette. Je
ne veux pas que mon zèle se refroidisse, quoique je

ne puisse pas espérer de reconnaissance. Promenade avec Charlotte. Toujours un ange de bonté, de générosité...

*Ces bonnes résolutions intellectuelles, entrelacées de tendres pensées vers Charlotte, sont du 28 octobre 1806, le projet de roman seulement du 30. Est-ce donc à Germaine de Staël que pensait Constant pour s'en inspirer? — Non. Tous ses élans vont vers Charlotte de Hardenberg, et c'est dans cet état du cœur qu'il note :*

Écrit à Charlotte. Commencé un roman qui sera notre histoire. Tout autre travail me serait impossible.

*Aucune allusion à un autre travail sérieux, donc à une libération du passé. Au contraire, c'est à une fête du souvenir, à un conciliabule du revoir et de l'espoir que le créateur se convie d'abord.*

*Enfin, la dernière phrase en cause,* « j'ai fini mon roman en quinze jours » *est un faux caractérisé : l'on verra par l'étude des* Journaux *que la première création du livre dura pour le moins deux mois, avec des repentirs, des crochets brusques, des plans nouveaux, des impasses et de nouvelles échappées. De ce* « roman » *du roman, il ne reste donc rien, et par conséquent peu de chose des conclusions qu'on en tira... A textes tronqués, vérités mutilées.*

*La publication, en 1930, de la Correspondance de B. Constant avec Anna Lindsay apporta surtout un nouvel élément de trouble, en inclinant certains des critiques les plus distingués à voir dans cette protagoniste l'héroïne principale que l'on incarnait jusqu'alors plus volontiers dans Germaine de Staël. Toujours gêné par l'imposture de ce possessif au singulier,* « mon histoire », *l'on ne dépouille alors une erreur que pour en endosser une autre, et telle peut être la malfaisance des textes que le maître des études constantiniennes, Gustave Rudler, auquel son instinct avait d'abord justement soufflé que* « l'on soupçonne à peine la part peut-être considérable qui revient sans doute à Charlotte... », *battit en retraite dans son étude sur* Adolphe *de* 1935 *pour en revenir à* M^{me} *de Staël.*

*Enfin, la publication récente, par M. Roulin, du* « récit » *intitulé* Cécile *aurait pu singulièrement aider, me semble-t-il, à comprendre la genèse d'*Adolphe *et les raisons profondes de son évolution si l'on s'était fermement avisé de voir dans cette autobiographie minutieuse ce qu'elle a toutes les chances de constituer :* le tout premier Adolphe, *le* récit monotone dicté par le souvenir auquel se substitue progressivement le *roman véritable imposé par l'expérience.*

*\*\**

L'on voit combien la perspective apparaît changée, et l'éclairage. Faute d'avoir pu connaître les pages où Constant note presque jour par jour son travail, ses tâtonnements d'auteur, les améliorations possibles ou souhaitables, la critique avait généralement tendance à bouder ou même à escamoter une évolution sans aucun os de Cuvier pour aider à sa reconstitution.

Certes, les notes de Constant sont brèves, et revêtent l'apparence elliptique des repères discrets que coche un explorateur. Certes, même aujourd'hui la tâche, pour *passionnante qu'elle se révèle, demeure difficile. Il nous paraît cependant qu'il était indispensable de s'y attaquer : la signification essentielle d'une œuvre tellement énigmatique et complexe ressort en définitive des rapports de force entre ses diverses fatalités, des fortunes diverses dans la lutte qu'elles se livrèrent au cours de la création, enfin de l'espèce d'armistice technique et psychologique auquel Constant se résolut ou se résigna. Adolphe, prêt depuis toujours à être écrit, se révèle, une fois conçu, comme une œuvre en lent devenir.*

*Pour tenter de comprendre ce devenir, et essayer de le faire mieux comprendre, il fallait donc, non seulement dépouiller les* Journaux intimes *dans leur totalité, et relire (fût-ce d'aventure fastidieux) l'ensemble des lettres de B. Constant à sa famille, à ses amis — et jusqu'à certaines aussi mal connues que révélatrices, comme celles à Hochet, qui précisent sans le vouloir quelques-unes des incitations créatrices de Constant à l'époque d'*Adolphe, *— mais en présenter au lecteur les extraits les plus significatifs. — Pourquoi pas la totalité ? — Parce que les lois sur la propriété littéraire, les droits de la famille de Constant, de l'éditeur propriétaire, des éditeurs littéraires des* Journaux *(si gracieusement libéraux que tous aient pu se montrer \*), s'y seraient opposés. Du moins lira-t-on ici pour la première fois, outre deux lettres inédites de deux protagonistes d'*Adolphe, Julie Talma *et* Charlotte, *tous les extraits essentiels à la connaissance de l'auteur, toutes les cita-*

---

* Ce dont je suis heureux de les remercier une fois encore ici, notamment la baronne Constant de Rebecque, MM. Roulin et Roth, les éditions Albin Michel, Gallimard et Plon.

*tions de la* Correspondance *et des* Journaux *per-*
*mettant au lecteur de faire la navette entre les faits ou*
*les sentiments dits réels, et la fiction qui les surprend. L'on*
*y a joint deux textes complémentaires :* la Lettre *sur*
Mᵐᵉ de Staël, *et la* Lettre sur Julie *(Talma).*

*Un mot, enfin, de la méthode adoptée pour la présen-*
*tation : s'il arrivait que l'on s'étonnât un instant de voir*
*les textes justificatifs partagés entre l'Introduction, les*
*notes, et l'Appendice, l'on voudra bien se persuader que*
*cet apparent arbitraire est réfléchi, et que, pour ne pas*
*trop rompre l'unité de la démonstration par un excès*
*de citations, il importait, dans toute la mesure du possible,*
*d'évoquer seulement les sources, dont le lecteur trouvera*
*dans les notes complémentaires la haute nappe ou le flot*
*résurgent.*

Istanbul, printemps 1954-1955.

# INTRODUCTION

## I. — « ADOLPHE » AVANT ADOLPHE.

QUAND *Benjamin Constant publia son* Adolphe
*avec ce sous-titre :* « Anecdote trouvée dans les papiers
d'un inconnu », *il cédait à une mode, et n'entendait
conférer au mélancolique substantif final ni secret ni pouvoir. Cependant, quelle signification symbolique le mot
« inconnu » n'acquiert-il pas dès qu'on l'applique à
l'auteur ? Inconnu, ne le fut-il pas à lui-même malgré sa
recherche constante de soi-même ? Qu'est-ce que ses
Journaux, et Adolphe même, sinon une glace qui veut
fixer un fleuve ?*

*Quel est le vrai Benjamin Constant, le calculateur ou
le frénétique, le dromomane des amours, le rat des
bibliothèques ou des religions ? Le doux ou le diable ?
Tous et aucun. Il se promène, comme dans un cabinet
de miroirs, au milieu d'une multitude de Benjamins
Constants qui lui renvoient de multiples images sous des
angles différents : il lui en faut autant pour se retrouver.*

_De temps à autre, une femme lui allume une flambée qui anime ses traits et lui donne une chaleur qu'il croit encore une fois éternelle et divine en espérant qu'elle ne se révélera pas incommode. Pourtant, la seule lumière fixe qui éclaire tout sans rien réchauffer, c'est continûment celle de son esprit, ce dont il se désespère tout en s'en félicitant._

_Que de fois il voudrait leurrer le pouvoir dissolvant de son esprit ! Mais échappât-il à son siècle que l'hérédité le tiendrait ; voudrait-il échapper à une hérédité sceptique toujours vivante et écrivante dans la personne de son père que les circonstances se joueront à mettre son cœur à l'épreuve en ne lui laissant d'autre défense contre les premiers chagrins sentimentaux qu'une ironie supérieure ; échappe-t-il passagèrement par le courage de vivre à cette ironie consolatrice qu'il ne saurait échapper au sentiment d'une durée qui semble avoir été pour lui plus hostile et plus lente que pour la majorité des hommes._

_Benjamin Constant est né un an avant Chateaubriand ; il a quinze ans quand paraissent_ Les Liaisons dangereuses _de Laclos (1782) : en lui, dès son adolescence, et presque dès son enfance, grandissent en mauvaise intelligence, et vivront à jamais ensemble, un René lucide et un Valmont désespéré de l'être. C'est dimanche quand il naît le 25 octobre 1767 ; pourtant, cet « enfant du dimanche », selon une expression familière en Suisse et en Allemagne pour qualifier les enfants gâtés du destin, commence par coûter la vie à sa mère, qui meurt des suites de ses couches quinze jours après la naissance de son fils et la veille de son baptême. Pas de mère... Et pourtant cette Henriette Chandieu, douce, un peu mélancolique,_

« belle et d'un caractère angélique », *eût sans doute sauvé la ferveur de son enfant et balancé l'influence étrange d'un père dont Constant est psychologiquement la parfaite image.*

*Juste de Constant, troisième fils du général Samuel de Constant, lui-même colonel dans un régiment suisse au service de la Hollande, était en effet un personnage singulier, la contradiction faite homme, et en souffrant sans rien y pouvoir. Nous le retrouverons, assez finement esquissé, dans le premier chapitre d'*Adolphe. *Sa nièce Rosalie l'a peint en ces termes :*

Le troisième fils du général Constant... avait une figure imposante, beaucoup d'esprit et beaucoup de singularité dans le caractère. Défiant, aïmant à cacher ses actions, changeant facilement de principes et de façons de penser, il a toujours eu des amis et des ennemis violents. Personne n'est aimable d'une manière plus piquante que lui, personne n'a plus de moyens pour se faire aimer jusqu'à l'enthousiasme, personne aussi ne sait mieux blesser et mortifier par une ironie amère...

*Son fils insiste à mainte reprise sur son caractère énigmatique et défiant, ses contradictions, sur la soudaineté avec laquelle il décourageait les élans après avoir paru les souhaiter. Mais, tout en le jugeant avec agacement ou tristesse, il comprend congénitalement ces manières distantes jusque dans la gracieuseté la plus exquise, cet instinct de supériorité et de mépris critique : elles sont la marque des Constant, et, comme il va le dire :* « le style de ma famille ». *Elles demeurent en même temps très caractéristiques de certaines grandes familles fermées de la Suisse romande, très « Rue des Granges », comme disent avec un respect moqueur pour qualifier cette aristocratique rue de Genève ceux qui ne sont point admis dans ses salons. Dans son beau roman,* La Pêche miraculeuse, *Guy de Pourtalès a pu peindre avec vérité des Villars et des Galland de Jussy très proches encore, autour de* 1914, *de Juste Constant, et tels que nous en avons connus.*

*Comment se désolidariserait-il de son père ? Il le démontre si bien, et jusqu'à se confondre avec lui :*

Mon père part demain, M^me de Staël l'a comblé de politesses, il les a reçues avec beaucoup de reconnaissance, mais sans paraître y prendre plaisir. La société semble le fatiguer, et dès qu'il y a trois personnes dans une chambre il n'ouvre plus la bouche ; et à tout moment, il m'échappait pour aller passer, — ou seul ou en tête à tête avec quelques amis que je ne connais pas, — le reste de sa journée. Cette disposition jointe à ce qu'ayant quitté Dôle, il n'a plus ni domicile ni intérêt qui le fixent nulle part, a beaucoup contribué à mon empressement à adopter toutes les mesures et à me prêter toutes les tentatives qui pourront lui rendre, soit de l'activité, soit seulement de l'espérance. Je ne veux pas qu'il consume, dans l'ennui d'une agitation oisive, les dernières années de sa vie, et je consacrerais volontiers une partie de ma fortune à lui créer des projets et des illusions qui le distraient et lui dérobent l'inactivité et l'isolement auxquels il s'est abandonné. C'est d'autant plus un devoir pour moi que je ne puis personnellement que très peu de chose pour son bonheur ; nos idées et nos opinions diffèrent d'un demi-siècle ! Il est silencieux, et je suis froid, — nous sommes tous deux éteints à notre manière, et, tout en nous aimant beaucoup, nous ne savons souvent que nous dire. En conséquence, ce que je ne fais pas par moi-même, je dois le faire par quelque autre, et j'achète à mon père des espérances, comme j'achèterais des hochets à mes enfants.

(A Madame de Nassau, 7 juillet 1795). *

*Parfois, sans le savoir évidemment, il se caractérise lui-même en pensant juger son père :*

Si j'en crois les dernières lettres de mon père, je le reverrai dans peu ; ce que vous me marquez de sa disposition ne m'étonne pas. Il a toujours eu des opinions en opposition avec les circonstances où il se trouvait, et par une bizarrerie qui augmente chaque jour, il a toujours marché d'un côté et regardé de l'autre. Il est avec cela beaucoup moins malheureux qu'on ne croirait et qu'il ne croit lui-même.

(A Madame de Nassau, 1er mai 1798). *

*Par un lapsus significatif, en rédigeant le premier chapitre d'*Adolphe, *il écrit d'abord :*

... malheureusement il y avait dans *mon* caractère quelque chose à la fois de contraint et de violent.

*puis rature et récrit :*

... Il y avait en *lui* quelque chose de contraint...

*Il lui arrivera même de se plaire dans cette communion d'ironie méprisante, comme deux joueurs d'échecs, d'humeur difficile mais de force sensiblement égale. La dédicace qu'il rédige pour son père à douze ans est un chef-d'œuvre d'impertinence respectueuse !*

*Les Chevaliers,* roman héroïque, par H... B... C... de R... à Bruxelles, 1779.
Épître à M. Juste Constant.

* Lettre extraite de l'ouvrage *Journal intime de Benjamin Constant et Lettres à sa famille et à ses amis, précédés d'une introduction par D. Melegari,* Paris, Albin Michel, 1928.

Cher auteur de mes jours,

L'on m'a dit que les pères trouvent les ouvrages de leurs fils excellents, quoique souvent ce ne soit qu'un ramas de réminiscences cousues sans art. Pour montrer la fausseté de ce bruit, j'ai l'honneur de vous présenter cet ouvrage, bien sûr que, quoique je l'aie composé, vous ne le trouverez pas bon, et que même vous n'aurez pas la patience de le lire.

*Pourtant, cette même année 1779, c'est le même Benjamin qui écrit avec l'élan le plus charmant :*

Je voudrais pouvoir vous dire de moi quelque chose de bien satisfaisant, mais je crains que tout se borne au physique. Je me porte bien et je grandis beaucoup. Vous me direz que si c'est tout, il ne vaut pas la peine de vivre, je le pense aussi, mais mon étourderie renverse tous mes projets. Je voudrais qu'on pût empêcher mon sang de circuler avec tant de rapidité et lui donner une marche plus cadencée. J'ai essayé si la musique pouvait faire cet effet, je joue des *adagio*, des *largo* qui endormiraient trente cardinaux, mais je ne sais par quelle magie ces airs si lents finissent toujours par devenir des *prestissimo*. Il en est de même de la danse. Le menuet se termine toujours par quelques gambades. Je crois, ma chère grand'mère, que ce mal est incurable, et qu'il résistera à la raison même. Je devrais en avoir quelque étincelle, car j'ai douze ans et quelques jours, cependant je ne m'aperçois pas de son empire ; si son œuvre est si faible, que sera-t-elle à 25 ans ?

(A la générale de Chandieu, 19 novembre 1779).

*Cet enfant prodige, ce petit Mozart de la culture, qui sait le grec à cinq ans, la musique à sept, et le latin à neuf, ne demanderait pas mieux que de croire avec ferveur, que d'aimer de primesaut, que de vivre de plain-pied :*

... Que m'importe ce que les anciens ont pensé, je ne

dois pas vivre avec eux. Aussi je crois que je les planterai là dès que je serai en âge de vivre avec des vivants.

Je vois quelquefois ici une jeune Anglaise de mon âge que je préfère à Cicéron, Sénèque, etc... elle m'apprend Ovide qu'elle n'a jamais lu et dont elle n'a jamais ouï parler, mais je le trouve entièrement dans ses yeux. J'ai fait pour elle un petit roman dont je vous envoie les premières pages, s'il vous plaît vous aurez le reste.

*— mande-t-il le 24 décembre 1777 à la même générale de Chandieu, sa grand-mère maternelle, l'une des créatures qu'il a le mieux aimées, et trop tôt perdues. Dix-sept années plus tard, c'est encore pour une autre Nassau qu'il plaide ainsi sa cause, le 24 mai 1794 :*

Croyez-moi, ma chère tante, vous me faites tort de me soupçonner d'insensibilité !

Revoyez mon éducation, cette vie errante et décousue, ces objets de vanité dont on a allaité mon enfance, ce ton d'ironie qui est le style de ma famille, cette affectation de persifler le sentiment, de n'attacher du prix qu'à l'esprit et à la gloire, et demandez si c'est étonnant que ma jeune tête se soit montée à ce genre. J'en ai trop souffert pour ne pas l'abjurer. J'ai trop senti qu'on a beau se piquer de se mettre au-dessus des côtés touchants pour ne voir que les côtés ridicules, on ne sonde pas les profondeurs ; le plaisir d'amour-propre que cette manie donne n'équivaut pas à une minute où l'on sent. Je suis fatigué de mon propre persiflage, je suis fatigué d'entourer mon cœur d'une triste atmosphère d'indifférence qui me prive des sensations les plus douces. *

*Quelle lucidité ! Mais aussi, déjà, quelle nostalgie*

* Lettre extraite de l'ouvrage *Journal intime de Benjamin Constant et Lettres à sa famille et à ses amis*, précédés d'une introduction par D. Melegari, Paris, Albin Michel, 1928.

du sentiment tout simple chez celui qui écrira vingt ans plus tard à Juliette Récamier « Aimer c'est souffrir. Mais aussi c'est vivre. » Il est vrai que tant de circonstances et de révélations successives incitent le jeune Constant à abonder dans son propre sens, tendent à dérouter son cœur et à dresser constamment son ironie en état de défense, se plaisent à lui représenter la vie comme un théâtre de marionnettes malfaisantes ou sans importance, selon le point de vue auquel l'on s'arrête pour ne pas souffrir... Le psychologue s'enrichit vite et pour toujours, mais l'affectivité méconnue renforce la méfiance jusqu'à faire contracter à l'être ce que nous appellerions aujourd'hui des «complexes», et qui sont des réflexes du subconscient contre les maladies de carence de l'être : complexe de l'aventure illégitime, hantise et refus de l'irréparable, sentiment tragique — et parfois commode — de l'irréalité de tout ; dans l'instant même de la plus haute ferveur, mépris plein de pitié amère pour ces créatures nommées femmes, dont la bruyante existence s'efforce à attester une essence des plus contestables...

Le petit Benjamin ne possède pas de foyer, et connaît pourtant les sourdes discussions des foyers médiocres, car, s'il n'a plus de mère, une seconde mère s'occupe de lui, une ancienne paysanne lentement dégrossie, Jeanne Magnin (rebaptisée Marianne), dont son père s'était entiché quand elle avait neuf ans, dont il a payé l'instruction, et à laquelle il a confié la première éducation de son fils, contre bonne et due promesse nuptiale de ce gentilhomme hautain à cette petite servante sournoise et têtue. L'enfant en souffre, l'adolescent en demeurera pour toujours songeur, en attendant que l'homme

*ricane des bévues et s'irrite des mesquines querelles*
*d'intérêt surgies avec la naissance de deux autres enfants.*

    *Entre un père sceptique et une fausse mère vulgaire*
*dont la piété d'habitude jure avec les appétits ou les*
*prétentions, la foi, pour ce petit être trop lucide, perd*
*vite ce caractère d'absolu et de loyauté sans lesquels elle*
*n'est que simagrées. Au moment d'*Adolphe, *Rosalie*
*de Constant, plus indulgente que son sec frère Charles,*
*lui soumettait ces réflexions :*

    Dans le roman, tu n'es sensible à aucune des beautés
de pensée et de style dont il est rempli. Je crois qu'il
est peu de romans d'une moralité aussi profonde,
qui montre mieux le pouvoir de l'éducation. Que
n'aurait-il pas été si la sienne avait été dirigée par un
père et une mère chrétiens ? Qu'il était facile d'exciter
en lui l'enthousiasme du bien, la passion de l'ordre
ainsi que des habitudes !

    *Rien n'est plus significatif de l'évolution morale du*
*jeune Benjamin que deux extraits de lettres adressées à*
*trois ans d'intervalle à la générale de Chandieu, les* 31
(sic) *septembre* 1776 *et* 17 *août* 1779. *Dans l'une*
*il écrit :*

    En m'éveillant j'élève mon cœur à Dieu ; je me
lève à 7 heures, je déjeune avec du fruit, de très bon
cœur ; je fais un petit thème de français en latin ;
j'apprends mes leçons ; je répète quelque pièce de
clavecin ; je lis l'histoire romaine et Homère, ce qui
me fait grand plaisir, surtout Homère, parce que c'est
un poète, que j'aime la poésie et qu'en m'amusant il
me donne de grandes idées ; c'est le père de la religion
des anciens. Après cela je vais jouer à divers jeux,
aux quilles, aux balles, dans le jardin de la maison,

jusqu'à midi que mon maître vient repasser ce que j'ai fait le matin. Nous dînons à une heure et nous faisons très bonne chère ; nous causons de diverses choses agréables, instructives, utiles, intéressantes, et nous parlons souvent de vous. Une demi-heure après dîner nous traduisons un thème de latin en français ; ensuite nous allons nous promener au parc. Si vous y retournez vous le trouverez bien changé ; on y fait des allées magnifiques ; il sera beaucoup plus beau mais plus si agréable. De là nous allons à 4 heures 1/2 chez le maître de clavecin ; je finis ma leçon à six, j'y reste jusqu'à sept avec les demoiselles qui sont fort aimables : elles m'aiment beaucoup. Je retourne à la maison où je trouve mon maître de latin, Pline, Sénèque, Cicéron et autres. A huit heures je me sépare de cette bonne compagnie, je soupe et je vais me coucher.

*Dans l'autre :*

Voici ma journée : je me lève à sept heures, je déjeune, je travaille, et je mets Horace à la torture. Je l'habille quelquefois si plaisamment qu'il ne se reconnaîtrait pas. Je prends une leçon d'accompagnement et de composition ; je lis avec M. Duplessis, je saute, je cours, je m'amuse, je prends une leçon de danse, je dîne de bon appétit, je lis Quinte-Curce, je fais des vers latins, je vais prendre une leçon de clavecin, je vais au parc, je fais quelquefois une visite à une jolie anglaise, je passe la soirée chez M^lles Staes ; de retour à la maison, je fais une partie de piquet, je soupe, je me couche à 9 heures et je dors 10 heures sans interruption. Entre-temps, je compose un opéra, les vers et la musique ; cela sera très beau et je ne crains pas les sifflets.

*C'est le même emploi du temps, presque les mêmes phrases, mais Dieu a tout simplement disparu.*

*Ce relativisme de l'enfant, son sens inné du ridicule
et du mépris, sa tendance précoce à envisager la vie comme
un jeu de roulette sur les combinaisons de laquelle ni la
volonté ni le cœur ne peuvent grand-chose, — une suite d'ex-
travagants hasards dans le choix de ses « précepteurs »
vient à point nommé l'y encourager dangereusement
tout le long de sa jeunesse. Après le premier maître,
qui l'étouffait alternativement de coups et de caresses,
mais le gorgeait au moins de grec en compensation,
le jeune Benjamin, pareil au Jeannot de Voltaire, fut
successivement confié, de la meilleure foi du monde, à un
pilier de maisons galantes, à un fat prétentieux plus occupé
de sa concubine que de ses leçons, à un moine défroqué
aussi spirituel que sceptique. Étonnant kaléidoscope !
Mais par trois fois, précise Constant dans* le Cahier
Rouge, *j'avais été* « convaincu que ceux qui étaient
chargés de m'instruire et de me corriger étaient
eux-mêmes des hommes très ignorants et très
immoraux. »

*Premières et graves constatations, dans la vie sociale,
d'un dissentiment foncier entre la vérité et la morale.
Premier ferment de scepticisme et de défiance.*

*— N'exagérons rien ! dira-t-on. Ce ne sont après
tout que des marionnettes dont se divertit un enfant précoce.
— Mais l'enfant précoce devient un adolescent pressé d'absolu, soit dans la vie intellectuelle, soit dans la vie sentimentale. Tantôt par les volontés contradictoires de son
père, plus souvent par les ricochets du désordre et la
logique de l'extravagance, il partage entre les pays
les plus opposés, il cahote d'Universités en cours régnantes
son corps grandi trop vite et son inquiète impatience de*

*vivre. Il court de recours en recours, les demandant succes-*
*sivement au hasard, à la logique, ou à cet absurde qui*
*est la manifestation la plus éclatante de la liberté :*
*avec une ironique obstination, les rencontres et les ten-*
*tatives les plus différentes ne lui apportent que les mêmes*
*déboires. Chaque expérience déroute invariablement, et*
*les vérités reçues, et les essais les plus divers d'accomplisse-*
*ment de soi-même. Là où il devrait trouver les corps*
*simples de la morale et du sentiment, il ne constate*
*jamais que dissociation psychologique, intermittences*
*du cœur, rivalités sourdes, mesquines, et inexpiables*
*entre des tendances qui devraient vivre en bonne intelligence.*

*En* 1782, *à Erlangen (il a quinze ans, et c'est l'année*
*où paraissent* Les Liaisons dangereuses), *il veut*
« se donner la gloire d'avoir une maîtresse ». *Il*
*choisit une fille de réputation équivoque qui est de surcroît*
*l'ennemie intime de la margrave régnante dont dépend*
*sa carrière à la cour. Mais il ne reçoit même pas la*
*récompense de ce goût du pire et de ce vertige de liberté*
*sociale :* « Le bizarre de la chose — *raconte* Le
Cahier Rouge — c'est que — d'un côté, je n'aimais
pas cette fille, et que, de l'autre, elle ne se donna
point à moi. Je suis le seul homme vraisemblablement auquel elle ait résisté. Mais le plaisir de faire
et d'entendre dire que j'entretenais une maîtresse
me consolait, et de passer ma vie avec une personne
que je n'aimais point, et de ne pas posséder la
personne que j'entretenais. »

*Dissociation de la vanité et du désir qu'il s'étonne*
*d'accepter si aisément, voire avec une si étrange et*
*vaudevillesque satisfaction.*

*Trois ans plus tard, à Paris, nouvelle expérience, cette fois sensuellement concluante : une jeune femme de vingt-huit ans, M<sup>me</sup> Johannot, dont le charme intellectuel est égal à la beauté, répond à sa muette inclination et devient sa maîtresse, sa première maîtresse sans doute :*

Je me sentais entraîné vers elle, sans me l'avouer bien clairement, lorsque, par quelques mots, qui me surprirent d'abord encore plus qu'ils ne me charmèrent, elle me laissa découvrir qu'elle m'aimait. Il y a, dans le moment où j'écris, vingt-cinq ans d'écoulés depuis le moment où je fis cette découverte, et j'éprouve encore un sentiment de reconnaissance en me retraçant le plaisir que j'en ressentis.

*D'elle, et d'elle seule avant Charlotte, il se souvient avec un ravissement paisible, car elle ne lui a fait « acheter » son ivresse et son charme d' « aucun mélange d'agitation ou de peine » ; mais, sans le savoir, et sans que son jeune amant puisse alors s'en rendre compte, elle a fait payer très cher son bref abandon. Pour Constant une double et nouvelle dissociation s'est imposée comme gage de bonheur : celle du plaisir et de l'amour, celle également de l'amour et de la durée...*

*Et quand il apprendra successivement plus tard que son plus brillant ami de jeunesse, John Wilde, est mort dans un asile d'aliénés, que sa meilleure amie de jeunesse, Marie Charlotte Johannot, réduite à servir humblement la maîtresse de son mari, s'est empoisonnée de désespoir, à quelques pas de chez lui, sans qu'il l'ait jamais su proche ni pu l'aider, c'est l'idée de l'absurde qui l'envahira.*

*La femme qu'il connut alors, deux ans plus tard — il n'avait pas vingt ans —, Belle de Zuylen de Tuyll, comtesse de Charrière, était éminemment propre à fortifier chez lui le goût amer de l'inaccessible et le sens du désespoir brillant. Son « esprit », sa « bizarrerie », voilà ce que le monde évoquait à propos d'elle ; mais l'on voulait ignorer, ou l'on en faisait profession, que chez cette femme chagrine, étourdissante et rosse, l'esprit n'était que le deuil de l'amour, et que l'auteur presque illustre de ce* Caliste *qui a fait couler des torrents de larmes avait été créé pour aimer, non pour l'écrire.*

*Elle semblait prédestinée aux Constant : vingt-sept ans plus tôt, au milieu d'un bal de cour en Hollande, elle avait été fascinée par l'oncle de Benjamin, Constant d'Hermenches.*

Vous souvenez-vous, chez le Duc, il y a quatre ans... Je vous parlai la première : « Monsieur, vous ne dansez pas ? »

Vous me fîtes je ne sais quel reproche, dès le second mot ; au troisième nous fûmes amis pour la vie.

*Mais, « la vie », dans l'esprit d'une Tuyll et dans celui d'un Constant, n'avait ni le même sens ni la même résonance.*

*Un résumé de ruines, telle avait été la vie d'Isabelle de Charrière, et ce que Constant nous en laisse entendre dans son* Cahier Rouge *suffit à nous le faire comprendre : trente ans passés (et l'on sait, par Balzac encore, ce que cet âge signifiait alors pour une femme) ; un mariage d'illusions, et où elle avait confondu romanesque et révolte, avec un Saint-Preux décevant, M. de Charrière, dont l'esprit vite amorti laissait régner le plus minutieux, le plus sûr, et le plus insupportable mécanisme d'horlogerie qui se pût imaginer pour une âme exaltée dans laquelle il n'était jamais que midi éclatant ou le plus vide des*

*minuits... Elle avait joué une fois encore son bonheur*
*sur un amant ; à défaut d'esprit, l'on avait un beau*
*visage. Mais ce gigolo l'avait assez vite quittée pour*
*un mariage bien assorti. Après un délire de chagrin,*
*elle approchait du crépuscule de sa vie de femme dans un*
*désespoir étincelant.*

*Ne pouvant vivre heureuse* « ni par l'amour ni sans
amour », *brimée par la destinée, elle se vengeait du*
*destin en déchiquetant inlassablement l'illusion univer-*
*selle.* « Toutes les opinions de Mme de Charrière
— *rapporte* le Cahier Rouge — reposaient sur le
mépris de toutes les convenances et de tous les
usages. Nous nous moquions à qui mieux mieux
de tous ceux que nous voyions : nous nous enivrions
de nos plaisanteries et de notre mépris de l'espèce
humaine... »

*Vulgarisateur, bien avant Nietzsche, de cette extra-*
*ordinaire explication d'un univers à la fois prodigieusement*
*beau et prodigieusement imparfait par la mort prématurée*
*de Dieu, Benjamin Constant systématisait allégrement*
*le plus morne pessimisme :*

Je sens plus que jamais le néant de tout, combien
tout promet et rien ne tient, combien nos forces sont
au-dessus de notre destination, et combien cette disproportion doit nous rendre malheureux. Cette idée, que je
trouve juste, n'est pas de moi, elle est d'un Piémontais,
homme d'esprit dont j'ai fait la connaissance à La
Haye, un chevalier de Revel, envoyé de Sardaigne.
Il prétend que Dieu, c'est-à-dire l'auteur de nous et
de nos alentours, est mort avant d'avoir fini son ouvrage ; qu'il avait les plus beaux et vastes projets du
monde et les plus grands moyens ; qu'il avait déjà mis

en œuvre plusieurs des moyens, comme on élève des échafauds pour bâtir, et qu'au milieu de son travail il est mort ; que tout à présent se trouve fait dans un but qui n'existe plus, et que nous, en particulier, nous sentons destinés à quelque chose dont nous ne nous faisons aucune idée ; nous sommes comme des montres où il n'y aurait point de cadran, et dont les rouages, doués d'intelligence, tourneraient jusqu'à ce qu'ils fussent usés, sans savoir pourquoi et se disant toujours : puisque je tourne, j'ai donc un but. Cette idée me paraît la folie la plus spirituelle et la plus profonde que j'aie ouïe, et bien préférable aux folies chrétiennes, musulmanes ou philosophiques, des 1er, 7e et 18e siècles de notre ère.

(A Mme de Charrière, 4 juin 1790).

*Au demeurant, l'influence d'Isabelle de Charrière fut sur lui considérable et de bien des façons désastreuse. Elle cautionna son fatalisme et son penchant à éluder toute responsabilité en invoquant le divorce entre toute action et le moindre rêve, la désunion entre la réalité et son reflet.*

*Sous l'influence de ce ludion des idées, Constant sent s'exaspérer son goût des actes gratuits : il fit une cour extravagante à une M*lle *Pourrat dont il ne savait pas à toutes les heures s'il l'aimait, mais dont il savait intimement qu'il ne pourrait jamais l'obtenir. Par lettres, il lui faisait les déclarations les plus folles, sur lesquelles il se taisait dès qu'il la voyait. Timide, exalté, lucide et désespéré de l'être, il se jouait une brillante comédie dont il s'enivrait de s'apercevoir qu'il se mettait à y adhérer. Ainsi Adolphe notera :*

Nous sommes des créatures tellement mobiles, que, les sentiments que nous feignons, nous finissons par les éprouver.

*Un soir, définitivement rebuté, ou le croyant, ou se plaisant à y croire pour se prouver à soi-même l'Absolu, il s'empoisonna devant la mère de sa bien-aimée. Nul effet : il vomit, se retrouva dégrisé, sociable et honteux. M<sup>lle</sup> Pourrat, qui ne se doutait de rien, arriva parée pour une « première » à l'Opéra-Comique. « Si nous y allions tous ensemble ? » Il fut toute la soirée d' « une gaîté folle ».*

*Cependant, M<sup>me</sup> de Charrière observait, se consolant de n'être pas aimée en poussant son jeune ami aux délires.* « Sans ces conversations, *dit Benjamin Constant,* ma conduite eût été beaucoup moins folle. » *Folle, elle ne l'était que passagèrement, mais une fois encore profondément divisée entre l'adhésion de l'esprit et les délices du sentiment :*

Comme mariage, je ne voulais que M<sup>lle</sup> Pourrat. Comme figure, c'était encore M<sup>lle</sup> Pourrat que je préférais. Comme esprit, je ne voyais, n'entendais, ne chérissais que M<sup>me</sup> de Charrière.

*Il lui restait à faire la dernière expérience de sa jeunesse, et de toutes la plus cruelle bien que la plus banale : celle du dissentiment entre la ferveur et sa récompense. En 1789, à Brunswick, par désir d'affection, par « faiblesse », dira-t-il, plus tard, par besoin d'engagement, et peut-être par masochisme, il épouse un laideron sans appas, mais non sans perversité, Wilhelmine de Cramm, que l'indulgente Rosalie de Constant est forcée de trouver affreuse,* « le visage labouré de la petite vérole, les yeux rouges, très maigre... Son mari l'adore comme si elle était très belle ». *Plus tard Constant écrira dans Cécile* \* :

Une femme... que j'avais aimée par bonté d'âme plus que par goût depuis mon mariage, et dont l'esprit et le caractère me convenaient assez peu.

*En effet, non seulement elle s'entourait de bêtes diverses, antipathiques entre elles dans le règne animal, mais trouvant que ni sa ménagerie ni son mari ne la prenaient assez au sérieux, elle leur adjoignit quelque jour un amant. Quand le scandale devient incommode, Constant ne revendique que sa liberté, mais il la revendiquera avec force et obstination : il mit plusieurs années à l'obtenir, et, bien que la séparation, puis le divorce, dussent être prononcés en sa faveur, sa nationalité, ses opinions politiques « avancées » pour une cour allemande horrifiée par la Révolution française, son esprit enfin, qui n'était pas de saison, lui procurèrent tout au long de la procédure plus de calomniateurs que s'il eût été l'amant. Il en conçut le plus naturellement du monde une rancœur supplémentaire tempérée par la jouissance d'avoir justement parié pour le mépris.*

*Au milieu de ces circonstances survint un étonnant incident psychologique, dont Cécile seul se fait l'écho, et qui eût apparemment figuré dans Adolphe si son créateur n'avait voulu concentrer toute la lumière sur une seule figure de femme et sur la seule course à l'abîme de l'amour.*

*Depuis quelque temps, la complicité des deux amoureux s'affirmait sous les yeux même de Constant. Avec*

---

\* Éd. Roulin, *copyright by* Librairie Gallimard, 1951.

*cette lucidité dominatrice, ce pouvoir de dédoublement*
*qui ne le laissent jamais longtemps très malheureux -*
*ni très heureux non plus, malgré qu'il en ait... - il*
*observe sa femme et l'amant à la manière d'un naturaliste*
*nostalgique :*

..• Quelquefois, oubliant ma propre situation, je
contemplais ces deux personnes, que ma présence
gênait, et je ne pouvais m'empêcher de porter envie
à ces deux cœurs ivres d'amour. Un jour nous avions
passé la soirée à nous trois dans un assez profond
silence. Mais les regards des deux amants, leur intelligence réciproque qui se trahissait dans les moindres
choses, le bonheur qu'ils éprouvaient à se trouver
ensemble, quoi qu'ils ne pussent se dire un mot sans
être entendus, me jetèrent dans une profonde rêverie.
« Qu'ils sont heureux ! me dis-je en rentrant dans ma
chambre, et pourquoi donc serais-je privé d'un pareil
bonheur? Pourquoi donc, à vingt-six ans, n'éprouverais-
je plus d'amour? » Je passai la nuit occupé de ces pensées, et le matin, je parcourus dans mon imagination
toutes les femmes que je connaissais à Bronsvic, sans
qu'aucune me frappât de manière à me faire espérer
que je pourrais en devenir amoureux.
Je fus appelé par le service de la Cour à dîner chez
une vieille duchesse, mère du Duc régnant. Après
le dîner, elle se mit à causer avec moi et me demanda
tout à coup si je connaissais Mme de Barnhelm. Je ne
l'avais point remarquée, vu la solitude dans laquelle
elle vivait, et son idée ne s'était pas présentée à moi
durant mes méditations de la matinée. Mais, en l'entendant nommer, je me dis tout à coup que peut-être elle
remplirait mieux mon but qu'aucune des femmes dont
j'avais cherché à me retracer l'image. *

* *Cécile.*

*Dépouillés, autant par pudeur que par habileté tech-
nique, de l'instinct de revanche, l'on retrouvera au début
du chapitre II d'*Adolphe *ce même élan concerté, cette
stratégie intellectuelle du cœur familière à Constant,
lequel espère toujours que le hasard du bonheur viendra
couronner les plans de l'esprit.*

*Mais, cette fois, en découvrant au hasard d'une conver-
sation l'existence d'une M$^{me}$ de Barnhelm (qui est
Charlotte de Hardenberg, mariée alors à un M. de
Marenholz) puis en faisant sa connaissance, Benjamin
Constant ne trouvait ni une écervelée, ni une débauchée :
Charlotte est une jeune femme paisible, spirituelle sans
être importune, d'un charme agréable sans être redou-
table, et surtout pleine de « douceur », qualité essentielle pour Benjamin Constant. Elle a deux ans de moins
que lui (1769), elle semble posséder, à sa manière
féminine, la même lucidité nostalgique... Au début du
deuxième chapitre d'*Adolphe, *Constant nous a retracé
son procédé et sa démarche psychologique : il se compose
un personnage d'amoureux, écrit une longue déclaration,
est rebuté, s'enflamme. Sous le masque, le visage devient
pareil au masque. Charlotte, dont le mari est âgé et
fastidieux, se laisse très vite prendre au charme de ce
jeune amour.*

*Déjà commencent les menues querelles sentimentales,
les inquiétudes. Déjà elle se découvre, alors que son singulier amoureux, escrimeur autant que soupirant, feinte
encore, et veut déconcerter :*

Je m'affligeai beaucoup de vous faire passer par
ma faute une aussi mauvaise nuit; il est sûr que, pour
*moi*, une de plus ou de moins, c'est assez indifférent.

D'ailleurs, vous avez raison, je me passe sans aucune peine de vous voir ; encore ce matin je vous ai dit que je ne pourrai plus vous sacrifier à personne... (Brunswick 1793).

Vous m'avez dit aussi que j'étais singulière. Si c'est l'être que de trop vous aimer, je suis bien coupable. Pardonnez-moi cette inquiétude que je ne pouvais cacher, et qui m'attira un mouvement d'impatience de votre part. Elle est si excusable, elle naissait de mon amour. Songez que vous ajoutez vos reproches à mes privations... Vous êtes changé, très changé, je ne sais pourquoi? Je ne sais interpréter votre conduite, qui ne me semble plus dictée par la tendresse, qu'en me cherchant des torts... Une seule idée me poursuit sans cesse, et je tâche en vain de l'éloigner : c'est celle qu'avant peu sans doute je serai séparée de vous. Vous serez peut-être obligé de quitter ce pays, sous peu, et votre pauvre Charlotte, que deviendra-t-elle? Aimez, me disiez-vous, et nous serons heureux : voilà donc cette douceur promise... Oh! aimez bien Charlotte! Elle vous a aimé malgré elle, mais il lui est si doux, si nécessaire à présent de vous aimer! Elle ne songe plus à combattre son sentiment : à quoi servirait une lutte pénible contre une impression qui lui est chère? Votre indifférence détruira-t-elle le charme auquel je me livre? Vous vouliez un cœur qui réponde au vôtre. Vous l'avez bien repoussé, ce cœur, depuis quelques jours!...

(Brunswick 1793).

*Charlotte, à laquelle son mari, excédé, a fini par concéder le divorce, rêve naturellement d'un remariage. Le divorce de Benjamin effectif, pourquoi pas? Lui-même, malgré sa fâcheuse expérience et son fanatisme d'indépendance, n'y semble pas irréductiblement opposé. Dès lors, la « douceur » essentielle de Cécile-Charlotte l'attire vers elle par une espèce de sympathie qui survit*

*aux entraînements et aux calculs. Mais, en passant
par Neuchâtel, il se confie à M^me de Charrière, amie
aussi ombrageuse que dévouée, et qui, ne pouvant plus
goûter à l'amour, s'efforça d'en dégoûter le grand ami de
naguère qui avait eu pour elle* « un sentiment presque
semblable à l'amour ».

Ce fut avec surprise et chagrin qu'elle apprit mon
nouvel amour. La passion de l'indépendance m'avait
repris pendant la route ; M^me de Chenevière n'eut
pas une grande peine à fortifier mes impressions dans
ce sens. *

« Quoi, vous remarier ? Quelle folie ! » *lui dit
à son tour, quand il revient à Brunswick, une femme dont
il s'est toqué pour un temps, une certaine M^me Mauvillon,
qui ajoute avec une perfidie raffinée que Charlotte, depuis
son départ, n'a manifesté ni tristesse ni impatience. Cette
femme, raconte-t-il dans* Cécile :

me fit une description si animée du malheur que jetterait
sur ma vie une liaison qui me remettrait dans la dépendance d'une femme, elle exalta tellement mon imagination sur le bonheur d'une liberté complète que je for-
mai subitement la résolution de ne point renouer
avec Cécile et d'éviter à tout prix de la rencontrer.

*Du reste, le 19 septembre 1794, Benjamin Constant
a fait la connaissance de M^me de Staël, qui est une
M^me de Charrière plus jeune et avide de séduire les
nouvelles connaissances.* « Je n'avais rien vu de pareil
au monde. J'en devins passionnément amoureux. »
*Contre cette femme illustre, envahissante et protéiforme,
la douce, l'obscure Charlotte, qui a trop de fierté pour*

* Cécile.

*réclamer et ne possède d'imagination que pour souffrir, ne pouvait lutter. Mais, en notant son anéantissement dans la mémoire sentimentale et* « cette vaste lacune dans notre histoire », *Constant, toujours empressé à tenter de combattre la lucidité par le fatalisme, ne pourra s'empêcher de remarquer rétrospectivement qu'il n'y eut jamais prescription dans leur histoire d'amour, comme si* « des circonstances en apparence insignifiantes... semblaient nous avertir d'un bout de l'Europe à l'autre que nous avions été destinés à nous unir ».

*Quand Benjamin Constant fit la connaissance de Germaine de Staël, celle-ci avait vingt-sept ans. Courtaude, la taille épaisse, la poitrine lourde, des mains de cuisinière, de gros traits et le teint brouillé, elle n'était pas positivement séduisante. Elle représentait ce que les gens indulgents appellent une beauté sévère ; à la vérité, pour qui ignorait sa personnalité, elle évoquait plutôt quelque opulente marchande à la toilette. Mais le feu de ses yeux désarmait les critiques et le génie éclatait dès ses premières phrases.*

*Constant la décrit ainsi dans* Cécile :

Lorsque je rencontrai M^me de Malbée, elle était dans sa vingt-septième année. Une taille plutôt petite que grande, et trop forte pour être svelte, des traits irréguliers et trop prononcés, un teint peu agréable, les plus beaux yeux du monde, de très beaux bras, des mains un peu trop grandes, mais d'une éclatante blancheur, une gorge superbe, des mouvements trop rapides et des attitudes trop masculines, un son de voix très doux et qui dans l'émotion se brisait d'une manière singulièrement touchante, formaient un ensemble qui frappait défavorablement au premier coup d'œil, mais qui, lorsque M<sup>me</sup> de Malbée parlait et s'animait, devenait d'une séduction irrésistible.

*Sa conversation était étourdissante, et elle étourdit effectivement Goethe qui, abasourdi par son entretien, s'arrangea le plus poliment du monde pour ne pas s'y exposer une nouvelle fois. A M<sup>me</sup> de Staël, il ne suffisait en aucun cas d'avoir du génie pour elle-même : il lui fallait de multiples échos sonores. Rosalie de Constant note qu'* « elle mourrait si elle cessait d'être entourée. Si les chats lui manquent, elle se fera une cour de rats et jusqu'aux plus petits insectes lui seront meilleurs que rien. »

*Le jeune cousin de Rosalie fut, lui, subjugué. Si le 30 septembre 1794, il écrit d'abord avec prudence à M<sup>me</sup> de Charrière :*

Je suis loin de penser à une liaison, parce qu'elle est trop entourée, trop agissante, trop absorbée, mais c'est la connaissance la plus intéressante que j'aie faite depuis longtemps.

*Dès le 21 octobre il ne ménage plus son enthousiasme :*

J'ai rarement vu une réunion pareille de qualités étonnantes et attrayantes, autant de brillant et de justesse, une bienveillance aussi expansive et aussi active, autant de générosité, une politesse aussi douce et aussi soutenue dans le monde, tant de charme, de simplicité, d'abandon dans la société intime. C'est la seconde femme que j'ai trouvée qui aurait pu me tenir lieu de tout l'univers, qui aurait pu être un monde à elle seule pour moi. Vous savez quelle a été la première... Enfin

c'est un Être à part, un Être supérieur tel qu'il s'en
rencontre peut-être un par siècle.

(A M^me de Charrière, 21 octobre 1794).

*Pour conquérir Germaine de Staël, Benjamin Constant,*
*fidèle à son invariable tactique, entreprit aussitôt ses*
*termitières : il s'employait à ébranler son esprit par la*
*dialectique, tandis qu'il tentait sans relâche de troubler*
*son âme par les appels à la nostalgie, les entrevisions de*
*Paradis perdus à recouvrer, les délires, les désespoirs...*

*M^me de Staël fut d'abord prodigieusement indifférente,*
*et même rebelle, aux avances d'un homme dont le type*
*physique ne la séduisait pas. Sans compter M. de Staël,*
*qui ne comptait guère, elle n'était alors occupée que de*
*Narbonne, et passait en outre pour éprise de François*
*de Pange. Alors Constant en agit avec elle comme avec*
*M^lle Pourrat : il avala un peu de poison, mais cette fois*
*devant elle. Elle le réconforta. Peu à peu, les intrigues*
*de la petite cour staëlienne aidant, Narbonne fut évincé,*
*Pange se maria, et Benjamin Constant resta victorieux*
*d'un champ de bataille provisoirement désert. En mai*
*1795, c'est avec lui qu'elle partit pour Paris.*

*Le charme dura près de deux ans, délai très supérieur*
*à la moyenne des amours de Constant. Puis, assez vite,*
*la décristallisation commença. Les discussions perpé-*
*tuellement brillantes lui parurent logomachie, les entre-*
*tiens toujours renaissants un caquetage à rompre la*
*tête. M^me de Staël est dix femmes en une seule, et qui*
*parlent ; vivre avec elle, c'est être enfermé dans une*
*volière dont tous les oiseaux auraient impitoyablement*
*du génie.*

*De plus, infatigable, elle est insensible à la fatigue des autres ; assoiffée d'égards dans l'amour, elle réclame l'amour avec la continuité menaçante d'un créancier. Dès le 18 mai 1797, au cours de quelques jours de « retraite » qu'il a pu voler à sa maîtresse pour les passer dans sa campagne d'Hérivaux, Constant clame sa détresse à sa tante M<sup>me</sup> de Nassau. « Je vous demande une femme. » Il lui résume en ces termes sa situation :*

Un lien auquel je tiens par devoir, ou si vous voulez par faiblesse, — mais auquel je sens bien que je tiendrai aussi longtemps qu'un devoir plus réel ne m'en affranchira pas, et que je ne pourrai briser qu'en avouant que j'en suis terriblement fatigué, ce que je suis trop poli pour dire, — un lien qui, me précipitant dans un monde que je n'aime plus et m'arrachant à la campagne que j'aime, me rend profondément malheureux et menace du plus grand désordre une fortune qu'au milieu du vagabondage de ma vie je ne me suis acquise que par un miracle ; un lien, enfin, qui ne peut se rompre que par une secousse qui ne saurait venir de moi, m'enchaîne depuis deux ans.

Je suis isolé sans être indépendant ; je suis subjugué sans être uni. Je vois s'écouler les dernières années de ma jeunesse sans avoir ni le repos de la solitude ni la légitimité des affections douces. C'est en vain que j'ai tenté de le rompre ! Il est impossible à mon caractère de résister aux plaintes d'une autre, auxquelles je n'ai à opposer que ma volonté, lorsque surtout je puis retarder mon affranchissement d'un moment, d'un jour à l'autre, sans un inconvénient évident. Je m'use ainsi dans une situation contraire à mes goûts, à mes occupations favorites et à la tranquillité de ma vie. *

---

\* Lettre extraite de l'ouvrage *Journal intime de Benjamin Constant et Lettres à sa famille et à ses amis, précédés d'une introduction par D. Melegari*, Paris, Albin Michel, 1928.

*Préfigurant la fin d'*Adolphe, *il ajoute :*

D'ailleurs, ce lien brisé, je me trouverai dans une solitude qui ajoutera à l'image de la peine vraie ou fausse qu'on dira que j'aurai causée. Pour m'en consoler, il faut que je donne à quelqu'un un peu de bonheur.

*La naissance de la petite Albertine de Staël le charge de nouvelles chaînes. L'on ne sait peut-être pas assez que Constant avait toutes les raisons de se demander s'il n'était pas le vrai père d'Albertine. Il écrit en tout cas le 20 septembre 1804 dans son* Journal * :

Mon Albertine est un charmant enfant. Je n'ai jamais vu plus d'esprit ni plus de mon esprit, ce qui pour moi est un grand mérite.

*Quant à M*ᵐᵉ *de Staël, elle faisait profession d'en être rigoureusement sûre, et ne manqua jamais une occasion d'assener cette paternité à son protéiforme amant. Chaque fois qu'il s'agit entre les amants ou anciens amants, en 1804 comme en 1813-1815, de régler entre eux des questions d'argent complexes et sordides, le cas d'Albertine est séparé de celui des autres enfants :*

Le fonds que vous laisserez à ma fille n'entre point dans le partage entre mes trois enfants.

(1ᵉʳ octobre 1804).

Ma fille est charmante, elle vous écrira de Gothembourg. Ce sera son dernier adieu, ainsi que le mien;

* Signalons que toutes les fois que nous citons les *Journaux intimes* de Benjamin Constant nous le faisons d'après l'édition qu'en ont donnée MM. Alfred Roulin et Charles Roth, la seule complète et sûre (*Journaux intimes, édition intégrale des manuscrits autographes*, copyright by Librairie Gallimard, 1952).

mais j'espère encore que vous éprouvez le besoin de nous revoir et de ne pas laisser périr ce que Dieu vous avait donné.

(20 mai 1813).

Pensez à la situation d'Albertine, je vous en conjure... Aimez-la donc, *elle* au moins.

(30 avril 1815).

*Charlotte elle-même était au courant, qui écrit à son mari le 22 février* 1810 :

... Ce qui me demeure incompréhensible, c'est que cette femme qui a vécu treize ans avec toi dans les rapports les plus intimes, qui m'a affirmé elle-même qu'aux yeux du bon Dieu et du monde elle était ta femme bien plus que moi, qui assure à qui veut l'entendre que tu es le père de sa fille, que cette femme, dis-je, avec sa grande fortune, puisse maintenant te présenter ses comptes et exiger le paiement de sommes jadis prêtées ?

*Fierté paternelle, tout d'abord? Mais cette fierté est une gêne. Elle engage l'honneur et la pitié sans engager l'amour. Avec un curieux mélange de masochisme et de pudeur hautaine, il écrit à M*me *de Nassau le* 1er *juillet* 1797 :

Vous voulez donc, la plus aimable des tantes, que votre neveu demeure dans le célibat ? Que votre volonté soit faite ! Je m'y résigne d'autant plus facilement que mon légitime souverain est de retour, et que tout projet d'insurrection est abandonné. Pour parler sérieusement, je vous dirai que j'ai reçu de nouvelles et si grandes marques de dévouement de la personne, — à laquelle j'ai cru un moment plus avantageux pour elle et pour moi de paraître moins attaché, — que je ne pourrais, sans la plus vive ingratitude et sans me préparer des regrets très amers, penser à faire quoi que ce soit qui lui soit pénible. *

*Pourtant la liaison est déjà blessée pour jamais. Il le déclare un peu plus tard à la même confidente avec une brutalité tragique en lui clamant son aspiration à un bonheur paisible :*

Je ne serai plus le satellite d'un météore brûlant, condamné à retrouver par un autre la triste célébrité dont je voudrais me défaire. Enfin, je ne vivrai plus comme je vis depuis plus longtemps qu'on ne le croit, faisant par complaisance ce qu'on croit du délire et demandant tous les jours dans mes prières la solitude pour moi et un amant pour ma maîtresse. *

*Évoquant la servante-maîtresse avec laquelle son père s'est légalement acoquiné, il ajoute :*

... Depuis deux ans, je suis tout essoufflé le char d'une femme célèbre. J'en veux une qui ne soit ni une servante ni un prodige, qui ne retrouve pas ses parents dans la cuisine, et dont surtout je ne trouve pas le nom dans les journaux. *

*Un ressouvenir de Charlotte, femme moyenne, douce et sûre, semble passer dans cette dernière phrase. Mais, dans ce ménage d'amants de lettres — ce qui est un autre aspect de la question, où la jalousie professionnelle joue son rôle à côté de la lassitude sensuelle — l'homme est faible, et la femme, armée du don glorieux d'elle-même et de toutes les lettres qui le sollicitent, entend que l'on*

* Lettre extraite de l'ouvrage *Journal intime de Benjamin Constant et Lettres à sa famille et à ses amis, précédés d'une introduction par D. Melegari*, Paris, Albin Michel, 1928.

*s'acquitte avec une fidélité exemplaire et un enthousiasme de tous les instants que Constant, de moins en moins sûr de la fidélité de Germaine, est de moins en moins capable d'éprouver :*

Butini m'a confirmé ce que j'éprouve depuis long-temps, c'est que la privation de femmes ruine ma santé. Il faut absolument que j'aie pris à cet égard dans six mois un arrangement convenable. Le seul complet serait le mariage et ce mariage-là ne peut être avec Minette [*M*ᵐᵉ *de Staël*].

(11 juin 1804).

*Dès lors, le lien, qui n'est même plus tout à fait une liaison, va devenir inéluctablement un purgatoire, puis un enfer. L'expression est banale, mais elle viendra sous la plume de Constant, quand il en vivra la quotidienne vérité. D'année en année, au long des* Journaux intimes, *on le voit évoluer de l'impatience polie à l'abattement, à la colère, à la rage découragée, à l'angoisse frénétique du prisonnier qui tente quand même d'essayer par le raisonnement tous les Sésames mathématiques pour ouvrir les portes de sa geôle.*

*Le 9 janvier 1803, dans un premier* Journal *rédigé sous forme de consultation pour soi-même (« Amélie et Germaine »), il s'emploie à juger lucidement, devant une tentation de mariage à tout prix, et Germaine, et leur situation mutuelle :*

... Mais Germaine, quelle occupation des affaires ! quelle absorbation ! quel esprit d'homme, avec le désir d'être aimée comme une femme ! On serait tenté de croire qu'une grande conformité de sentiments entre un amant et une maîtresse, même sur des objets de simple opinion, devrait former un lien de plus. On se trompe. Cette conformité ne sert qu'à empêcher l'amour de se glisser entre deux et de les consoler. L'opposition d'opinion serait plus insupportable, preuve que ce qu'il faut, c'est qu'une femme n'ait point d'opinion.

*Mais tente-t-il, une quinzaine plus tard, le 26 janvier, d'approfondir son examen de conscience, que déjà le guettent l'amertume et la colère :*

Depuis 8 ans, Germaine me fait vivre dans un orage perpétuel, ou plutôt dans une complication d'orages. C'est de la politique, c'est de l'exigence d'amour comme à 18 ans, du besoin de société, du besoin de gloire, de la mélancolie comme dans un désert, du besoin de crédit, du désir de briller, tout ce qui se contredit et se complique. Il y a dans Germaine de quoi faire dix ou douze hommes distingués. Elle réunit toutes les qualités les plus éminentes et de l'esprit et du cœur ; mais elle met tous ses amis sur les dents. Que ne sera-ce pas de l'homme sur qui repose sa vie ? Sa vie qu'elle veut mener à sa guise et qu'elle ne veut pas mener seule. Tout ce qui la connaît, tout ce qui approche d'elle éprouve à des degrés différents la même chose que moi. Il y a dans son père, dans ses amies, il y a eu dans son mari tension perpétuelle à dégager leur vie de la sienne ; et depuis qu'après m'avoir captivé, elle m'a dompté par la violence de ses démonstrations de douleur, je n'ai pas passé un jour sans être en fureur et contre elle et contre moi.

*Une semaine après, les 1ᵉʳ et 2 février, suivant de peu les « orages », apparaissent deux autres des mots qui, pour avoir obsédé la réalité, jalonneront* Adolphe : *le mot « exigence » et le mot « scène »...*

Germaine toujours plus inquiète, plus irritable, plus exigeante... Quelle scène Germaine m'a faite ! Certes je reconnais tout ce qu'elle vaut, mais il est impossible de vivre de la sorte, et la triste certitude que cette liaison se rompra, au moins d'amour, est une forte raison pour la rompre par un mariage. Toute autre manière a l'air de l'ingratitude : un mariage a l'air de la passion ou de la raison, et dans les deux cas, je suis excusé. D'ailleurs, j'aurai beau vouloir reprendre mon indépendance, je ne le pourrai qu'avec des scènes et pour des moments. J'accorderai un jour, puis un autre, puis ces jours réunis feront la vie. Enfin si, comme je le désire ardemment, l'amitié peut remplacer l'amour entre Germaine et moi, ce n'est que si, nos liens ayant été brisés, nous nous rapprochons par la convenance de nos esprits et la renaissance de nos souvenirs.

*Le 8 mars :*

Scènes sur scènes et tourments sur tourments. Depuis trois jours Germaine est furieuse et me poursuit tellement d'invectives, de larmes et de reproches que je passe moi-même alternativement de l'indifférence à la fureur et de la fureur à l'indifférence. C'est une relation terrible que celle d'un homme qui n'aime plus et d'une femme qui ne veut pas cesser d'être aimée. Il y a dans les explications ou une telle dureté, ou quelque chose de si superficiel et de si vague, qu'on a honte de n'être pas plus sensible à la douleur ou de faire ainsi semblant de ne rien entendre. Comme il arrive toujours, l'idée de me perdre fait que Germaine met plus de prix à moi. Une longue habitude de disposer de toute mon existence lui fait croire sans cesse que je dois lui revenir. Le moindre mot équivoque la trompe à cet égard, et comme je l'aime encore véritablement, la peine qu'elle éprouve lorsqu'elle ne trouve pas en moi le sentiment dont elle aurait besoin m'est excessivement douloureuse. D'un autre côté, son injustice me révolte. Lorsqu'elle me dit que c'est parce qu'elle est malheureuse que je l'abandonne, je m'indigne d'autant plus que si elle était dans des circonstances plus prospères, je suivrais beaucoup plus à mon désir de reprendre mon indépendance.

*Et il conclut :*

Ainsi ma vie se consume sans bonheur, ni pour moi, ni pour les autres.

*L'année suivante, le 18 juin 1804, il tente de raisonner leur malentendu :*

Longue, triste, amère conversation avec Biondetta. Elle est profondément malheureuse, et croit que c'est aux autres à la soulager, comme si la première condition pour n'être pas accablé par la vie n'était pas de la dompter et de tirer de soi toutes ses ressources. Que peuvent les autres contre l'agitation de votre vie, contre vos désirs qui se croisent, contre votre besoin d'une situation brillante, dont vous vous amourachez, parce que vous n'en voyez que les dehors, contre votre coquetterie qui a peur de la vieillesse, contre votre vanité qui veut se faire remarquer, tandis que votre caractère n'est pas assez fort pour braver les ennemis qu'on provoque toujours en se faisant remarquer ?

*Le 28, les plaintes reprennent, excédées :*

Dispute avec Biondetta. Elle a une exigence insupportable. Comme elle est incertaine dans les petites comme dans les grandes choses, elle veut ressasser continuellement les mêmes idées, et lorsqu'on est épuisé d'une conversation qui tourne toujours sur elle-même et sans résultat, elle dit qu'on manque d'intérêt. Hier, c'était encore bien pis. Elle avait blessé Schlegel qu'elle turlupine toujours. Elle voulait avoir, à une heure du matin, une explication avec lui, et elle voulait me réserver pour, après cette explication, une conversation sur des choses que nous avons traitées cent fois. Je mourais de sommeil, j'avais mal aux yeux, de là la scène. Je n'ai jamais [vu] meilleure femme, qui eût plus d'une sorte de grâce, plus d'esprit, plus de bon enfant, plus d'amitié et de dévouement ; mais je n'en ai jamais vu qui eût une exigence plus continuelle sans s'en apercevoir, qui absorbât plus la vie de ce qui l'entoure, et qui avec toutes ses qualités eût une personnalité plus avouée. Toute l'existence et toutes les heures, les minutes et les années doivent être à sa disposition, ou c'est un fracas comme tous les orages et tous les tremblements de terre réunis. Cela peut-il durer ?

*Le 21 août, Constant note avec une mélancolie déchirante :*

Personne ne sait que je ne suis pas dans une situation naturelle, que mes liens avec Biondetta m'ôtent tout sentiment de disposer librement de ma vie, et que, dominé par elle, je suis une ombre, causant avec d'autres ombres, mais n'ayant plus la faculté d'aucun projet pour l'avenir.

*D'avoir été, en janvier 1802, et pour avoir suivi les conseils maladroits de M<sup>me</sup> de Staël, éliminé du Tribunat par Bonaparte après douze jours de fonction ; de devoir, à partir d'octobre 1803, suivre M<sup>me</sup> de Staël sur toutes les routes de son exil ; de nomader d'auberge en auberge augmente encore aux moments les plus sombres son amertume et sa peur de l'avenir. En vain tente-t-il de se persuader qu'il ne pouvait agir autrement, et que c'est l'époque historique qui fait le destin, comme il l'écrit à sa plus sûre confidente, M<sup>me</sup> de Nassau :*

Vous me plaignez de n'avoir plus ni plans ni projets comme s'il y avait quelqu'un qui pût en former dans l'état où se trouve le monde ; quant à moi je déclare qu'il m'est impossible de *voir* à deux jours de distance. Nous sommes à la merci d'une puissance aveugle, car les gens ou pour mieux dire l'homme qui dispose de nous me paraît bien plus dirigé par son caractère que le dirigeant. Il était bien impossible dans le bas-empire de s'arranger un avenir. Une personne de mes amis m'écrivait dernièrement : « Il ne s'agit plus que d'ennui et d'obscurité. » On a retranché le repos et conservé seulement les chances de malheurs. C'est bien le plus mauvais marché que l'on pût faire. J'oubliais cependant la bassesse, carrière ouverte à tout le monde et qui la remplit tous les jours mieux.*

*De mois en mois, et parfois de jour en jour, lancinante comme « L'Horloge » de Baudelaire :*

*Souviens-toi* que le temps est un joueur avide.
Qui gagne sans tricher, à coup sûr ! c'est la loi
Le jour décroît ; la nuit augmente ; *souviens-toi !*
Le gouffre a toujours soif ; la clepsydre se vide.

*— l'angoisse impuissante du Temps le harcèle et le déprime.*

*Dans ses* Journaux, *les chiffres des années apparaissent, montent et fuient, comme sur un compteur :*

« J'ai 35 ans passés. Je ne suis plus riche d'avenir ».

(6 janvier 1803).

A 50 ans, je ne me pardonnerai pas de n'avoir pas marqué ma place. Et combien s'en faut-il encore que je n'aie 50 ans ?

(14 avril 1804).

---

* Lettre extraite de l'ouvrage *Journal intime de Benjamin Constant et Lettres à sa famille et à ses amis, précédés d'une introduction par D. Melegari*, Paris, Albin Michel, 1928.

Travaillé assez bien parce que Biondetta [*Constant appelle M^me de Staël tantôt Minette, tantôt Biondetta, prénom du démon caressant métamorphosé en femme dans Le Diable amoureux de Cazotte...*] est partie. Oh! si j'étais abandonné à moi-même, comme je profiterais des années qui me restent!

(4 juillet 1804).

... J'ai bientôt 40 ans : faut-il sacrifier toute ma vie à des dangers incertains pour l'avenir ? Je me marie cet hiver.

(6 juillet 1804).

*Le 19 septembre de cette même année, dixième anniversaire de leur liaison, Constant dresse un bilan mélancolique qui se termine, comme les autres, par la tentation de l'homéopathie sentimentale :*

C'est aujourd'hui le 19 septembre. Il y a 10 ans que j'ai vu Biondetta pour la première fois et qu'elle a décidé de ma vie. Depuis ce jour, il n'y en a pas eu un seul où elle n'ait été pour quelque chose dans mes arrangements ; et je dois le dire, il n'y a pas eu un jour où elle ne m'ait causé beaucoup plus de peine que de plaisir. Que d'événements pour moi se sont passés durant ces 10 ans! Que d'espérances j'ai vues s'accomplir quand toutes les chances étaient contre ! Que d'espérances j'ai vu trompées quand toutes les probabilités étaient pour ! J'ai acquis quelque réputation, moins que je n'aurais pu en acquérir et plus que je n'en ai mérité. J'ai rempli mes devoirs publics, et me voilà arrivé à 37 ans sans de grands malheurs, mais sans existence fixe et sans projets arrêtés pour l'avenir. Je suis fort indécis relativement à Antoinette *. Il est certain que c'est sortir de la dépendance de Biondetta, et d'une situa-

---

* Antoinette de Loys. Cf. pages XLIV-XLV.

tion qui me déconsidère, mais c'est m'ôter à jamais la possibilité de vivre à Paris. Je prévois que le hasard décidera encore de cette affaire. Va pour le hasard.

*Le seul moyen de guérir de la liaison illégitime avec une femme turbulente, exigeante, et exaltée, est de contracter soit une petite liaison subalterne avec une petite femme insignifiante, ou, mieux encore, une liaison légitime avec une créature douce, patiente, et sûre... L'essentiel, et Constant ne variera jamais sur ce dessein qu'il mettra cinq ans à résoudre, est de réussir à mettre devant le fait accompli la maîtresse en titre... Dès le 6 janvier 1803, songeant à épouser une certaine Amélie Fabri, il posait clairement l'alternative :*

Germaine a besoin du langage de l'amour, de ce langage qu'il m'est chaque jour plus impossible de lui parler. Nous nous brouillerons, nous nous séparerons infailliblement. Plus notre liaison dure, plus à la fin nous nous trouverons vieux, isolés, mécontents de nous et sans ressource auprès des autres. Ces choses qui rendraient toute liaison pénible le sont doublement dans notre carrière respective. Les mêmes opinions nous dominent, mais comme ces opinions sont placées sur deux caractères différents, nous nous nuisons au lieu de nous soutenir. Je puis me taire sous le despotisme, mais je ne veux pas me réconcilier avec lui. Elle voudrait se réconcilier, mais elle ne peut se taire. D'ailleurs, je le répète, il me faut une femme que je tienne dans mes bras, qui marque chaque nuit par le plaisir, chaque jour par sa douceur. Si je veux conserver Germaine, il me faut prendre une maîtresse obscure et subalterne, que sa subalternité irritera, que l'éducation n'aura pas adoucie, qui me fera rougir si on l'aperçoit, qui pèsera sur moi si je la cache. Tous ces inconvénients grandiront avec l'âge, et je serai dans dix ans ou isolé, si j'ai répudié cet être inférieur et exigeant, ou, si je l'ai conservé auprès de moi, dominé, trompé, malheureux. Je veux me marier, cela seul peut combiner avec les avantages que je désire le moins possible d'inconvénients. Marié subitement, je pourrai reconquérir l'amitié de Germaine, et il ne sera plus question de liens ni d'amour.

*L'année suivante, sa tante Nassau le présente à une cousine germaine, Antoinette de Loys.*

Elle est douce, assez aimable, mais peu jolie et commune. (11 juillet 1804).

*Pourtant, il s'apprivoise, et le même mouvement psychologique s'opère :*

Dîner chez ma tante. Effusion de cœur après le dîner. Elle veut ou que j'épouse Biondetta, ou que je la quitte. Elle a raison. Mais ce en quoi elle a tort, c'est qu'elle me suppose l'envie d'épouser Biondetta, et je n'en ai pas la moindre. Je n'ai pu le lui dire assez clairement, parce que cela m'aurait mené à une profession de foi sur mes intentions, qui aurait contrasté avec la vie que je veux mener encore jusqu'au départ pour l'Italie. Après m'avoir parlé de Biondetta, elle a pris une tournure pour arriver jusqu'à Antoinette et m'apprendre qu'elle aurait tout de suite 50.000 francs de Suisse de dot. Il m'est clair que je puis avoir Antoinette, et cela me convient assez. D'abord ce sera un changement. Je redeviendrai mon maître dans les petites et même dans les grandes choses, car mon cœur est si usé que je défie qui que ce soit de reprendre sur moi de l'influence sans les antécédents de Biondetta. Je pourrai travailler beaucoup plus. J'aurai, quand je le voudrai, un entourage, et quand je ne le voudrai pas, la France ou l'Allemagne. Je sortirai de ma situation équivoque. Quoique Antoinette ne soit pas très jolie, elle n'a que 20 ans, et j'aurai pendant quelque temps du plaisir physique. Elle est douce, assez gaie, point brillante. Il est possible qu'elle devienne mieux que ce qu'elle est. Si on veut me la donner de manière à ce que le mariage soit fait avant que Biondetta le sache, je l'épouse. Il se pourrait donc que dans deux mois, je fusse marié.

(16 septembre).

*Aussi, adieu Amélie !*

Amélie était charmante. Quel dommage qu'elle n'ait point de gorge et soit maigre comme un hareng ! Mais la traiter en femme serait impossible au bout d'un mois, en jugeant par ce qu'elle montre, et Dieu sait ce qu'elle ne montre pas. (23 septembre).

*Le 30 octobre, il va partir, il est déjà parti en imagination pour Dôle demander Antoinette à sa mère !*

Quel combat que la vie, et que j'en suis fatigué ! Au bout du compte, je pourrai bien épouser Antoinette ; ce sera du repos. Aucun être désormais ne peut me frapper au cœur. Mon père et Biondetta ont conservé ce droit parce qu'ils en sont en possession depuis longues années. Mais Antoinette, si je l'épouse, me sera étrangère et par conséquent soumise. J'aurai une carrière régulière, ordinaire, mais je la veux ainsi : je ne la dérangerai qu'autant que je voudrai. Va pour Antoinette.

*Mais le 18 novembre cette note sèche :*

On dit qu'Antoinette se marie avec Séveri. Cela simplifierait bien mes projets sur elle.

*Et le 18 octobre 1805 :*

Dîné avec Antoinette chez M^me de Nassau. 8. | *mariage* | impossible et point désirable.

*Ainsi de projets en projets jusqu'à la crise de la quarantaine et l'avertissement de la mort à ses côtés qui transformeront en volonté sa longue velléité vers Charlotte : aucune créature encore ne satisfait longtemps sa lucidité et son appétit de* douceur. *Quant aux petites liaisons rapides et clandestines, les notes sibyllines des* Journaux *semblent indiquer qu'il ne néglige point de tâter de leurs charmes, voire de ceux des femmes de « maisons ». Mais la bêtise ne saurait lui donner de satisfactions continuelles.*

*A chaque crise de son faux ménage, à chaque blessure de la fierté, à chaque accélération du temps pour la conscience, il réagit par les mêmes vains projets de réforme sentimentale, car pour lui — et c'est une des clefs d'*Adolphe *— l'ordre dans la vie passionnelle gouverne l'ordre dans la vie créatrice. Ainsi, par la pensée, oscille-t-il régulièrement du plaisir paisible sans tourments de l'amour, à l'amour paisible sans délires du plaisir. Car de trouver les deux réunis dans la stabilité du temps et l'amitié du cœur !.. En cette année* 1804, *où, heureux de pouvoir au moins se parler à soi-même dans son* Journal, *il accumule les bilans et les comptabilités psychologiques, il doit s'avouer loyalement que «* Minette *», par la grâce de sa vigilante exigence, l'a sauvé préventivement malgré lui d'autres dominations, et que sa seule échappée dans une autre passion fiévreuse l'a poussé dans les bras d'une femme aussi exigeante que Germaine de Staël sans avoir pour autant son mérite intellectuel ou son prestige social.*

*C'était en octobre* 1800. *Depuis* 1798, *aussi assidûment que sa liaison le lui permettait, il fréquentait le salon politique et littéraire de Julie Talma. Julie était une créature exquise, riche et infiniment spirituelle, également douée du sens le plus droit des choses et d'une fantaisie aérienne.*

*Critique impitoyablement lucide des lâchetés, cette amie loyale avait d'autant plus de mérite à demeurer indulgente aux faiblesses que son ménage était désolé par des infidélités. Ame aimante et ardente, mais frêle et déjà rongée par la tuberculose, elle rêvait avec d'autant plus de ferveur le bonheur d'autrui que la vie lui avait refusé le bonheur. De son tact et de son cœur, on jugera par cette lettre inédite, dont le mérite mélancolique est d'avoir été écrite par une femme qui avait perdu deux de ses fils, et ne devait pas survivre à la mort du dernier.*

Je ne conçois que je ne vous aye point écrit, Monsieur, depuis la perte que vous avez faite. Elle était prévue depuis longtemps cette perte ; mais le malheur n'a pas besoin de surprendre pour affliger, et, tout malades que puissent être ceux que nous aimons, quoi qu'ils existent à peine leur mort fait un vide impossible à remplir. On regrette de ne pouvoir plus leur rendre tant de soins douloureux qui nous fesaient sentir les rapports qui existaient encore entre eux et nous.

La douleur de M^me de Canteloup et celle de ses enfants a dû vous faire bien du mal : lorsque les soins que vous leur rendez vous le permettront, venez me voir. J'ai trop souffert pour être jamais étrangère à ceux qui souffrent, encore moins à ceux pour qui j'ai une véritable affection.

Julie Talma.

(1^er germinal an 11).

*Elle nourrissait pour Benjamin Constant, tout en le jugeant, une poignante tendresse.*

... Est-il bien vrai que vous êtes parti?... On s'abuse ainsi sur la vérité qui tue... *Good-bye my dear love, my dearest love*, je ne sais si les mots sont bien écrits, je ne réponds que du sens qu'ils renferment...

Plus j'y pense, plus je crois qu'au moment où vous me le promettiez, vous saviez bien que vous ne reviendriez pas... Vous avez emmené vos bons chiens, vous n'avez laissé que moi!... Dites, Constant, pourquoi mêlez-vous à toutes vos actions un peu de perfidie? N'était-ce pas assez de votre absence?... J'avais tort de craindre que la bonté seule vous attirât quelquefois chez moi. Je peux être tranquille, vous êtes sans pitié... Vous rappelez-vous? Les Champs-Élysées, la lune, les voleurs? Que j'étais heureuse! Et pourtant je souffrais... Pourquoi me traitez-vous si mal, vous que j'aimais tant?...

(18 et 22 juillet 1799).

*Benjamin, de son côté, n'eut jamais pour Julie qu'une très affectueuse amitié, mais il la lui garda intacte, au long de sa maladie, jusqu'à sa mort, et par-delà sa mort, qui inspira à cet homme réservé ses pages les plus tendres, et qui a sans nul doute contribué, non seulement à dicter les sombres réflexions d'Adolphe sur la solitude, mais à infléchir l'esprit même du roman.*

*Un jour d'octobre 1800, chez elle, Benjamin Constant fut présenté à une Irlandaise, Anna Lindsay. De trois ans son aînée, elle avait alors trente-six ans. Fille d'un aubergiste venu s'établir à Calais, aînée de dix enfants, elle avait récuré et servi. Belle, intelligente, ambitieuse, la voici remarquée par la duchesse de Fitz-James, puis, juste le temps de quelque éducation et des plus cruelles illusions, disgraciée. Pour sortir de cette situation impossible, elle s'était enfuie avec un Conflans,* puis, abandonnée par lui, liée avec un Drummond, d'une famille qui touchait aux Stuarts. Celui-ci lui avait juré de n'épouser qu'elle, et, de fait, combina un mariage secret auquel elle crut de toute son âme, qui était à la fois entière et romanesque. Elle tint le ménage scrupuleusement, eut un fils ; puis son « mari » partit pour l'Écosse afin de recueillir l'héritage familial... Il ne revint jamais, s'étant marié, cette fois au grand jour, avec la riche héritière de son rang : fait divers banal, roman pour midinettes, mais celle qui l'a vécu en a le cœur brisé.

Anna Lindsay ne releva jamais plus complètement sa vie morale de ce beau rêve illusoire. Fière et amère, crédule et incapable de solitude, elle devint l'une de ces femmes qui disent « Tous les hommes sont menteurs » en souhaitant passionnément d'être enfin détrompées. Dès l'abandon de Drummond, elle s'était jetée dans une nouvelle liaison avec Auguste de Lamoignon, qui avait deux ans de moins qu'elle. Cette femme, qui avait le génie de l'amour, avait aussi, hélas, celui des méprises psychologiques sur ceux qu'elle élisait : après onze ans de liaison, et deux enfants, Lamoignon, dont elle avait géré les intérêts, et pour qui elle avait risqué sa vie pendant les heures sombres, cherchait maintenant à se rapprocher de sa femme, dont il s'était précipitamment séparé au début de la Révolution quand il avait cru sa dot compromise !

Dès le mois de novembre 1800, Benjamin, las de son joug, et Anna, impatiente d'un nouveau joug sûr, s'éprirent l'un de l'autre avec frénésie. Il lui écrit haletant de désir et de jalousie en des termes qu'il ne retrouvera plus — vainement cette fois — que pour Juliette Récamier :

J'aurai bientôt besoin de l'air que vous respirez comme de la seule atmosphère où je puisse vivre...
(23 novembre 1800).

Les jours se passent avec une rapidité effroyable. Je sens la douleur et la folie s'avancer à grands pas... Mon sang bout dans mes veines, et je ressens un choc convulsif quand je réalise que chaque instant *le* rapproche de vous...
(26 novembre 1800). *

*De son côté, elle est transportée de reconnaissance autant que d'amour : encore une fois, elle s'est donnée sans retour, mais à un homme qui lui dit qu'il est*
heureux d'avoir, à n'importe quel prix, rencontré une femme telle que je l'avais imaginée, telle que j'avais renoncé à la trouver, et sans laquelle j'errais dans ce vaste monde, solitaire, découragé, trompant sans le vouloir des êtres crédules, et m'étourdissant avec effort.
(29 novembre). *

*Cet homme lui crie :* « Je vous aimerai toujours, jamais aucune autre pensée ne m'occupera », *l'assure qu'il est* « inviolablement uni à (son) existence », *que :* « nos chaînes seront rompues. Nous sommes destinés à vivre ensemble et à être heureux ». *Ne lui répète-t-il pas qu'elle est* « l'idéal d'une femme » ? *La folle impétuosité d'Anna ravit cet esprit aisément incertain et apathique ; son exigence le rassure. Dans deux mois ils l'inquiéteront. Encore deux autres, il les nommera désordre et tyrannie. Ne s'est-elle pas*

---

* Lettre extraite de l'ouvrage *L'Inconnue d'Adolphe. Correspondance de Benjamin Constant et d'Anna Lindsay,* publiée par *la baronne Constant de Rebecque. Préface de Fernand Baldensperger,* Paris, Plon, 1933.

*avisée de prendre ses promesses à la lettre, et de lui écrire clairement :*

Je désire déposer mes armes et devenir une femme normale et répéter avec Milton : She for God and He (*Elle* pour Dieu et pour *Lui*) !

(22 février 1801). *

*Il répond avec gêne :*

Vous méritez d'être heureuse, et libre, et indépendante, et vous le serez. Vous ne le seriez pas en bravant le monde... en vous entourant d'une défaveur qui vous serait insupportable, et pour laquelle, *moi*... je ne vous donnerais aucune sauvegarde réelle... Ne me jugez pas injustement... Ma vie est si embarrassée, ce pays est si difficile... que je vois en frémissant la chance que vous partageassiez les orages qui m'attendent. Je ne veux vous donner de moi que ce qu'il y a de doux dans mon existence. Pour le reste, je veux marcher seul...

(26 mars et 14 avril 1801). *

*Elle s'inquiète. Il se dérobe.*

Benjamin est adroit comme à son ordinaire. Il ne sortira jamais de sa route tortueuse, mais je ferai cesser cette indécente poursuite, je cesserai de donner à son cœur ce délicieux spectacle d'une âme assujettie et désespérée par lui.

(Anna Lindsay à Julie Talma, 29 mai 1801). *

... Je veux que vous soyez libre, que le goût et le sentiment nous unissent... Pour moi, en consacrant à vous une grande partie de ma vie, parce que j'y trouverais le bonheur, je veux l'indépendance que j'ai toujours conservée...

(Benjamin à Anna, 31 mai 1801). *

---

* Lettre extraite de l'ouvrage *L'Inconnue d'Adolphe. Correspondance de Benjamin Constant et d'Anna Lindsay, publiée par la baronne Constant de Rebecque. Préface de Fernand Baldensperger*, Paris, Plon, 1933.

*En vain, avec une amitié touchante, Julie Talma s'in-*
*terpose-t-elle, parlant tour à tour raison et intermittences*
*du cœur, mettant enfin Constant devant les responsabilités*
*de son caractère et de ses sincérités successives :*

J'ai montré votre lettre à Anna qui trouve que
vous faites une cruelle satire de la dureté de son âme,
puisque cent fois elle a été prête à vous sacrifier *treize*
ans de souvenirs, tandis que vous êtes trop sensible
pour lui en sacrifier *huit*. Elle n'est touchée que de
l'aveu que vous faites de l'avoir toujours sacrifiée :
enfin, dit-elle, une fois, il dit la vérité !

Que voulez-vous maintenant, mon ami ? Tâchez
donc de le savoir.

Voulez-vous par des protestations renouvelées ranimer
sa tendresse, afin de pouvoir toujours disposer de sa
vie sans la rendre jamais heureuse ? Avertissez-nous.

J'ai une bonne querelle à vous faire : devant moi
vous parlez à Anna en homme détaché, qui parle
d'amour par forme de conversation. En particulier,
c'est-à-dire en anglais, vous lui parlez en amant passionné ; vous voulez fuir avec elle, vous dites mille
extravagances, dont vous ne pensez pas une seule.
C'est donc ainsi que vous respectez son repos ? La
belle finesse ! Avez-vous cru qu'elle ne me redirait
pas vos discours ? Eh bien, moi je lui dirai que vous
ne l'aimez pas. J'en suis sûre comme de mon existence.
Ce n'est pas l'aimer que de lui donner une place égale
à celle de cinq ou six autres que vous avez aimées.

Vous nous trompez comme on trompe des enfants, avec la différence que les contes qu'on fait aux
enfants, n'ont pour eux aucune suite fâcheuse.

(A Benjamin Constant, 13 mai 1802). *

* Lettre extraite de l'ouvrage *L'Inconnue d'Adolphe. Corres-*
*pondance de Benjamin Constant et d'Anna Lindsay, publiée par la ba-*
*ronne Constant de Rebecque. Préface de Fernand Baldensperger*, Paris,
Plon, 1933.

*Anna Lindsay s'affole, elle est devenue opiniâtre
et cassante\*. En repensant à elle, il notera froidement
dans son* Journal, *le 28 juillet 1804 :*

Vu quelques lettres de celle qu'il y a deux ans j'appelais mon Anna. C'est par exemple une des sottises
que ma liaison avec Minette m'a empêché de faire.
Sans elle il est presque sûr que je me serais trouvé
chargé de cette femme et de ses deux enfants. J'aurais
bouleversé sa vie et je me serais cru condamné par
devoir à la soigner. Fortune, indépendance, tout aurait
été perdu. Il faut considérer les avantages de mes liens
aussi bien que leurs inconvénients.

*Alors, nul regret ? Nul autre que celui de ne trouver
nulle solution à la vie. Pourtant la solution se dessine,
aussi fatale qu'inattendue : pendant deux grandes années,
Benjamin Constant incube pour Charlotte un nouvel
amour dont la multiplicité des démentis à soi-même
ne fait qu'attester l'obsession, et dont* Adolphe *est la
conséquence indirecte, mais certaine.*

*En fait, l'image de la « douce » Charlotte n'avait
jamais cessé tout à fait de rôder par la mémoire, et, quelques années plus tôt, la première occasion avait suffi
pour ranimer en Benjamin Constant la curiosité sentimentale :*

La seule chose que je voudrais savoir, c'est ce qu'est
devenue une M^{me} de Marenholz ou de Hardenberg,
divorcée, qui doit avoir 31 ans, et si Victor l'a vue.
Ne me dites pas où, mais seulement s'il l'a vue et si

---

\* Le lecteur trouvera à l'Appendice les principaux extraits de la
correspondance entre Benjamin Constant et Anna Lindsay.

elle lui a parlé de moi... J'ai été très piqué de ce que vous m'avez mandé relativement à une Dame qui m'a fort intéressé autrefois. Je trouve fort mauvais qu'on se marie après m'avoir aimé... »

(L. à Rosalie de Constant, 14 novembre 1800 et janvier 1801).

Cécile *confirme :*

Je m'étonnai de l'espèce d'impatience que me donna un événement qui devait m'être fort étranger. J'en fus triste et importuné pendant quelques jours.

*Puis, le silence: Anna Lindsay règne, Germaine de Staël régente. Les travaux forcés de « l'amour », les conjurations passionnelles, la rage de dispersion et la hantise du labyrinthe occupent Constant. Un jour d'août 1803, arrive une lettre de Charlotte...*

*L'incubation psychologique fut d'abord insidieuse et lente : du 7 août 1803 (si l'on en croit* Cécile*) jusqu'à la fin d'avril 1804, il n'est question que de correspondances négligemment échangées, et de ces hasards sans conséquence dont la fatalité sentimentale emprunte le masque pour endormir la raison. Mais voici que peu à peu le souvenir et l'idée revêtent un caractère insidieux, quémandeur, protéiforme, ingénieusement persécuteur, d'autant plus habiles à endormir la conscience qu'ils la poussent à noter refus et moqueries dont l'enregistrement fortifie l'obsession.* Cécile*, qui a noté une fois pour toutes comme prémonitoires les* « circonstances en apparence insignifiantes »*, ne pouvait sans un égal danger pour l'amant encore engagé ailleurs et pour le futur époux avouer ces multiples appels, leur empire sur la raison pure, et le trouble qu'ils dénotent dans l'inconscient. En revanche, le* Journal *les relate très simplement et inconsciemment,* *chaque fait isolé ne devant prendre sa valeur souveraine qu'après leur addition. Que Stendhal n'a-t-il connu ces notes ! Il y aurait trouvé un parfait exemple de cristallisation dans l'ombre.*

*C'est d'abord, le 2 mai 1804, sur la route de Gotha à Schmalkalden, un brusque souvenir par association :*

Il y a à peu près onze ans *(c'était le 2 ou le 3 juin 1793)* que j'ai passé par Schmalkalden en allant de Göttingue en Suisse, bien amoureux de M^me de Marenholz, à présent M^me du Tertre. J'en étais redevenu amoureux d'une façon bien singulière. Horriblement fatigué d'elle lorsqu'elle avait voulu s'unir à moi, au premier mot qu'elle me dit, que sur les prières de son père, elle voulait ajourner cette union, je m'étais senti ressaisi d'une passion dévorante. Était-ce de l'amour-propre ? De bonne foi, je ne le crois pas. Mais l'objet qui vous échappe est nécessairement tout différent de celui qui vous poursuit. Ce serait avoir l'esprit faux que les envisager de même.

*Trois mois plus tard, le 1^er août, l'idée souterraine sollicite cette fois la sympathie par le biais de l'égoïsme mélancolique :*

*Lettre de M^me Dutertre !* Enfin ! En voilà une autre qui, avec un amour vif pour l'indépendance, ayant réussi, à 25 ans, à la reconquérir, et possédant une fortune considérable, a gâté sa vie par un lien qui lui pèse aujourd'hui tout autant que le premier. On ne voit que des gens qui ne savent pas tirer parti de leurs situations. L'ennemi de l'homme est en lui plus que partout ailleurs.

*Le 9 septembre, une réaction de défense lui dicte des lignes sèches où il englobe Charlotte — aux côtés d'Anna*

*Lindsay — dans un vaste bannissement sentimental du
passé :*

Amélie assez aimable. Quel dommage qu'elle ait
32 ans ! Le sort m'a toujours contrarié. Il y a toujours
eu dans les femmes que j'aurais pu et voulu épouser
des parties qui ne me convenaient pas. M^me de Hardenberg [*Charlotte*] était ennuyeuse et romanesque ; M^me
Lindsay avait 40 ans et 2 bâtards....

*Mais, dans cette lutte de la logique contre une mysté-
rieuse refloraison sentimentale, la rébellion raisonnée
sert les hantises souterraines. Pendant presque trois
mois, silence, durant lequel le désir s'apprivoise à l'abri
du refus officiel. Toujours complaisamment liée au
souvenir désormais inoffensif de M^me Lindsay, l'image
de Charlotte sort pourtant de sa sujétion et s'éclaire
toujours davantage :*

*Lettre de M^me Lindsay.* Je le savais bien qu'elle m'aimait encore. Il faudra lui répondre. Je serai le plus
tendre possible, cela ne m'engage plus à rien. C'est
une femme que j'aime et que j'estime. *Réponse de M^me
Dutertre.* Enfin, j'espère la revoir, cette femme qui
a changé toute ma vie, et que j'ai aimée si passionnément pendant quelques jours. J'éprouve assez de
curiosité de cette entrevue après 12 ans de séparation.

(28 décembre 1804).

*Lettre toute triste et tout humble de cette pauvre M^me
Dutertre.* Cette lettre m'a fait venir les larmes aux
yeux. J'irai voir cette femme demain. Mais que puis-
je pour elle, avec son sot mariage et son vilain mari ?
Cependant il faut y aller.

(6 février 1805).

*L'amour-propre s'en mêle :*

Mme Dutertre ne me répond pas. Cette liaison aussi est agonisante. J'y consens.

(19 février 1805).

*Encore une fois, dans cette bataille psychologique toujours plus serrée, l'esprit critique tente un engagement retardateur, sur lequel l'idée fixe, un instant refoulée, prend par le rêve une revanche exemplaire. Le 23 avril, Constant note :*

Soirée chez moi avec Mme du Tertre. Elle pense sérieusement à redivorcer et à m'épouser. Je ne crois pas la chose faisable. Si elle l'était, ce serait au moins du repos.

*Le 28 avril, cinq jours après cette réflexion désinvolte, le « Journal » enregistre :*

J'ai rêvé amour toute la nuit, amour sentimental, amour jeune, comme je l'éprouvais à 20 ans. Trois fois dans ma vie, des rêves pareils ont été les avant-coureurs d'une passion violente. Une fois surtout, pour Mme de Marenholz, à présent cette pauvre Mme Du Tertre. Mais je ne vois pas encore clairement de qui je deviendrai amoureux. L'amour est au reste un sentiment qu'on place, lorsqu'on a besoin de le placer, sur le premier objet venu. Tous les charmes qu'il prête sont dans l'imagination de celui qui l'éprouve. C'est une parure dont il entoure ce qu'il rencontre. *Ecrit à Minette, à Mme Lindstry.*

*Vaines défenses que les réflexions annexes! Six jours plus tard - il y en a onze que Constant a dit à peu près le contraire - il écrit :*

*Billet de Mme Dutertre.* Je la verrai ce soir. J'ai formé

ma résolution ; si elle peut devenir libre, je l'épouse.
La lettre de Biondetta a détruit presque entièrement
mes bonnes dispositions de hier. Conversation avec
M^me Dutertre : elle peut redevenir libre. Son mari,
pour des arrangements de fortune, se prêtera au divorce
en Allemagne, et il n'y a pas eu de mariage célébré en
France. Elle m'a remis sa destinée entre les mains.
Si je me trouve heureux de l'épouser, elle divorcera.
Sinon elle conservera des liens qu'elle n'aura plus
intérêt à briser. J'ai été presque abasourdi de cette
nouvelle. Cependant l'épouser est bien de tous les partis celui qui me convient le mieux. Ma situation dans
le monde est très pénible par mes relations avec Biondetta.
La nécessité de courir toujours est un obstacle à tout
repos comme à tout travail. Un mariage secret ne
change rien ni à mes rapports ostensibles ni à ce vagabondage épouvantable. Avec Charlotte, je puis vivre
en France honorablement et paisiblement. Elle m'apporte
un caractère charmant, assez d'esprit, plus que je ne
lui en croyais, une naissance illustre, assez de fortune
pour que, marié, je ne sois pas plus pauvre qu'à présent,
et un attachement qui a survécu à dix ans d'absence
et d'indifférence de ma part. Cependant je n'ai pas
répondu d'une manière animée ni décisive. L'étonnement me dominait. Mais je crois que j'en ai dit assez
pour qu'elle persiste à devenir libre et à se donner
à moi. C'est un port inattendu que le ciel me présente.
Il faut y aborder.

*Pourquoi ce revirement, cet élan final quasi mystique ?
C'est que Julie Talma agonise, que c'est la première
Amie qu'il voit disparaître ; qu'il a bientôt quarante ans,
et qu'il sent trop tard, avec un remords désespéré, que
meurt à jamais une créature exquise dont la tendresse
l'entourait avec une abnégation souriante, un attachement,
une sûreté, qu'il prenait pour tout naturels, et dont il*

*reconnaît le prix dans le moment même où ils lui échap-*
*pent avec le dernier regard des yeux tendres :*

Elle est morte. C'en est fait, fait pour jamais... Amie
si sûre, d'un esprit si plein de grâce, d'une telle fidélité,
d'opinions si conformes aux miennes, d'une vérité
si profonde. Je me reproche ce que j'ai dit d'elle, l'impatience que j'ai pu avoir de quelque humeur, de
quelque caprice. Si on lisait ce que j'en ai écrit quelquefois, on ne croirait pas au regret amer, à la douleur
sans interruption que j'éprouve de sa perte.

*Quel contraste avec les hommes qui se disent ses « amis »*
*selon le monde :*

Hochet dit du mal de moi, en ajoutant qu'il est mon
ami et qu'il s'en croit plus en droit de parler de moi
avec franchise. C'est comme cela que sont faits les amis !
Quelle retraite j'ai dans mon cœur solitaire et comme
j'y rentre tous les jours plus ! On dit aussi que j'ai
beaucoup maltraité ma ci-devant femme. C'est bien
faux, mais quel mal me fait le mal que l'on dit de moi.
Si je puis épouser Charlotte, tout ira bien.

*Panique du cœur, effroi du cœur... Le lendemain,*
*6 mai Julie est comme morte une seconde fois, puisque,*
*son corps même a disparu de son salon qui demeure.*
*Constant écrit ces lignes déchirantes (où il préfigure*
*les vers de Hugo sur la mort de Gautier :*

Le dur faucheur avec sa large lame avance
Pensif et pas à pas vers le reste du blé ;
C'est mon tour...) :

On acquiert quelquefois de nouveaux amis, on
ne remplace jamais ceux qu'on perd ; et à mon âge
même on n'en acquiert plus. On est au milieu d'un

champ couvert d'épis mûrs, et l'on voit faucher autour de soi jusqu'à ce qu'on soit atteint soi-même. Si Blacons vivait je lui parlerais de M^me Talma ; si elle vivait je lui parlerais de Blacons : tout, tout est mort.

*\* \**

*Adolphe, dans l'âme, commence par sa fin :*

Vous marcherez *seul* au milieu de cette foule à laquelle vous êtes impatient de vous mêler... Peut-être un jour, froissé par ces cœurs arides, vous regretterez ce cœur dont vous disposiez...

*Ces réflexions, c'est l'âme errante de Julie qui les dicta d'abord, en attendant que la détresse du « jamais plus » en reporte l'avertissement sur une créature encore accessible : Charlotte. Une morte aide une vivante... A l'angoisse du passé inabordable se lie indissolublement la décision compensatoire d'engager l'avenir avant qu'il soit trop tard.*

*Derechef, à la fin de décembre* 1805, *la mort coupe les ponts. M^me de Charrière n'est plus :*

Je perds encore en elle une amie qui m'a tendrement aimé, un asile, si j'en avais eu besoin, un cœur qui, blessé par moi, ne s'en était jamais détaché. Que de morts j'ai déjà inscrits dans ce livre ! Le monde se dépeuple. Pourquoi vivre !

(30 décembre).

*Et quand, après une dernière séparation d'un an et demi, Benjamin Constant revoit Charlotte le* 19 *octobre* 1806, *et se hâte méthodiquement de devenir son amant*

*le soir même, avec une créance morale de treize années,*
*il se précipite dans ses bras frais avec le désir cette fois*
*qu'ils l'enclosent comme en un cercle enchanté :*

Soirée avec Ch[arlotte].
Cette femme est un ange de douceur et de charme !
Quel lot j'ai manqué dans la vie ! 12 [*Amour*]. 12. 1.
[*Jouissance physique*]...
Parcouru avec elle ma campagne. Je l'aime à chaque
instant davantage. Je le répète, c'est un ange... 12. 12.
plus que jamais. 2. 2. [*désir de rompre avec M*me *de*
*Staël*] 1.
Charl[otte]. 12. 12. Soirée avec elle. Douce et ai-
mable comme toujours. Quelle fureur avais-je donc
de la repousser il y a douze ans !...
Dîné avec Charlotte. 1. Douce, heureuse, triste soirée.
Peut-être la dernière. Malheureux ! Quel ange j'ai
repoussé ! L'amour m'a repris dans toute sa violence.
Je ne croyais pas mon vieux cœur si sensible. 12. 12. 12.
C'est mon seul vœu, mon unique espoir...
Journée folle. Délire d'amour. Que diable cela veut-il
dire ? Il y a 10 ans que je n'ai rien éprouvé de pareil.
*Lettre de M*me *de Staël. Répondu à M*me *de Staël.* Mais tout
est bouleversé ! Je veux Charlotte, je la veux à tout prix.
Essayé de m'enivrer. Je n'en ai été que plus amoureux.
*Billet de Charlotte.* Comme elle prend son parti de ne
pas me voir ! C'était moi qui la repoussais il y a 8 jours.
Je suis donc tout à fait fou. *Écrit à Charlotte.* Je la veux.
*Écrit à M*me *de Charrière* *. Visites sans but et sans intérêt le reste de la soirée. C'est par trop fou. Cette femme
que j'ai refusée cent fois, qui s'est offerte sans cesse
et que j'ai toujours repoussée, que je laissais faire des
projets de réunion en l'en décourageant sans cesse,
que j'ai quittée il y a dix-huit mois sans aucune peine,
à qui j'ai écrit cent lettres indifférentes, à qui, lundi

* Angélique de Charrière.

passé encore, j'ai repris mes lettres, cette même femme me fait tourner la tête ; et ne pas la voir est un supplice horrible.

Nuit folle comme le jour. J'ai une douleur au cœur plus vive que je n'en ai jamais éprouvé. Sot animal que je suis ! Je me fais aimer des femmes que je n'aime pas. Puis tout à coup l'amour s'élève dans mon cœur comme un tourbillon, et le résultat d'un lien que je ne voulais prendre que pour me désennuyer est le bouleversement de ma vie. Est-ce là la destinée d'un homme d'esprit ? *Lettre de Charlotte.* Elle me verra à deux heures. Ma lettre l'a blessée. Elle ne peut me concevoir. Je le comprends. J'étais si doux, si insouciant il y a 3 jours, je lui donnais des conseils si prudents. C'est peut-être pour cela que, doutant de mon sentiment, elle m'aimait davantage. Quoi qu'il en soit, il faut que cette situation finisse. Je n'ai pu compter que tout de suite notre sort s'arrangeât. 12 si cela se peut. Mais reprenons du calme, même pour l'avantage de mon sentiment. 2 dès que l'autre sera fixée, puis mon père, puis Lausanne, puis attendre. Promenade de deux heures avec Charl [otte]. Ange adorable ! Quel trésor j'ai perdu ! Et j'ai bien peu d'espérance de le posséder. Je suis d'une tristesse profonde, mais elle diffère de cet abattement sec et froid dans lequel je vivais il y a 8 jours. Je verrai cet ange encore demain.

(22, 23, 24, 25, 26, 27 octobre).

*A chaque geste, à chaque attitude, il compare avec « Minette » :*

Le contraste entre son impétuosité, son égoïsme, son occupation constante d'elle-même, et la douceur, le calme, l'humble et modeste manière d'être de Charlotte me rend celle-ci mille fois plus chère. Je suis las de l'homme-femme dont la main de fer m'enchaîne depuis dix ans, et une femme vraiment femme m'enivre

et m'enchante. 2. 2. Ah ! certes oui, et bientôt, et 12
si le ciel me protège. Que m'importe ce qu'on en dira ?

(26 octobre).

*Qu'importe que le second mari de Charlotte, le vicomte*
*du Tertre, bigot sordide, puisse songer à monnayer minu-*
*tieusement les scrupules de sa conscience au divorce !...*
*Constant est prêt à toutes les longues impatiences, à*
*toutes les ferveurs désintéressées. Uni à une espèce de*
*sentiment musical d'un amour aérien désormais libre*
*de chanter en majeur, le contrepoint du temps perdu*
*et tout juste retrouvé quand déjà menace le soir de la vie*
*emplit son âme de reconnaissance et de poésie retrouvée.*

*Cependant il doit quitter une Charlotte malade d'incer-*
*titude pour aller retrouver à Rouen une Germaine ins-*
*tinctivement soupçonneuse et une atmosphère pesante.*
*L'irréalité à son comble oppresse la vie dite « réelle ».*
*Plus encore que la sublimer, il faudrait se justifier à*
*soi-même les actes décisifs de la vie courante, et authen-*
*tifier cette existence.*

*Le 30 octobre, appelant tout le passé à la rescousse,*
*Benjamin Constant appelle les deux femmes à la barre*
*pour glorifier l'une par la raison comme par l'instinct.*

Commencé un roman qui sera notre histoire. Tout
autre travail me serait impossible.

## II. — L'ADOLPHE PRIMITIF.

*Qu'est Benjamin Constant au moment où il se recueille et se réfugie dans le récit qui deviendra* Adolphe *? D'abord un sceptique douloureux, qui désespère malgré lui de pouvoir croire à l'absolu, et spécialement dans la matière qui lui semble le requérir : le mariage. Rien de plus révélateur à ce sujet, et d'un plus mélancolique humour que l'histoire de la croûte de pâté racontée dans « Amélie et Germaine » et dont nous avons des raisons de soupçonner qu'elle lui fut personnelle :*

L'histoire de la croûte de pâté me revient toujours. Un homme avait témoigné quelques préférences à une femme sans penser qu'elle les prendrait sérieusement. Il s'aperçut de son erreur et cessa de la distinguer. Quelques jours après, il la vit triste, pâle et souffrante. Il se rapprocha d'elle, elle répondit doucement et languissamment. Il lui proposa de l'épouser, il l'épousa. Le lendemain, il la tenait sur ses genoux avec l'affection d'un homme qui se croit aimé. Il voulut la faire parler des craintes que son abandon lui avait fait éprouver et de la douleur qu'il avait remarquée. « Tel jour, lui dit-il, vous paraissiez bien souffrante. Vous êtes bien plus gaie, bien mieux à présent. — Oui, lui répondit-elle, j'avais mangé à dîner de la croûte de pâté qui me

faisait horriblement mal à l'estomac. » L'homme était
marié.

(26 janvier 1803).

*Une pareille expérience va loin.*

*Cependant, par horreur de tout nouvel engagement
définitif, depuis des années ce contempteur du mariage ne
respire jamais qu'à demi dans le garot d'une liaison
temporaire dont l'apparente liberté le serre d'autant plus
roide. Impatient de toute tyrannie et de tout verbiage,
anxieux du temps rongeur, il a passé sa jeunesse à danser
de rage dans ses chaînes. Pénétré de l'idée de l'absurde, il
vit dans l'absurde, et il le sait. Il y a longtemps qu'il
l'a su, mais seulement par l'esprit ; aujourd'hui c'est
de son être tout entier que montent le dégoût et la révolte.*

*A la recherche de son unité, c'est un écartelé, mais un
écartelé discret. Quand, malgré les déboires d'une précédente expérience, et les complications d'une décision,
il songe à se réaliser dans cette unité qu'on nomme le
mariage, il lui faut d'abord examiner en tête à tête avec
soi-même si son esprit n'est pas dupe de ses sens et de son
cœur vieillissant, s'il ne fuit pas un mal pour un pire,
et si, avant le mal d'agir, il peut se justifier impartiale-
ment devant son propre tribunal.*

*Cinq jours, puis deux jours, avant de se jeter dans son
récit, il se dit et se redit :* « Quel ange j'ai repoussé !
Quel trésor j'ai perdu ! » *Est-ce vrai ? L'* « ange »
*avec lequel il vient de passer, dans un* « mélange inouï
de plaisir et de douleur » *la* « nuit la plus délicieuse
de ma vie » *n'est-il pas un démon domestique en puissance ? Le 30 octobre, sans discontinuité entre les phrases,
il se répète une fois encore :* « Que d'années de bonheur

j'aurai perdues, même si je regagne ce que j'avais si follement repoussé ! » — *pour enchaîner sur* « Écrit à Charlotte. Commencé un roman qui sera notre histoire ». *Il est donc clair qu'en partant à la recherche du bonheur dans le temps perdu, avant de s'y engager définitivement dans le temps à venir, il appelle la prédestination en témoignage. Tel est le sens de ce premier* Adolphe *où il se lance à corps perdu et où, à tout moment, le 31 octobre, le 1*er *novembre, le 2, le 3 s'entrelacent l'image, le souvenir, l'image, l'obsession de Charlotte :*

Je suis inquiet. Le repos avec Ch[arlotte] c'est tout ce que je veux. Avancé beaucoup ce roman qui me retrace de doux souvenirs. La crise doit avancer. Heureusement que le travail me distrait... *Lettre de Charlotte.* Elle est malade, très malade peut-être, et je ne suis pas près d'elle. *Écrit à Charlotte*, à Fourcault. Travaillé toujours à ce roman. Je n'aurai pas de peine à y peindre un ange. Soirée paisible, mais embarrassée. Je me reproche mille détours. La dissimulation me tourmente.

Aurai-je ce matin une lettre d'elle ? Si je n'en avais pas, je serais le plus misérable des hommes. Point de lettre. Quel tourment ! Quelle complication de circonstances fatales ! *Écrit à Charlotte.* Avancé beaucoup mon roman. L'idée de Charlotte me rend ce travail bien doux. Mais une lettre, au nom du ciel, une lettre ! Si je n'en ai pas une demain, je serai dans un désespoir inexprimable.

*Une lettre d'elle*, mais son écriture est toute changée. Elle est sûrement tout à fait malade. Il va arriver. Elle dira tout. Qu'arrivera-t-il ? Journée sans orage hier. Mais que d'orages se préparent ! *Écrit à Charlotte.* J'ai passé toute la journée dans une terreur perpétuelle sur la santé de Charlotte. Ange, si le ciel te donne à moi, je ne demande pas d'autre bien sur la terre.

*Ce premier* Adolphe, *quel était-il ? Les critiques
sont raisonnablement unanimes à le juger très différent
de l'*Adolphe *actuel. Tous également ont déploré, et
Gustave Rudler le premier, que cet* Adolphe *soit perdu.
Perdu ? Passe avant la publication de* Cécile. *Mais
depuis ? Cet* Adolphe *primitif, coexistant à l'autre,
lequel ne s'en dégage que lentement ; cet* Adolphe *que
Boufflers, Sismondi, Rosalie de Constant, que tous les
on-dit représentent comme l'histoire d'un homme* « entre
deux femmes », *pourquoi ne serait-ce pas* Cécile ?
*Et même comment ne serait-ce pas, comment serait-ce
autre chose que* Cécile ? « Notre histoire » ? *C'est
la propre expression dont se sert Constant à la fin de
la « seconde époque » de* Cécile :

Ici commence dans notre histoire une vaste lacune,
interrompue seulement de temps en temps par des
circonstances en apparence insignifiantes, mais qui
semblaient nous avertir d'un bout de l'Europe à l'autre
que nous avions été destinés à nous unir.

*Quand Rosalie de Constant écrit avec surprise le
10 mai* 1816 :

D'après ce qu'il m'avait dit de son roman, je croyais
que c'était un homme aimé de deux femmes dont les
caractères faisaient opposition, tourmenté par l'une,
les aimant toutes deux et se jetant du côté de la moins
violente.

*Quand Sismondi mande à la comtesse d'Albany le
19 septembre de la même année :*

On m'avait dit que B. Constant avait peint dans sa
nouvelle la manière dont deux femmes se disputaient

son cœur, et j'avais vu quelque chose de cette dispute entre sa femme actuelle et M^me de St.

*— comment ne pas voir aussitôt l'étrange similitude de l'intrigue ici rapportée et de celle de* Cécile, *où le héros se trouve précisément écartelé entre la douce Cécile de Walterburg et l'orageuse* M^me *de Malbée ?*

*D'autre part, si j'ai touché juste, et si* Cécile, *d'abord vivante par elle-même, a été progressivement reléguée — en raison de circonstances et pour des raisons que nous allons examiner — au rang de doublure d'*Adolphe, *l'on s'explique aussitôt pourquoi cette œuvre, techniquement imparfaite et psychologiquement inopportune tant que vivait* M^me *de Staël, ne figure pas dans les Œuvres complètes de* 1810.*

*Doit-on objecter chronologiquement, comme le fait M. Roulin, un passage de la page* 104 *où le narrateur écrit :* « Hélas ! qui l'eût dit à la pauvre Cécile, lorsqu'elle trouvait une année un terme insupportable, que près de trois se passeraient avant que nous fussions réunis paisiblement ! » *Rien n'empêche que ce passage, comme plusieurs autres de l'*Adolphe *définitif, ait été ajouté sur copie par Benjamin Constant.*

*D'ailleurs nous ne soutenons pas que* Cécile *préexiste intégralement à* Adolphe, *mais qu'*Adolphe *est sorti de* Cécile *pour mener, une fois le cordon tranché, une vie indépendante qui n'a pas empêché la vie languissante de* Cécile *de se développer concurremment. Il est même probable, d'après les témoignages parvenus jusqu'à nous, que* Constant *a éprouvé sur ses auditeurs, selon le*

* Cf. également la note 26.

*degré de confiance qu'il pouvait leur accorder, tantôt*
Cécile *et tantôt* Adolphe, *l'un servant d'écran à l'autre.
Rien n'y contredirait dans le caractère de* Constant. *Au
contraire, la première ivresse passée, quelle satisfaction
pour le fataliste ironique et le joueur impénitent que de
dresser devant soi-même les conséquences opposées et
pareillement valables du même événement ! La rouge
ou la noire sortent à leur guise, et rien ne prouve rien,
dans l'absurdité d'un monde où tout est possible. Ce
procédé, il l'a appliqué délibérément aux religions,
retournant tous ses arguments en bloc, et s'en divertissant.
Il va être conduit à l'appliquer au personnage à la fois
synthétique et symbolique de la future* Ellénore.

*Mais quelles influences arbitrèrent entre les possibles,
sinon des changements d'humeur ? Quelle force, une nouvelle voie ouverte, a poussé alors le créateur à y persévérer
plutôt qu'à cheminer dans l'ancienne, sinon la satisfaction du technicien au service de la fatalité psychologique ?
C'est bien ce que semblent clairement nous suggérer les
notes du* Journal *de cette époque.*

*Quand M. A. Roulin écrit* \* : « A peine Constant
eut-il écrit les premiers chapitres que cette histoire
de sa vie l'ennuya ! » — *nous en tombons d'accord,
mais nous ne pouvons plus tout à fait le suivre quand
il en conclut qu'* « il la laissa inachevée et l'abandonna
sans doute pour reprendre ses savantes recherches
sur les origines des religions, exactement comme il
avait fait en l'automne 1806, quand il écrivait son
« roman ».

\* *Cécile.* Introduction, p. 9.

*Car l'ouvrage pour lequel assez vite il abandonna son « roman », — insensiblement d'abord, en voulant l'amé-liorer et en croyant continuer d'y travailler par un biais —, c'est l'« épisode » (le mot est clair) d'abord excrois-sance du roman primitif, mais qui, toujours grandissant, devient à son tour par arborescence un nouveau roman :* Adolphe. *Un récit d'une technique plus complexe le sollicite, une histoire s'impose à lui, d'une signification morale plus générale et plus cruellement vraie que la réalité banale du souvenir provisoirement exaltée par le renouveau sentimental.*

*C'est l'amant amoureux qui enlève à bride abattue les premières pages de* Cécile, *puis les dernières pages d'*Adol-phe *qui le continuaient en mineur. C'est l'homme de lettres, poussé par l'homme éternel, qui, revenant sur le sens de la vie, bâtira ensuite et polira* Adolphe. *Dans l'équi-libre instable, dans l'incertitude psychologique où se trouve alors Constant, l'ordre sentimental et l'ordre littéraire s'influencent étroitement.*

*Relisons les notes : du deuxième au quatrième jour de la composition (31 octobre au 2 novembre), Constant écrit d'enthousiasme, et note par trois fois :*

Avancé beaucoup ce roman qui me retrace de doux souvenirs... Travaillé toujours à ce roman. Je n'aurai pas de peine à y peindre un ange... Avancé beaucoup mon roman. L'idée de Charlotte me rend ce travail bien doux.

*Pourtant, dès le deuxième jour, puis les jours suivants, il est question de « crise » possible et menaçante, de « scènes » avec M^me de Staël, de « complication de circonstances fatales ». Aussi Constant, tourmenté du silence de Charlotte, de sa santé, des « orages » suspendus sur sa tête par Minette, abandonne provisoirement le roman, pour ne s'y remettre que quarante-huit heures plus tard, le 4 novembre.*

*Quand il le relit alors, il est frappé, au milieu des soucis les plus pressants, par l'inactualité et la monotonie de ce récit au passé :* « Lu mon roman le soir. Il y a de la monotonie. Il faut en changer la forme. » *Il ne s'agit encore que d'une velléité, car dès le lendemain il poursuit :* « Continué le roman, qui me permet de m'occuper d'elle. » *Nous sommes au 5 novembre.*

*Mais voici que Charlotte est gravement malade, et Constant aux abois. Au même moment, il a enfin pris courage et tout avoué à M^me de Staël : scène horrible de reproches.*

J'ai passé toute la journée dans une terreur perpétuelle sur la santé de Charlotte... Elle m'a fait écrire par sa femme de chambre. Elle est encore très malade... *Écrit à Charlotte.* J'ai eu toute la journée un serrement de cœur qui m'empêchait de respirer. Je ne pouvais parler sans que des larmes vinssent dans mes yeux.

Mon Dieu ! que fait à présent Charlotte ! Mon Dieu, rends-la-moi pour que je la rende heureuse, pour que je répare le mal que je lui ai fait ! Point de lettre. J'en suis moins étonné, mais combien je souffre. *Écrit à Charlotte.* Ma lettre brûlée. Terrible journée. Aveu. 2 décidé. Tout est rompu. Ma tête est brisée. Je voudrais partir. Je ne resterais ici que pour des scènes, et je passerais pour un monstre. O mon Dieu, donne-moi Charlotte ou la force de m'enfuir et de vivre seul. Qu'arrivera-t-il demain ?

(3, 6, 7 novembre).

*Les deux thèmes s'entrecroisent : peur de la mort de*

*la femme qu'il aime, despotisme irréductible de la femme qu'il a aimée. Entre eux — amené par les insinuations de M*<sup>me</sup> *de Staël sur Charlotte deux fois divorcée, — un troisième vient vite s'insinuer, qui courra tout au long d'*Adolphe : *celui de « l'opinion », dont l'appréhension le ronge maintenant :*

Journée gênée. Conversations pénibles. Je sais bien les inconvénients ostensibles du parti que je prends. Mais un si long amour, une telle douceur, tant de pureté de cœur méritent que le bonheur en résulte. Je veux, après avoir tant bouleversé sa vie, qu'elle soit heureuse par moi. Cependant les mots prononcés là-dessus me blessent. Je veux les éviter...
Conversations toujours tristes. J'ai été presque ébranlé. Mais je suis bien revenu à elle. Qu'importe une opinion vaine quand il existe une affection si tendre...
Nuit agitée. Le fantôme de l'opinion se réveille quelquefois en moi. Au fond je me jette dans une situation pour sortir d'une autre. Cependant il y a aussi de l'amour au fond de mon cœur.

(8, 9, 11 novembre).

*Depuis cinq jours et cinq jours tendus, chargés, accablés, il n'est plus question du roman. Soudain, le 10, vers la fin de la crise, il reparaît, mais sous une autre forme : celle d'un « épisode » né sous la plume durant ces jours, et qui représente une bifurcation : l'épisode d'Ellénore. Cet épisode, la note du 12 novembre, qui le déclare « très touchante » (Constant met toujours « épisode » au féminin), aussi bien que celle du 21 décembre sur la nécessité de faire « encore les deux chap(itres) qui rejoignent l'histoire et la mort d'Ellénore »*

*nous apprennent indirectement qu'il était centré sur
la mort déchirante d'Ellénore. Également le fameux
passage de la lettre de M<sup>me</sup> de Staël à Bonstetten,
en date du 15 novembre, où, se servant exactement du
même adjectif « touchant », elle écrit toute joyeuse :*

Benjamin s'est mis à faire un roman, et il est le plus
original et le plus touchant que je connaisse.

*Quand Benjamin aura le malencontreux amour-propre
de lui montrer la suite (c'est-à-dire le commencement
ou tel passage central), elle déchantera bientôt, et avec
force, mais pour l'instant il s'agit de la mort déplorable
d'une femme dont le seul crime est d'avoir trop aimé,
et qui ne laisse en disparaissant que remords salutaires...
Corinne s'y reconnaît. Elle n'a nul besoin de savoir —
et Constant se garde de le lui dire — sous quelle impulsion,
dans quelles pensées, avec quelle image devant les yeux,
il a en réalité écrit cet épisode.*

*Rappelons-nous la mort de Julie Talma, étroitement
liée dans le temps, intimement associée dans le souvenir
à la peur de la solitude et à la décision d'épouser Charlotte :
les lignes se suivent dans le* Journal :

On m'a fait dire que Mme Talma était beaucoup
plus mal... Conversation avec M<sup>me</sup> Dutertre : elle peut
redevenir libre... Si je puis épouser Charlotte, tout
ira bien. (Julie) est morte. C'en est fait, fait pour jamais.

*Si donc la première Ellénore, celle qui meurt, s'ins-
pire photographiquement de Julie Talma, c'est en réalité
Charlotte qu'elle incarne : ultérieurement, cette peinture
de la maladie sera complétée par les souvenirs d'une crise de*

*désespoir de Charlotte \*. Dès lors, il s'inscrit à la fois dans l'essai psychologique de conjuration du destin et dans la tentative d'autosuggestion par l'écriture.*

*Essai de conjuration du destin que cet exil du danger possible dans l'œuvre d'art. Essai d'autosuggestion aussi : en vivant intensément la peur de la mort de Charlotte par l'intermédiaire de la mort de Julie ; en fixant sur le papier l'atmosphère de la solitude, Constant se fortifie dans sa résolution de saisir sa dernière chance heureuse en épousant Charlotte, quelles que soient les objections de nouveau soufflées à son esprit chagrin.*

*L'épisode se distingue déjà du roman :* « Avancé mon épisode d'Ellénore. Je doute fort que j'aie assez de persistance pour finir le roman... Lu le soir mon épisode. Je la crois très touchante, mais j'aurai de la peine à continuer le roman » (10 et 12 novembre), *mais le cordon ombilical n'est pas encore coupé :* « Avancé beaucoup dans mon épisode. Il y a quelques raisons pour ne pas la publier isolée du roman. » (13 novembre).

*Dès lors Cécile, par la similitude de l'initiale, demeure en tout cas l'état civil romanesque de Charlotte, tandis qu'Ellénore est son double secret. Quel lecteur assidu des* Journaux *ne sait en effet que Constant, dans ses élans de tendresse, appelait Charlotte* « Linette » *ou* « Linon » ? *Si l'on se souvient en même temps qu'Eléonore était alors un prénom mis à la mode par les* Élégies de Parny :

---

\* Cf. les *Journaux*, 12 décembre 1807 : « J'ai voulu lui parler, *elle a frémi à ma voix. Elle a dit* « : Cette voix, cette voix, c'est la voix *qui fait du mal. Cet homme m'a tuée.* »

Enfin, ma chère Éléonore,
Tu l'as connu, ce péché si charmant,
Que tu craignais, même en le désirant...

— que de surcroît le prénom de Lénore avait été rendu célèbre par la ballade de Bürger, il semble, l'alchimie sentimentale aidant, que l'on ne soit plus très loin d'un prénom qui peut se lire Elle-Lénore, comme l'initiale M... dans le Journal d'André Gide représente la première lettre du vrai prénom de Madame Gide : Madeleine, tout en signifiant Em., qui se prononce de la même façon, et figure le début du prénom Emmanuèle par lequel Gide avait rebaptisé sa femme. Hypothèse ? En matière d'onomastique imaginaire, il n'en faut pas plus, et il me souvient avoir entendu André Gide me déclarer un jour que pour trouver l'Alissa de sa Porte étroite, il avait soudain pensé à une combinaison d'Alice, dont la pureté lui plaisait, et de Clarissa (Clarisse Harlowe de Richardson), qui lui paraissait synonyme de douleur et de tourment par la vertu.

Cécile et Ellénore se géminent donc ; leur densité sentimentale ne va plus tarder à différer... Nous avons vu Benjamin Constant, entraîné par un élan d'inquiétude, décrire une épreuve à demi imaginaire qui le rassure sur ses sentiments et corrobore sa résolution sentimentale. Mais que va devenir cet « épisode » funèbre, si touchant soit-il ? La mort est alors une impasse pour presque tous les romans psychologiques (sauf pour la Zayde de Mme de la Fayette), et le créateur consolé par sa nouvelle création n'entend pas la laisser en friche.

Même en admettant une espèce de « roman à tiroirs » — genre familier au XVIIIe siècle — il faut fabriquer *les autres côtés du tiroir ! Il faut une intrigue, ou un semblant d'intrigue. Laquelle, et dans quel sens marchera-t-elle ?*

*A ce sujet, toutes les lois du genre, et toutes les vraisemblances psychologiques suggèrent qu'un épisode introduit dans un roman sentimental optimiste pour en rompre la « monotonie » doit en faire ressortir la leçon par un exposé des contraires.* Cécile *reposant sur le thème de la douceur, de la fidélité à travers le temps, et de l'amour en définitive vainqueur du temps, il n'est pas déraisonnable de penser à un épisode exposant brièvement, à la manière de Diderot, la coquetterie, la cruauté, et le malheur. Tel est au reste le sens du* seul canevas *retrouvé dans les archives Constant, et ainsi libellé :*

Amour d'Adolphe. Il lui persuade que le sacrifice d'Ellénore lui sera utile. Maladie d'Ellénore. La coquette rompt avec lui. Mort d'Ellénore. Lettre de la coquette pour renouer. Réponse injurieuse d'Adolphe.

La violence d'Ellénore m'avait fait prendre en haine le naturel et aimer l'affectation. Manière dont je regrettais de plaire à d'autres.

*Canevas particulièrement énigmatique par sa concision, et dont Gustave Rudler, qui le découvrit, a compris ainsi la première phrase : l'amour d'Adolphe lui persuade que le sacrifice d'Ellénore sera utile à Ellénore, — ce qui serait pousser un peu loin le paradoxe ou le cynisme, — alors que tout s'éclaire si, pensant à l'influence primordiale de « la coquette » dans ce plan d'une intrigue, l'on comprend : l'amour d'Adolphe — pour la coquette — lui persuade que le sacrifice d'Ellénore lui sera utile. Eh ! oui... Cette fois nous ne nous trouvons plus devant*

*un essai de conjuration psychologique d'un possible non
réalisé, mais tout simplement, et pour ménager un effet
de contraste, devant le rêve romanesque d'un autre possible non réalisé, esquissé cependant par la réalité :
un premier amour pour Juliette Récamier.*

*Supposition arbitraire et gratuite? Point du tout.
G. Rudler avait le premier pensé à Juliette, mais en
plaçant les faits au milieu de l'année 1807, alors qu'un
texte qu'il ignorait, et qui est resté inaperçu, corrobore
avec notre hypothèse, la première tentative amoureuse
vers Juliette. Remontons jusqu'à janvier 1803. Julie
Talma — qui, en ces jours de novembre 1806, vit intensément dans la pensée de Constant décrivant la mort
d'Ellénore — écrivait alors à celui qu'elle chérit sans
espoir :*

... J'ai sur le cœur ce que vous me dites dans votre
avant-dernière lettre, sur M^me Récamier : vous dites
qu'elle est bonne et qu'elle n'est point bête, comme
si j'avais dit le contraire ! Je ne la soupçonne rien
de tout cela : je crois seulement qu'elle est *sotte* parce
qu'elle est *affectée*. Ce petit charlatanisme dans les manières est toujours une preuve de sottise, mais *vous
avez un faible pour l'affectation...* *

(4 janvier 1803).

... Prenez garde à ce que vous faites. Si vous devenez
amoureux, qui vous tirera du lieu où vous êtes ? C'est
précisément votre situation politique, ce sont tous les
genres de contrariétés et de découragements qui vous
livrent à l'amour, la plus grande diversion qui existe.
On cherche des orages pour oublier des dégoûts. Mais
tout cela ne m'arrange pas. Si je pouvais du moins

---

* C'est Julie Talma qui souligne.

compter sur la cruauté de la belle, le dépit vous ramènerait ici à tous risques et périls. Ou bien encore un
bonheur sans illusions, que vous seriez pressé de
quitter...

(16 janvier 1803).

*Paroles mi-réelles, mi-prophétiques : l'on voit qu'il*
*y a toutes les chances, non seulement pour qu'il s'agisse*
*de M^{me} Récamier, mais pour que le canevas, ainsi*
*interprété, ait été composé d'après des souvenirs et des*
*velléités pour amener l'épisode jusqu'à la mort d'Ellénore.*

### III. — L'Adolphe actuel.

*L'épisode, on l'a vu, a été commencé par sa fin. Sous la sourde influence des lois de la création littéraire, il a développé son autonomie en opposition avec la première version romanesque, trop angélique, apologétique et monocorde. Il reste à tenter d'expliquer sous quelles pressions psychologiques le roman s'est affirmé définitivement tel qu'il est et a triomphé du roman primitif aux côtés duquel il cheminait, l'auteur hésitant entre différents caractères de femmes,* mais maintenant la même organisation à trois, — alors que le roman définitif, *roman* d'un couple seul, *est un* roman à huis clos.

*Pour comprendre l'évolution de Benjamin Constant, il faut d'abord admettre une évolution de la création dans le temps. Toute l'optique est faussée si, malgré les preuves contraires, les adjonctions, les remaniements, l'on persiste à se représenter seulement* Adolphe *comme un roman spontané, irrésistible, et très concentré dans le temps, alors qu'il s'agit d'un roman travaillé, largement bénéficiaire du temps \*, et d'autant plus remanié*

---

\* Au moins trois mois et demi pour le premier jet : Constant, à la fois si minutieux et si avide d'approbation, ne mentionne une première lecture de l'ouvrage apparemment au net que le 24 février 1807.

*que sa fiction est plus nue, sa portée plus générale, sa leçon plus hardie à faire admettre, et donc sa marche plus calculée. Son intrigue, si l'on veut, se présente en « coupe », mais son évolution en perspective.*

*Sans doute, Benjamin Constant, d'après ce que nous pouvons inférer des maigres notes des* Journaux, *hésite-t-il encore entre* Cécile *et* Adolphe ; *mais, au cours des cinq semaines qui vont du 10 novembre à la mi-décembre, lentement l'un se nourrit de l'autre et le supplante, jusqu'à lui faire perdre peu à peu sa qualification de « roman ». Quand Constant, le 16 décembre, écrit par deux fois : « Encore amélioré le plan de mon roman », il ne peut s'agir que de l'*Adolphe *connu sous ce titre, car* Cécile *est une autobiographie d'une fidélité linéaire. Quand, le 28, il éprouve en cours de rédaction son roman sur M. de Boufflers, et en rend compte en ces termes :*

Lu mon roman à M. de Boufflers. On a très bien saisi le sens du roman. Il est vrai que ce n'est pas d'imagination que j'ai écrit. *Non ignara mali.* Cette lecture m'a prouvé que je ne pouvais rien faire de cet ouvrage en y mêlant une autre épisode de femme. (Le héros serait odieux.) Ellénore cesserait d'intéresser, et si le héros contractait des devoirs envers une autre et ne les remplissait pas, sa faiblesse deviendrait odieuse.

*— nous ne savons bien entendu point positivement quelle version il lit, mais les termes de la note permettent de supposer qu'il s'agit d'une version intermédiaire, assez proche du définitif pour pouvoir juger des réactions de son auditeur, mais où Constant avait volontairement laissé des traces de rivalités féminines aisées à faire*

*disparaître, et dont les derniers linéaments pâlis se retrouvent sans doute dans l'épisode avorté de* « l'amie officieuse ».

*Pourtant la leçon est si claire que M*me *de Staël entra le même jour dans une de ces fureurs écumantes qui laissaient Benjamin pantelant :*

Scène inattendue causée par le roman. Ces scènes me font à présent un mal physique. J'ai craché le sang.

*Cécile étant hors de question, il s'agit déjà d'*Adolphe, *point de sa fin émouvante et comme en mineur, mais des passages centraux où ne sont fardés ni les violences et le despotisme implacable de l'héroïne, ni la lassitude enragée du héros, lequel, dans la version définitive, va jusqu'à parler de* « dégradation longue et honteuse ».

*\*  
\* \**

*L'* « épisode », *ce raccourci d'abîme, est devenu un bref roman, viable par lui-même, que la fiévreuse lassitude et l'anxieuse lucidité de son auteur ont dépouillé de tout accessoire, et qui nous émeut en nous talonnant.*

*Né des circonstances, modifié par les circonstances,* Adolphe *s'est progressivement et fatalement ossifié dans le général et le permanent. Les exaltations calmées, les enthousiasmes décantés, le temps a ramené à la conscience les préoccupations psychologiques habituelles et même les préjugés fondamentaux du sentiment ; au cœur les nostalgies vitales et toujours traversées.*

*Soudain, nous comprenons à la fois et l'inflexion d'*Adolphe *vers la nudité, vers la généralité d'un récit où un seul homme est en face d'une femme sous le masque* de laquelle les critiques en ont vu contradictoirement plusieurs, — et le perpétuel essai de conciliation entre la liberté et la pitié.

Tout contribue à nous en persuader si nous prenons la peine de rechercher les préoccupations dominantes, les lectures frappantes, les réflexions résurgentes et répétées de Constant durant les mois qui entourent la gestation d'Adolphe, et qui la suivent, puisque nous savons maintenant qu'elle s'est poursuivie malgré le silence des Journaux à son sujet. Il devient même fort difficile de douter que l'auteur, par un procédé tout naturel chez un homme de lettres, ait relu ses correspondances et ses anciens journaux pour fortifier sa psychologie et nourrir ses caractères.

L'opinion publique, ses fantômes, sa dureté envers l'héroïne et les craintes du héros à ce sujet? Cette « opinion » dont les ravages dans l'existence d'Anna Lindsay ont fondé chez certains la conviction que cette femme était le véritable prototype d'Ellénore, il est bien vrai qu'elle a meurtri Anna Lindsay dans l'irrégularité de sa pauvre et admirable vie*. Mais elle pouvait tout aussi perfidement atteindre Charlotte de Hardenberg, deux fois divorcée. En pleine composition d'Adolphe, c'est Charlotte — et elle seule — qui est évoquée lorsque Constant, en de nombreux jours de novembre 1806, et de nouveau le 6 janvier 1807, s'affole devant les conséquences possibles de son union :

Pourquoi braver l'opinion ?... Et je me trouverai

---

\* Encore Constant, aussi bien par impartialité psychologique que par concession à l'opinion, a-t-il supprimé la trace du premier « faux pas » de l'héroïne.

précipité dans un lien pour échapper à un autre !
Et dans quel lien ! L'opinion soulevée. Charlotte
exclue de la société !! Je vais en aveugle, jouet de
ma propre irritation.

*Corrélativement, c'est de Charlotte — et non d'Anna*
*Lindsay — qu'il est question quand, dans* Cécile, *le*
*héros hésite à s'engager par crainte de l'opinion :*

L'opinion française m'effrayait beaucoup, cette opinion qui pardonne tous les vices, mais qui est inexorable
sur les convenances et qui sait gré de l'hypocrisie comme
d'une politesse qu'on lui rend. Encore en butte à
l'inimitié du gouvernement, presque proscrit dans
la société pour des opinions républicaines, je ne me
sentais pas assez fort pour protéger une femme contre
toutes les idées reçues et contre la défaveur que le divorce
avait héritée de l'abus qu'on en avait fait pendant une
révolution désastreuse et insensée.

*Cela signifie-t-il que le souvenir d'Anna Lindsay est*
*annihilé ? Non sans doute, mais corroboré.*

*Parlerons-nous maintenant de la violence et du despo-*
*tisme, du caractère exclusif propres à Ellénore, et à*
*propos desquels l'on se gourmerait presque pour y voir,*
*les uns un souvenir précis de Germaine, les autres le*
*souvenir exclusif d'Anna ? Il suffit de puiser dans les*
*textes\* pour se pénétrer de l'évidence que Germaine et*
*Anna se partageaient équitablement ces traits de carac-*
*tère. Charlotte l'écrit avec une complaisante justice*
*distributive à son Benjamin durant l'été de 1807 (et de*
*qui l'eût-elle tenu, sinon de lui ?) :*

Deux femmes, mon bon ange, ne t'ont appris à

* Cf. particulièrement les notes 30 à 32.

connaître l'amour que la menace à la bouche, et la douleur que par les grands éclats qui l'accompagnent.

*Elle s'excepte naturellement. Mais qu'aurait-elle dit si elle avait lu dans le journal confidentiel de son amoureux, amant, et futur mari, mêlée à un hommage à la « vérité » et à la « profondeur » de son amour, cette réflexion — qui passera dans* Adolphe :

12 [*amour*] volontiers, quoiqu'elle soit bien aussi exigeante et aussi facile à affliger par un seul mot que toute autre. Mais toutes les femmes le sont.
(12 décembre 1806).

*Toutes ? Même Julie Talma ? Julie Talma exactement comme les autres si Constant, alors occupé d'Anna, s'y était le moins du monde prêté. La* Lettre sur Julie *est formelle à cet égard, et il n'est pas peu significatif d'y trouver précisément l'embryon psychologique d'*Adolphe * :

Je crois bien que Julie, lorsqu'il s'agissait d'elle-même, n'était guère plus désintéressée qu'une autre ; mais elle reconnaissait au moins qu'elle était injuste, et elle en convenait. Elle savait que ce penchant impérieux, l'état naturel d'un sexe, n'est que la fièvre de

---

* D'après deux lettres inédites à Alexandre Rousselin de Saint-Albin, à l'instigation duquel fut composé cet hommage funèbre, la *Lettre sur Julie* a été écrite en février 1807, c'est-à-dire dans l'atmosphère et encore en pleine composition d'*Adolphe*. «... *Je dicte dans ce moment l'article que vous m'avez demandé sur notre excellente et à jamais regrettable amie, et je vous le remettrai, si vous venez ici, ou bien je vous le porterai, mais je préférerais bien que vous vinssiez, et je ne serais pas seul à m'en réjouir...* » (*Aubergenville*, 9 février 1807). « ... *J'ai partagé ma matinée entre d'ennuyeuses besognes et l'article sur notre amie que j'ai achevé. Il ne me reste plus qu'à le copier, et vous pouvez compter que je vous le porterai à mon retour.* »
(8 mars 1807).

l'autre ; elle comprenait et avouait que les femmes qui se sont données et les hommes qui ont obtenu sont dans une position précisément inverse. Ce n'est qu'à l'époque de ce qu'on a nommé leur défaite, que les femmes commencent à avoir un but précis, celui de conserver l'amant pour lequel elles ont fait ce qui doit leur sembler un grand sacrifice. Les hommes, au contraire, à cette même époque, cessent d'avoir un but : ce qui en était un pour eux leur devient un lien.

*Adolphe ne dira pas autre chose, au début du chapitre IV, peu après le don d'Ellénore :*

Ellénore était sans doute un vif plaisir dans mon existence, mais elle n'était plus un but : elle était devenue un lien.

*De cette fatalité Constant est si convaincu qu'en lisant en 1806 les lettres de M*^me *du Châtelet à Voltaire, publiées par son ami Hochet, puis en 1809 celles de M*^lle *de Lespinasse, il y note seulement la longue plainte monotone et la fâcheuse tendance à tenir la bride courte, écrivant de l'une :*

... On retrouve si bien dans les lettres de M^me du Châtelet, dans son occupation passionnée de tout ce qui regardait Voltaire, et dans ses fureurs au moindre retard, au moindre refroidissement, le dévouement et l'exigence des femmes, que c'est une des lectures des plus poignantes qu'il soit possible de faire.

*— et notant après la lecture de l'autre :*

Je lis les lettres de M^lle de Lespinasse, curieuse et affligeante lecture ; c'est une maladie de femme, une espèce de galvanisme du cœur qui les rend horriblement malheureuses, et qui a cela de fâcheux qu'il réagit sur ce qui le cause. Car, plus une femme est de la sorte impétueuse et désordonnée, plus l'homme qui se sent ballotté par cet orage se raidit et paraît dur et insensible...

*Il semble qu'il n'y puisse recueillir que de l'eau sombre pour son moulin, incapable de s'apercevoir que dans l'une se fait jour une générosité infiniment supérieure à celle de Mᵐᵉ de Staël, dans l'autre un amour sublime dont la beauté fait tout excuser, et dont, par choc en retour, il apprendra la fatalité quand il l'éprouvera six ans plus tard pour Mᵐᵉ Récamier.*

*Ainsi toutes les femmes se ressemblent, du moins toutes celles qu'il a connues ou soupçonnées, et devant lesquelles il fut lui-même invariablement et congénitalement semblable. Le roman n'est ni l'histoire exclusive de Germaine de Staël, ni celle d'Anna Lindsay : il aurait pu être celle de Julie Talma si Constant s'était laissé tenter par elle. Il pourrait être celle de Charlotte si Constant ne se mariait pour couper court à la fatalité amoureuse de ses propres aventures, et à la fatalité qu'il voit dans toute liaison d'aventure : avant la rupture, et avant l'engagement social l'œuvre écrite tente donc la justification devant soi-même (devant les autres aussi, éventuellement \*), de l'engagement comme de la rupture désespérée.*

---

\* En vain, naturellement. « Lu mon roman à Mᵐᵉ de Coigny. Effet bizarre de cet ouvrage sur elle. Révolte contre le héros... La lecture de hier m'a prouvé qu'on ne gagnait rien à motiver. Il faut rompre. L'opinion dira ce qu'elle voudra. » (24-25 février 1807).

« Lu mon roman à Fauriel. Effet bizarre de cet ouvrage sur lui. Il est donc impossible de faire comprendre mon caractère. » (28 mai 1807).

La réaction d'Albertine de Staël — sa fille, après tout... — dut être pénible à Benjamin Constant. « Nous avons reçu ici votre roman,

« *Avis aux apprentis sorciers de l'amour !* » *laisse entendre après réflexion la Préface. Nos paroles nous suivent... Dans cette même Préface pour la deuxième édition, Constant profère sur Adolphe cette phrase terrible :*

Sa position et celle d'Ellénore étaient sans ressource, et c'est précisément ce que j'ai voulu.

*Morale opportuniste ? Non pas. Révélation psychologique plutôt, car le récit lutte entre des lois et des souvenirs : destiné par la conscience à l'apurement du passé, il devait présenter la synthèse cruelle de ces amours légères qui sont de riants départs sans retour.*

*<br>* *

*Contre cette leçon inéluctable des aventures amoureuses frénétiques et disproportionnées ; contre la menace douloureuse de leur dénouement par la lassitude dans le divorce de l'action et du rêve, n'y a-t-il pourtant d'autres remèdes qu'extrêmes ?*

*Constant en avait essayé au moins deux qui, avec des fortunes et une intensité différentes, demeurent mentionnés dans l'*Adolphe *définitif. Le premier serait l'abandon à la destinée, une espèce de quiétisme fataliste qui n'est plus que suggéré dans l'*Adolphe *actuel, à la fin du cha-*

---

que tout le monde a trouvé très spirituel, mais je ne me suis pas senti grande sympathie avec le héros, je n'ai pas encore souffert du malheur d'être trop *aimée* pour compatir à ses douleurs ; je vous avoue que j'ai eu un sentiment d'humeur en le lisant ; mais peut-être ceux qui ne sont pas vos amis n'auront pas ce sentiment-là. Mon impression n'est en aucune façon un jugement sur l'ouvrage, car elle est purement individuelle... » (L. du 3 juillet 1816).

*pitre VII* (Ah ! renonçons à ces efforts inutiles : jouissons de voir ce temps s'écouler, mes jours se précipiter les uns sur les autres. Demeurons immobile, spectateur indifférent d'une existence à demi passée), — *alors que la sixième époque de* Cécile *en exposait longuement les origines et les principes :*

Il y a à Lausanne une secte religieuse, composée d'un assez grand nombre de personnes de conditions différentes et qui, connues sous le nom de Piétistes et fort calomniées, professent les opinions de Fénelon et de M^{me} Guyon... Depuis quelque temps, j'avais au fond du cœur un besoin de croire, soit que ce besoin soit naturel à tous les hommes, soit que ma situation, d'autant plus douloureuse que je ne pouvais m'en prendre qu'à· moi de ce qu'elle avait de désagréable et de bizarre, me disposât graduellement à chercher dans la religion des ressources contre mes agitations intérieures. Durant un voyage précédent à Lausanne, j'avais en conséquence plutôt accueilli que repoussé les avances de cette secte. J'avais eu plusieurs conversations avec l'un de ses membres les plus marquants... Cet homme, de l'esprit duquel je ne puis douter, et dont la bonne foi, encore aujourd'hui, ne m'est point suspecte, m'avait parlé précisément le langage qui convenait à mes opinions vacillantes et à mes circonstances difficiles...

« Vous ne pouvez nier, m'avait-il dit, qu'il n'y ait hors de vous une puissance plus forte que vous-même. Eh bien ! je vous dis que le seul moyen de bonheur sur cette terre est de se mettre en harmonie avec cette puissance, quelle qu'elle soit, et que pour se mettre en harmonie avec cette puissance, il ne faut que deux choses: prier et renoncer à sa propre volonté. Comment prier, m'objecterez-vous, quand on ne croit pas ? Je ne puis vous faire qu'une réponse : essayez et vous verrez, demandez et vous obtiendrez. Mais ce n'est pas en demandant des choses déterminées que vous serez exaucé ; c'est en demandant de vouloir ce qui est. Le changement ne se fera pas sur les circonstances extérieures, mais sur la disposition de votre âme. Et que vous importe ? N'est-il pas égal qu'il arrive ce que vous voulez, ou que vous vouliez ce qui arrive. Ce qu'il vous faut, c'est que votre volonté et les événements soient d'accord. » Ces réflexions me frappèrent. J'éprouvai un soulagement manifeste. Ce qui m'avait paru dur à supporter tant que je m'étais arrogé le droit de la résistance et de la plainte, perdit la plus grande partie de son amertume dès que je me fis un devoir de m'y soumettre. Ce premier adoucissement de mes longues souffrances m'encouragea. J'allai toujours plus loin dans le même sens. Je me dis que, puisque j'étais déjà récompensé de l'abnégation à ma propre volonté, cette abnégation était le meilleur moyen de plaire à la puissance qui présidait à nos destinées ; et je m'efforçai de pousser cette abnégation au plus haut degré... J'adoptai pour règle de vivre au jour le jour, sans m'occuper ni de ce qui était arrivé, comme étant sans remède, ni de ce qui allait arriver, comme devant être laissé sans réserve à la disposition de celui qui dispose de tout.

Ce fut alors que pour la première fois je respirai sans douleur. Je me sentis comme débarrassé du poids de la vie. Ce qui avait fait mon tourment depuis maintes années, c'était l'effort continuel que j'avais fait pour me diriger moi-même. Que d'heures j'avais passées me répétant que sur telle ou telle circonstance il fallait prendre un parti, me détaillant tous ceux entre lesquels je devais choisir, m'agitant entre les incertitudes, tantôt craignant que ma raison ne fût pas assez éclairée pour apprécier les divers inconvénients, tantôt ayant la triste prescience que ma force ne serait pas suffisante pour suivre les conseils de ma raison I Je me trouvai délivré de toutes ces peines et de cette fièvre qui m'avait

dévoré. Je me regardai comme un enfant conduit par
un guide invisible.

J'isolai chaque événement, chaque heure, chaque
minute, convaincu qu'une volonté supérieure et ins-
crutable, que nous ne pouvions ni combattre ni deviner,
arrangeait tout pour le mieux... Je restais insouciant
de tous les embarras qui m'environnaient, comptant
sur un miracle pour m'en tirer...

*C'est en définitive la propre morale de l'Imitation\*.
Mais, dans la suite de* Cécile, *ce mysticisme à la fois
stoïque et morbide aboutissait à édicter l'indissolubilité
de la liaison avec M*me *de Staël :*

Les paroles de l'homme qui le premier m'avait inspiré des idées religieuses se représentèrent à mon
esprit. Plus d'une fois, soupçonnant mes projets de
rupture, sans se douter des nouveaux liens que je
voulais contracter : « C'est inutilement, m'avait-il dit,
que vous croyez briser des nœuds écrits dans le Ciel.
Ni la distance ni les barrières que vous élèveriez entre
M^me de Malbée et vous ne vous arracheraient l'un à
l'autre. Vous fuiriez au bout du monde que son âme
crierait au fond de votre âme. Vous épouseriez une
autre femme : cette femme se trouverait avoir épousé
non pas vous, mais sa rivale. M^me de Malbée a des défauts.
Il y a du malheur pour vous dans cette liaison ; mais
chacun à sa croix sur cette terre, et M^me de Malbée
est la croix que vous devez porter.

*L'on comprend pourquoi ni la vérité matérielle, ni la
moindre habileté psychologique envers soi-même comme
envers les autres ne permettaient d'y insister dans le
roman définitif.*

---

\* III, XV «De ce que nous devons dire et faire quand il s'élève
quelque désir en nous. »

*Quant à l'autre, il a été — au moins indirectement — inspiré par la germanique Charlotte et la volonté d'amour de Constant pour elle. Il suppose d'ailleurs résolu le problème psychologique, car il consiste à brûler au creuset de l'Amour, considéré comme une vertu supérieure, toutes les faiblesses, tous les caprices sentimentaux et généralement tous les sentiments impurs. Là encore, on ne peut se tenir de quelque émotion en trouvant dans le plus imprévu des passages de la Préface à* Wallenstein *(écrit en* 1807, *autour d'*Adolphe*) la ferme contrepartie des faibles résolutions d'*Adolphe :

J'étais pénétré d'affection, j'étais déchiré de remords. J'aurais voulu trouver en moi de quoi récompenser un attachement si constant et si tendre ; j'appelais à mon aide les souvenirs, l'imagination, la raison même, le sentiment du devoir : efforts inutiles !

*Voici dans quels termes Benjamin Constant oppose la conception de l'amour en France et en Allemagne :*

Lorsque l'amour n'est qu'une passion, comme sur la scène française, il ne peut intéresser que par sa violence et son délire. Les transports des sens, les fureurs de la jalousie, *la lutte des désirs contre les remords,* voilà l'amour tragique en France. Mais lorsque l'amour, au contraire, est, comme dans la poésie allemande, un rayon de la lumière divine qui vient échauffer et purifier le cœur, il a tout à la fois quelque chose de plus calme et de plus fort ; dès qu'il paraît, on sent qu'il domine tout ce qui l'entoure. *Il peut avoir à combattre les circonstances, mais non les devoirs ; car il est lui-même le premier des devoirs, et il garantit l'accomplissement de tous les autres.* Il ne peut conduire à des actions coupables, il ne peut descendre au crime, ni même à la ruse ; car il démentirait sa nature, et cesserait d'être lui. Il

ne peut céder aux obstacles, il ne peut s'éteindre ;
car son essence est immortelle ; il ne peut que retourner
dans le sein de son créateur.

*L'on voit par les lignes soulignées, puis par celles
de la fin, que ce passage extraordinaire et méconnu
concilie — n'a-t-on pas le droit de dire : sans le vouloir ? —
les deux amours et enferme l'image fraternelle des deux
destins opposés du héros et de l'héroïne : lui, faible, dur,
et pourtant amèrement pitoyable ; elle qui avant de
mourir en murmurant* : « L'amour était toute ma vie,
il ne pouvait être la vôtre... », *vit son amour comme*
« le premier des devoirs », — *un devoir qui, dans son*
« essence immortelle », « ne peut s'éteindre » *et ne*
« peut que retourner dans le sein de son créateur ».

*C'est que, pour l'homme Constant, l'amour hors
des consolations sociales porte en lui-même, avec la
même force logique, le bonheur sublime et le déchirement
qui en est le prix. Il se le redit, et ce n'est pas seulement
un hommage à celle envers qui il va s'engager, c'est
une vérité dont il entend absolument se persuader au
moment où il va se remarier — lui, le réfractaire —
avec une jeune femme déjà vieillissante qu'il a jadis
repoussée quand elle était en fleurs, et dont il a plus
d'une fois désinvoltement parlé dans ses* Journaux.

*L'on ne s'étonnera donc ni de la réflexion de la* « Lettre
sur Julie », *pendant la composition d'*Adolphe *que*
« le mariage est une chose admirable, parce qu'au lieu
d'un but qui n'existe plus, il introduit des intérêts
communs qui existent toujours », *ni de cette lettre du 10
septembre* 1807 *à Hochet qui est, elle aussi, un commen-*

*taire indirect d'*Adolphe *et une justification implicite de soi-même :*

A une certaine époque de la vie, le mariage seul peut donner du repos ; les goûts et les rapports volontaires ne suffisent pas ; il faut y joindre des intérêts communs qui remplissent tous les intervalles et qui rapprochent les esprits lorsque les cœurs cessent momentanément de s'entendre !

*Mais le mariage est un univers social et réglé ; l'amour libre un merveilleux météore dont l'on reste ébloui après sa chute fatale, et alors même qu'il vous blesserait pour toujours :* « Aimer, c'est souffrir, mais aussi c'est vivre ! Et depuis si longtemps je ne vivais plus. Peut-être n'ai-je jamais vécu d'une telle vie », *écrit le 2 septembre* 1814, *six ans après son paisible mariage, Benjamin Constant à Juliette Récamier. L'on s'est demandé maintes fois pourquoi apparaissait brusquement dans la première édition le couplet lyrique :* « Charme de l'amour, qui pourrait vous peindre ?... ce jour subit répandu sur la vie, et qui nous semble en expliquer le mystère, cette valeur inconnue attachée aux moindres circonstances... tant de plaisir dans la présence, et dans l'absence tant d'espoir... cette intelligence mutuelle qui devine chaque pensée... » — *absent de la copie de* 1810. *Qu'on relise quelques-unes des lettres fiévreuses et presque quotidiennes adressées alors à Juliette, et il me semble qu'en comparant les termes l'on aura moins de mal à comprendre pour qui fut composé, et dans quelle bouffée d'exaltation, ce vain hommage crépusculaire à une Joconde sans grande âme :*

... Il y a en moi un point mystérieux, — tant qu'il n'est

pas atteint, mon âme est immobile, — si on le touche,
tout est décidé... Je n'ai vu que vous depuis ces deux
jours, — tout le passé, tout votre charme, que j'ai
toujours craint, est entré dans mon cœur...

Combien je vous aimais! Combien le moindre de
vos regards, combien un sourire me rendait heureux!
Quel bonheur vous auriez pu, par votre seule amitié,
répandre sur ma vie!...

Oh! si vous m'aimiez comme je vous aime, de quelle
félicité nous jouirions! Quelle certitude nous aurions
l'un et l'autre dans la vie, si, en vous éveillant, vous
pensiez avec plaisir à ce sentiment qui vous entoure,
qui embrasse depuis les plus petits détails jusqu'aux
plus grands intérêts de votre existence, qui s'associe
à chacune de vos pensées... Combien votre vie serait
plus pleine et plus forte! Combien ce vague qui vous
tourmente deviendrait du bonheur! car chaque détail
de la vie, chaque mouvement de l'âme, chaque intérêt
même vulgaire, serait une cause d'union, une occasion
de sympathie... *

* *Lettres à Mme Récamier*, publiées par Louise Colet. Lettres II,
XIII, XVI.

## IV. — Morale et postérité d'Adolphe.

*J'ai cherché dans* Adolphe *les mots-clefs, les mots qui reviennent le plus souvent, et qui sont des mots-fées de la psychologie par la valeur symbolique de leur obsession : j'ai vu que le mot « sacrifice » dominait, criant douze fois, toujours néfaste, mais l'on peut constater qu'il est suivi du mot « pitié », qui panse huit fois la blessure. La « faiblesse » le balance de peu, elle dont l'expression passe sept fois, suivie par l'évocation de l'inaction vainement consumée, qui, se rattachant au thème du « sacrifice », n'est elle-même proférée nettement que cinq fois.*

*L'on comprend de reste pourquoi les jugements sur le caractère d'Adolphe s'opposèrent toujours si violemment, et pourquoi, dans la rage de composer un palmarès, de décerner des bons ou des mauvais points, l'on a donné alternativement tort à Ellénore ou à son amant, suivant que jugeaient des êtres qui avaient vécu ou des gens qui avaient chaussé dès l'adolescence leurs vertueuses pantoufles.*

*Cela commença aussitôt la publication du livre. Esprit sec et jaloux, le déplorable Charles de Constant écrit à Rosalie, le 8 juillet* 1816 :

En lisant *Adolphe*, tu auras vu, chère Rose, que Benjamin explique sa conduite en médisant de son caractère et comme disait quelqu'un, il a voulu qu'on sût qu'il se conduisait dans sa vie privée par les mêmes principes qu'en politique... Il me semble qu'il est permis d'être sévère avec les gens à grands moyens qui méprisent les autres qui valent mieux qu'eux. Dans le fait, qu'est l'esprit, sinon un bon instrument pour bien régler sa vie, faire son chemin d'une manière sûre et distinguée ? Si ce n'est pas cela, c'est quelque chose d'assez méprisable. Se vendre au public pour de l'argent me paraît le comble de l'avilissement, et je lui pardonne bien moins cela que ce qui ne serait que pur cynisme. Ce livre me fait un vrai chagrin, chère Rose. Je ne puis me défaire d'un sentiment qui m'attache à mes parents, surtout ceux avec lesquels j'ai eu des liaisons intimes. L'esprit, les talents de Benjamin auraient pu jeter un lustre sur nous tous, et il nous couvre de boue et de honte.

*On ne saurait presque mieux dire, et, à quelques nuances près, la rare impartialité de ce jugement n'est balancée que par celle dont fait preuve une femme, M^me de Rémusat, qui écrit le 20 juillet 1816 :*

Ah ! la désagréable lecture et quel sec ouvrage !

Il y aura tant qu'on voudra de l'esprit et de la vérité, mais c'est de l'esprit mal employé et de la vérité dégoûtante... Nul repos dans cette peinture, l'amour de la femme si bien en raccourci qu'on ne sait pourquoi elle meurt et qu'on ne s'en soucie nullement... un mélange pénible pour le lecteur de locutions prises dans trois ou quatre langues différentes... rien de neuf à mon avis.

*D'autres lecteurs illustres, tel lord Byron, jugèrent selon leur humeur et leur philosophie personnelle de la vie :*

C'est un ouvrage qui laisse une impression pénible, mais très en harmonie avec l'état où l'on est quand

on n'aime plus, état peut-être le plus désagréable qu'il
y ait au monde, excepté celui d'être amoureux. Je
doute cependant que tous liens de la sorte (comme il
les appelle) finissent aussi misérablement que la liaison
de son héros et de son héroïne.

*L'éloge et le blâme se balancent dans les journaux de*
*l'époque, lesquels — sauf l'abbé de Feletz — tranchent*
*plus qu'ils ne pénètrent \*.*

*Il existe en revanche sur* Adolphe *un jugement éton-*
*namment peu connu, et d'un homme cependant qui connais-*
*sait l'ambition comme l'amour ; voici la morale que*
*Balzac, dans* Dinah Piédefer (La Muse du département) *tire d'*Adolphe :

Adolphe était sa Bible, elle l'étudiait ; car, par-dessus
toutes choses, elle ne voulait pas être Ellénore. Elle évita
les larmes, se garda de toutes les amertumes si savamment
décrites par le critique auquel on doit l'analyse
de cette œuvre poignante, et dont la glose paraissait à
Dinah presque supérieure au livre. Aussi relisait-elle
souvent le magnifique article du seul critique qu'ait
eu la Revue des Deux Mondes, et qui se trouve en tête
de la nouvelle édition d'*Adolphe.* « Non, se disait-elle
en répétant les fatales paroles, je ne donnerai pas à mes
prières la forme du commandement, je ne m'empres-
serai pas aux larmes comme à une vengeance, je ne jugerai
pas les actions que j'approuvais autrefois sans contrôle,
je n'attacherai point un œil curieux à ses pas ; s'il
s'échappe au retour il ne trouvera pas une bouche impé-
rieuse, dont le baiser soit un ordre sans réplique. Non !
mon silence ne sera pas une plainte, et ma parole ne
sera pas une querelle !... » Je ne serai pas vulgaire, se

---

\* Le lecteur trouvera pp. 293 - 300, d'après l'excellent ouvrage de
J.-G. Prod'homme, *Vingt chefs-d'œuvre jugés par leurs contemporains,*
les principaux articles contemporains sur *Adolphe.*

disait-elle en posant sur la table le petit volume jaune qui déjà lui avait valu ce mot de Lousteau : « Tiens ! tu lis *Adolphe* ?... » N'eussé-je qu'un jour où il reconnaîtra ma valeur et où il se dira : Jamais la victime n'a crié ! ce serait assez. D'ailleurs, les autres n'auront que des moments, et moi j'aurai toute ma vie !

. . . . . . . . . . . . . . . . . . . . . . . . . . . . . . . . . . . . . . . . . . . . . . . . . . . . . . .

Avez-vous un reproche à me faire sur ma conduite pendant ces six années ?

— Aucun, si ce n'est d'avoir brisé ma vie et détruit mon avenir, dit-il d'un ton sec. Vous avez beaucoup lu le livre de Benjamin Constant, et vous avez même étudié l'article de Gustave Planche ; mais vous ne l'avez lu qu'avec des yeux de femme. Quoique vous ayez une de ces belles intelligences qui feraient la fortune d'un poète, vous n'avez pas osé vous mettre au point de vue des hommes.

Ce livre, ma chère, a les deux sexes... Vous savez ?... Nous avons établi qu'il y a des livres mâles ou femelles, blonds et noirs... Dans *Adolphe*, les femmes ne voient qu'Ellénore ; les jeunes gens y voient Adolphe ; les hommes y voient Ellénore, Adolphe ; les politiques y voient la vie sociale ! Vous vous êtes dispensée, comme votre critique d'ailleurs, d'entrer dans l'âme d'Adolphe. Ce qui tue ce pauvre garçon, ma chère, c'est d'avoir perdu son avenir social pour une femme ; de ne pouvoir rien être de ce qu'il serait devenu, ni ambassadeur, ni ministre, ni poète, ni riche. Il a donné six ans, six ans de son énergie, du moment de la vie où l'homme peut accepter les rudesses d'un apprentissage quelconque, à une jupe devancée dans la carrière de l'ingratitude. Adolphe est un Allemand blondasse qui ne se sent pas la force de tromper Ellénore. Il est des Adolphes qui font grâce à leurs Ellénores des querelles déshonorantes, des plaintes, et qui se disent : Je ne parlerai pas de ce que j'ai perdu ! je ne montrerai pas toujours à l'égoïsme que j'ai couronné mon poing coupé, comme le Ramorny de la jolie fille de Perth; mais ceux-là, ma chère, on les quitte... Adolphe est un fils de bonne maison, un cœur aristocrate qui veut rentrer dans la voie des honneurs, des places, et rattraper sa dot sociale, sa considération compromise. Vous jouez en ce moment à la fois les deux personnages. Vous ressentez la douleur que cause une position perdue, et vous vous croyez en droit de quitter un pauvre amant qui a eu le malheur de vous croire assez supérieure pour admettre que si chez l'homme le cœur est constant, le sexe peut se laisser aller à des caprices... — Et croyez-vous que je ne serai pas occupée de vous rendre ce que je vous ai fait perdre ? Soyez tranquille, répondit M^me de la Baudraye, foudroyée par cette sortie, votre Ellénore ne meurt pas.

*Objectera-t-on que c'est un homme qui juge ? Écoutons alors l'autre sexe... Nous sommes en 1844 ; par un lent crépuscule d'été, dans les allées du couvent des Augustines, rue de la Santé, deux femmes évoquent des souvenirs. L'une est Louise Colet, l'autre Juliette Récamier, et Louise Colet s'exprime ainsi :*

— Je trouvai... dans son roman d'*Adolphe* une sensibilité vraie et sans déclamation ; la donnée du roman acceptée, il est peu d'hommes, il n'en est pas peut-être qui eussent été meilleurs pour Ellénore. En regardant autour de nous, au fond d'une société exaltée dans la théorie des sentiments, mais fort peu dévouée dans leur pratique, nous trouverons beaucoup d'Ellénore brutalement abandonnées et qui envient, dans les déchirements de l'amour, les délicatesses du cœur d'Adolphe.

M^me Récamier, qui en marchant s'appuyait sur mon bras, m'avait écoutée avec émotion ; quand j'eus cessé de parler, elle s'écria :

— Oui, il avait toutes les délicatesses des cœurs tendres, il savait aimer, je vous l'atteste ! Je l'ai fait souffrir

dans la vie ; je l'aime à mon tour dans la mort, et je
veux le défendre...

*C'est que, dans cette histoire plusieurs fois vécue,
puis recomposée ; dans ce roman d'amour survolé par
l'intelligence, la lucidité et la pitié s'interpénètrent
intimement et dialoguent à jamais. Cent fois l'on s'est
demandé, et l'on a balancé de décider si Adolphe est
un roman classique ou romantique. Tous les deux évidemment, comme son démiurge.*

*Classiques le dépouillement, la sobriété des moyens,
la subtile rigueur des jugements moraux, comme la
part faite à l'opinion, l'appréhension renouvelée de la
société et de ses tabous ; classiques la dépendance du
monde extérieur vis-à-vis du monde intérieur, les paysages
rares et comme reflétés dans le miroir clair ou fêlé de la
conscience.*

*Classique également, si l'on veut bien y réfléchir,
la référence méconnue, .involontaire sans doute, mais
frappante, à la psychologie de la Rochefoucauld.*

*Quand Adolphe écrit au moment où il décide d'aimer
par émulation :* Un nouveau besoin se fit sentir au
fond de mon cœur..., *comment ne pas songer à la
célèbre maxime* 136 :

Il y a des gens qui n'auraient jamais été amoureux
s'ils n'avaient jamais entendu parler de l'amour.

*Nous n'aurions guère plus de mal à prêter à la Roche-
foucauld cette réflexion d'Adolphe :*

Presque toujours, pour vivre en repos avec nous-
mêmes, nous travestissons en calculs et en systèmes
nos impuissances ou nos faiblesses.

*La Rochefoucauld écrit :*

Si on juge de l'amour par ses effets, il ressemble plus à la haine qu'à l'amitié,

*et cette réflexion ne serait évidemment pas déplacée comme épigraphe d'*Adolphe. *De tous les romans d'amour, ou de presque tous !... assureraient les cyniques, et cette discussion trop générale se rattacherait aussi à la morale de l'œuvre. En serrant de plus près, les cinq maximes suivantes, qui se succèdent presque \* dans le recueil du moraliste classique, peut-on nier qu'elles expliquent ou illustrent dans une large mesure le comportement du « héros » ?*

Il y a deux sortes de constances en amour : l'une vient de ce que l'on trouve sans cesse dans la personne que l'on aime de nouveaux sujets d'aimer : et l'autre vient de ce que l'on se fait un honneur d'être constant.

La persévérance n'est digne ni de blâme ni de louange, parce qu'elle n'est que la durée des goûts et des sentiments, qu'on ne s'ôte et qu'on ne se donne point.

Notre repentir n'est pas tant un regret du mal que nous avons fait, qu'une crainte de celui qui nous en peut arriver.

Il y a une inconstance qui vient de la légèreté de l'esprit ou de la faiblesse qui lui fait recevoir toutes les opinions d'autrui ; et il y en a une autre qui est plus excusable, qui vient du dégoût des choses.

Nous avouons nos défauts pour réparer par notre sincérité le tort qu'ils nous font dans l'esprit des autres.

*Cela signifie-t-il que Constant se soit directement*

---

\* *Réflexions* 176, 177, 180, 181, 184.

inspiré de la Rochefoucauld ? *Non sans doute, mais cela représente la part de la psychologie froidement analytique et du passé intellectuel, comme les hésitations d'Adolphe entre* « les plans habiles, les profondes combinaisons », *et le tremblement de l'*« amant novice » *représentent, si l'on veut, le conflit entre la psychologie du XVIII*e *siècle finissant — celle de Laclos — et celle du romantisme, puisque Constant est au confluent des deux ; comme les violences d'Ellénore et les souffrances d'Adolphe représentent peut-être une revanche furtive sur l'idéalisation systématique de Corinne et de ses douleurs grandioses. Mais il serait peut-être encore plus vrai de dire que ces hésitations, ces chevauchements de sentiments antagonistes, ces* « intermittences du cœur », *délivrent, hors de toute* littérature, *des conflits personnels à l'auteur dont il a eu d'autant plus de mérite intuitif à poser le diagnostic qu'ils rejoignent la psychologie la plus intime de ce que l'on nomme l'homme moderne.*

*Dans l'histoire littéraire, l'originalité la plus frappante d'*Adolphe *me semble d'être un roman qui commence à peu près où les autres finissaient — un roman qui substitue la peinture de la décristallisation à celle de la conquête, un roman qui nous montre une femme qui se cramponne et non plus un homme qui supplie, et qui par là introduit dans le tragique romanesque la fatalité quotidienne, — avec l'ambivalence de la cruauté salvatrice et de la pitié dangereuse, de la pitié sublime et de la vaine cruauté, de l'égoïsme et de l'instinct de conservation, selon l'angle de vision et l'angle d'intérêt. Chacun de nous est ensemble victime et bourreau.*

*La vérité de la vision est à la fois si neuve et si dé-*

*finitive que tous les grands romans du « couple » doivent
à partir d'*Adolphe *quelque chose à* Adolphe *et à la
manière dont y est posé le problème central d'une éthique
de la pitié dans la vie sentimentale. La* Sapho *d'Alphonse
Daudet, roman du « collage » comme* Adolphe, *est,
comme lui, un roman de la pitié opposée à la lassitude
et à l'instinct vital, à l'instinct social : dans des notes
inédites, Daudet prêtait à son héros ces réflexions :*

Il se demande si son bonheur vaut de faire tant de
mal à quelqu'un.
Le bonheur d'un homme à un moment de la vie est
toujours fait avec le malheur d'une femme.
Est-ce que mon bonheur vaut tant de larmes ?

*Quant au tenant actuel le plus illustre et le plus hau-
tain de la liberté sentimentale, M. Henry de Montherlant,
il semble parfois, lui aussi, dans* Pitié pour les femmes
*et dans* Les Lépreuses, *commenter le « cas » d'*Adolphe :

Et que la pitié ne soit jamais qu'un moment de
quelque chose, Dieu merci. Elle nous annihilerait. Il
faudrait n'échapper à la servitude de l'amour, que pour
tomber dans la servitude de la pitié ! On fait faire n'importe quoi aux gens, en excitant leur pitié. Savez-vous
qu'ils en meurent ? Savez-vous qu'on peut mourir
de sa pitié ? Aussi tout ce qui a été fait par pitié tourne-
t-il mal, sauf peut-être ce qui a été fait par pitié pour la
supériorité, mais cette pitié-là ne court pas les rues. La
moitié des mariages maudits sont des mariages où l'un
des deux a épousé par pitié... L'antique instant de la
pitié pour les femmes... Il évoqua des femmes... qu'on
garde, qu'on garde, par pitié, en leur faisant croire qu'on
les aime, par pitié... Il pensa : « La jeunesse se passe à
aimer des êtres qu'on ne peut posséder que mal (par timidité), et l'âge mûr à posséder des êtres qu'on ne peut

aimer que mal (par satiété) »... Le dolorisme. Longtemps, dans une situation sociale anémiée, la femme a sauté avec transport sur la doctrine que la douleur est une promotion et un profit... « Je le hais parce qu'il ne souffre pas » (Mᵐᵉ Tolstoï, sur Tolstoï). L'histoire de l'humanité, depuis Ève, est l'histoire des efforts faits par la femme pour que l'homme soit amoindri et souffre, afin qu'il devienne son égal.

*\*\**

*Une pareille complexité antagoniste dans les thèmes, de tels raccourcis d'abîmes prouvent tout ensemble la richesse du roman et l'engagement de l'auteur. Un roman d'occasion et de crise est devenu le roman et l'aboutissement de toute une vie, de toute une philosophie sentimentale de la vie.*

*Sur le plan général, l'on admire comment il passe peu à peu de la géométrie plane de la psychologie et de la technique, à leur géométrie dans « l'espace » de diverses durées, hostiles l'une à l'autre. L'on s'émerveille que cette histoire au fond banale, et qui représente tout juste la matière d'un fait divers, n'incarne pas seulement, malgré la personnalité bien délimitée des protagonistes, l'histoire de deux individus, mais l'histoire de toute femme, avec son caractère de femme, devant tout homme, avec son caractère d'homme, dans une situation donnée. L'on s'aperçoit qu'il s'agit d'une espèce de réaction chimique inéluctable, et l'on pourra penser qu'en ce sens* Adolphe *représente le premier roman « naturaliste ».*

*Pourtant il y a dans toute œuvre romanesque une part*

*d'option, de* pari : Adolphe, *traité par un autre romancier, aurait pu être la claire leçon d'une histoire mélancolique. Vécu par Benjamin Constant, il ne peut être
que la mélancolique philosophie d'un grand amour.
Tel est bien le roman dont Constant, devant chacune
des femmes qu'il avait aimées (mais, grands Dieux !
sans le leur dire...), aurait pu penser avec une mélancolie
cynique :* « notre histoire ». *Mais il représente aussi,
selon le faux intelligent de Dora Melegari,* « mon »
*histoire, toute cette histoire de Sisyphe de l'amour, l'his-
toire de son labyrinthe sentimental, de ses compromis
constants entre ses élans passionnés et ses retraits égo-
tistes, entre ses perpétuelles illusions et les vains aver-
tissements de ses désenchantements.*

*Il ne s'agit plus d'une œuvre toute faite* (Ma tragédie
est faite, il ne me reste plus qu'à l'écrire), *et que
l'écrivain enregistre. S'il y eut d'abord pression de l'auteur
sur l'œuvre, elle se continue par une pression bien plus
forte de l'œuvre sur l'auteur : comme il arrivera dans les*
Fêtes galantes *de Verlaine, la création est devenue plus
forte que le créateur, et c'est ce qui en fait pour nous
l'émotion humaine.*

Adolphe *avait été conçu, juste avant la quarantaine,
comme un hommage affectueux à la salvatrice de l'âge
mûr. Mais la salvatrice est devenue une compagne jour-
nalière\*, parfois encore* « adorable », *plus souvent*

---

\* Rappelons qu'après leur mariage, enfin célébré — mais clandestinement, par crainte de la volcanique Germaine — le 5 juin
1808, Charlotte dut se résigner à vivre seule durant des mois, jusqu'à
ce que son mari osât avouer ce forfait à M$^{me}$ de Staël, qu'il convo-
qua à cet effet le 9 mai 1809, dans une auberge près de Genève.
La scène, à la fois terrible et burlesque, a été souvent évoquée :

*une « ennuyeuse créature »... « Quel sorcier que le mariage ! » — Quelle « vie de lièvre » pour quelqu'un qui chercha toujours la quiétude dans l'extraordinaire.*

*Par retour, Mᵐᵉ de Staël recouvre quelquefois le prestige gratuit du passé, et il en est repris passagèrement comme d'une fièvre quarte inoffensive qui fait seulement se ressouvenir des pays chauds... Il regarde alors son roman avec le même détachement que la femme qui l'avait sauvé :*

Travaillé. Lu mon roman. Comme les impressions

---

Mᵐᵉ de Staël outrée, railleuse et méprisante, Constant plus que gêné, la pauvre Charlotte ne sachant que répéter avec une naïveté douloureuse, pour excuser à tout prix la dissimulation de l'être qu'elle aimait : « *C'est que, voyez-vous, Benjamin est si bon !...* » En conclusion, elle dut une dernière fois s'incliner devant l'orgueil possessif de Germaine, et accepter que son Benjamin allât passer trois ultimes mois à Coppet, pour que la rupture eût l'air d'être le fait de Mᵐᵉ de Staël ! Désespérée, elle tenta de s'empoisonner.

Mariée enfin au grand jour, elle vécut d'abord dans la propriété de Constant, aux Herbages. Après la vente du domaine à la suite de pertes au jeu, le couple alla s'installer à Göttingue, au château des Hardenberg, où Constant s'ennuya parfois cruellement, et où il laissa Charlotte pour partir en 1814 vers Paris, Juliette Récamier, et le Napoléon de l' « Acte additionnel ». A partir de 1816, après le demi-exil en Angleterre et la publication d'*Adolphe*, le ménage s'installa à Paris.

Charlotte, distraite et nonchalante, s'intéressait cependant à la littérature et demeurait fidèle à ses compatriotes, comme l'atteste cette lettre inédite du 15 février 1825, adressée à Albert Stapfer : « N'est-il pas indiscret, Monsieur, de vous rappeler que vous aviez eu la bonté de me promettre la traduction de quelques vers à votre choix dans le petit recueil du Comte de Blankensée ? Votre *Faust* lui fait attacher un grand prix à ce que ce soit vous qui vouliez bien choisir le morceau qui vous paraîtra le plus digne d'être traduit. Mon mari se chargerait alors d'un article qui l'annonçât dans les journaux. Comme le séjour de M. de Blankensée n'est que de deux mois ici, il serait fort heureux pour lui que cela parût avant son départ pour l'Angleterre. Veuillez me pardonner, Monsieur, l'insistance que je mets auprès de vous en faveur d'un compatriote dont la vanité se trouvera doublement flattée, et passent quand les situations changent. Je ne saurais plus l'écrire aujourd'hui. (8 janvier 1812).

*Le vrai été de la Saint-Martin n'était pas encore venu. Cette fois le voici. Quand Constant a parachevé* Adolphe *après sa passion pour Juliette, il a quarante-sept ans. C'est pour beaucoup d'hommes la seconde floraison des lilas. Pour lui, qui a tant vécu, c'est la dernière. Il était juste que de ce vain et merveilleux parfum le roman de l'amour merveilleux et vain demeure quand même embaumé.* \*

*Cet instinct de l'homme, ces expériences contraires*

---

d'être traduit par vous, et d'être lu en France. Recevez, je vous prie, l'assurance de ma considération distinguée.

Charlotte Constant ».

De Mᵐᵉ de Staël, qui avait mené contre son ancien amoureux une longue et suprême campagne d'intimidation et de terreur, Constant n'attendait plus rien de bon, mais ne réussit à se séparer nettement d'elle et de Coppet que le 10 mai 1811. Ils entretinrent ultérieurement, après quelques lettres d'amitié sans obligation ni sanction, la plus âpre correspondance d'affaires. Il la revit de temps en temps à déjeuner ou à dîner, comme il revoyait parfois Anna Lindsay...

Germaine de Staël mourut le 14 juillet 1817, Anna le 23 janvier 1821. Benjamin à son tour disparut le 8 décembre 1830. Charlotte demeurait seule, survivant à ses deux rivales jadis heureuses comme à l'homme auxquelles elle l'avait arraché. Elle mourut en 1845 dans des circonstances étranges et pénibles : son bonnet de dentelles ayant pris feu à la flamme d'une bougie, elle ne survécut pas au choc nerveux qu'elle en ressentit.

Juliette Récamier, la dernière, mourut le 11 mai 1849.

\* Il faut bien croire à un nouvel équilibre de l'œuvre, et à une nouvelle musique, car ce qui « révoltait » en 1807 émeut profondément en 1814 : « Lu mon roman à Mᵐᵉ Laborie. Les femmes qui étaient là ont toutes fondu en larmes. » (23 juillet). De même chez Mᵐᵉ de Vaudémont, et d'autres. Le duc de Broglie parle d'une lecture où Constant était aussi ému et tendu que son auditoire : « ... ce ne fut que pleurs et gémissements ; puis tout à

*également vécues, l'instinct du génie est venu les corro-*
*borer : à l'opposition attendue de la douceur et du des-*
*potisme chez deux femmes, l'auteur substitue l'opposition*
*progressive et irrémissible de ces sentiments sous l'in-*
*fluence de l'usure du temps. Il a vécu le sacrifice social,*
*l'amertume, et les regrets ; il a connu avec une force*
*égale la pitié au milieu même de la dureté. Il ne peut*
*ni ne veut rien celer, mais il peut réconcilier des senti-*
*ments humains dans une impartialité fraternelle.*

*En vain le baron de T... déclare — et Constant*
*pense dans ses humeurs — qu'* « il n'y a pas d'homme qui
ne se soit, une fois dans sa vie, trouvé tiraillé par le
désir de rompre une liaison inconcevable et la
crainte d'affliger une femme qu'il avait aimée »,
*et que* « l'inexpérience de la jeunesse fait que l'on
s'exagère beaucoup les difficultés d'une position
pareille... » *Contre ce froid bon sens crie une expérience*
*douloureuse :* « Cette terrible leçon, je l'ai reçue. Je
ne connaissais pas les cœurs de femme... », *et proteste*
*l'être au sommet de soi-même :* « La grande question
dans la vie, c'est la douleur que l'on cause, et la
métaphysique la plus ingénieuse ne justifie pas
l'homme qui a déchiré le cœur qui l'aimait. »

*La mort d'Ellénore, qui fut d'abord évoquée comme*
*une pieuse conjuration contre les menaces de l'avenir, n'est*
*cependant pas seulement un thème, une possibilité, ou*
*une synthèse amère des désespoirs de toutes ces femmes*
*aujourd'hui consolées et parmi lesquelles est morte réelle-*

---

coup, par une péripétie physiologique qui n'est pas rare, au dire
des médecins, les sanglots devenus convulsifs tournèrent en éclats
de rire nerveux et insurmontables... »

*ment la seule qui jamais ne menaça. La mort est la logique fatale d'un grand cœur : elle le brise en terminant l'expérience. Sur la campagne déserte en hiver, dans la résignation du ciel et de la terre gelés, les harmoniques d'une fin malgré tout heureuse pour celle qui préféra au monde le seul monde d'un homme, et qui fit passer avant l'argent, avant la société, avant la sécurité, avant ses enfants, avant tout ce que les autres nomment :* réalité — « le monde des chimères, le seul digne d'être habité », *acheminent comme il se doit vers la solitude et le silence une aventure où il est vain de vouloir donner tort ou raison à deux créatures qui toutes deux, malgré leurs défauts, se sont efforcées, et n'ont été vaincues, chacune à sa manière, que pour avoir cherché, avec l'entêtement aveugle et l'absurdité passionnée des hommes, l'absolu dans ce qui est fatalement relatif.*

*Malgré tous ses mérites,* Adolphe *ne serait rien s'il n'était qu'une merveille glacée. Mais sous le poli de l'art se devinent les cicatrices d'une vie entière comme ses nostalgies. A un Hamlet qui sans cesse lui coupe la parole un Cœlio sans espoir tente sans cesse de la reprendre.* « Aimer c'est souffrir. Mais aussi, c'est vivre. » *Sans doute, pour le raisonnable, chaque aventure d'amour n'est qu'une fleur différente du même arbre sombre.*

*Mais l'arbre a fleuri, et c'est le seul sous lequel, dans sa course au néant, l'être puisse se reposer.*

# LE TEXTE ET LES ÉDITIONS D'ADOLPHE

## I. — LE TEXTE.

1º Le manuscrit original d'Adolphe, *dont la plupart des éditions contestent l'existence, existe effectivement. Déposé à la Bibliothèque Cantonale et Universitaire de Lausanne (et non à celle de Genève comme on l'a dit par erreur), il se compose de 155 feuillets. Il a figuré à l'exposition organisée pour le centenaire de la mort de Benjamin Constant, et une plaquette commémorative en a reproduit alors le titre et un feuillet contenant la version primitive de la fin de l'« Avis de l'Éditeur ». Mais, conformément aux conventions de dépôt, la communication de ce manuscrit est demeurée réservée.*

*Grâce à la bienveillance de la baronne Constant de Rebecque, veuve du dépositaire, la présente édition est en mesure de parler, pour la première fois, de ce manuscrit, dont un de nos confrères prépare une édition en Suisse, et dont le contenu, par l'appréhension de nouveautés bouleversantes, a suscité et continue de susciter bien des curiosités et mainte nostalgie. Pour ramener les unes et les autres à leur juste proportion, nous pouvons dire que, si ce manuscrit original présente un assez grand nombre de variantes, en partie autographes,* celles-ci concernent la forme, et non le fond du récit ; *nous ajouterons que, pour la plupart, ces variantes se retrouvent également dans :*

2º La copie Monamy *(descendant par alliance et héritier de Charles de Rebecque, frère de Benjamin Constant), titrée de la main de Constant « Œuvres manuscrites, Tome premier, 1810 », revue par lui, et dont G. Rudler, dans son édition critique, a collationné et reproduit les variantes.*

*L'on comprendra cependant pourquoi, étant donné qu'il existe un manuscrit original, il ne m'a point paru que je puisse suivre dans mon apparat critique le code des précédents éditeurs, et que je désigne en conséquence par la lettre C (Copie) — et non par M — le manuscrit* Monamy.

## II. — LES ÉDITIONS.

1º Adolphe, *donné à l'impression le 30 avril 1816, et payé ultérieurement 70 louis par Colburn, a paru à Londres et à Paris, en juin 1816 (à Paris : Journal de la Librairie du 22 juin). A Londres avec le titre suivant :*

ADOLPHE ; | *Anecdote* | *Trouvée dans les Papiers d'un Inconnu,* | *et Publiée* | *Par* | *M. Benjamin de*

*Constant.* | *Londres :* | *Chez Colburn, Libraire,* |
*Paris :* | *Chez Tröttel et Wurtz.* | 1816.

*A Paris, avec ce titre :*

ADOLPHE, | *Anecdote* | *Trouvée* | *Dans les Papiers*
*d'un Inconnu,* | *Et Publiée* | *Par* | *M. Benjamin*
*de Constant.* | — | *Paris,* | *Chez Treuttel et Würtz,*
*rue de Bourbon, n° 17.* | *Londres,* | *Chez H. Colburn,*
*Bookseller,* 50 *Conduit Street* | *New-Bond.* | 1816.

Ces deux éditions ont toutes deux 228 *pages, mais*
*dont* 183 *seulement coïncident ; en outre, elles marquent*
*certaines différences sensibles dans l'orthographe,*
*la ponctuation, l'accentuation. Elles ont paru* presque
*simultanément, mais non simultanément.*

*Entre elles, laquelle constitue réellement* l'édition
originale ? *G. Rudler, après une minutieuse étude des*
*deux textes et des circonstances de la publication, avait*
*conclu en faveur de l'édition de Londres. F. Vandérem*
*se plut à contrebattre ses arguments par d'autres. Après*
*cette longue discussion — qui, au demeurant, intéresse*
*surtout les bibliophiles, car aucune des menues diffé-*
*rences entre les deux textes ne touche à l'essentiel —*
*je ne puis faire autrement, au terme d'un nouvel examen,*
*que d'opter pour l'édition de Londres. Tout y conduit :*
*la vraisemblance, les circonstances, les documents connus,*
*les dates, et même certains détails techniques.*

*Si le bon sens, contrairement à l'affirmation de*
*Descartes, n'était pas souvent la chose du monde la*
*moins partagée, il sauterait aux yeux que B. Constant,*
*à Londres depuis janvier* 1816, *et qui ne pouvait alors,*
*pour de fortes raisons politiques, se risquer à Paris,*

*a tout naturellement opté pour une impression dont il*
*pouvait s'occuper sur place, — et aux moindres frais,*
*dès lors qu'il serait peut-être obligé de se résigner à*
*éditer à compte d'auteur... Quand, le 30 avril 1816,*
*il écrit : « Donné mon livre à l'impression », c'est à*
*Londres qu'il le donne, et c'est à Colburn qu'il demande*
*d'y mettre le nom de sa firme. Quand il note dans un*
*mémento un passage à revoir, il écrit : « Revoir dans*
*ce que j'ai donné à Colburn... » Une lettre de Constant*
*à Colburn, en anglais, retrouvée, et traduite par M.*
*Sloog, libraire à New-York, s'exprime ainsi :*

M. Constant présente ses respects à M. Colburn et
l'informe qu'il lui envoie aujourd'hui la dernière
épreuve corrigée et qu'il suppose que la petite publication sera terminée demain. Il désire que la mise en
vente commence au plus tard samedi, car il a l'intention
de s'embarquer pour la Hollande la semaine prochaine
et désire se rendre compte comment cela marchera.
De même, il désire savoir si M. Colburn entrepren-
drait la publication d'un autre de ses ouvrages, sur
des sujets politiques, à peu près de la même longueur,
et qui créera, pense-t-il, un grand intérêt de curiosité.
Il a l'intention de le publier à ses propres frais, mais
en raison du voyage prolongé qu'il va faire il désire
éviter les ennuis d'en surveiller (lui-même) la publication. Il prie M. Colburn de n'en parler à qui que ce
soit.

27 mai, à Queen's Building en face de Brompton Row.

*Quand, après la publication et le premier succès de*
*son petit roman, Constant obtient enfin, à la fin de juin,*
*70 louis de droits d'auteur, c'est avec Colburn qu'il*
*conclut un « arrangement », et il n'est nulle part question*

*de droits quelconques touchés de Würtz. Enfin, du point de vue technique, G. Rudler a relevé dans l'édition de Londres un certain nombre de passages dont le texte est conforme à celui de la copie, alors que le texte de l'édition de Paris est amendé.*

*Différentes lettres nous prouvent d'autre part que c'est de Londres, et non de Paris, qu'amis et public français attendaient la venue du roman. Le beau-père de Charles de Constant, Achard, fixé à Londres, écrit à son gendre, qui le répète à Rosalie :*

J'oubliais de te dire que M. Achard nous dit que Benjamin va faire imprimer un roman en outre d'un ouvrage politique qui doit servir d'apologie à sa conduite. (12 février 1816). Nos lettres de Londres nous disent que Benjamin fait imprimer son roman. Mais elles n'ajoutent rien sur son compte. (25 mars).

*C'est seulement le 17 juin qu'il est question d'une impression à Paris.*

*Pourquoi ? Tout simplement parce que, pour éviter à la fois des droits de douane et certaines difficultés éventuelles avec les tribunaux politiques, les éditions Colburn étaient relayées sur le continent par des éditeurs français : Treuttel et Würtz, Delaunay, etc., que Colburn, en accord avec l'auteur, qui revoyait au besoin son texte, mettait de compte à demi dans l'opération commencée par lui.* \*

\* Une preuve par analogie nous en est fournie par le cas du « Rome, Naples et Florence », de Stendhal, paru simultanément, lui aussi, l'année suivante (1817), — à Londres chez Colburn, et

*Ajoutons que deux particularités bibliographiques, non signalées jusqu'ici, confirment elles aussi la priorité de l'édition Colburn.* C'est ainsi que la moitié des exemplaires de l'édition dite « de Paris » porte, comme dans l'édition de Londres (avec la faute orthographique « Tröttel » rectifiée) : « Londres, Colburn ; Paris, etc. » (Londres, en tête). *De même*

2⁰ La seconde édition, *de la même année* 1816, *fictive,* malgré la mention traditionnelle « Revue, corrigée et augmentée », *et où l'* « Avis de l'Éditeur » *a seulement été remplacé par une Préface nouvelle, a d'abord été donnée à Colburn, comme le prouve une lettre à Würtz, alors de passage à Londres, et adressée* « Aux soins

à Paris chez Delaunay. L'édition de Londres étant rarissime, tandis que celle de Paris se rencontre assez aisément, l'on a conclu à la priorité de cette dernière, alors que, sitôt une étude attentive, la preuve du contraire éclate : c'est ainsi que l'auteur, amoureux de l'anonymat, — tant pour éprouver d'abord le succès que, dans ce cas particulier, par appréhension politique et par haine de la réaction bourbonienne, — n'a pas signé l'édition de Londres, puis a signé celle de Paris. C'est ainsi que Stendhal, dont l'on sait qu'il travaillait toujours à resserrer son style, avait d'abord écrit la première phrase de sa Préface sous la forme suivante :

*Il ne faut pas chercher d'art dans cet ouvrage ; c'est une esquisse que la nature seule a dictée,*

puis condensé son idée en une affirmation lapidaire :

*Cette esquisse est un ouvrage* naturel.

Un peu plus loin, dans l'édition de Londres une faute d'impression rendait une phrase inintelligible :

*La musique est le seul naturel :*

elle a été rectifiée dans l'édition de Paris :

*La musique est le seul art naturel.*

Quelques pages encore, et l'édition de Paris concorde avec celle de Londres pour donner de l'expression très simple :

*Milan est la ville d'Europe qui a* les plus belles rues

*de M. Colburn » : « ... Ce n'était même qu'à ma prière*
*que M. Colburn l'envoyait | la préface |, et j'y renonce... »*
*Là encore, sur le titre recomposé, la mention de Londres*
*précède celle de Paris. C'est déclarer aussitôt la priorité*
*commerciale au lecteur le moins averti.*

3° Première traduction anglaise.

*Elle comporte à la fois la Préface à la « seconde*
*édition » (c'est même d'après cette traduction qu'avant*
*la découverte de deux exemplaires de cette édition, l'on*
*avait eu connaissance de cette Préface in-extenso), et se*
*présente ainsi :*

ADOLPHE : | *An anecdote | found among the papers*
*of an unknown | person, | an published | by | M. Benjamin*
*de Constant. | London : | printed for H. Colburn,*
*Conduit Street. | 1816.*

*Cette édition a dû paraître à la fin d'août 1816.*

---

une traduction anglaise en note (« The most comfortable streets »)
qui n'avait d'utilité qu'à l'occasion d'une édition parue à l'étranger.

Je pourrais multiplier les exemples (noms en toutes lettres dans
l'édition anglaise remplacés par prudence dans l'édition de Paris
par des initiales, précisions plus hardies, etc.). Concluons par la
preuve la plus frappante : dans l'édition anglaise, il était question, comme dans la française, de la manufacture d'un M. Taissaire,
à Troyes, brûlée par les Anglais. Or, dans l'édition française,
et dans elle seule, figure une espèce de note de dernière heure,
additive à l'Appendice, qui commence ainsi :

*J'apprends que la belle manufacture de M. Taissaire à Troies, dont les*
*métiers avaient été brisés, s'est relevée plus florissante que jamais... etc.*

Dans ce cas, comme dans celui d'*Adolphe* — et de manière plus
frappante encore, puisque les différences de texte sont notables,
et que la conviction en faveur de l'édition de Paris est absolue
dans toutes les bibliographies ! — il s'agit d'une édition anglaise,
relayée, mais non précédée, par l'édition française.

4° Troisième édition.

1824, *chez Brissot-Thivars (août 1824), avec une Préface en partie inédite, et une addition au chapitre VIII.*

*C'est cette édition, la dernière parue de l'aveu de l'auteur, et avec des additions voulues par lui, dont le texte sert de base à celui de la présente édition.*

# ITINÉRAIRE BIOGRAPHIQUE
# DE BENJAMIN CONSTANT
## jusqu'à la publication d' « Adolphe »

**1767.** – 25 octobre. Naissance, à Lausanne, de Benjamin Henri Constant, fils de Noble Louis Arnold Juste de Constant, Officier au service des États Généraux de Hollande, et de Dame Henriette Pauline de Chandieu, qui le laisse orphelin quinze jours plus tard...

**1772.** – Juste de Constant soustrait à sa propre mère l'éducation du petit Benjamin, et le confie à l'amie de toute sa vie, Jeanne (dite Marianne) Magnin — née en 1752 — qu'il établit à la campagne avec son pupille. Le 22 juillet, il signe à Jeanne une promesse de mariage. Cette même année, avec l'Allemand Stroelin, qui lui apprend le grec en le lui faisant « inventer », mais aussi lui fait subir les sautes d'humeur de son caractère déséquilibré, Benjamin Constant inaugure la série des cinq étranges précepteurs — ou gouverneurs... — qui, pendant six années (1772-1778), vont développer diversement chez leur jeune élève une culture extraordinairement précoce, mais aussi un sens ironique et mélancoliquement sceptique du relativisme de tout.

**1774.** – Deuxième « précepteur », M. de la Grange, chirurgien-major, athée et débauché déclaré, qui, par commodité, se fixe avec son élève dans une maison de femmes...

**1775-1776.** – Après un hiver en Suisse, nouveau séjour à Bruxelles avec son père, qui y exerce son commandement. En pension chez son maître de musique (troisième « précepteur ») qui lui laisse la bride sur le cou : Benjamin (il a huit ans !) passe une dizaine d'heures par jour à dévorer dans un cabinet de lecture tous les romans licencieux et ouvrages irréligieux qui viennent de paraître.

**1776-1778.** – Quatrième précepteur, Gobert, ex-avocat. Le discipulat du jeune Benjamin se borne, paraît-il, à recopier sans fin un méchant ouvrage d'histoire sans cesse remanié. Benjamin Constant commence à se faire une idée assez noire de l'humanité.

**1778.** – Retour en Suisse. Benjamin connaît un cinquième précepteur, un certain Duplessis, moine défroqué passé au protestantisme, homme instruit et bon, mais aussi faible qu'exalté. Après cette dernière expérience, départ pour la Hollande. B. Constant commence sa première œuvre, un roman-poème en cinq chants, *Les Chevaliers,* qu'il termine l'année suivante.

**1780.** – Début de la seconde éducation. B. Constant passe deux mois à l'Université d'Oxford, d'où il revient nanti d'un jeune compagnon anglais, M. May, mi-camarade mi-gouverneur, que M. de Constant le père, aussi prompt à s'engouer sur des apparences qu'à prendre en aversion les marionnettes qu'il a lui-même choisies, congédie bientôt. (1781.) De retour en Hollande, il s'enflamme romantiquement pour la fille d'un vieil ami de son père, commandant d'une petite place forte.

**1782.** - 6 février. Benjamin Constant devient étudiant à l'Université d'Erlangen. Il est présenté à la Cour, mais commence une vie double et extravagante : il veut se donner « la gloire d'avoir une maîtresse» sans l'aimer, et sans la posséder... Ayant de surcroît choisi une fille dont la mère s'était montrée impertinente envers la Margravine, et se faisant son complice, il tombe dans une disgrâce qui lui fait quitter la Cour (printemps 1783).

**1783-1784.** - Heureux temps d'études littéraires et philosophiques à l'Université d'Edimbourg. Mais, affolé de plaisirs et d'abîmes, il se met à jouer, et part finalement sans payer ses dettes.

**1785.** - Printemps. Séjour à Paris, en pension chez l'écrivain et journaliste Suard. Encore une fois vie double et dangereuse avec des amis et un « mentor » dissolus. Retour à Bruxelles, où une certaine Mme Johannot, créature nostalgique et malheureuse, lui inspire son vrai premier amour.

**1786.** - De nouveau en Suisse, à Lausanne, où - tel un héros des *Liaisons dangereuses* - il s'imagine une passion pour la femme d'un diplomate, Mrs Trevor, et entreprend de faire sa conquête par vanité et esprit de système (cf. la conquête d'Ellénore dans *Adolphe);* faux amour-passion qui, à travers mille extravagances, devient un vrai amour de tête et un peu une romance; les événements séparent les deux protagonistes. Retour à Paris (novembre) par des routes nei-geuses et des journées désolées (Constant trans-posera l'atmosphère de ce voyage dans *Cécile,* première version *d'Adolphe,* et *Adolphe* lui-même). De nouveau chez Suard.

**1787.** – mars. Rencontre de Mme de Charrière, femme étrange et fascinante (cf. mon Introduction, pp. XIX-XXII), avec laquelle il brasse sans fin tous les problèmes insolubles du monde et du destin... En même temps, il suit les cours de la Harpe, et, sur le plan sentimental, remonte pour une Mlle Pourrat le même mécanisme sentimental que naguère pour Mrs Trevor, poussant cette fois jusqu'à la tentative de suicide-chantage. Après un pèlerinage vers le proche passé, en Angleterre et en Écosse (juin-septembre), puis un bref séjour auprès de son père, il retrouve Mme de Charrière dans son château du Colombier (octobre).

**1788.** – février. Départ pour la Cour de Brunswick, où il est nommé Gentilhomme de la Chambre. En août, le Colonel de Constant perd contre toute justice les treize procès soutenus ou engagés, au terme d'une sombre, mesquine et absurde histoire, contre ses officiers indisciplinés ou révoltés. Écœuré, il s'enfuit à Bruges, d'où il regagne Lausanne (malgré tous les moyens de procédure, il perdra de nouveau devant toutes les instances, jusqu'en 1791 !). Benjamin, que ces événements remplissent d'amertume, cherche à la fois diversion et stabilité dans des fiançailles avec Mlle Minna de Cramm, de neuf ans plus âgée que lui, dont la laideur même devrait être une garantie de tranquillité...

**1789.** – En mai, mariage avec Minna, qu'il présente en Suisse à sa famille. En août, orages avec Mme de Charrière, jalouse et lucide.

**1790.** – Retour à Brunswick en mai. Par-delà une réconciliation avec Mme de Charrière, Benjamin Constant se sent de plus en plus sombrement détaché de tout.

**1791.** – Année perdue en amers tracas matériels (liquidation de la fortune et paiement des amendes infligées à son père).

**1792.** – Despotique solitude conjugale. La laide Minna trouve ou retrouve un amant, ou un « ami ». Benjamin Constant, contre l'absolutisme de la Montagne, penche vers les idées républicaines libérales. Conjointement, il se distrait, ou se venge, de ses pensées et de ses infortunes avec une petite comédienne nommée Caroline.

**1793.** – janvier. Rencontre d'une certaine Charlotte de Marenholz, née Hardenberg, qu'il épousera quinze ans plus tard et qui, comme Minna, est d'une laideur paisible et un peu rude, mais d'un cœur à la fois plus tendre et volcanique. En politique, cet indécis est attiré, dans les circonstances exceptionnelles que traverse la France, par la personnalité exceptionnelle d'un Robespierre.

**1794.** – avril-juillet. Ultime séjour à Brunswick. Démarches en vue du divorce. Rencontre de Mme de Staël en Suisse (19 septembre). D'abord réservé à son égard, Constant la décrit le 21 octobre à Mme de Charrière comme « un Être à part, un Être supérieur tel qu'il s'en présente peut-être un par siècle... » En décembre, violente dispute et rupture avec Mme de Charrière.

**1795.** – Entretiens nocturnes avec Mme de Staël. Simulation de suicide sublime (même tactique qu'avec Mlle Pourrat). Mme de Staël en est naturellement flattée, et cède. En mai à Paris avec Elle. Il est le plus bel ornement de son salon de la rue du Bac. Articles « réactionnaires » dans les *Nouvelles politiques* de Suard; polémique et volte-face de Constant. Il s'occupe de se fixer, et achète à bon compte un bien national près de Luzarches.

Mme de Staël, turbulente et mêle-tout, est dès lors priée de quitter Paris, et Benjamin l'accompagne en Suisse le 21 décembre. Le 18 novembre, son divorce d'avec Minna a été enfin prononcé.

**1796.** – En Suisse, entre sa famille et le château de Coppet, chez Mme de Staël. Brochure intelligente et opportuniste : « *De la force du Gouvernement actuel de la France, et de la nécessité de s'y rallier.* Dès lors, première entrevision d'une femme exquise, Julie Talma.

**1797.** – Nouvelles brochures politiques. La liaison avec Mme de Staël, cimentée par la naissance de la petite Albertine (8 juin), commence à peser à Constant. Il écrit à Mme de Nassau le 1er juillet, avec quelque humour noir : « Mon légitime souverain est de retour, et... tout projet d'insurrection est abandonné... » Nouvelles activités politiques au Club de Salm. Participation au petit essai de Mme de Staël. *Des circonstances qui peuvent terminer la Révolution.*

**1798.** – Candidat malheureux en Seine-et-Oise aux élections du 11 mai (22 floréal). L'annexion de la Suisse l'a fait citoyen français.

**1799.** – Nouvel échec aux élections, à Genève cette fois (avril). Le coup d'État du 18 Brumaire est bien accueilli par les deux amants. Constant est nommé membre du Tribunat le 4 nivôse (fin décembre).

**1800.** – Dès le 15 nivôse (5 janvier), Constant prononce au Tribunat un discours qui le classe parmi les opposants. Bonaparte, violemment irrité, le fait attaquer par la meute des journaux. Le salon de Mme de Staël est provisoirement déserté par les « amis ». En novembre, Constant s'enquiert de Charlotte de Hardenberg, mais la rencontre de la belle Anna Lindsay, dont il devient immédiatement et follement amoureux, renouvelle sa vie : « Je vous aime comme un insensé... Je ne vois, je n'entends, je ne respire que vous... » (29-30 novembre).

**1801.** – Constant s'élève contre le projet de loi sur les tribunaux spéciaux (février). Devant ses temporisations sentimentales, la malheureuse et entière Anna s'enfuit à Amiens, laissant à Benjamin une déchirante lettre de rupture. Malgré des « reprises », leur liaison est irrémédiablement fêlée. Constant, inquiet en politique, traqué par Germaine de Staël, se partage tant bien que mal entre Paris, sa « campagne » et la Suisse.

**1802.** – Le 27 nivôse an X (19 janvier), Constant est « écrémé » du Tribunat. Il troque sa propriété contre une autre, moins dispendieuse et plus proche de Paris. La disgrâce de Mme de Staël, à la suite de *Delphine,* comme la mort du Baron de Staël (mai) lui posent de nouveaux problèmes.

**1803.** – Premier journal intime, *Amélie* (Fabri) *et Germaine* (de Staël), où il fait un bilan et caresse le pour et le contre des deux mariages possibles... Mme de Staël, dûment exilée, part pour l'Allemagne, accompagnée de son chevalier servant révolté et dompté (19 octobre). Elle est à Weimar le 13 décembre.

**1804.** – Arrivée de B. Constant à Weimar au début de janvier. Rencontre ce même mois de Gœthe et de Wieland, puis de Schiller. Projet d'un grand ouvrage relativiste sur les différentes religions. A la suite de Mme de Staël, il se partage entre Weimar et la Suisse. Mme de Staël partie pour son grand pèlerinage en Italie, il peut enfin souffler, et regagne Paris, où il revoit Charlotte de Hardenberg (28 décembre).

**1805.** – Retour de flamme pour Mme Lindsay. Conjointement, Benjamin renoue des relations très affectueuses avec Charlotte. Julie Talma tombe gravement malade (mars-mai) et meurt le 5 mai. Accablement de Benjamin Constant. Après Julie Talma au printemps, Mme de Charrière meurt en hiver (27 décembre). Constant cherche un renouveau psychologique et sentimental dans l'espoir d'épouser Charlotte, qui devrait préalablement divorcer de son second mari, M. du Tertre.

**1806.** – Toujours dans le sillage de Mme de Staël, il réussit à s'échapper quelques jours, et, en octobre, devient l'amant enivré de sa Charlotte, avec laquelle il échange des serments qu'il a ensuite la maladresse d'avouer à sa Germaine, sans pourtant rompre, — d'où un épouvantable orage, suivi de bien d'autres... En novembre, il est de nouveau aux arrêts auprès de Mme de Staël, dans son château des environs d'Aubergenville. Il a commencé tant bien que mal une première version d'*Adolphe,* dont il essaie l'effet et mesure les répercussions (nov.-déc.).

**1807.** – Nouvelles lectures d'*Adolphe,* modifié, à des intimes (février-mai). En juin, après avoir accompagné jusqu'à Châlons-sur-Marne Charlotte, en route pour l'Allemagne, retour à Coppet (juillet), puis séjour à Lausanne où les idées quiétistes le séduisent, mais pas au point de le faire renoncer à secouer son joug : il s'enfuit de Coppet le 1er septembre, mais Mme de Staël le ramène sous bonne garde. Représentations théâtrales à Coppet, et, pour se délasser l'âme, adaptation du *Wallenstein* de Schiller (qui paraîtra en 1809). Nouveaux atermoiements et rendez-vous manqués avec Charlotte, qui en tombe malade de chagrin. Finalement, il la rejoint à Besançon, et l'emmène à Brévans auprès de son propre père (décembre).

**1808.** – Retour de Benjamin et de Charlotte à Paris (février). A la fin du mois de mai, retour à Brévans, où, le 5 juin, il épouse Charlotte, dans le plus grand secret, — puis la laisse pour retourner à Coppet auprès de Mme de Staël, à laquelle il tremble d'annoncer son mariage... Le 15 décembre, il rejoint — clandestinement — sa femme.

**1809.** – janvier. Départ pour Paris avec sa femme. Ils vivent tapis à la campagne. Au printemps, B. Constant, harcelé, se décide enfin à la grande explication : burlesque et dramatique scène à trois dans une auberge des environs de Genève. « C'est que, voyez-vous, Benjamin est si bon !... » (Charlotte à Germaine). Mme de Staël, par souci d'amour-propre, décide que le mariage ne sera pas encore divulgué, et Benjamin doit repartir provisoirement faire bonne figure à Coppet. Charlotte tente de s'empoisonner (tactique que Benjamin connaît bien...). Il la réconforte, et rejoint Mme de Staël, qui, furieuse que le mariage commence à être connu, se répand en mesquines insinuations contre son ancien esclave, oubliant avec une superbe inconscience qu'elle a déjà engagé un nouvel amant, le Comte O'Donnel !

**1810.** – De février à fin mars avec Mme de Staël, avec laquelle il règle, d'après ses exigences, leurs vieux comptes financiers, apurés par un acte sur papier timbré en date du 21 mars, qui repousse le remboursement à la mort du débiteur. Cependant, Charlotte, à Paris, échappe de peu à l'incendie de l'Ambassade d'Autriche (1er juillet). Le 27 septembre, Mme de Staël, dont le livre *De l'Allemagne* est saisi, est exilée de Paris. Constant, fou de jeu, est obligé de vendre sa maison de campagne.

**1811.** – Départ de Benjamin et de sa Charlotte pour Lausanne (janvier). Règlement de comptes familiaux avec son père. Adieux à Mme de Staël à Lausanne (9 mai). École buissonnière sur le chemin de l'Allemagne, en passant par casinos et maisons de jeu, où la fortune est contraire. Installation à Gœttingue le 2 novembre.

**1812.** – Monotonie et déceptions de la vie conjugale. Aigres disputes avec la « céleste » Charlotte. La mort de son père, le 2 février, le fait réfléchir sur la solitude. Mme de Staël part pour la Russie le 23 mai. Incertitudes et retours sur soi-même. A défaut d'œuvre positive. B. Constant commence une satire anti-napoléonienne, *Le Siège de Soissons*.

**1813.** – Divers voyages à travers l'Allemagne pour se désennuyer de sa vie à Gœttingue. Cependant, l'Empire français se dégrade, et Constant, sur l'incitation de Mme de Staël, qui lui écrit de Londres le 30 novembre, songe tout ensemble à s'attacher à la fortune de Bernadotte, Prince royal de Suède, et à donner des gages par un nouvel ouvrage de théorie politique anti-napoléonienne.

**1814.** – Son ouvrage paraît à Hanovre le 30 janvier : *De l'Esprit de Conquête et de l'Usurpation*. Décoré par Bernadotte, il arrive à Paris le 15 avril après l'abdication de Napoléon. Nombreuses activités politiques : entretiens avec Talleyrand et l'Empereur de Russie; plusieurs brochures (mai-août). Le 31 août, coup de foudre pour Mme Récamier, coquette consommée qui, en se servant de lui, va dans une certaine mesure orienter ses nouvelles activités, mais aussi le rajeunit par la ferveur et la souffrance. Par Mme Récamier, il fait la connaissance de la folle et mystique Mme de Krüdener, « l'Égérie de la Sainte-Alliance ».

**1815.** – Nouvelle brochure politique, *De la Responsabilité des Ministres*. Napoléon débarqué de l'île d'Elbe le 5 mars, B. Constant publie les 11 et 19 mars deux articles anti-napoléoniens d'une violence inouïe. Craignant pour sa vie à l'arrivée de l'Empereur à Paris, il se cache à la Légation des États-Unis, fuit à Nantes, puis rentre à Paris. Au lieu de le faire exécuter, Napoléon le mande aux Tuileries (14 avril). L'Empereur est très aimable, B. Constant séduit. Chargé de rédiger, d'après ses propres principes, l'Acte additionnel aux Constitutions de l'Empire, il est nommé au Conseil d'État. Nouveaux tracas financiers avec Mme de Staël, qui lui réclame sans vergogne de quoi parfaire la dot d'Albertine (future duchesse de Broglie), dont il est le véritable père... Après Waterloo, seconde abdication de Napoléon (fin juin). Constant fait partie d'une commission chargée de porter des propositions de paix aux Alliés. Retour à Paris le 5 juillet. Ordre d'exil signifié par Louis XVIII, puis révoqué à la suite d'un habile mémoire apologétique, et aussi de diverses interventions. Cependant, départ pour Bruxelles, où il arrive le 3 novembre, et où, un mois plus tard, sa Charlotte se décide enfin à le rejoindre.

**1816.** – A partir de la mi-janvier, séjour à Londres, où Constant fait de nombreuses « lectures publiques » de son *Adolphe* et s'occupe en outre d'en négocier la publication. Au milieu de juin, *Adolphe* paraît presque simultanément à Londres et à Paris (cf. mon Introduction, pp. CXII sq).

# BIBLIOGRAPHIE *

I. — « ADOLPHE » ET SES SATELLITES AUTOBIOGRAPHIQUES.

1816. Première édition. Londres, et Paris.

1816. Deuxième édition (fictive), avec une Préface inédite remplaçant l'Avis de l'éditeur. Londres.

1816. Traduction anglaise, avec la traduction de la Préface à la seconde édition.

1816. Traduction allemande. Vienne.

1817. Traduction allemande. Budapest.

1824. Troisième édition, avec une nouvelle Préface en partie inédite. Paris.

1828. Quatrième édition. Paris.

1919. Édition historique et critique, publiée par Gustave Rudler. Manchester.

*Mélanges de Littérature et de Politique* (Lettre sur Mme de Staël. Lettre sur Julie). 1829.

* Il ne pouvait être question de dérouter ou d'étouffer le lecteur en lui énumérant *toutes* les études, consciencieuses ou médiocres, parues sur *Adolphe* depuis cent trente-neuf ans... Dans le même esprit, il m'a paru qu'on me saurait gré de renvoyer, quand il y avait lieu, à la dernière version, et à la plus accessible, d'une étude critique, tout en mettant entre parenthèses la date de la première version ou des différentes versions. Du moins trouvera-t-on ici, sauf oubli réparable, une Bibliographie à jour et utile.

*Lettres à Mme Récamier*, publiées par Louise Colet, 1864.

*Lettres à sa famille*. Éd. Menos. 1888.

*Journal intime de Benjamin Constant et lettres à sa famille et à ses amis*. Éd. Melegari. 1928. Albin Michel. (1895. P. Ollendorff.)

*Lettres à Hochet*, publiées par G. de Lauris. *La Revue*. Mai 1904.

*Le Cahier Rouge*, publié par la baronne L. Constant de Rebecque. 1907.

*L'Inconnue d'Adolphe. Correspondance de Benjamin Constant et d'Anna Lindsay*, publiée par la baronne Constant de Rebecque. 1933. Plon.

*Le Cahier Rouge, Adolphe, Journal intime*. Éd. J. Mistler. 1945. Éditions du Rocher.

*Cécile*. Publié par A. Roulin. 1951. Gallimard.

*Journaux intimes*. Édition intégrale des manuscrits autographes. Éd. A. Roulin et Ch. Roth. 1952. Gallimard.

*Lettres de M^me de Staël à B. Constant*, publiées par la baronne de Nolde avec une introduction et des notes par P.-L. Léon. Kra, Paris, 1928.

*Lettres de Julie Talma à B. Constant*, publiées par la baronne Constant de Rebecque. 1933. Plon.

*Lettres de Charlotte de Hardenberg à B. Constant*. (id.). *Revue des Deux Mondes*. 1^er mai, 1^er juin 1934.

*Benjamin et Rosalie de Constant. Correspondance* (1786-1830). Éd. A. et S. Roulin. 1955.

## II. — Ouvrages biographiques.

Ph. GODET. *M^me de Charrière et ses amis*. 1906.

G. RUDLER. *La Jeunesse de Benjamin Constant*. 1909. A. Colin.

G. SCOTT. *Le Portrait de Zélide*. 1932. Gallimard.

III. — Principales études sur « Adolphe »
ou a propos d' « Adolphe ».

F. Baldensperger. *Dans l'intimité d'Ellénore*. Revue de
Littérature comparée. 1926.

H. De Balzac. *La Muse du département* (Dinah Piédefer).
1843.

P. Bourget. *Essais de Psychologie contemporaine*. 1901.
(1888).

F. Brunetière. *Le Roman personnel*. Revue des Cours
et Conférences. 22 mars 1900.

V. Cherbuliez. *L'Idéal romanesque en France de 1610 à
1816*. 1911. (1860).

V. Cherbuliez. *L'Idéal romanesque en France de 1610 à
1816*. 1911. (1860).

Ch. Du Bos. *Approximations* (VI).

É. Faguet. *Politiques et moralistes*, 1. 1891. (1888).

A. France. *Le Génie latin*. 1913. (1877 et 1889).

E. Henriot. *Livres et portraits*.
*XIX^e Siècle*, I. 1948.

J. Hytier. *Le Roman de l'individu* (avec un Florilège).
1928.

A. Le Breton. *Le Roman français au XIX^e Siècle*. 1901
(1899).

A. Monglond. *Vies préromantiques*. 1925.

G. Planche. *Portraits littéraires*. 1836. (1834).

G. de Pourtalès. *De Hamlet à Swann*. 1924.

G. Rudler. *Bibliographie critique des œuvres de B. Constant*
1908.

G. Rudler. *Adolphe*. (Grands Événements littéraires).
1935.

Sainte-Beuve. *Portraits littéraires*, III. 18... (1844).

Sainte-Beuve. *Causeries du Lundi*, XI. 1870. (1867).

j'ay sû par mon ami de Panat, que
vous êtes dans ce moment à paris
et j'ai tout mandé par vos que
mes amis sont plus heureux que
moi puisqu'ils jouissent souvent
du plaisir de vous voir et quoique
vous en disiez je suis persuadé
que vous ne voulez pas que ce
ne soit une grande privation
que de ne jamais vous rencontrer.
je suis seule pour quelques jours ce
qui vous expliquera ma hardiesse à
vous écrire. donnez moi de vos nouvelles
parlez moi beaucoup de votre santé.
vous portez dit on fort très longtemps
et moi je reste qui ai tant de chagrin

FRAGMENT D'UNE LETTRE D'ANNA LINDSAY
A BENJAMIN CONSTANT

Reproduit avec l'aimable autorisation des Éditions Plon d'après un fac-similé figurant dans l'ouvrage édité par leurs soins, *L'Inconnue d'Adolphe*. *Correspondance de Benjamin Constant et d'Anna Lindsay, publiée par la Baronne Constant de Rebecque.* (1933)

# ADOLPHE

ANECDOTE
TROUVÉE DANS LES PAPIERS
D'UN INCONNU

*Nota.* — On trouvera dans le texte d'*Adolphe* des lettres et des chiffres. Les premières renvoient aux variantes au bas des pages, les seconds aux notes à la fin du volume (pp. 303-329). Voici la signification des abréviations employées dans l'apparat critique :

*C.* = Copie Monamy.
*L.* = Édition de Londres (1816).
*P.* = Édition de Paris (1816).

Voir *Le Texte et les Éditions d'Adolphe* pp. CXI-CXVIII.

# PRÉFACE

DE LA

## SECONDE ÉDITION

### OU ESSAI SUR LE CARACTÈRE
### ET LE RÉSULTAT MORAL DE L'OUVRAGE [1]

Le succès de ce petit ouvrage nécessitant une seconde édition, j'en profite pour y joindre quelques réflexions sur le caractère et la morale de cette anecdote à laquelle l'attention du public donne une valeur que j'étais loin d'y attacher.

J'ai déjà protesté contre les allusions qu'une malignité qui aspire au mérite de la pénétration, par d'absurdes conjectures, a cru y trouver [2]. Si j'avais donné lieu réellement à des interprétations pareilles, s'il se rencontrait dans mon livre une seule phrase qui pût les autoriser, je me considérerais comme digne d'un blâme rigoureux.

Mais tous ces rapprochements prétendus sont heureusement trop vagues et trop dénués de vérité, pour avoir fait impression. Aussi n'avaient-ils point pris naissance dans la société.

Ils étaient l'ouvrage de ces hommes qui, n'étant pas admis dans le monde, l'observent du dehors, avec une curiosité gauche et une vanité blessée, et cherchent à trouver ou à causer du scandale, dans une sphère au-dessus d'eux.

Ce scandale est si vite oublié que j'ai peut-être tort d'en parler ici. Mais j'en ai ressenti une pénible surprise, qui m'a laissé le besoin de répéter qu'aucun des caractères tracés dans *Adolphe* n'a de rapport avec aucun des individus que je connais, que je n'ai voulu en peindre aucun, ami ou indifférent ; car envers ceux-ci mêmes, je me crois lié par cet engagement tacite d'égards et de discrétion réciproque, sur lequel la société repose.

Au reste, des écrivains plus célèbres que moi ont éprouvé le même sort. L'on a prétendu que M. de Chateaubriand s'était décrit dans *René* ; et la femme la plus spirituelle de notre siècle, en même temps qu'elle est la meilleure, M^{me} de Staël a été soupçonnée, non seulement s'être peinte dans *Delphine* et dans *Corinne*, mais d'avoir tracé de quelques-unes de ses connaissances des portraits sévères ; imputations bien peu méritées ; car, assurément, le génie qui créa *Corinne* n'avait pas besoin des ressources de la méchanceté, et toute perfidie sociale est incompatible avec le caractère de M^{me} de Staël, ce caractère si noble, si courageux dans la persécution, si fidèle dans l'amitié, si généreux dans le dévouement.

Cette fureur de reconnaître dans les ouvrages d'imagination les individus qu'on rencontre dans le monde, est pour ces ouvrages un véritable fléau. Elle les dégrade, leur imprime une direction fausse, détruit leur intérêt et anéantit leur utilité. Chercher des allusions dans un roman, c'est préférer la tracasserie à la nature, et substituer le commérage à l'observation du cœur humain.

Je pense, je l'avoue, qu'on a pu trouver dans *Adolphe* un but plus utile et, si j'ose le dire, plus relevé.

Je n'ai pas seulement voulu prouver le danger de ces liens irréguliers, où l'on est d'ordinaire d'autant plus enchaîné qu'on se croit plus libre. Cette démonstration aurait bien eu son utilité ; mais ce n'était pas là toutefois mon idée principale.

Indépendamment de ces liaisons établies que la société tolère et condamne, il y a dans la simple habitude d'emprunter le langage de l'amour, et de se donner ou de faire naître en d'autres des émotions de cœur passagères, un danger qui n'a pas été suffisamment apprécié jusqu'ici. L'on s'engage dans une route dont on ne saurait prévoir le terme, l'on ne sait ni ce qu'on inspirera, ni ce qu'on s'expose à éprouver. L'on porte en se jouant des coups dont on ne calcule ni la force, ni la réaction sur soi-même ; et la blessure qui semble effleurer, peut être incurable.

Les femmes coquettes font déjà beaucoup de mal[3], bien que les hommes, plus forts, plus distraits du sentiment par des occupations impérieuses, et destinés à servir de centre à ce qui les entoure, n'aient pas au même degré que les femmes, la noble et dangereuse faculté de vivre dans un autre et pour un autre. Mais combien ce manège, qu'au premier coup d'œil on jugerait frivole, devient plus cruel quand il s'exerce sur des êtres faibles, n'ayant de vie réelle que dans le cœur, d'intérêt profond que dans l'affection, sans activité qui les occupe, et sans carrière qui les commande, confiantes par nature, crédules par une excusable vanité, sentant que leur seule existence est de se livrer sans réserve à un protecteur, et entraînées sans cesse à confondre le besoin d'appui et le besoin d'amour !

Je ne parle pas des malheurs positifs qui résultent de liaisons formées et rompues, du bouleversement des situations, de la rigueur des jugements publics, et de la malveillance de cette société implacable, qui semble avoir trouvé du plaisir à placer les femmes sur un abîme pour les condamner, si elles y tombent. Ce ne sont là que des maux vulgaires. Je parle de ces souffrances du cœur, de cet étonnement douloureux d'une âme trompée, de cette sur-prise avec laquelle elle apprend que l'abandon devient un tort, et les sacrifices des crimes aux yeux mêmes de celui qui les reçut. Je parle de cet effroi qui la saisit, quand elle se voit délaissée par celui qui jurait de la protéger ; de cette défiance qui succède à une confiance si entière, et qui, forcée à se diriger contre l'être qu'on élevait au-dessus de tout, s'étend par là même au reste du monde. Je parle de cette estime refoulée sur elle-même, et qui ne sait où se placer.

Pour les hommes mêmes, il n'est pas indifférent de faire ce mal. Presque tous se croient bien plus mauvais, plus légers qu'ils ne sont. Ils pensent pouvoir rompre avec facilité le lien qu'ils contractent avec insouciance. Dans le lointain, l'image de la douleur paraît vague et confuse, telle qu'un nuage qu'ils traverseront sans peine. Une doctrine de fatuité, tradition funeste, que lègue à la vanité de la génération qui s'élève la corruption de la génération qui a vieilli, une ironie devenue triviale, mais qui séduit l'esprit par des rédactions piquantes, comme si les rédactions changeaient le fond des choses, tout ce qu'ils entendent, en un mot, et tout ce qu'ils disent, semble les armer contre les larmes qui ne coulent pas encore. Mais lorsque ces larmes coulent, la nature revient en eux, malgré l'atmosphère factice dont ils s'étaient environnés. Ils sentent qu'un être qui souffre par ce qu'il aime est sacré. Ils sentent que dans leur cœur même qu'ils ne croyaient pas avoir mis de la partie, se sont enfoncées les racines du sentiment qu'ils ont inspiré, et s'ils veulent dompter ce que par habitude ils nomment faiblesse, il faut qu'ils descendent dans ce cœur misérable, qu'ils y froissent ce qu'il y a de généreux, qu'ils y brisent ce qu'il y a de fidèle, qu'ils y tuent ce qu'il y a de bon. Ils réussissent, mais en frappant de mort une portion de leur âme, et ils sortent de ce travail ayant trompé la confiance, bravé la sympathie, abusé de la faiblesse, insulté la morale en la rendant l'excuse de la dureté, profané toutes les expressions et foulé aux pieds tous les sentiments. Ils survivent ainsi à leur meilleure nature, pervertis par leur victoire, ou honteux de cette victoire, si elle ne les a pas pervertis.

Quelques personnes m'ont demandé ce qu'aurait dû faire Adolphe, pour éprouver et causer moins de peine ? Sa position et celle d'Ellénore étaient sans ressource, et c'est précisément ce que j'ai voulu. Je l'ai montré tourmenté, parce qu'il n'aimait que faiblement Ellénore ; mais il n'eût pas été moins tourmenté, s'il l'eût aimée davantage. Il souffrait par elle, faute de sentiments : avec un sentiment plus passionné, il eût souffert pour elle. La société, désapprobatrice et dédaigneuse, aurait versé tous ses venins sur l'affection que son aveu n'eût pas sanctionnée. C'est ne pas commencer de telles liaisons qu'il faut pour le bonheur de la vie : quand on est entré dans cette route, on n'a plus que le choix des maux.

# PRÉFACE

Ce n'est pas sans quelque hésitation que j'ai consenti à la réimpression de ce petit ouvrage, publié il y a dix ans. Sans la presque certitude qu'on voulait en faire une contrefaçon en Belgique, et que cette contrefaçon, comme la plupart de celles que répandent en Allemagne et qu'introduisent en France les contrefacteurs belges, serait grossie d'additions et d'interpolations auxquelles je n'aurais point eu de part, je ne me serais jamais occupé de cette anecdote, écrite dans l'unique pensée de convaincre deux ou trois amis réunis à la campagne de la possibilité de donner une sorte d'intérêt à un roman dont les personnages se réduiraient à deux, et dont la situation serait toujours la même.

Une fois occupé de ce travail, j'ai voulu développer quelques autres idées qui me sont

survenues et ne m'ont pas semblé sans une
certaine utilité. J'ai voulu peindre le mal
que font éprouver même aux cœurs arides les
souffrances qu'ils causent, et cette illusion
qui les porte à se croire plus légers ou plus
corrompus qu'ils ne le sont. A distance, l'image
de la douleur qu'on impose paraît vague
et confuse, telle qu'un nuage facile à traverser ; on est encouragé par l'approbation
d'une société toute factice, qui supplée aux
principes par les règles et aux émotions par
les convenances, et qui hait le scandale comme
importun, non comme immoral, car elle
accueille assez bien le vice quand le scandale
ne s'y trouve pas. On pense que des liens formés
sans réflexion se briseront sans peine. Mais
quand on voit l'angoisse qui résulte de ces
liens brisés, ce douloureux étonnement d'une
âme trompée, cette défiance qui succède à une
confiance si complète, et qui, forcée de se diriger
contre l'être à part du reste du monde, s'étend
à ce monde tout entier, cette estime refoulée
sur elle-même et qui ne sait plus où se replacer,
on sent alors qu'il y a quelque chose de sacré
dans le cœur qui souffre, parce qu'il aime ;
on découvre combien sont profondes les
racines de l'affection qu'on croyait inspirer
sans la partager : et si l'on surmonte ce qu'on
appelle faiblesse, c'est en détruisant en soi-
même tout ce qu'on a de généreux, en déchirant tout ce qu'on a de fidèle, en sacrifiant

tout ce qu'on a de noble et de bon. On se relève de cette victoire, à laquelle les indifférents et les amis applaudissent, ayant frappé de mort une portion de son âme, bravé la sympathie, abusé de la faiblesse, outragé la morale en la prenant pour prétexte de la dureté ; et l'on survit à sa meilleure nature, honteux ou perverti par ce triste succès.

Tel a été le tableau que j'ai voulu tracer dans *Adolphe*. Je ne sais si j'ai réussi ; ce qui me ferait croire au moins à un certain mérite de vérité, c'est que presque tous ceux de mes lecteurs que j'ai rencontrés m'ont parlé d'eux-mêmes comme ayant été dans la position de mon héros. Il est vrai qu'à travers les regrets qu'ils montraient de toutes les douleurs qu'ils avaient causées perçait je ne sais quelle satisfaction de fatuité ; ils aimaient à se peindre, comme ayant, de même qu'Adolphe, été poursuivis par les opiniâtres affections qu'ils avaient inspirées, et victimes de l'amour immense qu'on avait conçu pour eux. Je crois que pour la plupart ils se calomniaient, et que si leur vanité les eût laissés tranquilles, leur conscience eût pu rester en repos.

Quoi qu'il en soit, tout ce qui concerne *Adolphe* m'est devenu fort indifférent ; je n'attache aucun prix à ce roman, et je répète que ma seule intention, en le laissant reparaître devant un public qui l'a probablement oublié, si tant est que jamais il l'ait connu, a été de déclarer que toute édition qui contiendrait autre chose que ce qui est renfermé dans celle-ci ne viendrait pas de moi, et que je n'en serais pas responsable.

# AVIS DE L'ÉDITEUR

J E parcourais l'Italie, il y a bien des [a] années.
Je fus arrêté dans une auberge de Cerenza,
petit village de la Calabre, par un déborde-
ment du Neto [4] ; il y avait dans la même auberge [5] un étranger qui se trouvait forcé d'y
séjourner pour la même cause. Il était fort
silencieux et paraissait triste. Il ne témoignait
aucune impatience. Je me plaignais quelquefois à lui, comme au seul homme à qui je pusse
parler dans ce lieu, du retard que notre marche
éprouvait. « Il m'est égal, me répondit-il,
d'être ici ou ailleurs. » Notre hôte, qui avait
causé avec un domestique napolitain, qui
servait cet étranger sans savoir son nom, me
dit qu'il ne voyageait point par curiosité, car
il ne visitait ni les ruines, ni les sites, ni les
monuments, ni les hommes [6]. Il lisait beaucoup,
mais jamais d'une manière suivie ; il se prome-
nait le soir, toujours seul, et souvent il passait

a. *C. quelques...*

les journées entières assis, immobile, la tête appuyée sur les deux mains.

Au moment où les communications, étant rétablies, nous auraient permis de partir, cet étranger tomba très malade. L'humanité me fit un devoir de prolonger mon séjour auprès de lui pour le soigner. Il n'y avait à Cerenza qu'un chirurgien de village ; je voulais envoyer à Cozenze chercher des secours plus efficaces. « Ce n'est pas la peine, me dit l'étranger ; l'homme que voilà[a] est précisément ce qu'il me faut. » Il avait raison, peut-être plus qu'il ne pensait, car cet homme[b] le guérit. « Je ne vous croyais pas si habile », lui dit-il avec une sorte d'humeur en le congédiant ; puis[c] il me remercia de mes soins, et il partit.

Plusieurs mois après, je reçus, à Naples, une lettre de l'hôte de Cerenza, avec une cassette trouvée sur la route qui conduit à Strongoli, route que l'étranger et moi nous avions suivie, mais séparément. L'aubergiste qui me l'envoyait se croyait sûr qu'elle appartenait à l'un de nous deux. Elle renfermait beaucoup de lettres fort anciennes sans adresses[d], ou dont les adresses[e] et les signatures étaient

a. *C. Cet homme-ci, en montrant le chirurgien...*
b. *C. Ce  chirurgien...*
c. *C. ensuite...*
d. *C.* sans *adresse...*
e. *C. l'adresse...*

effacées, un portrait de femme et un cahier contenant l'anecdote ou l'histoire qu'on va lire a. L'étranger, propriétaire de ces effets, ne m'avait laissé, en me quittant, aucun moyen de lui écrire; je les conservais depuis dix ans, incertain de l'usage que je devais en faire, lorsqu'en ayant parlé par hasard à quelques personnes dans une ville d'Allemagne, l'une d'entre elles me demanda avec instance de lui confier le manuscrit dont j'étais dépositaire. Au bout de huit jours, ce manuscrit me fut renvoyé avec une lettre que j'ai placée à la fin de cette histoire, parce qu'elle serait inintelligible si on la lisait avant de connaître l'histoire elle-même.

Cette lettre m'a décidé à la publication actuelle, en me donnant la certitude qu'elle ne peut offenser ni compromettre personne. Je n'ai pas changé un mot à l'original ; la suppression même des noms propres ne vient pas de moi : ils n'étaient désignés que comme ils sont b encore, par des lettres initiales.

a. *C. J'y trouvai de plus dans un double fond très difficile à apercevoir des diamants d'un assez grand prix. Je fis insérer dans les papiers publics un avis détaillé. Trois ans se sont écoulés sans que j'aie reçu aucune nouvelle. Je publie maintenant l'anecdote seule, parce que cette publication me semble un dernier moyen de découvrir le propriétaire des effets qui sont en mon pouvoir. J'ignore si cette anecdote est vraie ou fausse, si l'étranger que j'ai rencontré en est l'auteur ou le héros. Je n'y ai pas changé un mot.*

b. *C.* ils le *sont...*

# ADOLPHE

# ADOLPHE

## CHAPITRE PREMIER

Je venais de finir à vingt-deux ans mes
études à l'université de Gottingue [7]. — L'intention de mon père, ministre de l'électeur
de ***, était que je parcourusse les pays les
plus remarquables de l'Europe. Il voulait
ensuite m'appeler auprès de lui, me faire entrer
dans le département dont la direction lui
était confiée, et me préparer à le remplacer un
jour. J'avais obtenu, par un travail assez opiniâtre, au milieu d'une vie très dissipée [8], des
succès qui m'avaient distingué de mes compagnons d'étude, et qui avaient fait concevoir
à mon père sur moi des espérances probablement fort exagérées.

Ces espérances l'avaient rendu très indulgent
pour beaucoup de fautes que j'avais commises.
Il ne m'avait jamais laissé souffrir des suites
de ces fautes. Il avait toujours accordé, quelquefois prévenu mes demandes à cet égard.

Malheureusement sa conduite était plutôt noble et généreuse que tendre. J'étais pénétré de tous ses droits à ma reconnaissance et à mon respect. Mais aucune confiance n'avait existé jamais entre nous. Il avait dans l'esprit je ne sais quoi d'ironique [9] qui convenait mal à mon caractère. Je ne demandais alors qu'à me livrer à ces impressions primitives et fougueuses qui jettent l'âme hors de la sphère commune, et lui inspirent le dédain de tous les objets qui l'environnent. Je trouvais dans mon père, non pas un censeur, mais un observateur froid et caustique, qui souriait d'abord de pitié, et qui finissait bientôt la conversation avec impatience. Je ne me souviens pas, pendant mes dix-huit premières années, d'avoir eu jamais un entretien d'une heure avec lui. Ses lettres étaient affectueuses, pleines de conseils, raisonnables et sensibles ; mais à peine étions-nous en présence l'un de l'autre qu'il y avait en lui quelque chose de contraint que je ne pouvais m'expliquer, et qui réagissait sur moi d'une manière pénible [a] [10]. Je ne savais pas alors ce que c'était que la timidité [11], cette souffrance intérieure qui nous poursuit jusque dans l'âge le plus avancé, qui refoule sur notre cœur les impressions les plus profondes, qui glace

---

a. *C. Malheureusement il y avait dans mon caractère quelque chose à la fois de contraint et de violent que je ne m'expliquais pas, et que... plus encore* (le reste de la phrase est couvert de hachures.)

nos paroles, qui dénature dans notre bouche tout ce que nous essayons de dire, et ne nous permet de nous exprimer que par des mots vagues ou une ironie plus ou moins amère, comme si nous voulions nous venger sur nos sentiments mêmes de la douleur que nous éprouvons à ne pouvoir les faire connaître. Je ne savais pas que, même avec son fils, mon père était timide, et que souvent, après avoir longtemps attendu de moi quelques témoignages d'affection que sa froideur apparente semblait m'interdire, il me quittait les yeux mouillés de larmes et se plaignait à d'autres de ce que je ne l'aimais pas [12].

Ma contrainte avec lui eut une grande influence sur mon caractère [a]. Aussi timide que lui, mais plus agité, parce que j'étais plus jeune, je m'accoutumai à renfermer en moi-même tout ce que j'éprouvais, à ne former que des plans solitaires, à ne compter que sur moi pour leur exécution, à considérer les avis, l'intérêt, l'assistance et jusqu'à la seule présence des autres comme une gêne et comme un obstacle. Je contractai l'habitude de ne jamais parler de ce qui m'occupait, de ne me soumettre à la conversation que comme à une nécessité importune et de l'animer alors par une plaisanterie perpétuelle qui me la rendait moins fati-

a. *C. Cette disposition eut une grande influence sur* (les mots qui suivent sont rayés.) Ma contrainte *avec mon père* eut...

gante, et qui m'aidait à cacher mes véritables
pensées. De là une certaine absence d'abandon
qu'aujourd'hui encore mes amis me reprochent,
et une difficulté de causer sérieusement que
j'ai toujours peine à surmonter [13]. Il en résulta
en même temps un désir ardent d'indépendance [14], une grande impatience des liens dont
j'étais environné, une terreur invincible d'en
former de nouveaux. Je ne me trouvais à mon
aise que tout seul [15], et tel est même à présent [a]
l'effet de cette disposition d'âme que, dans les
circonstances les moins importantes, quand
je dois choisir entre deux partis, la figure humaine me trouble, et mon mouvement naturel
est de la fuir pour délibérer en paix. Je n'avais
point cependant la profondeur d'égoïsme [16]
qu'un tel caractère paraît annoncer : tout en ne
m'intéressant qu'à moi, je m'intéressais faiblement à moi-même. Je portais au fond de mon
cœur un besoin de sensibilité dont je ne m'apercevais pas, mais qui, ne trouvant point à se
satisfaire, me détachait successivement de tous
les objets qui tour à tour attiraient ma curiosité.
Cette indifférence sur tout s'était encore fortifiée
par l'idée de la mort [17], idée qui m'avait
frappé très jeune, et sur laquelle je n'ai jamais
conçu que les hommes s'étourdissent si facilement. J'avais à l'âge de dix-sept ans vu mourir
une femme âgée [18], dont l'esprit, d'une tour-

a.  *C. encore   aujourd'hui...*

nure remarquable et bizarre, avait commencé
à développer le mien. Cette femme, comme tant
d'autres, s'était, à l'entrée de sa carrière, lancée
vers le monde, qu'elle ne connaissait pas, avec
le sentiment d'une grande force d'âme et de
facultés vraiment puissantes. Comme tant d'autres aussi, faute de s'être pliée à des convenances
factices, mais nécessaires, elle avait vu ses espérances trompées, sa jeunesse passer sans plaisir ; et la vieillesse enfin l'avait atteinte sans
la soumettre. Elle vivait dans un château voisin d'une de nos terres, mécontente et retirée,
n'ayant que son esprit pour ressource, et analy-
sant tout avec son esprit. Pendant près d'un
an, dans nos [a] conversations inépuisables, nous
avions envisagé [b] la vie sous toutes ses faces,
et la mort toujours pour terme de tout ; et
après avoir tant causé de la mort avec elle,
j'avais vu la mort la frapper à mes yeux.

Cet événement m'avait rempli d'un sentiment
d'incertitude sur la destinée, et d'une rêverie
vague qui ne m'abandonnait pas. Je lisais de
préférence dans les poètes ce qui rappelait la
brièveté de la vie humaine. Je trouvais qu'aucun but ne valait la peine d'aucun effort. Il est
assez singulier que cette impression se soit
affaiblie précisément à mesure que les années
se sont accumulées sur moi. Serait-ce parce

a. *C.* dans *ses...*
b. *C. elle m'avait présenté...*

qu'il ᵃ y a dans l'espérance quelque chose de douteux, et que, lorsqu'elle se retire de la carrière de l'homme, cette carrière prend un caractère plus sévère, mais plus positif ? Serait-ce que la vie semble d'autant plus réelle que toutes les illusions disparaissent, comme la cime des rochers ᵇ se dessine mieux dans l'horizon lorsque les nuages se dissipent ?

Je me rendis, en quittant Gottingue, dans la petite ville de D*** [19]. Cette ville était la résidence d'un prince qui, comme la plupart de ceux de l'Allemagne, gouvernait avec douceur un pays de peu d'étendue, protégeait les hommes éclairés qui venaient s'y fixer, laissait à toutes les opinions une liberté parfaite, mais qui, borné par l'ancien usage à la société de ses courtisans, ne rassemblait par là même autour de lui que des hommes en grande partie insignifiants ou médiocres. Je fus accueilli dans cette cour avec la curiosité qu'inspire naturellement tout étranger qui vient rompre le cercle de la monotonie et de l'étiquette [20]. Pendant quelques mois je ne remarquai rien qui pût captiver mon attention. J'étais reconnaissant de l'obligeance qu'on me témoignait ; mais tantôt ma timidité m'empêchait d'en profiter, tantôt la fatigue d'une agitation sans but me faisait préférer la solitude

a. *C. Serait-ce qu'il...*
b. *C.* rochers *arides...*

aux plaisirs insipides que l'on m'invitait à partager. Je n'avais de haine contre personne, mais peu de gens m'inspiraient de l'intérêt ; or les hommes se blessent de l'indifférence, ils l'attribuent à la malveillance ou à l'affectation ; ils ne veulent pas croire qu'on s'ennuie avec eux naturellement. Quelquefois je cherchais à contraindre mon ennui ; je me réfugiais dans une taciturnité profonde : on prenait cette taciturnité pour du dédain. D'autres fois, lassé moi-même de mon silence, je me laissais aller à quelques plaisanteries, et mon esprit, mis en mouvement, m'entraînait au delà de toute mesure. Je révélais en un jour tous les ridicules que j'avais observés durant un mois[21]. Les confidents de mes épanchements subits et involontaires ne m'en savaient aucun gré et avaient raison; car c'était le besoin de parler qui me saisissait, et non la confiance. J'avais contracté dans mes conversations avec la femme qui la première avait développé mes idées une insurmontable aversion pour toutes les maximes communes et pour toutes les formules dogmatiques. Lors donc que j'entendais la médiocrité disserter avec complaisance sur des principes bien établis, bien incontestables en fait de morale, de convenances ou de religion, choses qu'elle met assez volontiers sur la même ligne, je me sentais poussé à la contredire, non que j'eusse adopté des opinions opposées, mais parce que j'étais impatienté d'une conviction si ferme et si lourde. Je ne sais quel instinct m'avertissait, d'ailleurs, de me défier de ces axiomes généraux si exempts de toute restriction, si purs de toute nuance. Les sots font de leur morale une masse compacte et indivisible, pour qu'elle se mêle le moins possible avec leurs actions et les laisse libres dans tous les détails.

Je me donnai bientôt, par cette conduite, une grande réputation de légèreté, de persiflage, de méchanceté. Mes paroles amères furent considérées comme des preuves d'une âme haineuse, mes plaisanteries comme des attentats contre tout ce qu'il y avait de plus respectable[22]. Ceux dont j'avais eu le tort de me moquer trouvaient commode de faire cause commune avec les principes qu'ils m'accusaient[a] de révoquer en doute : parce que sans le vouloir je les avais fait rire[b] aux dépens les uns des autres, tous se réunirent contre moi[23]. On eût dit qu'en faisant remarquer leurs ridicules, je trahissais une confidence qu'ils m'avaient faite. On eût dit qu'en se montrant à mes yeux tels qu'ils étaient, ils avaient obtenu de ma part la promesse du silence : je n'avais point la conscience d'avoir accepté ce traité trop onéreux. Ils avaient trouvé du plaisir à se donner ample carrière : j'en

a. *C. que l'on m'accusait...*
b. *C. j'avais fait rire les sots...*

trouvais à les observer et à les décrire ; et ce qu'ils appelaient une perfidie me paraissait un dédommagement tout innocent et très légitime.

Je ne veux point ici me justifier : j'ai renoncé depuis longtemps à cet usage frivole et facile d'un esprit sans expérience ; je veux simplement dire, et cela pour d'autres que pour moi qui suis maintenant à l'abri du monde, qu'il faut du temps pour s'accoutumer à l'espèce humaine, telle que l'intérêt, l'affectation, la vanité, la peur nous l'ont faite. L'étonnement de la première jeunesse, à l'aspect d'une société si factice et si travaillée, annonce plutôt un cœur naturel qu'un esprit méchant. Cette société d'ailleurs n'a rien à en craindre. Elle pèse tellement sur nous, son influence sourde est tellement puissante, qu'elle ne tarde pas à nous façonner d'après le moule universel [24]. Nous ne sommes plus surpris alors que de notre ancienne surprise, et nous nous trouvons bien sous notre nouvelle forme, comme l'on finit par respirer librement dans un spectacle encombré par la foule, tandis qu'en y entrant on n'y respirait qu'avec effort.

Si quelques-uns échappent à cette destinée générale, ils renferment en eux-mêmes leur dissentiment secret ; ils aperçoivent dans la plupart des ridicules le germe des vices : ils n'en plaisantent plus, parce que le mépris remplace la moquerie, et que le mépris est silencieux.

Il s'établit donc, dans le petit public qui m'environnait, une inquiétude vague sur mon caractère. On ne pouvait citer aucune action condamnable ; on ne pouvait même m'en contester quelques-unes qui semblaient annoncer de la générosité ou du dévouement ; mais on disait que j'étais un homme immoral, un homme peu sûr : deux épithètes heureusement inventées pour insinuer les faits qu'on ignore, et laisser deviner ce qu'on ne sait pas.

# CHAPITRE II

Distrait, inattentif, ennuyé, je ne m'apercevais point de l'impression que je produisais, et je partageais mon temps entre des études que j'interrompais souvent, des projets que je n'exécutais pas, des plaisirs qui ne m'intéressaient guère, lorsqu'une circonstance très frivole en apparence produisit dans ma disposition une révolution importante.

Un jeune homme avec lequel j'étais assez lié cherchait depuis quelques mois à plaire à l'une des femmes les moins insipides de la société dans laquelle nous vivions : j'étais le confident très désintéressé de son entreprise. Après de longs efforts il parvint à se faire aimer; et, comme il ne m'avait point caché ses revers et ses peines, il se crut obligé de me communiquer ses succès : rien n'égalait ses transports et l'excès de sa joie. Le spectacle d'un tel bonheur me fit regretter de n'en avoir pas essayé encore ; je n'avais point eu jusqu'alors

de liaison de femme[a] qui pût flatter mon
amour-propre ; un nouvel avenir parut se
dévoiler à mes yeux ; un nouveau besoin
se fit sentir au fond de mon cœur[25]. Il y avait
dans ce besoin beaucoup de vanité sans doute,
mais il n'y avait pas uniquement de la vanité ;
il y en avait peut-être moins que je ne le croyais
moi-même. Les sentiments de l'homme sont
confus et mélangés ; ils se composent d'une
multitude d'impressions variées qui échappent
à l'observation ; et la parole, toujours trop
grossière et trop générale, peut bien servir à
les désigner, mais ne sert jamais à les définir.

J'avais, dans la maison de mon père, adopté
sur les femmes un système assez immoral.
Mon père, bien qu'il observât strictement
les convenances extérieures, se permettait[b]
assez fréquemment des propos légers sur les
liaisons d'amour : il les regardait comme des
amusements, sinon permis, du moins excusables,
et considérait le mariage seul sous un rapport
sérieux[c]. Il avait pour principe qu'un jeune

a. *C. femmes...*

b. *C.* extérieures, *dans la société dans laquelle je vivais
on* se permettait assez fréquemment des propos légers
sur les liaisons d'amour, *on* les regardait... (Les huit
mots soulignés ont été rayés ; le second *on* a été changé
en *il.*)

c. *C.* sérieux. *Il avait pour principe* (rayé). *Les hommes
que je respectais le plus, me paraissaient* (rayé). Il avait
pour principe...

homme doit éviter avec soin de faire ce qu'on nomme une folie, c'est-à-dire de contracter un engagement durable avec une personne qui ne fût pas parfaitement son égale pour la fortune, la naissance et les avantages extérieurs ; mais du reste, toutes les femmes, aussi longtemps qu'il ne s'agissait pas de les épouser [a], lui paraissaient pouvoir, sans inconvénient, être prises, puis être quittées ; et je l'avais vu sourire avec une sorte d'approbation à cette parodie d'un mot connu : *Cela leur fait si peu de mal, et à nous tant de plaisir !*

L'on ne sait pas assez combien, dans la première jeunesse, les mots de cette espèce font une impression profonde, et combien à un âge où toutes les opinions sont encore douteuses et vacillantes, les enfants s'étonnent de voir contredire, par des plaisanteries que tout le monde applaudit, les règles directes qu'on leur a données. Ces règles ne sont plus à leurs yeux que des formules banales que leurs parents sont convenus de leur répéter pour l'acquit de leur conscience, et les plaisanteries leur semblent renfermer le véritable secret de la vie.

Tourmenté d'une émotion vague, je veux être aimé, me disais-je, et je regardais autour de moi ; je ne voyais personne qui m'inspirât

---

a. *C.* Mais du reste, *aussi longtemps qu'il ne s'agissait pas d'épouser, toutes les femmes...*

de l'amour, personne qui me parût susceptible d'en prendre ; j'interrogeais mon cœur
et mes goûts : je ne me sentais aucun mouvement de préférence. Je m'agitais ainsi intérieurement, lorsque je fis connaissance avec
le comte de P***, homme de quarante ans,
dont la famille était alliée à la mienne. Il me
proposa de venir le voir. Malheureuse visite!
Il avait chez lui sa maîtresse, une Polonaise[26],
célèbre par sa beauté, quoiqu'elle ne fût plus
de la première jeunesse. Cette femme, malgré
sa situation désavantageuse, avait montré dans
plusieurs occasions un caractère distingué. Sa
famille, assez illustre en Pologne, avait été
ruinée dans les troubles de cette contrée. Son
père avait été proscrit ; sa mère était allée
chercher un asile en France, et y avait mené sa
fille[a], qu'elle avait laissée, à sa mort, dans un

---

a. *C.* sa fille. *Ellénore, c'était son nom, soit imprudence,
soit passion, soit malheur de circonstances, avait eu, dans un
âge fort tendre, une aventure d'éclat, dont les détails me sont
restés inconnus. La mort de sa mère, qui avait suivi de près
cet événement, avait contribué, en la laissant dans un isolement
complet, à la jeter dans une carrière qui répugnait également
à son éducation, à ses habitudes, et à la fierté qui faisait une
partie très remarquable de son caractère. Le comte de P***
en était devenu amoureux. Elle s'était attachée à lui ; l'on
avait pu croire dans les premiers moments, que c'était calcul.
Mais* la fortune du comte de P*** ayant été... (passage
supprimé à la suite d'une lecture, à Londres sur la
demande de la sensible Charlotte Campbell. Cf. Introduction page LXXXII.)

isolement complet. Le comte de P*** en était
devenu amoureux. J'ai toujours ignoré comment s'était formée une liaison qui, lorsque
j'ai vu pour la première fois Ellénore, était,
dès longtemps, établie et pour ainsi dire consacrée. La fatalité de sa situation ou l'inexpérience
de son âge l'avaient-elles jetée dans une carrière
qui répugnait également à son éducation, à ses
habitudes et à la fierté qui faisait une partie
très remarquable de son caractère ? Ce que je
sais, ce que tout le monde a su, c'est que la
fortune du comte de P*** ayant été presque
entièrement détruite et sa liberté menacée,
Ellénore lui avait donné de telles preuves de
dévouement, avait rejeté avec un tel mépris
les offres les plus brillantes, avait partagé ses
périls et sa pauvreté avec tant de zèle et même
de joie, que la sévérité la plus scrupuleuse ne
pouvait s'empêcher de rendre justice à la
pureté de ses motifs et au désintéressement
de sa conduite[27]. C'était à son activité, à son
courage, à sa raison, aux sacrifices de tout
genre qu'elle avait supportés sans se plaindre,
que son amant devait d'avoir recouvré une
partie de ses biens. Ils étaient venus s'établir
à D*** pour y suivre un procès qui pouvait
rendre entièrement au comte de P*** son
ancienne opulence, et comptaient y rester
environ deux ans.

Ellénore n'avait qu'un esprit ordinaire ;
mais ses idées étaient justes, et ses expressions,

toujours simples, étaient quelquefois frappantes par la noblesse et l'élévation de ses
sentiments. Elle avait beaucoup de préjugés ;
mais tous ses préjugés étaient en sens inverse
de son intérêt. Elle attachait le plus grand prix
à la régularité de la conduite[28], précisément
parce que la sienne n'était pas régulière suivant les notions reçues. Elle était très religieuse,
parce que la religion condamnait rigoureusement son genre de vie. Elle repoussait sévèrement dans la conversation tout ce qui n'aurait
paru à d'autres femmes que des plaisanteries
innocentes, parce qu'elle craignait toujours
qu'on ne se crût autorisé par son état à lui en
adresser de déplacées. Elle aurait désiré ne
recevoir chez elle que des hommes du rang le
plus élevé et de mœurs irréprochables, parce
que les femmes, à qui elle frémissait d'être
comparée, se forment d'ordinaire une société
mélangée, et, se résignant à la perte de la considération, ne cherchent dans leurs relations
que l'amusement. Ellénore, en un mot, était
en lutte constante avec sa destinée. Elle pro-
testait, pour ainsi dire, par chacune de ses
actions et de ses paroles, contre la classe dans
laquelle elle se trouvait rangée ; et comme
elle sentait que la réalité était plus forte qu'elle,
et que ses efforts ne changeaient rien à sa situation[a], elle était fort malheureuse[29]. Elle éle-

a. *C.* situation *ostensible*... (adjectif rayé).

vait deux enfants qu'elle avait eus du comte
de P*** avec une austérité excessive. On eût
dit quelquefois qu'une révolte secrète se mêlait
à l'attachement plutôt passionné que tendre
qu'elle leur montrait, et les lui rendait en quelque sorte importuns [a]. Lorsqu'on lui faisait à
bonne intention quelque remarque sur ce que
ses enfants grandissaient, sur les talents qu'ils
promettaient d'avoir, sur la carrière qu'ils
auraient à suivre, on la voyait pâlir de l'idée
qu'il faudrait qu'un jour elle leur avouât leur
naissance. Mais le moindre danger, une heure
d'absence, la ramenait à eux avec une anxiété
où l'on démêlait une espèce de remords, et
le désir de leur donner par ses caresses le
bonheur qu'elle n'y trouvait pas elle-même [b].
Cette opposition entre ses sentiments et la
place qu'elle occupait dans le monde avait rendu
son humeur fort inégale [30]. Souvent elle était
rêveuse et taciturne ; quelquefois elle parlait
avec impétuosité [31]. Comme elle était tour-
mentée d'une idée particulière, au milieu de
la conversation la plus générale, elle ne restait
jamais parfaitement calme. Mais, par cela même,
il y avait dans sa manière quelque chose
de fougueux et d'inattendu qui la rendait plus
piquante qu'elle n'aurait dû l'être naturellement. La bizarrerie de sa position suppléait

a. *C.* (la phrase précédente manque).
b. *C.* (la phrase précédente manque).

en elle à la nouveauté des idées. On l'examinait avec intérêt et curiosité comme un bel orage[32].

Offerte à mes regards dans un moment où mon cœur avait besoin d'amour, ma vanité de succès, Ellénore me parut une conquête digne de moi. Elle-même trouva du plaisir dans la société d'un homme différent de ceux qu'elle avait vus jusqu'alors. Son cercle s'était composé de quelques amis ou parents de son amant et de leurs femmes, que l'ascendant du comte de P*** avait forcées à recevoir sa maîtresse. Les maris étaient dépourvus de sentiments aussi bien que d'idées ; les femmes ne différaient de leurs maris que par une médiocrité plus inquiète et plus agitée, parce qu'elles n'avaient pas, comme eux, cette tranquillité d'esprit qui résulte de l'occupation et de la régularité des affaires. Une plaisanterie plus légère, une conversation plus variée, un mélange particulier de mélancolie et de gaieté, de découragement et d'intérêt, d'enthousiasme et d'ironie étonnèrent et attachèrent Ellénore. Elle parlait plusieurs langues, imparfaitement à la vérité, mais toujours avec vivacité, quelquefois avec grâce. Ses idées semblaient se faire jour à travers les obstacles, et sortir de cette lutte plus agréables, plus naïves et plus neuves ; car les idiomes étrangers rajeunissent les pensées, et les débarrassent de ces tournures [a]

a. *C.* tournures *rebattues...*

qui les font paraître tour à tour communes et affectées. Nous lisions ensemble des poètes anglais ; nous nous promenions ensemble. J'allais souvent la voir le matin ; j'y retournais le soir ; je causais avec elle sur mille sujets.

Je pensais faire, en observateur froid et impartial, le tour de son caractère et de son esprit ; mais chaque mot qu'elle disait me semblait revêtu d'une grâce inexplicable. Le dessein de lui plaire, mettant dans ma vie un nouvel intérêt, animait mon existence d'une manière inusitée. J'attribuais à son charme cet effet presque magique : j'en aurais joui plus complètement encore sans l'engagement que j'avais pris envers mon amour-propre. Cet amour-propre était en tiers entre Ellénore et moi. Je me croyais comme obligé de marcher au plus vite vers le but que je m'étais proposé : je ne me livrais donc pas sans réserve à mes impressions. Il me tardait d'avoir parlé, car il me semblait que je n'avais qu'à parler pour réussir[a]. Je ne croyais point aimer Ellénore ; mais déjà je n'aurais pu me résigner à ne pas lui plaire. Elle m'occupait sans cesse : je formais mille projets ; j'inventais mille moyens de conquête, avec cette fatuité sans expérience qui se croit sûre du succès parce qu'elle n'a rien essayé.

Cependant une invincible timidité m'arrêtait :

a. *C. être heureux.*

tous mes discours expiraient sur mes lèvres,
ou se terminaient tout autrement que je ne
l'avais projeté. Je me débattais intérieurement :
j'étais indigné contre moi-même.

Je cherchai enfin un raisonnement qui pût
me tirer de cette lutte avec honneur à mes
propres yeux. Je me dis qu'il ne fallait rien
précipiter, qu'Ellénore était trop peu prépa-
rée à l'aveu que je méditais, et qu'il valait mieux
attendre encore. Presque toujours, pour vivre
en repos avec nous-mêmes, nous travestissons en calculs et en systèmes nos impuissances
ou nos faiblesses : cela satisfait cette portion
de nous qui est, pour ainsi dire, spectatrice
de l'autre.

Cette situation se prolongea. Chaque jour,
je fixais le lendemain comme l'époque invariable d'une déclaration positive, et chaque
lendemain s'écoulait comme la veille. Ma
timidité me quittait dès que je m'éloignais d'Ellénore ; je reprenais alors mes plans habiles et
mes profondes combinaisons : mais à peine me
retrouvais-je auprès d'elle, que je me sentais de
nouveau tremblant et troublé. Quiconque aurait
lu dans mon cœur, en son absence, m'aurait
pris pour un séducteur froid et peu sensible ;
quiconque m'eût aperçu à ses côtés eût cru
reconnaître en moi un amant novice, interdit
et passionné. L'on [a] se serait également trompé

a. *C. On...*

dans ces deux jugements : il n'y a point d'unité complète dans l'homme, et presque jamais personne n'est tout à fait sincère ni tout à fait de mauvaise foi.

Convaincu par ces expériences réitérées que je n'aurais jamais le courage de parler à Ellénore, je me déterminai à lui écrire. Le comte de P*** était absent. Les combats que j'avais livrés longtemps à mon propre caractère, l'impatience que j'éprouvais de n'avoir pu le surmonter, mon incertitude sur le succès de ma tentative, jetèrent dans ma lettre une agitation qui ressemblait fort à l'amour. Échauffé d'ailleurs que j'étais par mon propre style, je ressentais, en finissant d'écrire, un peu de la passion que j'avais cherché à exprimer avec toute la force possible.

Ellénore vit dans ma lettre ce qu'il était naturel d'y voir, le transport passager d'un homme qui avait dix ans de moins qu'elle, dont le cœur s'ouvrait à des sentiments qui lui étaient encore inconnus, et qui méritait plus de pitié que de colère. Elle me répondit avec bonté, me donna des conseils affectueux, m'offrit une amitié sincère [33], mais me déclara que, jusqu'au retour du comte de P***, elle ne pourrait me recevoir.

Cette réponse me bouleversa. Mon imagination, s'irritant de l'obstacle, s'empara de toute mon existence. L'amour, qu'une heure auparavant je m'applaudissais de feindre, je crus

tout à coup l'éprouver avec fureur[34]. Je courus
chez Ellénore ; on me dit qu'elle était sortie.
Je lui écrivis ; je la suppliai de m'accorder
une dernière entrevue ; je lui peignis en termes
déchirants mon désespoir, les projets funestes
que m'inspirait sa cruelle détermination. Pendant une grande partie du jour, j'attendis
vainement une réponse. Je ne calmai[a] mon
inexprimable souffrance qu'en me répétant que
le lendemain je braverais toutes les difficultés
pour pénétrer jusqu'à Ellénore et pour lui
parler. On m'apporta le soir quelques mots
d'elle : ils étaient doux. Je crus y remarquer
une impression de regret et de tristesse ;
mais elle persistait dans sa résolution, qu'elle
m'annonçait comme inébranlable. Je me présentai
de nouveau chez elle le lendemain. Elle était
partie pour une campagne dont ses gens igno-
raient le nom. Ils n'avaient même aucun moyen
de lui faire parvenir des lettres.

Je restai longtemps immobile à sa porte,
n'imaginant plus aucune chance de la retrouver.
J'étais étonné moi-même de ce que je souffrais.
Ma mémoire me retraçait les instants où je m'étais
dit que je n'aspirais qu'à un succès ; que ce
n'était qu'une tentative à laquelle je renoncerais
sans peine. Je ne concevais rien à la douleur
violente, indomptable, qui déchirait mon cœur.
Plusieurs jours se passèrent de la sorte. J'étais

a. *L. calmais...*

également incapable de distraction et d'étude. J'errais sans cesse devant la porte d'Ellénore. Je me promenais dans la ville, comme si, au détour de chaque rue, j'avais pu espérer de la rencontrer. Un matin, dans une de ces courses sans but qui servaient à remplacer mon agitation par de la fatigue, j'aperçus la voiture du comte de P***, qui revenait de son voyage. Il me reconnut et mit pied à terre. Après quelques phrases banales, je lui parlai, en déguisant mon trouble, du départ subit d'Ellénore. « Oui, me dit-il, une de ses amies, à quelques lieues d'ici, a éprouvé je ne sais quel événement fâcheux qui a fait croire à Ellénore que ses consolations lui seraient utiles. Elle est partie sans me consulter. C'est une personne que tous ses sentiments dominent, et dont l'âme, toujours active, trouve presque du repos dans le dévouement. Mais sa présence ici m'est trop nécessaire ; je vais lui écrire : elle reviendra sûrement dans quelques jours. »

Cette assurance me calma ; je sentis ma douleur s'apaiser. Pour la première fois depuis le départ d'Ellénore je pus respirer sans peine. Son retour fut moins prompt que ne l'espérait le comte de P***. Mais j'avais repris ma vie habituelle, et l'angoisse que j'avais éprouvée commençait à se dissiper, lorsqu'au bout d'un mois M. de P*** me fit avertir qu'Ellénore devait arriver le soir. Comme il mettait un grand prix à lui maintenir dans la société la

place que son caractère méritait, et dont sa
situation semblait l'exclure, il avait invité à
souper plusieurs femmes de ses parentes et de
ses amies qui avaient consenti à voir Ellénore.

Mes souvenirs reparurent, d'abord confus,
bientôt plus vifs. Mon amour-propre s'y mêlait.
J'étais embarrassé, humilié, de rencontrer une
femme qui m'avait traité comme un enfant.
Il me semblait la voir, souriant à mon approche
de ce qu'une courte absence avait calmé
l'effervescence d'une jeune tête ; et je démêlais
dans ce sourire une sorte de mépris pour moi.
Par degrés mes sentiments [a] se réveillèrent.
Je m'étais levé, ce jour-là même, ne songeant
plus à Ellénore ; une heure après avoir reçu la
nouvelle de son arrivée, son image errait devant
mes yeux, régnait sur mon cœur, et j'avais la
fièvre de la crainte de ne pas la voir.

Je restai chez moi toute la journée ; je m'y
tins, pour ainsi dire, caché : je tremblais que
le moindre mouvement ne prévînt notre rencontre. Rien pourtant n'était plus [b] simple, plus
certain, mais je la désirais avec tant d'ardeur,
qu'elle me paraissait impossible. L'impatience
me dévorait : à tous les instants je consultais
ma montre. J'étais obligé d'ouvrir la fenêtre
pour respirer ; mon sang me brûlait en cir-
culant dans mes veines.

a. *C. tous* mes sentiments...
b. *C.* plus... *certain.*

Enfin j'entendis sonner l'heure à laquelle je devais me rendre chez le comte. Mon impatience se changea tout à coup en timidité ; je m'habillai lentement ; je ne me sentais plus pressé d'arriver : j'avais un tel effroi que mon attente ne fût déçue, un sentiment si vif de la douleur que je courais risque d'éprouver, que j'aurais consenti volontiers à tout ajourner.

Il était assez tard lorsque j'entrai chez M. de P***. J'aperçus Ellénore assise au fond de la chambre ; je n'osais avancer ; il me semblait que tout lè monde avait les yeux fixés sur moi. J'allai me cacher dans un coin du salon, derrière un goupe d'hommes qui causaient. De là je contemplais Ellénore : elle me parut légèrement changée, elle était plus pâle que de coutume. Le comte me découvrit dans l'espèce de retraite où je m'étais réfugié ; il vint à moi, me prit par la main et me conduisit vers Ellénore. « Je vous présente, lui dit-il en riant, l'un des hommes que votre départ inattendu a le plus étonné. » Ellénore parlait à une femme placée à côté d'elle. Lorsqu'elle me vit, ses paroles s'arrêtèrent sur ses lèvres ; elle demeura tout interdite : je l'étais beaucoup moi-même.

On pouvait nous entendre, j'adressai à Ellénore des questions indifférentes. Nous reprîmes tous deux une apparence de calme. On annonça qu'on avait servi ; j'offris à Ellénore mon bras, qu'elle ne put refuser. « Si vous ne me promettez pas, lui dis-je en la conduisant, de me rece-

voir demain chez vous à onze heures, je pars
à l'instant, j'abandonne mon pays, ma famille [a]
et mon père, je romps tous mes liens, j'abjure
tous mes devoirs, et je vais, n'importe où,
finir au plus tôt une vie que vous vous plaisez
à empoisonner. — Adolphe ! me répondit-
elle ; et elle hésitait. Je fis un mouvement pour
m'éloigner. Je ne sais ce que mes traits exprimèrent, mais je n'avais jamais éprouvé de
contraction si violente.

Ellénore me regarda. Une terreur mêlée
d'affection se peignit sur sa figure. « Je vous
recevrai demain, me dit-elle, mais je vous
conjure... » Beaucoup de personnes nous
suivaient, elle ne put achever sa phrase. Je
pressai sa main de mon bras ; nous nous mîmes
à table.

J'aurais voulu m'asseoir à côté d'Ellénore,
mais le maître de la maison l'avait autrement
décidé : je fus placé à peu près vis-à-vis d'elle.
Au commencement du souper, elle était rêveuse.
Quand on lui adressait la parole, elle répondait
avec douceur ; mais elle retombait bientôt
dans la distraction. Une de ses amies, frappée
de son silence et de son abattement, lui demanda
si elle était malade. « Je n'ai pas été bien dans
ces derniers temps, répondit-elle, et même à
présent je suis fort ébranlée. » J'aspirais à
produire dans l'esprit d'Ellénore une impression

a. *C.* et *L. et* ma famille...

agréable ; je voulais, en me montrant aimable
et spirituel, la disposer en ma faveur, et la
préparer à l'entrevue qu'elle m'avait accordée.
J'essayai donc de mille manières de fixer son
attention. Je ramenai la conversation sur des
sujets que je savais l'intéresser ; nos voisins
s'y mêlèrent : j'étais inspiré par sa présence ;
je parvins à me faire écouter d'elle, je la vis
bientôt sourire : j'en ressentis une telle joie,
mes regards exprimèrent tant de reconnaissance,
qu'elle ne put s'empêcher d'en être touchée. Sa
tristesse et sa distraction se dissipèrent : elle
ne résista plus au charme secret que répandait
dans son âme la vue du bonheur que je lui
devais ; et quand nous sortîmes de table, nos
cœurs étaient d'intelligence comme si nous
n'avions jamais été séparés. « Vous voyez, lui
dis-je, en lui donnant la main pour rentrer dans
le salon, que vous disposez de toute mon existence ; que vous ai-je fait pour que vous trou-
viez du plaisir à la tourmenter ? »

CHAPITRE III

# CHAPITRE III

Je passai la nuit [a] sans dormir. Il n'était plus question dans mon âme ni de calculs ni de projets ; je me sentais, de la meilleure foi du monde, véritablement amoureux. Ce n'était plus l'espoir du succès qui me faisait agir : le besoin de voir celle que j'aimais, de jouir de sa présence, me dominait exclusivement [b]. Onze heures sonnèrent, je me rendis auprès d'Ellénore ; elle m'attendait. Elle voulut parler : je lui demandai de m'écouter. Je m'assis auprès d'elle, car je pouvais à peine me soutenir, et je continuai en ces termes, non sans être obligé de m'interrompre souvent :

« Je ne viens point réclamer contre la sentence que vous avez prononcée ; je ne viens point rétracter un aveu qui a pu vous offenser : je le voudrais en vain. Cet amour que vous

a. *C. toute* la nuit...
b. *C. c'était* le besoin... *qui...*

repoussez est indestructible : l'effort même que je fais dans ce moment pour vous parler avec un peu de calme est une preuve de la violence d'un sentiment qui vous blesse. Mais ce n'est plus pour vous en entretenir que je vous ai priée de m'entendre ; c'est, au contraire, pour vous demander de l'oublier, de me recevoir comme autrefois, d'écarter le souvenir d'un instant de délire, de ne pas me punir de ce que vous savez un secret que j'aurais dû renfermer au fond de mon âme. ·Vous connaissez ma situation, ce caractère qu'on dit bizarre et sauvage, ce cœur étranger à tous les intérêts du monde, solitaire au milieu des hommes, et qui souffre pourtant de l'isolement auquel il est condamné. Votre amitié me soutenait : sans cette amitié je ne puis vivre. J'ai pris l'habitude de vous voir a ; vous avez laissé naître et se former cette douce habitude : qu'ai-je fait pour perdre cette unique consolation d'une existence si triste et si sombre ? Je suis horriblement malheureux ; je n'ai plus le courage de supporter un si long malheur ; je n'espère rien, je ne demande rien, je ne veux que vous voir : mais je dois vous voir s'il faut que je vive. »

Ellénore gardait le silence. « Que craignez-vous ? repris-je. Qu'est-ce que j'exige ? Ce que vous accordez à tous les indifférents. Est-

a. *C. j'ai pris l'habitude de vous.*

ce le monde que vous redoutez ? Ce monde, absorbé dans ses frivolités solennelles, ne lira pas dans un cœur tel que le mien. Comment ne serais-je pas prudent ? N'y va-t-il pas de ma vie ? Ellénore, rendez-vous à ma prière : vous y trouverez quelque douceur. Il y aura pour vous quelque charme à être aimée ainsi, à me voir auprès de vous, occupé de vous seule, n'existant que pour vous, vous devant toutes les sensations de bonheur dont je suis encore susceptible, arraché par votre présence à la souffrance et au désespoir. »

Je poursuivis longtemps de la sorte, levant toutes les objections, retournant de mille manières tous les raisonnements qui plaidaient en ma faveur. J'étais si soumis, si résigné, je demandais si peu de chose, j'aurais été si malheureux d'un refus !

Ellénore fut émue. Elle m'imposa plusieurs conditions. Elle ne consentit à me recevoir que rarement, au milieu d'une société nombreuse, avec l'engagement que je ne lui parlerais jamais d'amour. Je promis ce qu'elle voulut. Nous étions contents tous les deux : moi, d'avoir reconquis le bien que j'avais été menacé de perdre, Ellénore, de se trouver à la fois généreuse, sensible et prudente.

Je profitai dès le lendemain de la permission que j'avais obtenue ; je continuai de même les jours suivants. Ellénore ne songea plus à la nécessité que mes visites fussent peu fréquentes :

bientôt rien ne lui parut plus simple que de me voir tous les jours. Dix ans de fidélité avaient inspiré à M. de P*** une confiance entière ; il laissait à Ellénore la plus grande liberté. Comme il avait eu à lutter contre l'opinion qui voulait exclure sa maîtresse du monde où il était appelé à vivre, il aimait à voir s'augmenter la société d'Ellénore ; sa maison remplie constatait à ses yeux son propre triomphe sur l'opinion.

Lorsque j'arrivais, j'apercevais dans les regards d'Ellénore une expression de plaisir. Quand elle s'amusait dans la conversation, ses yeux se tournaient naturellement vers moi. L'on ne racontait rien d'intéressant qu'elle ne m'appelât pour l'entendre. Mais elle n'était jamais seule : des soirées entières se passaient sans que je pusse lui dire autre chose en particulier que quelques mots insignifiants ou ᵃ interrompus. Je ne tardai pas à m'irriter de tant de contrainte. Je devins sombre, taciturne, inégal dans mon humeur, amer dans mes discours. Je me contenais à peine lorsqu'un autre que moi s'entretenait à part avec Ellénore ; j'interrompais brusquement ces entretiens. Il m'importait peu qu'on pût s'en offenser, et je n'étais pas toujours arrêté par la crainte de la compromettre. Elle se plaignit à moi de ce changement. « Que voulez-vous ? lui dis-je

a. *C.* insignifiants *et* interrompus.

avec impatience : vous croyez sans doute avoir fait beaucoup pour moi ; je suis forcé de vous dire que vous vous trompez. Je ne conçois rien à votre nouvelle manière d'être. Autrefois vous viviez retirée ; vous fuyiez une société fatigante ; vous évitiez ces éternelles conversations qui se prolongent précisément parce qu'elles ne devraient jamais commencer. Aujourd'hui votre porte est ouverte à la terre entière. On dirait qu'en vous demandant de me recevoir, j'ai obtenu pour tout l'univers la même faveur que pour moi. Je vous l'avoue, en vous voyant jadis si prudente, je ne m'attendais pas à vous trouver si frivole. »

Je démêlai dans les traits d'Ellénore une impression de mécontentement et de tristesse. « Chère Ellénore, lui dis-je ᵃ en me radoucissant tout à coup, ne mérité-je donc pas d'être distingué des mille importuns qui vous assiègent? L'amitié n'a-t-elle pas ses secrets? N'est-elle pas ombrageuse et timide au milieu du bruit et de la foule? »

Ellénore craignait, en se montrant inflexible, de voir se renouveler des imprudences qui l'alarmaient pour elle et pour moi. L'idée de rompre n'approchait plus de son cœur : elle consentit à me recevoir quelquefois seule.

Alors se modifièrent rapidement les règles sévères qu'elle m'avait prescrites. Elle me per-

a. *C. continuai-je...*

mit de lui peindre mon amour ; elle se familia-
risa par degrés avec ce langage : bientôt elle
m'avoua qu'elle m'aimait.

Je passai quelques heures à ses pieds, me
proclamant le plus heureux des hommes, lui
prodiguant mille assurances de tendresse, de
dévouement et de respect éternel. Elle me
raconta ce qu'elle avait souffert en essayant de
s'éloigner de moi ; que de fois elle avait espéré
que je la découvrirais malgré ses efforts ; comment le moindre bruit qui frappait ses oreilles [a]
lui paraissait annoncer mon arrivée ; quel trouble, quelle joie, quelle crainte elle avait ressentis en me revoyant ; par quelle défiance d'elle-
même [b], pour concilier le penchant de son cœur
avec la prudence, elle s'était livrée aux distractions du monde, et avait recherché la foule
qu'elle fuyait auparavant. Je lui faisais répéter les plus petits détails, et cette histoire de
quelques semaines nous semblait être celle [c]
d'une vie entière. L'amour supplée aux longs
souvenirs, par une sorte de magie. Toutes les
autres affections ont besoin du passé : l'amour
crée, comme par enchantement, un passé dont
il nous entoure. Il nous donne, pour ainsi dire,
la conscience d'avoir vécu, durant des années,
avec un être qui naguère nous était presque

a. *C. son oreille...*
b. *C.* par *quel calcul...*
c. *C.* nous semblait... celle.

étranger. L'amour n'est qu'un point lumineux, et néanmoins il semble s'emparer du temps. Il y a peu de jours qu'il n'existait pas, bientôt il n'existera plus ; mais, tant qu'il existe, il répand sa clarté sur l'époque qui l'a précédé, comme sur celle qui doit le suivre[35].

Ce calme pourtant dura peu. Ellénore était d'autant plus en garde contre sa faiblesse qu'elle était poursuivie du souvenir de ses fautes : et mon imagination, mes désirs, une théorie de fatuité dont je ne m'apercevais pas moi-même se révoltaient contre un tel amour[a]. Toujours timide, souvent irrité, je me plaignais, je m'emportais, j'accablais Ellénore de reproches. Plus d'une fois elle forma le projet de briser un lien qui ne répandait sur sa vie que de l'inquiétude et du trouble ; plus d'une fois je l'apaisai par mes supplications, mes désaveux et mes pleurs.

« Ellénore, lui écrivais-je un jour, vous ne savez pas tout ce que je souffre. Près de vous, loin de vous, je suis également malheureux. Pendant les heures qui nous séparent, j'erre au hasard, courbé sous le fardeau d'une existence que je ne sais comment supporter. La société m'importune, la solitude m'accable. Ces indifférents qui m'observent, qui ne connaissent rien de ce qui m'occupe, qui me regardent avec une curiosité sans intérêt, avec un

a. *C.* contre *un amour séparé des sens.*

étonnement sans pitié, ces hommes qui osent me parler d'autre chose que de vous, portent dans mon sein une douleur mortelle. Je les fuis; mais, seul, je cherche en vain un air qui pénètre dans ma poitrine oppressée. Je me précipite sur cette terre qui devrait s'entr'ouvrir pour m'engloutir à jamais ; je pose ma tête sur la pierre froide qui devrait calmer la fièvre ardente qui me dévore. Je me traîne vers cette colline d'où l'on aperçoit votre maison ; je reste là, les yeux fixés sur cette retraite que je n'habiterai jamais avec vous. Et si je vous avais rencontrée plus tôt, vous auriez pu être à moi ! J'aurais serré dans mes bras la seule créature que la nature ait formée pour mon cœur, pour ce cœur qui a tant souffert parce qu'il vous cherchait et qu'il ne vous a trouvée que trop tard! Lorsque enfin ces heures de délire sont passées, lorsque le moment arrive où je puis vous voir, je prends en tremblant la route de votre de-meure. Je crains que tous ceux qui me rencon-trent ne devinent les sentiments que je porte en moi ; je m'arrête ; je marche à pas lents : je retarde l'instant du bonheur, de ce bonheur que tout menace, que je me crois toujours sur le point de perdre ; bonheur imparfait et trou-blé, contre lequel conspirent peut-être à chaque minute et les événements funestes et les regards jaloux, et les caprices tyranniques, et votre propre volonté. Quand je touche au seuil de votre porte, quand je l'entr'ouvre, une nouvelle terreur me saisit : je m'avance comme un coupable, demandant grâce à tous les objets qui frappent ma vue, comme si tous étaient ennemis, comme si tous m'enviaient l'heure de félicité dont je vais encore jouir. Le moindre son m'effraie, le moindre mouvement autour de moi m'épouvante, le bruit même de mes pas me fait reculer. Tout près de vous, je crains encore quelque obstacle qui se place soudain entre vous et moi. Enfin je vous vois, je vous vois et je respire, et je vous contemple et je m'arrête, comme le fugitif qui touche au sol protecteur qui doit le garantir de la mort. Mais alors même, lorsque tout mon être s'élance vers vous, lorsque j'aurais un tel besoin de me reposer de tant d'angoisses, de poser ma tête sur vos genoux, de donner un libre cours à mes larmes, il faut que je me contraigne avec violence, que même auprès de vous je vive encore d'une vie d'effort : pas un instant d'épanchement, pas un instant d'abandon ! Vos regards m'observent. Vous êtes embarrassée, presque offensée de mon trouble. Je ne sais quelle gêne a succédé à ces heures délicieuses où du moins vous m'avouiez votre amour. Le temps s'enfuit, de nouveaux intérêts vous appellent : vous ne les oubliez jamais ; vous ne retardez jamais l'instant qui m'éloigne. Des étrangers viennent : il n'est plus permis de vous regarder ; je sens qu'il faut fuir pour me dérober aux soupçons qui m'environnent. Je vous quitte plus agité, plus déchiré, plus insensé qu'auparavant ; je vous quitte, et je retombe dans cet isolement effroyable, où je me débats, sans rencontrer un seul être sur lequel je puisse m'appuyer, me reposer un moment ».

Ellénore n'avait jamais été aimée de la sorte [a]. M. de P*** avait pour elle une affection très vraie, beaucoup de reconnaissance pour son dévouement, beaucoup de respect pour son caractère ; mais il y avait toujours dans sa manière une nuance de supériorité sur une femme qui s'était donnée publiquement [b] à lui sans qu'il l'eût épousée [36]. Il aurait pu contracter des liens plus honorables, suivant l'opinion commune : il ne le lui disait point, il ne se le disait peut-être pas à lui-même ; mais ce qu'on ne dit pas n'en existe pas moins, et tout ce qui est se devine. Ellénore n'avait eu jusqu'alors aucune notion de ce sentiment passionné, de cette existence perdue dans la sienne, dont mes fureurs mêmes, mes injustices et mes reproches, n'étaient que des preuves plus irréfragables. Sa résistance avait exalté toutes mes sensations, toutes mes idées : je revenais des emportements qui l'effrayaient, à une soumission, à une tendresse, à une vénération

a. *C. Son premier amant l'avait entraînée lorsqu'elle était très jeune, et l'avait cruellement abandonnée.* M. de P*** (La phrase a été retranchée, comme le passage du chapitre II déjà signalé, à la requête de Charlotte Campbell.)

b. *C. publiquement donnée...*

idolâtre. Je la considérais comme une créature céleste[37]. Mon amour tenait du culte, et il avait pour elle d'autant plus de charme qu'elle craignait sans cesse[a] de se voir humiliée dans un sens opposé. Elle se donna enfin tout entière.

Malheur à l'homme qui, dans les premiers moments d'une liaison d'amour, ne croit pas que cette liaison doit être éternelle ! Malheur à qui, dans les bras de la maîtresse qu'il vient d'obtenir, conserve une funeste prescience, et prévoit qu'il pourra s'en détacher ! Une femme que son cœur entraîne a, dans cet instant, quelque chose de touchant et de sacré[38]. Ce n'est pas le plaisir, ce n'est pas la nature, ce ne sont pas les sens qui sont corrupteurs ; ce sont les calculs auxquels la société nous accoutume, et les réflexions que l'expérience fait naître. J'aimai, je respectai mille fois plus Ellénore après qu'elle se fut donnée. Je marchais avec orgueil au milieu des hommes ; je promenais sur eux un regard dominateur. L'air que je respirais était à lui seul une jouissance. Je m'élançais au-devant de la nature, pour la remercier du bienfait inespéré, du bienfait immense qu'elle avait daigné m'accorder.

a. *C.* sans cesse *secrètement...*

# CHAPITRE IV

Charme de l'amour, qui pourrait vous peindre ! Cette persuasion que nous avons trouvé l'être que la nature avait destiné pour nous, ce jour subit répandu sur la vie, et qui nous semble en expliquer le mystère, cette valeur inconnue attachée aux moindres circonstances, ces heures rapides, dont tous les détails échappent au souvenir par leur douceur même, et qui ne laissent dans notre âme qu'une longue trace de bonheur, cette gaieté folâtre qui se mêle quelquefois sans cause à un attendrissement habituel, tant de plaisir dans la présence, et dans l'absence tant d'espoir, ce détachement de tous les soins vulgaires, cette supériorité sur tout ce qui nous entoure, cette certitude que désormais le monde ne peut nous atteindre où nous vivons, cette intelligence mutuelle qui devine chaque pensée et qui répond à chaque émotion, charme de l'amour, qui vous éprouva ne saurait vous décrire [a][39] !

a. *C.* Tout ce paragraphe manque.

M. de P*** fut obligé, pour des affaires pressantes, de s'absenter pendant six semaines. Je passai ce temps chez Ellénore presque sans interruption. Son attachement semblait s'être accru du sacrifice qu'elle m'avait fait. Elle ne me laissait jamais la quitter sans essayer de me retenir. Lorsque je sortais, elle me demandait quand je reviendrais. Deux heures de séparation lui étaient insupportables. Elle fixait avec une précision inquiète l'instant de mon retour. J'y souscrivais avec joie, j'étais reconnaissant, j'étais heureux du sentiment qu'elle me témoignait. Mais cependant les intérêts de la vie commune ne se laissent pas plier arbitrairement à tous nos désirs. Il m'était quelquefois incommode d'avoir tous mes pas marqués d'avance et tous mes moments ainsi comptés [40]. J'étais forcé de précipiter toutes mes démarches, de rompre avec la plupart de mes relations. Je ne savais que répondre à mes connaissances lorsqu'on me proposait quelque partie que, dans une situation naturelle, je n'aurais point eu de motif pour refuser. Je ne regrettais point auprès d'Ellénore ces plaisirs de la vie sociale, pour lesquels je n'avais jamais eu beaucoup d'intérêt, mais j'aurais voulu qu'elle me permît d'y renoncer plus librement. J'aurais éprouvé plus de douceur à retourner auprès d'elle, de ma propre volonté, sans me dire que l'heure était arrivée, qu'elle m'attendait avec anxiété, et sans que l'idée de sa peine vînt se mêler à celle du bonheur que j'allais goûter en la retrouvant. Ellénore était sans doute un vif plaisir dans mon existence, mais elle n'était plus un but : elle était devenue un lien[41]. Je craignais d'ailleurs de la compromettre. Ma présence continuelle devait étonner ses gens[a], ses enfants, qui pouvaient m'observer. Je tremblais de l'idée de déranger son existence. Je sentais que nous ne pouvions être unis pour toujours, et que c'était un devoir sacré pour moi de respecter son repos : je lui donnais donc des conseils de prudence, tout en l'assurant de mon amour. Mais plus je lui donnais des conseils de ce genre, moins elle était disposée à m'écouter. En même temps je craignais horriblement de l'affliger[42]. Dès que je voyais sur son visage une expression de douleur, sa volonté devenait la mienne : je n'étais à mon aise que lorsqu'elle était contente de moi. Lorsqu'en insistant sur la nécessité de m'éloigner pour quelques instants, j'étais parvenu à la quitter, l'image de la peine que je lui avais causée me suivait partout. Il me prenait une fièvre de remords qui redoublait à chaque minute, et qui enfin devenait irrésistible ; je volais vers elle, je me faisais une fête de la consoler, de l'apaiser. Mais à mesure que je m'approchais de sa demeure, un sentiment d'humeur contre cet empire bizarre se mêlait à mes

a. *C. domestiques…*

autres sentiments. Ellénore elle-même était violente. Elle éprouvait, je le crois, pour moi ce qu'elle n'avait éprouvé pour personne. Dans ses relations précédentes, son cœur avait été froissé par une dépendance pénible ; elle était avec moi dans une parfaite aisance, parce que nous étions dans une parfaite égalité ; elle s'était relevée à ses propres yeux par un amour pur de tout calcul, de tout intérêt ; elle savait que j'étais bien sûr qu'elle ne m'aimait que pour moi-même [43] Mais il résultait de son abandon complet avec moi qu'elle ne me déguisait aucun de ses mouvements ; et lorsque je rentrais dans sa chambre, impatienté [a] d'y rentrer plus tôt que je ne l'aurais voulu, je la trouvais triste ou irritée. J'avais souffert deux heures loin d'elle de l'idée qu'elle souffrait loin de moi : je souffrais deux heures près d'elle avant de pouvoir l'apaiser.

Cependant je n'étais pas malheureux ; je me disais qu'il était doux d'être aimé, même avec exigence ; je sentais que je lui faisais du bien : son bonheur m'était nécessaire, et je me savais nécessaire à son bonheur.

D'ailleurs l'idée confuse que, par la seule nature des choses, cette liaison ne pouvait durer, idée triste sous bien des rapports, servait néanmoins à me calmer dans mes accès de fatigue ou d'impatience. Les liens d'Ellénore

a. *C*. impatienté *déjà* d'y...

avec le comte de P\*\*\*, la disproportion de nos
âges, la différence de nos situations, mon départ
que déjà diverses circonstances avaient [a] retardé, mais dont l'époque était prochaine, toutes
ces considérations m'engageaient à donner et
à recevoir encore le plus de bonheur qu'il était
possible : je me croyais sûr des années, je ne
disputais pas les jours.

Le comte de P\*\*\* revint. Il ne tarda pas à
soupçonner mes relations [b] avec Ellénore ;
il me reçut chaque jour d'un air plus froid et
plus sombre [44]. Je parlai vivement à Ellénore
des dangers qu'elle courait ; je la suppliai de
permettre que j'interrompisse pour quelques
jours mes visites ; je lui représentai l'intérêt
de sa réputation, de sa fortune, de ses enfants.
Elle m'écouta longtemps en silence ; elle était
pâle comme la mort. « De manière ou d'autre,
me dit-elle enfin, vous partirez bientôt ; ne
devançons pas ce moment ; ne vous mettez
pas en peine de moi. Gagnons des jours,
gagnons des heures : des jours, des heures, c'est
tout ce qu'il me faut. Je ne sais quel pressentiment me dit, Adolphe, que je mourrai dans
vos bras. »

Nous continuâmes donc à vivre comme auparavant, moi toujours inquiet, Ellénore toujours

a. *C*. que déjà... avaient *déjà*... (inadvertance du
copiste.)
b. *C*. mes *rapports*...

triste, le comte de P*** taciturne et soucieux.
Enfin la lettre que j'attendais arriva : mon père
m'ordonnait de me rendre auprès de lui. Je
portai cette lettre à Ellénore. « Déjà ! me dit-elle
après l'avoir lue ; je ne croyais pas que ce fût
si tôt. » Puis, fondant en larmes, elle me prit
la main et elle me dit : « Adolphe, vous voyez
que je ne puis vivre sans vous ; je ne sais ce
qui arrivera de mon avenir, mais je vous conjure
de ne pas partir encore : trouvez des prétextes
pour rester. Demandez à votre père de vous
laisser prolonger votre séjour encore six mois.
Six mois, est-ce donc si long ? » Je voulus
combattre sa résolution ; mais elle pleurait
si amèrement, et[a] elle était si tremblante, ses
traits portaient l'empreinte d'une souffrance si
déchirante que je ne pus continuer. Je me jetai
à ses pieds, je la serrai dans mes bras, je l'assurai de mon amour, et je sortis pour aller écrire à
mon père. J'écrivis en effet avec le mouvement
que la douleur d'Ellénore m'avait inspiré. J'al-
léguai mille causes de retard ; je fis ressortir
l'utilité de continuer à D*** quelques cours
que je n'avais pu suivre à Gottingue ; et lorsque
j'envoyai ma lettre à la poste, c'était avec ardeur
que je désirais obtenir le consentement que je
demandais.

Je retournai le soir chez Ellénore. Elle était
assise sur un sofa ; le comte de P*** était près

a. *et* ne figure ni dans *C*, ni dans *L* et *P*.

de la cheminée, et assez loin d'elle ; les deux
enfants étaient au fond de la chambre, ne
jouant pas, et portant sur leurs visages cet
étonnement de l'enfance lorsqu'elle remarque
une agitation dont elle ne soupçonne pas la
cause. J'instruisis Ellénore par un geste que
j'avais fait ce qu'elle voulait. Un rayon de joie
brilla dans ses yeux, mais ne tarda pas à disparaître. Nous ne disions rien. Le silence devenait
embarrassant pour tous trois. « On m'assure,
monsieur, me dit enfin le comte, que vous êtes
prêt à partir[a]. » Je lui répondis que je l'ignorais. « Il me semble, répliqua-t-il, qu'à votre
âge, on ne doit pas tarder à entrer dans une
carrière; au reste, ajouta-t-il en regardant
Ellénore, tout le monde peut-être ne pense pas
ici[b] comme moi. »

La réponse de mon père ne se fit pas attendre.
Je tremblais, en ouvrant sa lettre, de la douleur
qu'un refus causerait à Ellénore. Il me semblait
même que j'aurais partagé cette douleur avec
une égale amertume ; mais en lisant le consentement qu'il m'accordait, tous les inconvénients
d'une prolongation de séjour[c] se présentèrent[d]
tout à coup à mon esprit. « Encore six mois
de gêne et de contrainte ! m'écriai-je ; six
mois pendant lesquels j'offense un homme qui

a. *C*. que vous êtes *sur votre départ*.
b. *C*. *ici* ne figure pas sur *C*.
c. *C*. *à Göttingen*... (rayé ensuite).
d. *C*. se *représentèrent*...

m'avait témoigné de l'amitié, j'expose une femme qui m'aime ; je cours le risque de lui ravir
la seule situation où elle puisse vivre tranquille
et considérée ; je trompe mon père ; et pourquoi ? Pour ne pas braver un instant une douleur qui, tôt ou tard, est inévitable ! Ne
l'éprouvons-nous pas chaque jour en détail et
goutte à goutte, cette douleur ? Je ne fais
que du mal à Ellénore ; mon sentiment, tel
qu'il est, ne peut la satisfaire. Je me sacrifie
pour elle sans fruit pour son bonheur ; et
moi, je vis ici sans utilité, sans indépendance,
n'ayant pas un instant de libre, ne pouvant respirer une heure en paix. [45] » J'entrai chez Ellénore
tout occupé de ces réflexions. Je la trouvai
seule. « Je reste encore six mois, lui dis-je. —
Vous m'annoncez cette nouvelle bien sèche-
ment. — C'est que je crains beaucoup, je
l'avoue, les conséquences de ce retard pour l'un
et pour l'autre. — Il me semble que pour vous
du [a] moins elles ne sauraient être bien fâcheuses.
— Vous savez fort bien, Ellénore, que ce n'est
jamais de moi que je m'occupe le plus. — Ce
n'est guère non plus du bonheur des autres. »
La conversation avait prit une direction [b]
orageuse. Ellénore était blessée de mes regrets
dans une circonstance où elle croyait que je
devais partager sa joie : je l'étais du triomphe

a. *C. au* moins...
b. *C.* une *tournure*...

qu'elle avait remporté sur mes résolutions précédentes. La scène devint violente. Nous éclatâmes en reproches mutuels. Ellénore m'accusa de l'avoir trompée, de n'avoir eu pour elle qu'un goût passager[46], d'avoir aliéné d'elle l'affection du comte ; de l'avoir remise, aux yeux du public, dans la situation équivoque dont elle avait cherché toute sa vie à sortir. Je m'irritai de voir qu'elle tournât contre moi ce que je n'avais fait que par obéissance pour elle et par crainte de l'affliger. Je me plaignis de ma vive contrainte[a], de ma jeunesse consumée dans l'inaction, du despotisme qu'elle exerçait sur toutes mes démarches. En parlant ainsi, je vis son visage couvert tout à coup de pleurs : je m'arrêtai, je revins sur mes pas, je désavouai, j'expliquai. Nous nous embrassâmes : mais un premier coup était porté, une première barrière était franchie. Nous avions prononcé tous deux des mots irréparables ; nous pouvions nous taire, mais non les oublier. Il y a des choses qu'on est longtemps sans se dire, mais quand une fois elles sont dites, on ne cesse jamais de les répéter.

Nous vécûmes ainsi quatre mois dans des rapports forcés, quelquefois doux, jamais complètement libres, y rencontrant encore du plaisir, mais n'y trouvant plus de charme. Ellénore cependant ne se détachait pas[b] de moi. Après

a. *C.* et *L. vie* contrainte.
b. *C.* ne se détachait *point...*

nos querelles les plus vives, elle était aussi
empressée à me revoir, elle fixait aussi soigneu-
sement l'heure de nos entrevues que si notre
union eût été la plus paisible et la plus tendre.
J'ai souvent pensé que ma conduite même
contribuait à entretenir Ellénore dans cette
disposition. Si je l'avais aimée comme elle
m'aimait, elle aurait eu plus de calme ; elle
aurait réfléchi de son côté sur les dangers
qu'elle bravait. Mais toute prudence lui était
odieuse, parce que la prudence venait de moi ;
elle ne calculait point ses sacrifices, parce qu'elle
était occupée à me les faire accepter ; elle
n'avait pas le temps de se refroidir à mon égard,
parce que tout son temps et toutes ses forces
étaient employés à me conserver. L'époque
fixée de nouveau pour mon départ approchait ;
et j'éprouvais, en y pensant, un mélange de
plaisir et de regret ; semblable à ce que res-
sent un homme qui doit acheter une guérison
certaine par une opération douloureuse.

Un matin, Ellénore m'écrivit de passer [a]
chez elle à l'instant. « Le comte, me dit-elle,
me défend de vous recevoir : je ne veux point
obéir à cet ordre tyrannique [b]. J'ai suivi cet
homme dans la proscription, j'ai sauvé sa
fortune : je l'ai servi dans tous ses intérêts.

a. *C.* de passer *à l'instant chez elle.*
b. Après *tyrannique*, on lit sur *C.* : *Depuis longtemps tout rapport intime a cessé entre cet homme et moi.
Je l'ai* suivi...

Il peut se passer de moi maintenant : moi, je
ne puis me passer de vous. » On devine facilement quelles furent mes instances pour la
détourner d'un projet que je ne concevais pas.
Je lui parlai de l'opinion du public : « Cette
opinion, me répondit-elle, n'a jamais été juste
pour moi. J'ai rempli pendant dix ans mes
devoirs mieux qu'aucune femme, et cette
opinion ne m'en a pas moins repoussée du
rang que je méritais [47] ». Je lui rappelai ses
enfants. « Mes enfants sont ceux de M. de
P***. Il les a reconnus : il en aura soin. Ils seront
trop heureux d'oublier une mère dont ils
n'ont à partager que la honte. » Je redoublai
mes prières. « Écoutez, me dit-elle, si je romps
avec le comte, refuserez-vous de me voir ?
Le refuserez-vous ? reprit-elle en saisissant mon
bras avec une violence qui me fit frémir. —
Non, assurément, lui répondis-je ; et plus vous
serez malheureuse, plus je vous serai dévoué.
Mais considérez... — Tout est considéré,
interrompit-elle. Il va rentrer, retirez-vous
maintenant ; ne revenez plus ici. »
Je passai le reste de la journée dans une
angoisse inexprimable. Deux jours s'écoulèrent
sans que j'entendisse parler d'Ellénore. Je
souffrais d'ignorer son sort ; je souffrais même
de ne pas la voir, et j'étais étonné de la peine
que cette privation me causait. Je désirais
cependant qu'elle eût renoncé à la résolution
que je craignais tant pour elle, et je commen-

çais à m'en flatter, lorsqu'une femme me remit un billet par lequel Ellénore me priait d'aller la voir dans telle rue, dans telle maison, au troisième étage. J'y courus, espérant encore que, ne pouvant me recevoir chez M. de P\*\*\*, elle avait voulu m'entretenir ailleurs une dernière fois. Je la trouvai faisant les apprêts d'un établissement durable. Elle vint à moi, d'un air à la fois content et timide, cherchant à lire dans mes yeux mon impression. « Tout est rompu, me dit-elle, je suis parfaitement libre. J'ai de ma fortune particulière soixante-quinze louis de rente ; c'est assez pour moi. Vous restez encore ici six semaines. Quand vous partirez, je pourrai peut-être me rapprocher de vous ; vous reviendrez peut-être me voir. » Et, comme si elle eût redouté une ᵃ réponse, elle entra dans une foule de détails relatifs à ses projets. Elle chercha de mille manières à me persuader qu'elle serait heureuse , qu'elle ne m'avait rien sacrifié ; que le parti qu'elle avait pris lui convenait, indépendamment de moi. Il était visible qu'elle se faisait un grand effort, et qu'elle ne croyait qu'à moitié ce qu'elle me disait. Elle s'étourdissait de ses paroles, de peur d'entendre les miennes ; elle prolongeait son discours avec activité pour retarder le moment où mes objections la replongeraient dans le désespoir. Je ne pus trouver dans mon cœur de lui en faire

a. *C. ma* réponse...

aucune. J'acceptai son sacrifice, je l'en remerciai ; je lui dis que j'en étais heureux : je lui dis bien plus encore, je l'assurai que j'avais toujours désiré qu'une détermination irréparable me fît un devoir de ne jamais la quitter ; j'attribuai mes indécisions à un sentiment de délicatesse qui me défendait de consentir à ce qui bouleversait sa situation. Je n'eus, en un mot, d'autre pensée que de chasser loin d'elle toute peine, toute crainte, tout regret, toute incertitude sur mon sentiment. Pendant que je lui parlais, je n'envisageais rien au delà de ce but et j'étais sincère dans mes promesses.

# CHAPITRE V

Lᴀ séparation d'Ellénore et du comte de P*** produisit dans le public un effet qu'il n'était pas difficile de prévoir. Ellénore perdit en un instant le fruit de dix années de dévouement et de constance : on la confondit avec toutes les femmes[a] de sa classe qui se livrent sans scrupule à mille inclinations successives. L'abandon de ses enfants la fit regarder comme une mère dénaturée, et les femmes d'une réputation irréprochable répétèrent avec satisfaction que l'oubli de la vertu la plus essentielle à leur sexe[b] s'étendait bientôt sur[c] toutes les autres. En même temps on la plaignit, pour ne pas perdre le plaisir de me blâmer. On vit dans ma conduite celle d'un séducteur, d'un ingrat

---

a. *C.* toutes *celles* de...
b. *C.* à leur sexe (manque).
c. *C. entraînait celui de...*

qui avait violé l'hospitalité, et sacrifié, pour contenter une fantaisie momentanée, le repos de deux personnes, dont il aurait dû respecter l'une et ménager l'autre. Quelques amis de mon père m'adressèrent des représentations sérieuses ; d'autres, moins libres avec moi, me firent sentir leur désapprobation par des insinuations détournées. Les jeunes gens, au contraire, se montrèrent enchantés de l'adresse avec laquelle j'avais supplanté le comte ; et, par mille plaisanteries que je voulais en vain réprimer, ils me félicitèrent de ma conquête et me promirent de m'imiter. Je ne saurais peindre ce que j'eus à souffrir et de cette censure sévère et de ces honteux éloges. Je suis convaincu que, si j'avais eu de l'amour pour Ellénore, j'aurais ramené l'opinion sur elle et sur moi. Telle est la force d'un sentiment vrai, que, lorsqu'il parle, les interprétations fausses et les convenances factices se taisent. Mais je n'étais qu'un homme faible, reconnaissant et dominé ; je n'étais soutenu par aucune impulsion qui partît du cœur. Je m'exprimais donc avec embarras ; je tâchais de finir la conversation ; et si elle se prolongeait, je la terminais par quelques mots âpres, qui annonçaient aux autres que j'étais prêt à leur chercher querelle. En effet, j'aurais beaucoup mieux aimé me battre avec eux que de leur répondre.

Ellénore ne tarda pas à s'apercevoir que l'opinion s'élevait contre elle. Deux parentes de M. de P***, qu'il avait forcées par son ascendant à se lier avec elle, mirent le plus grand éclat dans leur rupture ; heureuses de se livrer à leur malveillance, longtemps contenue à l'abri des principes austères de la morale. Les hommes continuèrent à voir Ellénore ; mais il s'introduisit dans leur ton quelque chose d'une familiarité qui annonçait qu'elle n'était plus appuyée par un protecteur puissant, ni justifiée par une union presque consacrée. Les uns venaient chez elle parce que, disaient-ils, ils l'avaient connue de tout temps ; les autres, parce qu'elle était belle encore, et que sa légèreté récente leur avait rendu des prétentions qu'ils ne cherchaient pas à lui déguiser. Chacun motivait sa liaison avec elle ; c'est-à-dire que chacun pensait que cette liaison avait besoin d'excuse. Ainsi la malheureuse Ellénore se voyait tombée pour jamais dans l'état dont, toute sa vie, elle avait voulu sortir. Tout contribuait à froisser son âme et à blesser sa fierté. Elle envisageait l'abandon des uns comme une preuve de mépris, l'assiduité des autres comme l'indice de quelque espérance insultante. Elle souffrait de la solitude, elle rougissait de la société. Ah ! sans doute, j'aurais dû la consoler ; j'aurais dû la serrer contre mon cœur, lui dire : « Vivons l'un pour l'autre, oublions des hommes qui nous méconnaissent, soyons heureux de notre seule estime et de notre seul amour » ; je l'essayais aussi ; mais que peut, pour ranimer un sentiment qui s'éteint, une résolution prise par devoir ?

Ellénore et moi nous dissimulions l'un avec l'autre. Elle n'osait me confier des peines, résultat d'un sacrifice qu'elle savait bien que je ne lui avais pas demandé. J'avais accepté ce sacrifice : je n'osais me plaindre d'un malheur que j'avais prévu, et que je n'avais pas eu la force de prévenir. Nous nous taisions donc sur la pensée unique qui nous occupait constamment. Nous nous prodiguions des caresses, nous parlions d'amour ; mais nous parlions d'amour de peur de nous parler d'autre chose.

Dès qu'il existe un secret entre deux cœurs qui s'aiment, dès que l'un d'eux a pu se résoudre à cacher à l'autre une seule idée, le charme est rompu, le bonheur est détruit. L'emportement, l'injustice, la distraction même, se réparent ; mais la dissimulation jette dans l'amour un élément étranger qui le dénature et le flétrit à ses propres yeux.

Par une inconséquence bizarre, tandis que je repoussais avec l'indignation la plus violente la moindre insinuation contre Ellénore, je contribuais moi-même à lui faire tort dans mes conversations générales. Je m'étais soumis à ses volontés, mais j'avais pris en horreur l'empire des femmes. Je ne cessais de déclamer contre leur faiblesse, leur exigence, le despotisme de leur douleur. J'affichais les principes les plus durs ; et ce même homme qui ne résistait pas à une larme, qui cédait à la tristesse muette, qui était poursuivi dans l'absence par l'image de la souffrance qu'il avait causée, se montrait, dans tous ses discours, méprisant et impitoyable. Tous mes éloges directs en faveur d'Ellénore ne détruisaient pas l'impression que produisaient des propos semblables. On me haïssait, on la plaignait, mais on ne l'estimait pas. On s'en prenait à elle de n'avoir pas inspiré à son amant plus de considération pour son sexe et plus de respect pour les liens du cœur.

Un homme, qui venait habituellement chez Ellénore, et qui, depuis sa rupture avec le comte de P***, lui avait témoigné la passion la plus vive, l'ayant forcée, par ses persécutions indiscrètes, à ne plus le recevoir, se permit contre elle des railleries outrageantes qu'il me parut impossible de souffrir. Nous nous battîmes ; je le blessai dangereusement, je fus blessé moi-même. Je ne puis décrire le mélange de trouble, de terreur, de reconnaissance et d'amour qui se peignit sur les traits d'Ellénore lorsqu'elle me revit après cet événement. Elle s'établit chez moi, malgré mes prières ; elle ne me quitta pas un seul instant jusqu'à ma convalescence. Elle me lisait pendant le jour, elle me veillait durant la plus grande partie des nuits ; elle observait mes moindres mouvements, elle prévenait chacun de mes désirs ; son ingénieuse bonté multipliait ses facultés et doublait ses forces. Elle m'as-

surait sans cesse qu'elle ne m'aurait pas survécu ; j'étais pénétré d'affection, j'étais déchiré
de remords. J'aurais voulu trouver en moi
de quoi récompenser un attachement si constant et si tendre ; j'appelais à mon aide les
souvenirs, l'imagination, la raison même, le
sentiment du devoir : efforts inutiles ! La difficulté de la situation, la certitude d'un avenir
qui devait nous séparer, peut-être je ne sais
quelle révolte contre un lien qu'il m'était
impossible de briser, me dévoraient intérieurement. Je me reprochais l'ingratitude que je
m'efforçais de lui cacher. Je m'affligeais quand
elle paraissait douter d'un amour qui lui était
si nécessaire ; je ne m'affligeais pas moins
quand elle semblait y croire. Je la sentais
meilleure que moi ; je me méprisais d'être
indigne d'elle. C'est un affreux malheur de
n'être pas aimé quand on aime ; mais c'en est
un bien grand d'être aimé avec passion quand
on n'aime plus[48]. Cette vie que je venais
d'exposer pour Ellénore, je l'aurais mille fois
donnée pour qu'elle fût heureuse sans moi.

Les six mois que m'avait accordés mon père
étaient expirés ; il fallut songer à partir. Ellénore
ne s'opposa point à mon départ, elle n'essaya
pas même de le retarder ; mais elle me fit
promettre que, deux mois après, je reviendrais
près d'elle, ou que je lui permettrais de me
rejoindre : je le lui jurai solennellement. Quel
engagement n'aurais-je pas pris dans un mo-

ment où je la voyais lutter contre elle-même et contenir sa douleur ! Elle aurait pu exiger de moi de ne pas la quitter ; je savais au fond de mon âme que ses larmes n'auraient pas été désobéies. J'étais reconnaissant de ce qu'elle n'exerçait pas sa puissance ; il me semblait que je l'en aimais mieux. Moi-même, d'ailleurs, je ne me séparais pas sans un vif regret d'un être qui m'était si uniquement dévoué. Il y a dans les liaisons qui se prolongent quelque chose de si profond ! Elles deviennent à notre insu une partie si intime de notre existence ! Nous formons de loin, avec calme, la résolution de les rompre ; nous croyons attendre avec impatience l'époque de l'exécuter : mais quand ce moment arrive, il nous remplit de terreur; et telle est la bizarrerie de notre cœur misérable que nous quittons avec un déchirement horrible ceux près de qui nous demeurions sans plaisir.

Pendant mon absence, j'écrivis régulièrement à Ellénore. J'étais partagé entre la crainte que mes lettres ne lui fissent de la peine, et le désir de ne lui peindre que le sentiment que j'éprouvais. J'aurais voulu qu'elle me devinât, mais qu'elle me devinât sans s'affliger ; je me félicitais quand j'avais pu substituer les mots d'affection, d'amitié, de dévouement, à celui d'amour; mais soudain je me représentais la pauvre Ellénore triste et isolée, n'ayant que mes lettres pour consolation ; et, à la fin de deux

pages froides et compassées, j'ajoutais rapidement quelques phrases ardentes ou tendres,
propres à la tromper de nouveau. De la sorte,
sans en dire jamais assez pour la satisfaire,
j'en disais toujours assez pour l'abuser. Étrange
espèce de fausseté, dont le succès même se
tournait contre moi, prolongeait mon angoisse,
et m'était insupportable[49] !

Je comptais avec inquiétude les jours, les
heures qui s'écoulaient ; je ralentissais de mes
vœux la marche du temps ; je tremblais en
voyant se rapprocher l'époque d'exécuter ma
promesse. Je n'imaginais aucun moyen de
partir. Je n'en découvrais aucun pour qu'Ellénore pût s'établir [a] dans la même ville que moi.
Peut-être, car il faut être sincère, peut-être je
ne le désirais pas. Je comparais ma vie indépendante et tranquille à la vie de précipitation,
de trouble et de tourment à laquelle sa passion
me condamnait. Je me trouvais si bien d'être
libre, d'aller, de venir, de sortir, de rentrer,
sans que personne s'en occupât ! Je me repo-
sais, pour ainsi dire, dans l'indifférence des
autres, de la fatigue de son amour.

Je n'osais cependant laisser soupçonner à
Ellénore que j'aurais voulu renoncer à nos
projets. Elle avait compris par mes lettres qu'il
me serait difficile de quitter mon père ; elle
m'écrivit qu'elle commençait en conséquence

a. *C.* s'établir *convenablement...*

les préparatifs de son départ. Je fus longtemps sans combattre sa résolution ; je ne lui répondais rien de précis à ce sujet. Je lui marquais vaguement que je serais toujours charmé de la savoir, puis j'ajoutais, de la rendre heureuse : tristes équivoques, langage embarrassé que je gémissais de voir si obscur, et que je tremblais de rendre plus clair ! Je me déterminai enfin à lui parler avec franchise ; je me dis que je le devais ; je soulevai ma conscience contre ma faiblesse ; je me fortifiai de l'idée de son repos contre l'image de sa douleur. Je me promenais [a] à grands pas dans ma chambre, récitant tout haut ce que je me proposais de lui dire. Mais à peine eus-je tracé quelques lignes, que ma disposition changea : je n'envisageai plus mes paroles d'après le sens qu'elles devaient contenir, mais d'après l'effet qu'elles ne pouvaient manquer de produire ; et une puissance surnaturelle dirigeant, comme malgré moi, ma main dominée, je me bornai à lui conseiller un retard de quelques mois. Je n'avais pas dit ce que je pensais. Ma lettre ne portait aucun caractère de sincérité. Les raisonnements que j'alléguais étaient faibles, parce qu'ils n'étaient pas les véritables.

La réponse d'Ellénore fut impétueuse ; elle était indignée de mon désir de ne pas la voir. Que me demandait-elle ? De vivre inconnue

a. *C.* me *promenai...*

auprès de moi. Que pouvais-je redouter de sa présence dans une retraite ignorée, au milieu d'une grande ville où personne ne la connaissait ? Elle m'avait tout sacrifié, fortune, enfants, réputation ; elle n'exigeait d'autre prix de ses sacrifices que de m'attendre comme une humble esclave [50], de passer chaque jour avec moi quelques minutes, de jouir des moments que je pourrais lui donner. Elle s'était résignée à deux mois d'absence, non que cette absence lui parût nécessaire, mais parce que je semblais le souhaiter ; et lorsqu'elle était parvenue, en entassant péniblement les jours sur les jours, au terme que j'avais fixé moi-même, je lui proposais de recommencer ce long supplice ! Elle pouvait s'être trompée, elle pouvait avoir donné sa vie à un homme dur et aride ; j'étais le maître de mes actions; mais je n'étais pas le maître de la forcer à souffrir, délaissée par celui pour lequel elle avait tout immolé.

Ellénore suivit de près cette lettre ; elle m'informa de son arrivée. Je me rendis chez elle avec la ferme résolution de lui témoigner beaucoup de joie ; j'étais impatient de rassurer son cœur et de lui procurer, momentanément au moins, du bonheur et du calme. Mais elle avait été blessée ; elle m'examinait avec défiance : elle démêla bientôt mes efforts ; elle irrita ma fierté par ses reproches ; elle outragea mon caractère. Elle me peignit si misérable dans ma faiblesse qu'elle me révolta contre elle

encore plus que contre moi. Une fureur insensée s'empara de nous : tout ménagement fut
abjuré, toute délicatesse oubliée. On eût dit
que nous étions poussés l'un contre l'autre
par des furies[51]. Tout ce que la haine la plus
implacable avait inventé contre nous, nous nous
l'appliquions mutuellement, et ces deux êtres
malheureux qui seuls se connaissaient sur la
terre, qui seuls pouvaient se rendre justice,
se comprendre et se consoler, semblaient deux
ennemis irréconciliables, acharnés à se déchirer.

Nous nous quittâmes après une scène de
trois heures ; et, pour la première fois de la
vie, nous nous quittâmes sans explication,
sans réparation. A peine fus-je éloigné d'Ellénore qu'une douleur profonde remplaça ma
colère. Je me trouvai dans une espèce de
stupeur, tout étourdi de ce qui s'était passé.
Je me répétais mes paroles avec étonnement ;
je ne concevais pas ma conduite ; je cherchais
en moi-même ce qui avait pu m'égarer.

Il était fort tard ; je n'osai retourner chez
Ellénore. Je me promis de la voir le lendemain
de bonne heure, et je rentrai chez mon père.
Il y avait beaucoup de monde : il me fut facile,
dans une assemblée nombreuse, de me tenir à
l'écart et de déguiser mon trouble. Lorsque nous
fûmes seuls, il me dit : « On m'assure que
l'ancienne maîtresse du comte de P\*\*\* est dans[a]

a. *C.* et *L. en* cette ville.

cette ville. Je vous ai toujours laissé une
grande liberté, et je n'ai jamais rien voulu [a]
savoir sur vos liaisons ; mais il ne vous convient
pas [b], à votre âge, d'avoir une maîtresse avouée ;
et je vous avertis que j'ai pris des mesures
pour qu'elle s'éloigne [c] d'ici. » En achevant ces
mots, il me quitta. Je le suivis jusque dans sa
chambre ; il me fit signe de me retirer. « Mon
père, lui dis-je, Dieu m'est témoin que je n'ai
point [d] fait venir Ellénore. Dieu m'est témoin
que je voudrais qu'elle fût heureuse, et que je
consentirais à ce prix à ne jamais la revoir :
mais prenez garde à ce que vous ferez ;
en croyant me séparer d'elle, vous pourriez bien m'y rattacher à jamais. »

Je fis aussitôt venir chez moi un valet de
chambre qui m'avait accompagné dans mes
voyages, et qui connaissait mes liaisons avec
Ellénore. Je le chargeai de découvrir à l'instant même, s'il était possible, quelles étaient les
mesures dont mon père m'avait parlé. Il
revint au bout de deux heures. Le secrétaire
de mon père lui avait confié, sous le sceau du
secret, qu'Ellénore devait recevoir le lendemain l'ordre de partir. « Ellénore chassée !
m'écriai-je, chassée avec opprobre ! Elle qui
n'est venue ici que pour moi, elle dont j'ai

a. *C. voulu rien...*
b. *C. vous convient pas encore...*
c. *C. s'éloignât...*
d. *C. pas fait...*

déchiré le cœur, elle dont j'ai sans pitié vu couler les larmes ! Où donc reposerait-elle sa tête, l'infortunée, errante et seule dans un monde dont je lui ai ravi l'estime ? A qui dirait-elle sa douleur ? » Ma résolution fut bientôt prise [52]. Je gagnai l'homme qui me servait ; je lui prodiguai l'or et les promesses. Je commandai une chaise de poste pour six heures du matin à la porte de la ville. Je formais mille projets pour mon éternelle réunion avec Ellénore : je l'aimais plus que je ne l'avais jamais aimée ; tout mon cœur était revenu à elle ; j'étais fier de la protéger. J'étais avide de la tenir dans mes bras ; l'amour était rentré tout entier dans mon âme ; j'éprouvais une fièvre de tête, de cœur, de sens, qui bouleversait mon existence. Si, dans ce moment, Ellénore eût voulu se détacher de moi, je serais mort à ses pieds pour la retenir.

Le jour parut ; je courus chez Ellénore. Elle était couchée, ayant passé la nuit à pleurer ; ses yeux étaient encore humides, et ses cheveux étaient épars ; elle me vit entrer avec surprise. « Viens, lui dis-je, partons. » Elle voulut répondre. « Partons, repris-je. As-tu sur la terre un autre protecteur, un autre ami que moi ? mes bras ne sont-ils pas ton unique asile ? » Elle résistait. « J'ai des raisons importantes, ajoutai-je, et qui me sont personnelles. Au nom du ciel, suis-moi. » Je l'entraînai. Pendant la route je l'accablais de caresses, je la pressais sur mon cœur, je ne répondais à ses questions que par mes embrassements. Je lui dis enfin qu'ayant aperçu dans mon père l'intention de nous séparer, j'avais senti que je ne pouvais être heureux sans elle ; que je voulais lui consacrer ma vie et nous unir par tous les genres de liens. Sa reconnaissance fut d'abord extrême, mais elle démêla bientôt des contradictions dans mon récit. A force d'instance[a] elle m'arracha la vérité; sa joie disparut, sa figure se couvrit d'un sombre nuage.

« Adolphe, me dit-elle, vous vous trompez sur vous-même ; vous êtes généreux, vous vous dévouez à moi parce que je suis persécutée ; vous croyez avoir de l'amour, et vous n'avez que de la pitié. » Pourquoi prononça-t-elle ces mots funestes ? Pourquoi me révéla-t-elle un secret que je voulais ignorer ? Je m'efforçai de la rassurer, j'y parvins peut-être ; mais la vérité avait traversé mon âme ; le mouvement était détruit ; j'étais déterminé dans mon sacrifice, mais je n'en étais pas plus heureux[b] ; et déjà il y avait en moi une pensée que de nouveau j'étais réduit à cacher.

a. *C.* et *L.* A force d'*insistance*...
b. *C.* et *L.* je *n'en étais plus heureux.*

# CHAPITRE VI

Quand nous fûmes arrivés sur les frontières, j'écrivis à mon père. Ma lettre fut respectueuse, mais il y avait un fond d'amertume. Je lui savais mauvais gré d'avoir resserré mes liens en prétendant les rompre. Je lui annonçais [a] que je ne quitterais Ellénore que lorsque, convenablement fixée, elle n'aurait plus besoin de moi. Je le suppliais [b] de ne pas me forcer, en s'acharnant sur elle, à lui rester toujours attaché. J'attendis sa réponse pour prendre une détermination sur notre établissement. « Vous avez vingt-quatre ans, me répondit-il : je n'exercerai pas contre vous une autorité qui touche à son terme, et dont je n'ai jamais fait usage ; je cacherai même, autant que je le pourrai, votre étrange démarche ; je répandrai le bruit que vous êtes parti par mes ordres

a. *C. annonçai...*
b. *C. suppliai...*

et pour mes affaires. Je subviendrai libérale-
ment à vos dépenses. Vous sentirez vous-même
bientôt que la vie que vous menez n'est pas
celle qui vous convenait. Votre naissance, vos
talents, votre fortune, vous assignaient dans
le monde une autre place que celle de compagnon d'une femme sans patrie et sans aveu.
Votre lettre me prouve déjà que vous n'êtes pas
content de vous. Songez que l'on ne gagne
rien à prolonger une situation dont on rougit.
Vous consumez inutilement les plus belles
années de votre jeunesse, et cette perte est
irréparable. »

La lettre de mon père me perça de mille
coups de poignard. Je m'étais dit cent fois
ce qu'il me disait : j'avais eu cent fois honte de
ma vie s'écoulant dans l'obscurité et dans l'inaction. J'aurais mieux aimé des reproches, des
menaces ; j'aurais mis quelque gloire à résister,
et j'aurais senti la nécessité de rassembler mes
forces pour défendre Ellénore des périls qui
l'auraient assaillie. Mais il n'y avait point de
périls ; on me laissait parfaitement libre ; et
cette liberté ne me servait qu'à porter plus
impatiemment le joug que j'avais l'air de choisir.

Nous nous fixâmes à Caden[53], petite ville
de la Bohême. Je me répétai que, puisque j'avais
pris la responsabilité du sort d'Ellénore[a], il
ne fallait pas la faire souffrir. Je parvins à me

a. *C.* j'avais pris *la destinée* d'Ellénore...

contraindre ; je renfermai dans mon sein jusqu'aux moindres signes de mécontentement, et toutes les ressources de mon esprit furent employées à me créer une gaieté factice qui pût voiler ma profonde tristesse. Ce travail eut sur moi-même un effet inespéré. Nous sommes des créatures tellement mobiles, que, les sentiments que nous feignons, nous finissons par les éprouver. Les chagrins que je cachais, je les oubliais en partie. Mes plaisanteries perpétuelles dissipaient ma propre mélancolie ; et les assurances de tendresse dont j'entretenais Ellénore répandaient dans ᵃ mon cœur une émotion douce qui ressemblait presque à l'amour.

De temps en temps des souvenirs importuns venaient m'assiéger. Je me livrais, quand j'étais seul, à des accès d'inquiétude ; je formais mille plans bizarres pour m'élancer tout à coup hors de la sphère dans laquelle j'étais déplacé. Mais je repoussais ces impressions comme de mauvais rêves. Ellénore paraissait heureuse ; pouvais-je troubler son bonheur ? Près de cinq mois se passèrent de la sorte.

Un jour, je vis Ellénore agitée et cherchant à me taire une idée qui l'occupait. Après de longues sollicitations, elle me fit promettre que je ne combattrais point la résolution qu'elle avait prise, et m'avoua que M. de P\*\*\* lui avait écrit : son procès était gagné ; il se rappe-

---

a. *C. en* mon cœur...

lait avec reconnaissance les services qu'elle lui avait rendus, et leur liaison de dix années. Il lui offrait la moitié de sa fortune, non pour se réunir avec elle, ce qui n'était plus possible, mais à condition qu'elle quitterait l'homme ingrat et perfide qui les avait séparés. « J'ai répondu, me dit-elle, et vous devinez bien que j'ai refusé. » Je ne le devinais que trop. J'étais touché, mais au désespoir du nouveau sacrifice que me faisait Ellénore. Je n'osai toutefois lui rien objecter : mes tentatives en ce sens avaient toujours été tellement infructueuses ! Je m'éloignai pour réfléchir au parti que j'avais à prendre. Il m'était clair que nos liens devaient se rompre. Ils étaient douloureux pour moi, ils lui devenaient nuisibles ; j'étais le seul obstacle à ce qu'elle retrouvât un état convenable et la considération, qui, dans le monde, suit tôt ou tard l'opulence ; j'étais la seule barrière entre elle et ses enfants : je n'avais plus d'excuse à mes propres yeux. Lui céder dans cette circonstance n'était plus de la générosité, mais une coupable faiblesse. J'avais promis à mon père de redevenir libre aussitôt que je ne serais plus nécessaire à Ellénore. Il était temps enfin d'entrer dans une carrière, de commencer une vie active, d'acquérir quelques titres à l'estime des hommes, de faire un noble usage de mes facultés. Je retournai chez Ellénore, me croyant inébranlable dans le dessein de la forcer à ne pas rejeter les offres du comte de P*** et pour lui déclarer, s'il le fallait, que je n'avais plus d'amour pour elle. « Chère amie, lui dis-je, on lutte quelque temps contre sa destinée, mais on finit toujours par céder. Les lois de la société sont plus fortes que les volontés des hommes ; les sentiments les plus impérieux se brisent contre la fatalité des circonstances. En vain l'on s'obstine à ne consulter que son cœur ; on est condamné tôt ou tard à écouter la raison. Je ne puis vous retenir plus longtemps dans une position également indigne de vous et de moi ; je ne le puis ni pour vous ni pour moi-même. » A mesure que je parlais sans regarder Ellénore, je sentais mes idées devenir plus vagues et ma résolution faiblir. Je voulus ressaisir mes forces, et je continuai d'une voix précipitée : « Je serai toujours votre ami ; j'aurai toujours pour vous l'affection la plus profonde. Les deux années de notre liaison ne s'effaceront pas de ma mémoire ; elles seront à jamais l'époque la plus belle de ma vie. Mais l'amour, ce transport des sens, cette ivresse involontaire, cet oubli de tous les intérêts, de tous les devoirs, Ellénore, je ne l'ai plus. » J'attendis longtemps sa réponse sans lever les yeux sur elle. Lorsque enfin je la regardai, elle était immobile ; elle contemplait tous les objets comme si elle n'en eût reconnu aucun ; je pris sa main : je la trouvai froide. Elle me repoussa. « Que me voulez-vous ? me dit-elle ; ne suis-je pas seule, seule

dans l'univers, seule sans un être qui m'entende ?
Qu'avez-vous encore à me dire ? ne m'avez-
vous pas tout dit ? tout n'est-il pas fini, fini
sans retour ? Laissez-moi, quittez-moi ; n'est-
ce pas là ce que vous désirez ? » Elle voulut
s'éloigner, elle chancela ; j'essayai de la retenir,
elle tomba sans connaissance à mes pieds ;
je la relevai, je l'embrassai, je rappelai ses
sens. « Ellénore, m'écriai-je, revenez à vous,
revenez à moi ; je vous aime d'amour, de
l'amour le plus tendre, je vous avais trompée
pour que vous fussiez plus libre dans votre
choix. » Crédulités du cœur, vous êtes inexpli-
cables ! Ces simples paroles, démenties par
tant de paroles précédentes, rendirent Ellénore
à la vie et à la confiance ; elle me les fit répéter
plusieurs fois : elle semblait respirer avec
avidité. Elle me crut : elle s'enivra de son
amour, qu'elle prenait pour le nôtre ; elle
confirma sa réponse au comte de P***, et je
me vis plus engagé que jamais.

Trois mois après, une nouvelle possibilité
de changement s'annonça dans la situation
d'Ellénore. Une de ces vicissitudes communes
dans les républiques que des factions agitent
rappela son père en Pologne, et le rétablit
dans ses biens. Quoiqu'il ne connût qu'à peine
sa fille, que sa mère avait emmenée en France
à l'âge de trois ans, il désira la fixer auprès de
lui. Le bruit des aventures d'Ellénore ne lui
était parvenu que vaguement en Russie, où,

pendant son exil, il avait toujours habité.
Ellénore était son enfant unique : il avait peur
de l'isolement, il voulait être soigné : il ne
chercha qu'à découvrir la demeure de sa fille,
et, dès qu'il l'eut apprise, il l'invita vivement à
venir le joindre. Elle ne pouvait avoir d'attachement réel pour un père qu'elle ne se souve-
nait pas d'avoir vu. Elle sentait néanmoins qu'il
était de son devoir d'obéir ; elle assurait de
la sorte à ses enfants une grande fortune, et
remontait elle-même au rang que lui avaient
ravi ses malheurs et sa conduite ; mais elle
me déclara positivement qu'elle n'irait en
Pologne que si je l'accompagnais. « Je ne suis
plus, me dit-elle, dans l'âge où l'âme s'ouvre à
des impressions nouvelles [a]. Mon père est un
inconnu pour moi. Si je reste ici, d'autres
l'entoureront avec empressement ; il en sera
tout aussi heureux. Mes enfants auront la
fortune de M. de P***. Je sais bien que je serai
généralement blâmée ; je passerai pour une
fille ingrate et pour une mère peu sensible :
mais j'ai trop souffert ; je ne suis plus assez
jeune pour que l'opinion du monde ait une
grande puissance sur moi. S'il y a dans ma
résolution quelque chose de dur, c'est à vous,
Adolphe, que vous devez vous en prendre. Si
je pouvais me faire illusion sur vous [b], je consen-

a. *C.* dans l'âge où *l'on forme des liens nouveaux.*
b. *C.* sur vous, *si vous aviez pour moi de l'amour*, je
consentirais...

tirais peut-être à une absence, dont l'amertume serait diminuée par la perspective d'une réunion douce et durable ; mais[a] vous ne demanderiez pas mieux que de me supposer à deux cents lieues de vous, contente et tranquille ; au sein de ma famille et de l'opulence. Vous m'écririez là-dessus des lettres raisonnables que je vois d'avance ; elles déchireraient mon cœur ; je ne veux pas m'y exposer. Je n'ai pas la consolation de me dire que, par le sacrifice de toute ma vie, je sois parvenue à vous inspirer le sentiment que je méritais ; mais enfin vous l'avez accepté, ce sacrifice. Je souffre déjà suffisamment par l'aridité de vos manières et la sécheresse de nos rapports ; je subis ces souffrances que vous m'infligez ; je ne veux pas en braver de volontaires. »

Il y avait dans la voix et dans le ton d'Ellénore je ne sais quoi d'âpre et de violent qui annonçait plutôt une détermination ferme qu'une émotion profonde ou touchante. Depuis quelque temps elle s'irritait d'avance lorsqu'elle me demandait quelque chose, comme si je le lui avais déjà refusé. Elle disposait de mes actions, mais elle savait que mon jugement les démentait. Elle aurait voulu pénétrer dans le sanctuaire intime

---

a. *C.* mais *au point où nous sommes, toute séparation entre nous serait une séparation éternelle. Vous n'êtes retenu près de moi que par la crainte de ma douleur. Vous ne demanderez* pas mieux...

de ma pensée pour y briser une opposition
sourde qui la révoltait contre moi. Je lui parlai
de ma situation, du vœu de mon père, de
mon propre désir ; je priai, je m'emportai.
Ellénore fut inébranlable. Je voulus réveiller sa
générosité, comme si l'amour n'était pas de tous
les sentiments le plus égoïste, et, par conséquent,
lorsqu'il est blessé, le moins généreux. Je
tâchai par un effort bizarre de l'attendrir sur
le malheur que j'éprouvais en restant près d'elle ;
je ne parvins qu'à l'exaspérer. Je lui promis
d'aller la voir en Pologne ; mais elle ne vit
dans mes promesses, sans épanchement et
sans abandon, que l'impatience de la quitter.

La première année de notre séjour à Caden
avait atteint son terme, sans que rien changeât
dans notre situation. Quand Ellénore me trouvait sombre ou abattu, elle s'affligeait d'abord,
se blessait ensuite, et m'arrachait par ses
reproches l'aveu de la fatigue que j'aurais voulu
déguiser. De mon côté, quand Ellénore paraissait contente, je m'irritais de la voir jouir d'une
situation qui me coûtait mon bonheur, et je
la troublais dans cette courte jouissance par
des insinuations qui l'éclairaient sur ce que
j'éprouvais intérieurement. Nous nous atta-
quions donc tour à tour par des phrases indi-
rectes, pour reculer ensuite dans des protestations générales et de vagues justifications, et
pour regagner le silence. Car nous savions si
bien mutuellement tout ce que nous allions

nous dire que nous nous taisions pour ne pas l'entendre. Quelquefois l'un de nous était prêt à céder [a], mais nous manquions le moment favorable pour nous rapprocher. Nos cœurs défiants et blessés [b] ne se rencontraient plus.

Je me demandais souvent pourquoi je restais dans un état si pénible : je me répondais que, si je m'éloignais d'Ellénore, elle me suivrait, et que j'aurais provoqué un nouveau sacrifice. Je me dis enfin qu'il fallait la satisfaire [c] une dernière fois, et qu'elle ne pourrait plus rien exiger quand je l'aurais replacée au milieu de sa famille. J'allais lui proposer de la suivre en Pologne, quand elle reçut la nouvelle que son père était mort subitement. Il l'avait instituée son unique héritière, mais son testament était contredit par des lettres postérieures que des parents éloignés menaçaient de faire valoir. Ellénore, malgré le peu de relations qui subsistaient entre elle et son père fut douloureusement affectée de cette mort : elle se reprocha de l'avoir abandonné. Bientôt elle m'accusa de sa faute. « Vous m'avez fait manquer, me dit-elle, à un devoir sacré. Maintenant il ne s'agit que de ma fortune : je vous l'immolerai plus

a. *C*. céder. *Ellénore aurait voulu partir seule, si j'avais pu la rassurer. J'aurais voulu partir avec elle, si elle avait pu me convaincre.* Mais nous manquions *tour à tour* le moment...

b. *C*. défiants et blessés (manque).

c. *C*. la *contenter...*

facilement encore. Mais, certes, je n'irai pas
seule dans un pays où je n'ai que des ennemis
à rencontrer. — Je n'ai voulu, lui répondis-je,
vous faire manquer à aucun devoir ; j'aurais
désiré, je l'avoue, que vous daignassiez réfléchir
que, moi aussi, je trouvais pénible de manquer
aux miens ; je n'ai pu obtenir de vous cette
justice. Je me rends, Ellénore : votre intérêt
l'emporte sur toute autre considération. Nous
partirons ensemble quand vous le voudrez. »
    Nous nous mîmes effectivement en route.
Les distractions du voyage, la nouveauté des
objets, les efforts que nous faisions sur nous-
mêmes ramenaient de temps en temps entre
nous quelques restes d'intimité. La longue
habitude que nous avions l'un de l'autre, les
circonstances variées que nous avions par-
courues ensemble avaient attaché à chaque
parole, presque à chaque geste, des souvenirs
qui nous replaçaient tout à coup dans le passé,
et nous remplissaient d'un attendrissement
involontaire, comme les éclairs traversent la
nuit [a] sans la dissiper. Nous vivions, pour ainsi
dire, d'une espèce de mémoire du cœur, assez
puissante pour que l'idée de nous séparer nous
fût douloureuse, trop faible pour que nous
trouvassions du bonheur à être unis. Je me
livrais à ces émotions, pour me reposer de ma
contrainte habituelle. J'aurais voulu donner à

a. *C.* la nuit *obscure...*

Ellénore des témoignages de tendresse qui la contentassent ; je reprenais quelquefois avec elle le langage [a] de l'amour ; mais ces émotions et ce langage [b] ressemblaient à ces feuilles pâles et décolorées qui, par un reste de végétation funèbre, croissent [c] languissamment sur les branches d'un arbre déraciné.

a. *C. la langue...*
b. *C. cette langue...*
c. *C.* croissent *encore* languissamment...

# CHAPITRE VII

Ellénore obtint dès son arrivée d'être rétablie dans la jouissance des biens qu'on lui disputait, en s'engageant à n'en pas disposer que son procès ne fût décidé. Elle s'établit dans une des possessions de son père. Le mien, qui n'abordait jamais avec moi dans ses lettres aucune question directement, se contenta de les remplir d'insinuations contre mon voyage. « Vous m'aviez mandé, me disait-il, que vous ne partiriez pas. Vous m'aviez développé longuement toutes les raisons que vous aviez de ne pas partir ; j'étais, en conséquence, bien convaincu que vous partiriez. Je ne puis que vous plaindre de ce qu'avec votre esprit d'indépendance, vous faites toujours ce que vous ne voulez pas. Je ne juge point, au reste, d'une situation qui ne m'est qu'imparfaitement connue. Jusqu'à présent vous m'aviez paru le protecteur d'Ellénore, et sous ce rapport il y avait dans vos procédés quelque chose de noble, qui relevait votre caractère, quel que fût l'objet auquel vous vous attachiez. Aujourd'hui, vos relations ne sont plus les mêmes ; ce n'est plus vous qui la protégez, c'est elle qui vous protège ; vous vivez chez elle, vous êtes un étranger qu'elle introduit dans sa famille. Je ne prononce point sur une position que vous choisissez ; mais comme elle peut avoir ses inconvénients, je voudrais les diminuer autant qu'il est en moi. J'écris au baron de T***, notre ministre dans le pays où vous êtes, pour vous recommander à lui ; j'ignore s'il vous conviendra de faire usage de cette recommandation ; n'y voyez au moins qu'une preuve de mon zèle, et nullement une atteinte à l'indépendance que vous avez toujours su défendre avec succès contre votre père. »

J'étouffai les réflexions que ce style faisait naître en moi. La terre que j'habitais avec Ellénore était située à peu de distance de Varsovie ; je me rendis dans cette ville, chez le baron de T*** [54]. Il me reçut avec amitié, me demanda les causes de mon séjour en Pologne, me questionna sur mes projets : je ne savais trop que lui répondre. Après quelques minutes d'une conversation embarrassée : « Je vais, me dit-il, vous parler avec franchise : je connais les motifs qui vous ont amené dans ce pays, votre père me les a mandés ; je vous dirai même que je les comprends : il n'y a pas d'homme qui ne se

soit, une fois dans sa vie, trouvé tiraillé par le
désir de rompre une liaison inconvenable et
la crainte d'affliger une femme qu'il avait
aimée. L'inexpérience de la jeunesse fait que
l'on s'exagère beaucoup les difficultés d'une
position pareille ; on se plaît à croire à la vérité
de toutes ces démonstrations de douleur, qui
remplacent, dans un sexe faible et emporté,
tous les moyens de la force et tous ceux de la
raison. Le cœur en souffre, mais l'amour-
propre s'en applaudit ; et tel homme qui pense
de bonne foi s'immoler au désespoir qu'il a
causé ne se sacrifie dans le fait qu'aux illusions
de sa propre vanité. Il n'y a pas une de ces
femmes passionnées dont le monde est plein
qui n'ait protesté qu'on la ferait mourir en
l'abandonnant ; il n'y en a pas une qui ne soit
encore en vie et qui ne soit consolée[55]. » Je
voulus l'interrompre. « Pardon, me dit-il [a],
mon jeune ami, si je m'exprime avec trop peu
de ménagement : mais le bien qu'on m'a dit
de vous, les talents que vous annoncez, la
carrière que vous devriez [b] suivre, tout me fait
une loi de ne rien vous déguiser. Je lis dans
votre âme, malgré vous et mieux que vous ;
vous n'êtes plus amoureux de la femme qui
vous domine et qui vous traîne après elle ; si
vous l'aimiez encore, vous ne seriez pas venu

a. *C. reprit-il...*
b. *C. devez...*

chez moi. Vous saviez que votre père m'avait
écrit ; il vous était aisé de prévoir ce que j'avais
à vous dire : vous n'avez pas été fâché d'entendre de ma bouche des raisonnements que
vous vous répétez sans cesse à vous-même, et
toujours inutilement. La réputation d'Ellénore
est loin d'être intacte. — Terminons, je vous
prie, répondis-je [a], une conversation inutile.
Des circonstances malheureuses ont pu disposer
des premières années d'Ellénore ; on peut la
juger défavorablement sur des apparences men-
songères : mais je la connais depuis trois ans,
et il n'existe pas sur la terre une âme plus élevée,
un caractère plus noble, un cœur plus pur et
plus généreux. — Comme vous voudrez,
répliqua-t-il ; mais ce sont des nuances que
l'opinion n'approfondit pas. Les faits sont
positifs, ils sont publics ; en m'empêchant de les
rappeler, pensez-vous les détruire ? Écoutez,
poursuivit-il, il faut dans ce monde savoir ce
qu'on veut. Vous n'épouserez pas Ellénore ? —
Non, sans doute, m'écriai-je ; elle-même ne
l'a jamais désiré. — Que voulez-vous donc
faire ? Elle a dix ans de plus que vous ; vous
en avez vingt-six ; vous la soignerez dix ans
encore ; elle sera vieille ; vous serez parvenu
au milieu de votre vie, sans avoir rien commencé, rien achevé [b] qui vous satisfasse. L'ennui

a. *C.* répondis-je *avec impatience...*
b. *C. rien achevé, rien commencé...*

s'emparera de vous, l'humeur s'emparera d'elle ;
elle vous sera chaque jour moins agréable, vous
lui serez chaque jour plus nécessaire ; et le
résultat d'une naissance illustre, d'une fortune brillante, d'un esprit distingué, sera de
végéter dans un coin de la Pologne, oublié
de vos amis, perdu pour la gloire, et tourmenté
par une femme qui ne sera, quoi que vous fassiez, jamais contente de vous. Je n'ajoute
qu'un mot, et nous ne reviendrons plus sur un
sujet qui vous embarrasse. Toutes les routes
vous sont ouvertes : les lettres, les armes,
l'administration ; vous pouvez aspirer aux plus
illustres alliances ; vous êtes fait pour aller à
tout : mais souvenez-vous bien qu'il y a, entre
vous et tous les genres de succès, un obstacle
insurmontable, et que cet obstacle est Ellénore.
— J'ai cru vous devoir, monsieur, lui répondis-
je, de vous écouter en silence ; mais je me dois
aussi de vous déclarer que vous ne m'avez point
ébranlé. Personne que moi, je le répète, ne
peut juger Ellénore ; personne n'apprécie assez
la vérité de ses sentiments et la profondeur de
ses impressions. Tant qu'elle aura besoin de
moi, je resterai près d'elle. Aucun succès ne me
consolerait de la laisser malheureuse ; et dussé-
je borner ma carrière à lui servir d'appui, à la
soutenir dans ses peines, à l'entourer de mon
affection contre l'injustice d'une opinion qui
la méconnaît, je croirais encore n'avoir pas
employé ma vie inutilement. »

Je sortis en achevant ces paroles : mais qui m'expliquera par quelle mobilité le sentiment qui me les dictait s'éteignit avant même que j'eusse fini de les prononcer ? Je voulus, en retournant à pied, retarder le moment de revoir cette Ellénore que je venais de défendre; je traversai précipitamment la ville ; il me tardait de me trouver seul.

Arrivé au milieu de la campagne, je ralentis ma marche, et mille pensées m'assaillirent. Ces mots funestes : « Entre tous les genres de succès et vous, il existe un obstacle insurmontable, et cet obstacle c'est Ellénore », retentissaient autour de moi. Je jetais un long et triste regard sur le temps qui venait de s'écouler sans retour ; je me rappelais les espérances de ma jeunesse, la confiance avec laquelle je croyais autrefois commander à l'avenir, les éloges accordés à mes premiers essais, l'aurore de réputation que j'avais vue briller et disparaître. Je me répétais les noms de plusieurs de mes compagnons d'étude, que j'avais traités avec un dédain superbe, et qui, par le seul effet d'un travail opiniâtre et d'une vie régulière, m'avaient laissé loin derrière eux dans la route de la fortune, de la considération et de la gloire : j'étais oppressé de mon inaction. Comme les avares se représentent dans les trésors qu'ils entassent tous les biens que ces trésors pourraient acheter, j'apercevais dans Ellénore la privation de tous les succès auxquels j'aurais

pu prétendre. Ce n'était pas une carrière seule
que je regrettais : comme je n'avais essayé
d'aucune, je les regrettais toutes. N'ayant jamais
employé mes forces, je les imaginais sans bornes,
et je les maudissais ; j'aurais voulu que la
nature m'eût créé faible et médiocre, pour me
préserver au moins du remords de me dégrader
volontairement. Toute louange, toute approbation pour mon esprit ou mes connaissances,
me semblaient un reproche insupportable :
je croyais entendre admirer les bras vigoureux
d'un athlète chargé de fers au fond d'un cachot.
Si je voulais ressaisir mon courage, me dire
que l'époque de l'activité n'était pas encore
passée, l'image d'Ellénore s'élevait devant moi
comme un fantôme, et me repoussait dans le
néant ; je ressentais contre elle des accès de
fureur [a], et, par un mélange bizarre, cette
fureur [b] ne diminuait en rien la terreur que
m'inspirait l'idée de l'affliger.

Mon âme, fatiguée de ces sentiments amers,
chercha tout à coup un refuge dans des sentiments contraires. Quelques mots, prononcés
au hasard par le baron de T*** sur la possibilité
d'une alliance douce et paisible, me servirent
à me créer l'idéal d'une compagne [c]. Je réfléchis
au repos, à la considération, à l'indépendance

a. *C.* des accès de *haine*...
b. *C.* cette *haine*...
c. *C.* d'une compagne *chérie*.

même que m'offrirait un sort pareil ; car les
liens que je traînais depuis si longtemps me
rendaient plus dépendant mille fois que n'aurait pu le faire une union reconnue et cons-
tatée[56]. J'imaginais la joie de mon père ;
j'éprouvais un désir impatient de reprendre
dans ma patrie et dans la société de mes égaux
la place qui m'était due ; je me représentais
opposant une conduite austère et irréprochable à tous les jugements qu'une malignité
froide et frivole avait prononcés contre moi,
à tous les reproches dont m'accablait Ellénore.

« Elle m'accuse sans cesse, disais-je, d'être
dur, d'être ingrat, d'être sans pitié. Ah ! si
le ciel m'eût accordé une femme que les convenances sociales me permissent d'avouer, que
mon père ne rougît pas d'accepter pour fille,
j'aurais été mille fois heureux de la rendre
heureuse. Cette sensibilité que l'on méconnaît
parce qu'elle est souffrante et froissée, cette
sensibilité dont on exige impérieusement des
témoignages que mon cœur refuse à l'emportement et à la menace, qu'il me serait doux
de m'y livrer avec l'être chéri compagnon d'une
vie régulière et respectée ! Que n'ai-je pas fait
pour Ellénore ? Pour elle j'ai quitté mon pays
et ma famille ; j'ai pour elle affligé le cœur d'un
vieux père qui gémit encore loin de moi ;
pour elle j'habite ces lieux où ma jeunesse
s'enfuit solitaire, sans gloire, sans honneur
et sans plaisir : tant de sacrifices faits sans devoir

et sans amour ne prouvent-ils pas ce que
l'amour et le devoir me rendraient capable de
faire ? Si je crains tellement la douleur d'une
femme qui ne me domine que par sa douleur,
avec quel soin j'écarterais toute affliction, toute
peine, de celle à qui je pourrais hautement me
vouer[a] sans remords et sans réserve ! Combien
alors on me verrait différent de ce que je suis !
Comme cette amertume dont on me fait un
crime, parce que la source en est inconnue,
fuirait rapidement loin de moi ! Combien je
serais reconnaissant pour le ciel et bienveillant
pour les hommes ! »

Je parlais ainsi ; mes yeux se mouillaient
de larmes, mille souvenirs rentraient comme
par torrents dans mon âme : mes relations
avec Ellénore m'avaient rendu tous ces souvenirs odieux. Tout ce qui me rappelait mon
enfance, les lieux où s'étaient écoulées mes
premières années, les compagnons de mes
premiers jeux, les vieux parents qui m'avaient
prodigué les premières marques d'intérêt, me
blessait et me faisait mal ; j'étais réduit à
repousser, comme des pensées coupables, les
images les plus attrayantes et les vœux les
plus naturels. La compagne que mon imagination m'avait soudain créée s'alliait au contraire à toutes ces images et sanctionnait tous
ces vœux ; elle s'associait à tous mes devoirs,

---

a. *C. me vouer hautement...*

à tous mes plaisirs, à tous mes goûts ; elle rattachait ma vie actuelle à cette époque de ma jeunesse où l'espérance ouvrait devant moi un si vaste avenir, époque dont Ellénore m'avait séparé par un abîme. Les plus petits détails, les plus petits objets se retraçaient à ma mémoire ; je revoyais l'antique château que j'avais habité avec mon père, les bois qui l'entouraient, la rivière qui baignait le pied de ses murailles, les montagnes qui bordaient son horizon ; toutes ces choses me paraissaient tellement présentes, pleines d'une telle vie, qu'elles me causaient un frémissement que j'avais peine à supporter ; et mon imagination plaçait à côté d'elles une créature innocente et jeune qui les embellissait, qui les animait par l'espérance. J'errais plongé dans cette rêverie, toujours sans plan fixe, ne me disant point qu'il fallait rompre avec Ellénore, n'ayant de la réalité qu'une idée [a] sourde et confuse, et dans l'état d'un homme accablé de peine, que le sommeil a consolé par un songe, et qui pressent que ce songe va finir. Je découvris tout à coup le château d'Ellénore, dont insensiblement je m'étais rapproché ; je m'arrêtai ; je pris une autre route : j'étais heureux de retarder le moment où j'allais entendre de nouveau sa voix

Le jour s'affaiblissait : le ciel était serein ;

a. *C.* qu'une *impression...*

la campagne devenait déserte ; les travaux des hommes avaient cessé, ils abandonnaient la nature à elle-même. Mes pensées prirent graduellement une teinte plus grave et plus imposante. Les ombres de la nuit qui s'épaississaient à chaque instant, le vaste silence qui m'environnait et qui n'était interrompu que par des bruits rares et lointains, firent succéder à mon agitation un sentiment plus calme et plus solennel. Je promenais mes regards sur l'horizon grisâtre dont je n'apercevais plus les limites, et qui par là même me donnait, en quelque sorte, la sensation de l'immensité. Je n'avais rien éprouvé de pareil depuis longtemps : sans cesse absorbé dans des réflexions toujours personnelles, la vue toujours fixée sur ma situation, j'étais devenu étranger à toute idée générale[57] ; je ne m'occupais que d'Ellénore et de moi ; d'Ellénore qui ne m'inspirait qu'une pitié mêlée de fatigue ; de moi, pour qui je n'avais plus aucune estime. Je m'étais rapetissé, pour ainsi dire, dans un nouveau genre d'égoïsme, dans un égoïsme sans courage, mécontent et humilié ; je me sus bon gré de renaître à des pensées d'un autre ordre, et de me retrouver la faculté de m'oublier moi-même, pour me livrer à des méditations désintéressées : mon âme semblait se relever d'une dégradation longue et honteuse.

La nuit presque entière s'écoula ainsi. Je marchais au hasard ; je parcourus des champs, des bois, des hameaux où tout était immobile. De temps en temps, j'apercevais dans quelque habitation éloignée une pâle lumière qui perçait l'obscurité. « Là, me disais-je, là, peut-être, quelque infortuné s'agite sous la douleur, ou lutte contre la mort; mystère inexplicable dont une expérience journalière paraît n'avoir pas encore convaincu les hommes ; terme assuré qui ne nous console ni ne nous apaise, objet d'une insouciance habituelle et d'un effroi passager [a] ! Et moi aussi, poursuivais-je, je me livre à cette inconséquence insensée ! Je me révolte contre la vie, comme si la vie devait ne pas finir ! Je répands du malheur autour de moi, pour reconquérir quelques années misérables que le temps viendra bientôt m'arracher ! Ah ! renonçons à ces efforts inutiles ; jouissons de voir ce temps s'écouler, mes jours se précipiter les uns sur les autres ; demeurons immobile, spectateur indifférent [b] d'une existence à demi passée ; qu'on s'en empare, qu'on la déchire [c], on n'en prolongera pas la durée ! vaut-il la peine de la disputer ? [58] »

L'idée de la mort a toujours eu sur moi beaucoup d'empire. Dans mes affections [d] les plus

a. *P.* effroi passager. (Pas de !).
b. *C.* et *L. immobiles, spectateurs indifférents...*
c. *C.* et *L.* qu'on la déchire *!* on n'en prolongera pas la durée *: ...*
d. *C. L.* et *P.* donnent *afflictions : afflictions* ayant été récrit par Benjamin Constant sur *affections* dans *C.*

vives, elle a toujours suffi pour me calmer
aussitôt ; elle produisit sur mon âme son effet
accoutumé ; ma disposition pour Ellénore
devint moins amère. Toute mon irritation
disparut ; il ne me restait de l'impression de
cette nuit de délire qu'un sentiment doux et
presque tranquille : peut-être la lassitude physique que j'éprouvais contribuait-elle à cette
tranquillité.

Le jour allait renaître ; je distinguais déjà
les objets. Je reconnus que j'étais assez loin
de la demeure d'Ellénore. Je me peignis son
inquiétude, et je me pressais pour arriver près
d'elle, autant que la fatigue pouvait me le
permettre, lorsque je rencontrai un homme à
cheval, qu'elle avait envoyé pour me chercher.
Il me raconta qu'elle était depuis douze heures
dans les craintes les plus vives ; qu'après être
allée à Varsovie, et avoir parcouru les environs,
elle était revenue chez elle dans un état inexprimable d'angoisse, et que de toutes parts les
habitants du village étaient répandus dans la
campagne pour me découvrir. Ce récit me
remplit d'abord d'une impatience assez pénible.
Je m'irritais de me voir soumis par Ellénore
à une surveillance importune. En vain me
répétais-je que son amour seul en était la cause ;
cet amour n'était-il pas aussi la cause de tout
mon malheur ? Cependant je parvins à vaincre
ce sentiment que je me reprochais. Je la savais
alarmée et souffrante. Je montai à cheval. Je

franchis avec rapidité la distance qui nous séparait. Elle me reçut avec des transports de joie. Je fus ému de son émotion. Notre conversation fut courte, parce que bientôt elle songea que je devais avoir besoin de repos ; et je la quittai, cette fois du moins, sans avoir rien dit qui pût affliger son cœur.

# CHAPITRE VIII

Le lendemain je me relevai poursuivi des mêmes idées qui m'avaient agité la veille. Mon agitation redoubla les jours suivants ; Ellénore voulut inutilement en pénétrer la cause : je répondais par des monosyllabes contraints à ses questions impétueuses ; je me raidissais contre son insistance [a], sachant trop qu'à ma franchise succéderait sa douleur, et que sa douleur m'imposerait une dissimulation nouvelle.

Inquiète et surprise, elle recourut à l'une de ses amies [59] pour découvrir le secret qu'elle m'accusait de lui cacher ; avide de se tromper elle-même, elle cherchait un fait où il n'y avait qu'un sentiment. Cette amie m'entretint de mon humeur bizarre, du soin que je mettais à repousser toute idée d'un lien durable, de mon inexplicable soif de rupture et d'isolement.

a. *P. instance...*

Je l'écoutai longtemps en silence ; je n'avais dit jusqu'à ce moment à personne que je n'aimais plus Ellénore ; ma bouche répugnait à cet aveu qui me semblait une perfidie. Je voulus pourtant me justifier ; je racontai mon histoire avec ménagement, en donnant beaucoup d'éloges à Ellénore, en convenant des inconséquences de ma conduite, en les rejetant sur les difficultés de notre situation, et sans me permettre une parole qui prononçât clairement que la difficulté véritable était de ma part l'absence de l'amour. La femme qui m'écoutait fut émue de mon récit : elle vit de la générosité dans ce que j'appelais de la faiblesse, du malheur dans ce que je nommais de la dureté. Les mêmes explications qui mettaient en fureur Ellén_gre passionnée, portaient la conviction dans l'esprit de son impartiale amie. On est si juste lorsque l'on est désintéressé ! Qui que vous soyez, ne remettez jamais à un autre les intérêts de votre cœur ; le cœur seul peut plaider sa cause : il sonde seul ses blessures ; tout intermédiaire devient un juge ; il analyse, il transige, il conçoit l'indifférence ; il l'admet comme possible, il la reconnaît pour inévitable ; par là même il l'excuse, et l'indifférence se trouve ainsi, à sa grande surprise, légitime a à ses propres yeux. Les reproches d'Ellénore m'avaient persuadé que j'étais coupable ; j'ap-

a. C. *L.* et *P. légitimée...*

pris de celle qui croyait la défendre que je n'étais que malheureux. Je fus entraîné à l'aveu complet de mes sentiments : je convins que j'avais pour Ellénore du dévouement, de la sympathie, de la pitié ; mais j'ajoutai que l'amour n'entrait pour rien dans les devoirs que je m'imposais. Cette vérité, jusqu'alors renfermée dans mon cœur, et quelquefois seulement révélée à Ellénore au milieu du trouble et de la colère, prit à mes propres yeux plus de réalité et de force par cela seul qu'un autre en était devenu dépositaire. C'est un grand pas, c'est un pas irréparable, lorsqu'on dévoile tout à coup aux yeux d'un tiers les replis cachés d'une relation intime ; le jour qui pénètre dans ce sanctuaire constate et achève les destructions que la nuit enveloppait de ses ombres : ainsi les corps renfermés dans les tombeaux conservent souvent leur première forme, jusqu'à ce que l'air extérieur vienne les frapper et les réduire en poudre.

L'amie d'Ellénore me quitta : j'ignore quel compte elle lui rendit de notre conversation, mais, en approchant du salon, j'entendis Ellénore qui parlait d'une voix très animée ; en m'apercevant, elle se tut. Bientôt elle reproduisit sous diverses formes des idées générales, qui n'étaient que des attaques particulières. « Rien n'est plus bizarre, disait-elle, que le zèle de certaines amitiés ; il y a des gens qui s'empressent de se charger de vos intérêts pour mieux abandonner votre cause ; ils appellent cela de l'attachement : j'aimerais mieux de la haine. » Je compris facilement que l'amie d'Ellénore avait embrassé mon parti contre elle, et l'avait irritée en ne paraissant pas me juger assez coupable. Je me sentis ainsi d'intelligence avec un autre contre Ellénore : c'était entre nos cœurs une barrière de plus.

Quelques jours après, Ellénore alla plus loin : elle était incapable de tout empire sur elle-même ; dès qu'elle croyait avoir un sujet de plainte, elle marchait droit à l'explication, sans ménagement et sans calcul, et préférait[a] le danger de rompre à la contrainte de dissimuler. Les deux amies se séparèrent à jamais brouillées.

« Pourquoi mêler des étrangers à nos discussions intimes ? dis-je à Ellénore. Avons-nous besoin d'un tiers pour nous entendre ? et si nous ne nous entendons plus, quel tiers pourrait y porter remède ? — Vous avez raison, me répondit-elle : mais c'est votre faute ; autrefois je ne m'adressais à personne pour arriver jusqu'à votre cœur. »

Tout à coup Ellénore annonça le projet de changer son genre de vie. Je démêlai par ses discours qu'elle attribuait à la solitude dans laquelle nous vivions le mécontentement qui me dévorait : elle épuisait toutes les explica-

a. *C. L.* et *P. préférant...*

tions fausses avant de se résigner à la véritable. Nous passions tête à tête de monotones soirées entre le silence et l'humeur ; la source des longs entretiens était tarie.

Ellénore résolut d'attirer chez elle les familles nobles qui résidaient dans son voisinage ou à Varsovie. J'entrevis facilement les obstacles et les dangers de ses tentatives. Les parents qui lui disputaient son héritage avaient révélé ses erreurs passées, et répandu contre elle mille bruits calomnieux. Je frémis des humiliations qu'elle allait braver, et je tâchai de la dissuader de cette entreprise. Mes représentations furent inutiles ; je blessai sa fierté par mes craintes, bien que je ne les exprimasse qu'avec ménagement. Elle supposa que j'étais embarrassé de nos liens, parce que son existence était équivoque ; elle n'en fut que plus empressée à reconquérir une place honorable dans le monde : ses efforts obtinrent quelque [a] succès. La fortune dont elle jouissait, sa beauté, que le temps n'avait encore que légèrement diminuée, le bruit même de ses aventures, tout en elle excitait la curiosité. Elle se vit entourée bientôt d'une société nombreuse ; mais elle était poursuivie d'un sentiment secret d'embarras et d'inquiétude. J'étais mécontent de ma situation, elle s'imaginait que je l'étais de la sienne ; elle s'agitait pour en sortir ; son désir ardent ne

a. *L. P. quelques...*

lui permettait point de calcul, sa position
fausse jetait de l'inégalité dans sa conduite et
de la précipitation dans ses démarches. Elle
avait l'esprit juste, mais peu étendu ; la justesse
de son esprit était dénaturée par l'emportement
de son caractère, et son peu d'étendue l'empêchait d'apercevoir la ligne la plus habile,
et de saisir des nuances délicates [60]. Pour la
première fois elle avait un but ; et comme elle
se précipitait vers ce but, elle le manquait.
Que de dégoûts elle dévora sans me les communiquer ! que de fois je rougis pour elle sans
avoir la force de le lui dire ! Tel est, parmi les
hommes, le pouvoir de la réserve et de la
mesure, que je l'avais vue plus respectée
par les amis du comte de P*** comme sa maîtresse, qu'elle ne l'était par ses voisins comme
héritière d'une grande fortune, au milieu de
ses vassaux. Tour à tour haute et suppliante,
tantôt prévenante, tantôt susceptible, il y avait
dans ses actions et dans ses paroles je ne sais
quelle fougue destructive de la considération
qui ne se compose que du calme.

En relevant ainsi les défauts d'Ellénore,
c'est moi que j'accuse et que je condamne. Un
mot de moi l'aurait calmée : pourquoi n'ai-je
pu prononcer ce mot ?

Nous vivions cependant plus doucement
ensemble ; la distraction nous soulageait de
nos pensées habituelles. Nous n'étions seuls
que par intervalles ; et comme nous avions

l'un dans l'autre une confiance sans nombre [a], excepté sur nos sentiments intimes, nous mettions les observations et les faits à la place de ces sentiments, et nos conversations avaient repris quelque charme. Mais bientôt ce nouveau genre de vie devint pour moi la source d'une nouvelle perplexité. Perdu dans la foule qui environnait Ellénore, je m'aperçus que j'étais l'objet de l'étonnement et du blâme. L'époque approchait où son procès devait être jugé : ses adversaires prétendaient qu'elle avait aliéné le cœur paternel par des égarements sans nombre ; ma présence venait à l'appui de leurs assertions. Ses amis me reprochaient de lui faire tort. Ils excusaient sa passion pour moi ; mais ils m'accusaient d'indélicatesse : j'abusais, disaient-ils, d'un sentiment que j'aurais dû modérer. Je savais seul qu'en l'abandonnant je l'entraînerais sur mes pas, et qu'elle négligerait pour me suivre tout le soin de sa fortune et tous les calculs de la prudence. Je ne pouvais rendre le public dépositaire de ce secret ; je ne paraissais donc dans la maison d'Ellénore qu'un étranger nuisible au succès même des démarches qui allaient décider de son sort ; et, par un étrange renversement de la vérité, tandis que j'étais la victime de ses volontés inébranlables, c'était elle que l'on plaignait comme victime de mon ascendant.

a. *C.* sans *bornes* (mot rayé, puis remplacé par nombre).

Une nouvelle circonstance vint compliquer encore cette situation douloureuse [a].

Une singulière révolution s'opéra tout à coup dans la conduite et les manières d'Ellénore : jusqu'à cette époque elle n'avait paru occupée que de moi ; soudain je la vis recevoir et rechercher les hommages des hommes qui l'entouraient. Cette femme si réservée, si froide, si ombrageuse, sembla subitement changer de caractère. Elle encourageait les sentiments et même les espérances d'une foule de jeunes gens [61], dont les uns étaient séduits par sa figure, et dont quelques autres, malgré ses erreurs passées, aspiraient sérieusement à sa main ; elle leur accordait de longs tête-à-tête ; elle avait avec eux ces formes douteuses, mais attrayantes, qui ne repoussent mollement que pour retenir, parce qu'elles annoncent

a. Le texte qui commence à : *Une nouvelle circonstance vint compliquer encore cette situation douloureuse* et qui va jusqu'à : *Je me sentais chargé de nouvelles chaînes* ne se trouve que dans *C.* et dans l'édition de 1824. Il est remplacé dans *L.* et dans *P.* par ces quelques lignes.

*Le bruit de ce blâme universel parvint jusqu'à moi. Je fus indigné de cette découverte inattendue. J'avais pour une femme oublié tous les intérêts, et repoussé tous les plaisirs de la vie, et c'était moi que l'opinion condamnait.*

*Un mot me suffit pour bouleverser de nouveau la situation de la malheureuse Ellénore. Nous rentrâmes dans la solitude. Mais j'avais exigé ce sacrifice. Ellénore se croyait de nouveaux droits. Je me sentais chargé de nouvelles chaînes...*

plutôt l'indécision que l'indifférence, et des
retards que des refus. J'ai su par elle dans la
suite, et les faits me l'ont démontré, qu'elle
agissait ainsi par un calcul faux et déplorable.
Elle croyait ranimer mon amour en excitant
ma jalousie ; mais c'était agiter[a] des cendres
que rien ne pouvait réchauffer. Peut-être aussi
se mêlait-il à ce calcul, sans qu'elle s'en rendît
compte, quelque vanité de femme ; elle était
blessée de ma froideur, elle voulait se prouver
à elle-même qu'elle avait encore des moyens de
plaire. Peut-être enfin, dans l'isolement où je
laissais son cœur, trouvait-elle une sorte de
consolation à s'entendre répéter des expressions
d'amour que depuis longtemps je ne prononçais
plus.

Quoi qu'il en soit, je me trompai quelque
temps sur ses motifs. J'entrevis l'aurore de
ma liberté future ; je m'en félicitai. Tremblant
d'interrompre par quelque mouvement incon-
sidéré cette grande crise à laquelle j'attachais
ma délivrance, je devins plus doux, je parus
plus content. Ellénore prit ma douceur pour
de la tendresse, mon espoir de la voir enfin
heureuse sans moi pour le désir de la rendre
heureuse. Elle s'applaudit de son stratagème.
Quelquefois pourtant elle s'alarmait de ne me
voir aucune inquiétude ; elle me reprochait
de ne mettre aucun obstacle à ces liaisons qui,

a. *C. remuer...*

en apparence, menaçaient de me l'enlever. Je repoussais ces accusations par des plaisanteries, mais je ne parvenais pas toujours à l'apaiser ; son caractère se faisait jour à travers la dissimulation qu'elle s'était imposée. Les scènes recommençaient sur un autre terrain, mais non moins orageuses. Ellénore m'imputait ses propres torts, elle m'insinuait qu'un seul mot la ramènerait à moi tout entière ; puis, offensée de mon silence, elle se précipitait de nouveau dans la coquetterie avec une espèce de fureur.

C'est ici surtout, je le sens, que l'on m'accusera de faiblesse. Je voulais être libre, et je le pouvais avec l'approbation générale ; je le devais peut-être : la conduite d'Ellénore m'y autorisait et semblait m'y contraindre. Mais ne savais-je pas que cette conduite était mon ouvrage ? Ne savais-je pas qu'Ellénore, au fond de son cœur, n'avait pas cessé de m'aimer ? Pouvais-je la punir des imprudences que je lui faisais commettre, et, froidement hypocrite, chercher un prétexte dans ces imprudences pour l'abandonner sans pitié ?

Certes, je ne veux point m'excuser, je me condamne plus sévèrement qu'un autre peut-être ne le ferait à ma place ; mais je puis au moins me rendre ici ce solennel témoignage, que je n'ai jamais agi par calcul, et que j'ai toujours été dirigé par des sentiments vrais et naturels [62] Comment se fait-il qu'avec ces sentiments je n'aie [a] fait si longtemps que mon malheur et celui des autres ?

La société cependant m'observait avec surprise. Mon séjour chez Ellénore ne pouvait s'expliquer que par un extrême attachement pour elle, et mon indifférence sur les liens qu'elle semblait toujours prête à contracter démentait cet attachement. L'on attribua ma tolérance inexplicable à une légèreté de principes, à une insouciance pour la morale, qui annonçaient, disait-on, un homme profondément égoïste, et que le monde avait corrompu. Ces conjectures, d'autant plus propres à faire impression qu'elles étaient plus proportionnées aux âmes qui les concevaient, furent accueillies et répétées. Le bruit en parvint enfin jusqu'à moi ; je fus indigné de cette découverte inattendue : pour prix de mes longs services, j'étais méconnu, calomnié ; j'avais, pour une femme, oublié tous les intérêts et repoussé tous les plaisirs de la vie, et c'était moi que l'on [b] condamnait.

Je m'expliquai vivement avec Ellénore : un mot fit disparaître cette tourbe d'adorateurs qu'elle n'avait appelés que pour me faire craindre sa perte. Elle restreignit sa société à quelques femmes et à un petit nombre d'hommes âgés. Tout reprit autour de nous une appa-

a. *C.* je n'ai...
b. *C. l'opinion...*

rence régulière ; mais nous n'en fûmes que plus malheureux : Ellénore se croyait de nouveaux droits ; je me sentais chargé de nouvelles chaînes.

Je ne saurais peindre quelles amertumes et quelles fureurs résultèrent de nos rapports ainsi compliqués. Notre vie ne fut qu'un perpétuel orage [63] ; l'intimité perdit tous ses charmes, et l'amour toute sa douceur ; il n'y eut plus même entre nous ces retours passagers qui semblent guérir pour quelques instants d'incurables blessures. La vérité se fit jour de toutes parts, et j'empruntai, pour me faire entendre, les expressions les plus dures et les plus impitoyables. Je ne m'arrêtais que lorsque je voyais Ellénore dans les larmes, et ses larmes mêmes n'étaient qu'une lave brûlante [64] qui, tombant goutte à goutte sur mon cœur, m'arrachait des cris, sans pouvoir m'arracher un désaveu. Ce fut alors que, plus d'une fois, je la vis se lever pâle et prophétique : « Adolphe, s'écriait-elle, vous ne savez pas le mal que vous faites [a] ; vous l'apprendrez un jour, vous l'apprendrez par moi, quand vous m'aurez précipitée dans la tombe. » Malheureux ! lorsqu'elle parlait ainsi, que ne m'y suis-je jeté moi-même avant elle !

a. *C.* Adolphe, s'écriait-elle, *Dieu vous pardonne* le mal que vous *me* faites. Vous l'apprendrez...

# CHAPITRE IX

JE n'étais pas retourné chez le baron de T*** depuis ma dernière [a] visite. Un matin je reçus de lui le billet suivant :

« Les conseils que je vous avais donnés ne méritaient pas une si longue absence. Quelque parti que vous preniez sur ce qui vous regarde, vous n'en êtes pas moins le fils de mon ami le plus cher, je n'en jouirai pas moins avec plaisir de votre société, et j'en aurai beaucoup à vous introduire dans un cercle dont j'ose vous promettre qu'il vous sera agréable de faire partie. Permettez-moi d'ajouter que, plus votre genre de vie, que je ne veux point désapprouver, a quelque chose de singulier, plus il vous importe de dissiper des préventions mal fondées, sans doute, en vous montrant dans le monde. »

Je fus reconnaissant de la bienveillance

a  *C. L.* et *P. première* visite.

qu'un homme âgé me témoignait. Je me rendis
chez lui ; il ne fut point question d'Ellénore.
Le baron me retint à dîner : il n'y avait, ce
jour-là, que quelques hommes assez spirituels
et assez aimables. Je fus d'abord embarrassé,
mais je fis effort sur moi-même ; je me ranimai,
je parlai ; je déployai le plus qu'il me fut possible de l'esprit et des connaissances. Je m'a-
perçus que je réussissais à captiver l'approbation. Je retrouvai dans ce genre de succès une
jouissance d'amour-propre dont j'avais été
privé dès longtemps ; cette jouissance me
rendit la société du baron de T*** plus agréable.

Mes visites chez lui se multiplièrent. Il me
chargea de quelques travaux relatifs à sa mission, et qu'il croyait pouvoir me confier sans
inconvénient. Ellénore fut d'abord surprise
de cette révolution dans ma vie ; mais je lui
parlai de l'amitié du baron pour mon père,
et du plaisir que je goûtais à consoler ce dernier de mon absence, en ayant l'air de m'occuper utilement. La pauvre Ellénore, je l'écris
dans ce moment avec un sentiment de remords,
éprouva plus de joie de ce que je paraissais
plus tranquille, et se résigna, sans trop se
plaindre, à passer souvent la plus grande partie
de la journée séparée de moi. Le baron, de
son côté, lorsqu'un peu de confiance se fut
établie[a] entre nous, me reparla d'Ellénore.

a. *C. L.* et *P. établi...*

Mon intention positive était toujours d'en dire du bien, mais, sans m'en apercevoir, je m'exprimais sur elle d'un ton plus leste et plus dégagé : tantôt j'indiquais, par des maximes générales, que je reconnaissais la nécessité de m'en détacher ; tantôt la plaisanterie venait à mon secours ; je parlais en riant des femmes et de la difficulté de rompre avec elles. Ces discours amusaient un vieux ministre dont l'âme était usée, et qui se rappelait vaguement que, dans sa jeunesse, il avait aussi été tourmenté par des intrigues d'amour. De la sorte, par cela seul que j'avais un sentiment caché, je trompais plus ou moins tout le monde : je trompais Ellénore, car je savais que le baron voulait m'éloigner d'elle, et je le lui taisais ; je trompais M. de T***, car je lui laissais espérer que j'étais prêt à briser mes liens. Cette duplicité était fort éloignée de mon caractère naturel ; mais l'homme se déprave dès qu'il a dans le cœur une seule pensée qu'il est constamment forcé de dissimuler.

Jusqu'alors je n'avais fait connaissance chez le baron de T***, qu'avec les hommes qui composaient sa société particulière. Un jour il me proposa de rester à une grande fête qu'il donnait pour la naissance de son maître. « Vous y rencontrerez, me dit-il, les plus jolies femmes de Pologne : vous n'y trouverez pas, il est vrai, celle que vous aimez ; j'en suis fâché, mais il y a des femmes que l'on ne voit que chez elles. »

Je fus péniblement affecté de cette phrase ; je gardai le silence, mais je me reprochais intérieurement de ne pas défendre Ellénore, qui, si l'on m'eût attaqué en sa présence, m'aurait si vivement défendu.

L'assemblée était nombreuse ; on m'examinait avec attention. J'entendais répéter tout bas, autour de moi, le nom de mon père, celui d'Ellénore, celui du comte de P***. On se taisait à mon approche ; on recommençait quand je m'éloignais. Il m'était démontré que l'on se racontait mon histoire, et chacun, sans doute, la racontait à sa manière ; ma situation était insupportable ; mon front était couvert d'une sueur froide. Tour à tour je rougissais et je pâlissais.

Le baron s'aperçut de mon embarras. Il vint à moi, redoubla d'attentions et de prévenances, chercha toutes les occasions de me donner des éloges, et l'ascendant de sa considération força bientôt les autres à me témoigner les mêmes égards.

Lorsque tout le monde se fut retiré : « Je voudrais, me dit M. de T***, vous parler encore une fois à cœur ouvert. Pourquoi voulez-vous rester dans une situation dont vous souffrez ? A qui faites-vous du bien ? Croyez-vous que l'on ne sache pas ce qui se passe entre vous et Ellénore ? Tout le monde est informé de votre aigreur et de votre mécontentement réciproque. Vous vous faites du tort

par votre faiblesse, vous ne vous en faites pas
moins par votre dureté ; car, pour comble d'inconséquence, vous ne la rendez pas heureuse,
cette femme qui vous rend si malheureux. »

J'étais encore froissé de la douleur que j'avais
éprouvée. Le baron me montra plusieurs
lettres de mon père. Elles annonçaient une
affliction bien plus vive que je ne l'avais
supposée [a]. Je fus ébranlé. L'idée que je prolongeais les agitations d'Ellénore vint ajouter à
mon irrésolution. Enfin, comme si tout s'était
réuni contre elle, tandis que j'hésitais, elle-même,
par sa véhémence, acheva de me décider. J'avais
été absent tout le jour ; le baron m'avait retenu
chez lui après l'assemblée ; la nuit s'avançait.
On me remit, de la part d'Ellénore, une lettre
en présence du baron de T\*\*\*. Je vis dans les
yeux de ce dernier une sorte de pitié de ma
servitude. La lettre d'Ellénore était pleine
d'amertume. « Quoi ! me dis-je, je ne puis
passer un jour libre ! Je ne puis respirer une
heure en paix ! [b] Elle me poursuit partout,
comme un esclave qu'on doit ramener à ses
pieds » ; et, d'autant plus violent que je me
sentais plus faible : « Oui, m'écriai-je, je le
prends, l'engagement de rompre avec Ellénore,
j'oserai le lui déclarer moi-même, vous pouvez
d'avance en instruire mon père. »

a. *L. supposé.*
b. *C.* Je ne puis... en paix (manque).

En disant ces mots, je m'élançai loin du baron. J'étais oppressé des paroles que je venais de prononcer, et je ne croyais qu'à peine à la promesse que j'avais donnée.

Ellénore m'attendait avec impatience. Par un hasard étrange, on lui avait parlé, pendant mon absence, pour la première fois, des efforts du baron de T*** pour me détacher d'elle. On lui avait rapporté les discours que j'avais tenus, les plaisanteries que j'avais faites. Ses soupçons étant éveillés, elle avait rassemblé dans son esprit plusieurs circonstances qui lui paraissaient les confirmer. Ma liaison subite avec un homme que je ne voyais jamais autrefois, l'intimité qui existait entre cet homme et mon père, lui semblaient des preuves irréfragables. Son inquiétude avait fait tant de progrès en peu d'heures que je la trouvai pleinement convaincue de ce qu'elle nommait ma perfidie.

J'étais arrivé auprès d'elle, décidé à tout lui dire. Accusé par elle, le croira-t-on ? je ne m'occupai qu'à tout éluder. Je niai même, oui, je niai ce jour-là ce que j'étais déterminé à lui déclarer le lendemain.

Il était tard ; je la quittai ; je me hâtai de me coucher pour terminer cette longue journée ; et quand je fus bien sûr qu'elle était finie, je me sentis, pour le moment, délivré d'un poids énorme.

Je ne me levai le lendemain que vers le

milieu du jour, comme si, en retardant le commencement de notre entrevue, j'avais retardé l'instant fatal.

Ellénore s'était rassurée pendant la nuit, et par ses propres réflexions et par mes discours de la veille. Elle me parla de ses affaires avec un air de confiance qui n'annonçait que trop qu'elle regardait nos existences comme indissolublement unies. Où trouver des paroles qui la repoussassent dans l'isolement ?

Le temps s'écoulait avec une rapidité effrayante. Chaque minute ajoutait à la nécessité d'une explication. Des trois jours que j'avais fixés, déjà le second était près de ª disparaître ; M. de T*** m'attendait au plus tard le surlendemain. Sa lettre pour mon père était partie et j'allais manquer à ma promesse sans avoir fait pour l'exécuter la moindre tentative. Je sortais, je rentrais, je prenais la main d'Ellénore, je commençais une phrase que j'interrompais aussitôt, je regardais la marche du soleil qui s'inclinait vers l'horizon. La nuit revint, j'ajournai de nouveau. Un jour me restait : c'était assez d'une heure.

Ce jour se passa comme le précédent. J'écrivis à M. de T*** pour lui demander du temps encore : et, comme il est naturel aux caractères faibles de le faire, j'entassai dans ma lettre mille raisonnements pour justifier mon retard,

a. *C.* et *L. prêt à* disparaître.

pour démontrer qu'il ne changeait rien à la
résolution que j'avais prise, et que, dès l'instant même, on pouvait regarder mes liens avec
Ellénore comme brisés pour jamais.

## CHAPITRE X

Je passai les jours suivants plus tranquille.
J'avais rejeté dans le vague la nécessité d'agir ;
elle ne me poursuivait plus comme un spectre ;
je croyais avoir tout le temps de préparer
Ellénore. Je voulais être plus doux, plus tendre
avec elle, pour conserver au moins des souvenirs d'amitié. Mon trouble était tout différent
de celui que j'avais connu jusqu'alors. J'avais
imploré le ciel pour qu'il élevât soudain entre
Ellénore et moi un obstacle que je ne pusse
franchir. Cet obstacle s'était élevé. Je fixais mes
regards sur Ellénore comme sur un être que
j'allais perdre. L'exigence, qui m'avait paru
tant de fois insupportable, ne m'effrayait plus ;
je m'en sentais affranchi d'avance. J'étais plus
libre en lui cédant encore, et je n'éprouvais
plus cette révolte intérieure qui jadis me portait sans cesse à tout déchirer. Il n'y avait plus
en moi d'impatience : il y avait, au contraire,
un désir secret de retarder le moment funeste.

Ellénore s'aperçut de cette disposition plus affectueuse et plus sensible : elle-même devint moins amère. Je recherchais des entretiens que j'avais évités ; je jouissais de ses expressions d'amour, naguère importunes, précieuses maintenant, comme pouvant chaque fois être les dernières.

Un soir, nous nous étions quittés après une conversation plus douce que de coutume. Le secret que je renfermais dans mon sein me rendait triste ; mais ma tristesse n'avait rien de violent. L'incertitude sur l'époque de la séparation que j'avais voulue me servait à en écarter l'idée. La nuit j'entendis dans le château un bruit inusité. Ce bruit cessa bientôt, et je n'y attachai point d'importance. Le matin cependant, l'idée m'en revint ; j'en voulus savoir la cause, et je dirigeai mes pas vers la chambre d'Ellénore. Quel fut mon étonnement, lorsqu'on me dit que depuis douze heures elle avait une fièvre ardente, qu'un médecin que ses gens avaient fait appeler déclarait sa vie en danger [65], et qu'elle avait défendu impérieusement que l'on m'avertît ou qu'on me laissât pénétrer jusqu'à elle !

Je voulus insister. Le médecin sortit lui-même pour me représenter la nécessité de ne lui causer aucune émotion. Il attribuait sa défense, dont il ignorait le motif, au désir de ne pas me causer d'alarmes. J'interrogeai les gens d'Ellénore avec angoisse sur ce qui avait

pu la plonger d'une manière si subite dans un
état si dangereux. La veille, après m'avoir quitté,
elle avait reçu de Varsovie une lettre apportée [a]
par un homme à cheval ; l'ayant ouverte et
parcourue, elle s'était évanouie ; revenue à
elle, elle s'était jetée sur son lit sans prononcer
une parole. L'une de ses femmes, inquiète de
l'agitation qu'elle remarquait en elle, était
restée dans sa chambre à son insu ; vers le
milieu de la nuit, cette femme l'avait vue saisie
d'un tremblement qui ébranlait le lit sur lequel
elle était couchée : elle avait voulu m'appeler ;
Ellénore s'y était opposée avec une espèce de
terreur tellement violente qu'on n'avait osé
lui désobéir. On avait envoyé chercher un
médecin ; Ellénore avait refusé, refusait encore
de lui répondre ; elle avait passé la nuit [b],
prononçant des mots entrecoupés qu'on n'avait
pu comprendre, et appuyant souvent son
mouchoir sur sa bouche, comme pour s'empêcher de parler.

Tandis qu'on me donnait ces détails, une
autre femme, qui était restée près d'Ellénore,
accourut tout effrayée. Ellénore paraissait avoir
perdu l'usage de ses sens. Elle ne distinguait
rien de ce qui l'entourait. Elle poussait quelquefois des cris, elle répétait mon nom ; puis,
épouvantée, elle faisait signe de la main, comme

a. *C. une lettre apportée de Varsovie...*
b. *C.* passé *le reste de* la nuit...

pour que l'on éloignât d'elle quelque objet qui lui était odieux.

J'entrai dans sa chambre. Je vis au pied de son lit deux lettres. L'une était la mienne au baron de T\*\*\*, l'autre était de lui-même à Ellénore. Je ne conçus que trop alors le mot de cette affreuse énigme. Tous mes efforts pour obtenir le temps que je voulais consacrer encore aux derniers adieux s'étaient tournés de la sorte contre l'infortunée que j'aspirais à ménager. Ellénore avait lu, tracées de ma main, mes promesses de l'abandonner, promesses qui n'avaient été dictées que par le désir de rester plus longtemps près d'elle, et que la vivacité de ce désir même m'avait porté à répéter, à développer de mille manières. L'œil indifférent de M. de T\*\*\* avait facilement démêlé dans ces protestations réitérées à chaque ligne l'irrésolution que je déguisais et les ruses de ma propre incertitude ; mais le cruel avait trop bien calculé qu'Ellénore y verrait un arrêt irrévocable. Je m'approchai d'elle : elle me regarda sans me reconnaître. Je lui parlai : elle tressaillit. « Quel est ce bruit ? s'écria-t-elle ; c'est la voix qui m'a fait du mal [66]. » Le médecin remarqua que ma présence ajoutait à son délire, et me conjura de m'éloigner. Comment peindre ce que j'éprouvai pendant trois longues heures ? Le médecin sortit enfin. Ellénore était tombée dans un profond assoupissement. Il ne désespérait pas de la sauver, si, à son réveil, la fièvre était calmée.

Ellénore dormit longtemps. Instruit de son réveil, je lui écrivis pour lui demander de me recevoir. Elle me fit dire d'entrer. Je voulus parler ; elle m'interrompit. « Que je n'entende de vous, dit-elle, aucun mot cruel. Je ne réclame plus, je ne m'oppose à rien ; mais que cette voix que j'ai tant aimée, que cette voix qui retentissait au fond de mon cœur n'y pénètre pas pour le déchirer. Adolphe, Adolphe, j'ai été violente, j'ai pu vous offenser ; mais vous ne savez pas ce que j'ai souffert. Dieu veuille que jamais vous ne le sachiez ! »

Son agitation devint extrême. Elle posa son front sur ma main ; il était brûlant ; une contraction terrible défigurait ses traits. « Au nom du ciel, m'écriai-je, chère Ellénore, écoutez-moi. Oui, je suis coupable : cette lettre... » Elle frémit et voulut s'éloigner. Je la retins. « Faible, tourmenté, continuai-je, j'ai pu céder un moment[a] à une instance[b] cruelle ; mais n'avez-vous pas vous-même mille preuves que je ne puis vouloir ce qui nous sépare ? J'ai été mécontent, malheureux, injuste ; peut-être, en luttant avec trop de violence contre une imagination rebelle, avez-vous donné de la force à des velléités passagères que je méprise aujourd'hui ; mais pouvez-vous douter de mon

a. *C.* un *instant...*
b. *C.* et *L.* une *insistance...*

affection profonde ? nos âmes ne sont-elles
pas enchaînées l'une à l'autre par mille liens
que rien ne peut rompre ? Tout le passé ne
nous est-il pas commun ? Pouvons-nous jeter
un regard sur les trois années qui viennent de
finir, sans nous retracer des impressions que
nous avons partagées, des plaisirs que nous
avons goûtés, des peines que nous avons sup-
portées ensemble ? Ellénore, commençons en
ce jour une nouvelle époque, rappelons les
heures du bonheur et de l'amour. » Elle me
regarda quelque temps avec l'air du doute.
« Votre père, reprit-elle enfin, vos devoirs,
votre famille, ce qu'on attend de vous !... —
Sans doute, répondis-je, une fois, un jour
peut-être... » Elle remarqua que j'hésitais.
« Mon Dieu, s'écria-t-elle, pourquoi m'avait-il
rendu l'espérance pour me la ravir aussitôt ?
Adolphe, je vous remercie de vos efforts : ils
m'ont fait du bien, d'autant plus de bien qu'ils
ne vous coûteront, je l'espère, aucun sacrifice ;
mais, je vous en conjure, ne parlons plus de
l'avenir... Ne vous reprochez rien, quoi qu'il
arrive. Vous avez été bon pour moi. J'ai voulu
ce qui n'était pas possible. L'amour était toute
ma vie : il ne pouvait être la vôtre[67]. Soignez-
moi maintenant quelques jours encore. »
Des larmes coulèrent abondamment de ses
yeux ; sa respiration fut moins oppressée ;
elle appuya sa tête sur mon épaule. « C'est ici,
dit-elle, que j'ai toujours désiré mourir. » Je

la serrai contre mon cœur, j'abjurai de nouveau
mes projets, je désavouai mes fureurs cruelles.
« Non, reprit-elle, il faut que vous soyez libre
et content. — Puis-je l'être si vous êtes malheureuse ? — Je ne serai pas longtemps malheureuse, vous n'aurez pas longtemps à me
plaindre [68]. » Je rejetai loin de moi des craintes
que je voulais croire chimériques. « Non,
non, cher Adolphe, me dit-elle, quand on a
longtemps invoqué la mort, le Ciel nous envoie,
à la fin, je ne sais quel pressentiment infaillible
qui nous avertit que notre prière est exaucée. »
Je lui jurai de ne jamais la quitter. « Je l'ai
toujours espéré, maintenant j'en suis sûre. »

C'était une de ces journées d'hiver où le
soleil semble éclairer tristement la campagne
grisâtre, comme s'il regardait en pitié la terre
qu'il a cessé de réchauffer. Ellénore me proposa
de sortir. « Il fait bien froid, lui dis-je. — N'importe, je voudrais me promener avec vous. »
Elle prit mon bras ; nous marchâmes longtemps
sans rien dire ; elle avançait avec peine, et se
penchait sur moi presque tout entière. « Arrê-
tons-nous un instant. — Non, me répondit-
elle, j'ai du plaisir à me sentir encore soutenue
par vous. » Nous retombâmes dans le silence.
Le ciel était serein ; mais les arbres étaient sans
feuilles ; aucun souffle n'agitait l'air, aucun
oiseau ne le traversait : tout était immobile,
et le seul bruit qui se fît entendre était celui
de l'herbe glacée qui se brisait sous nos pas.

« Comme tout est calme, me dit Ellénore ;
comme la nature se résigne ! Le cœur aussi
ne doit-il pas apprendre à se résigner ? » Elle
s'assit sur une pierre ; tout à coup elle se mit
à genoux, et, baissant la tête, elle l'appuya
sur ses deux mains. J'entendis quelques mots
prononcés à voix basse. Je m'aperçus qu'elle
priait. Se relevant enfin : « Rentrons, dit-elle,
le froid m'a saisie. J'ai peur de me trouver mal.
Ne me dites rien ; je ne suis pas en état de
vous entendre. »

A dater de ce jour, je vis Ellénore s'affaiblir
et dépérir. Je rassemblai de toutes parts des
médecins autour d'elle : les uns m'annoncèrent un mal sans remède, d'autres me ber-
cèrent d'espérances vaines ; mais la nature
sombre et silencieuse poursuivait d'un bras
invisible son travail impitoyable. Par moments,
Ellénore semblait reprendre à [a] la vie. On eût
dit quelquefois que la main de fer qui pesait
sur elle s'était retirée. Elle relevait sa tête
languissante ; ses joues se couvraient de couleurs un peu plus vives ; ses yeux se ranimaient :
mais tout à coup, par le jeu cruel d'une puissance inconnue, ce mieux mensonger dispa-
raissait, sans que l'art en pût deviner la cause. Je
la vis de la sorte marcher par degrés à la destruction. Je vis se graver sur cette figure si
noble et si expressive les signes avant-coureurs

a. *C. reprendre la vie.*

de la mort. Je vis, spectacle humiliant et déplorable, ce caractère énergique et fier recevoir de la souffrance physique mille impressions confuses et incohérentes, comme si, dans ces instants terribles, l'âme, froissée par le corps, se métamorphosait en tous sens pour se plier avec moins de peine à la dégradation des organes.

Un seul sentiment ne varia jamais dans le cœur d'Ellénore : ce fut sa tendresse pour moi. Sa faiblesse lui permettait rarement de me parler ; mais elle fixait sur moi ses yeux en silence, et il me semblait alors que ses regards me demandaient la vie que je ne pouvais plus lui donner. Je craignais de lui causer une émotion violente ; j'inventais des prétextes pour sortir : je parcourais au hasard tous les lieux où je m'étais trouvé avec elle ; j'arrosais de mes pleurs les pierres, le pied des arbres, tous les objets qui me retraçaient son souvenir.

Ce n'était pas les regrets de l'amour, c'était un sentiment plus sombre et plus triste ; l'amour s'identifie tellement à l'objet aimé que dans son désespoir même il y a quelque charme. Il lutte contre la réalité, contre la destinée ; l'ardeur de son désir le trompe sur ses forces, et l'exalte au milieu de sa douleur. La mienne était morne et solitaire ; je n'espérais point mourir avec Ellénore ; j'allais vivre sans elle dans ce désert du monde, que j'avais souhaité tant de fois de traverser indépendant. J'avais brisé l'être qui m'aimait ; j'avais brisé ce cœur, compagnon du mien, qui avait persisté à se dévouer à moi, dans sa tendresse infatigable ; déjà l'isolement m'atteignait. Ellénore respirait encore, mais je ne pouvais déjà plus lui confier mes pensées ; j'étais déjà seul sur la terre ; je ne vivais plus dans cette atmosphère d'amour qu'elle répandait autour de moi ; l'air que je respirais me paraissait plus rude, les visages des hommes que je rencontrais plus indifférents ; toute la nature semblait me dire que j'allais à jamais cesser d'être aimé.

Le danger d'Ellénore devint tout à coup plus imminent ; des symptômes qu'on ne pouvait méconnaître annoncèrent sa fin prochaine : un prêtre de sa religion l'en avertit. Elle me pria de lui apporter une cassette qui contenait beaucoup de papiers ; elle en fit brûler plusieurs devant elle, mais elle paraissait en chercher un qu'elle ne trouvait point [a], et son inquiétude était extrême. Je la suppliai de cesser cette recherche qui l'agitait, et pendant laquelle, deux fois, elle s'était évanouie. « J'y consens, me répondit-elle ; mais, cher Adolphe, ne me refusez pas une prière. Vous trouverez parmi mes papiers, je ne sais où, une lettre qui vous est adressée ; brûlez-la sans la lire, je vous en conjure au nom de notre amour, au nom de ces derniers moments que vous avez

a. *C.* ne trouvait *plus*...

adoucis. » Je le lui promis ; elle fut tranquille. « Laissez-moi me livrer à présent, me dit-elle, aux devoirs de ma religion ; j'ai bien des fautes à expier : mon amour pour vous fut peut-être une faute ; je ne le croirais pourtant pas, si cet amour avait pu vous rendre heureux. »

Je la quittai : je ne rentrai qu'avec tous ses gens pour assister aux dernières et solennelles prières ; à genoux dans un coin de sa chambre, tantôt je m'abîmais dans mes pensées, tantôt je contemplais, par une curiosité involontaire, tous ces hommes réunis, la terreur des uns, la distraction des autres, et cet effet singulier de l'habitude qui introduit l'indifférence dans toutes les pratiques prescrites, et qui fait regarder les cérémonies les plus augustes et les plus terribles comme des choses convenues et de pure forme ; j'entendais ces hommes répéter machinalement les paroles funèbres, comme si eux aussi n'eussent pas dû être acteurs un jour dans une scène pareille, comme si eux aussi n'eussent pas dû mourir un jour. J'étais loin cependant de dédaigner ces pratiques ; en est-il une seule dont l'homme, dans son ignorance, ose prononcer l'inutilité ? Elles rendaient du calme à Ellénore ; elles l'aidaient à franchir ce pas terrible vers lequel nous avançons tous, sans qu'aucun de nous puisse prévoir ce qu'il doit éprouver alors. Ma surprise n'est pas que l'homme ait besoin d'une religion ; ce qui m'étonne, c'est qu'il se croie jamais assez fort, assez à l'abri du malheur pour oser en rejeter une : il devrait, ce me semble, être porté, dans sa faiblesse, à les invoquer toutes ; dans la nuit épaisse qui nous entoure, est-il une lueur que nous puissions repousser[69] ? Au milieu du torrent qui nous entraîne, est-il une branche à laquelle nous osions refuser de nous retenir ?

L'impression produite sur Ellénore par une solennité si lugubre parut l'avoir fatiguée. Elle s'assoupit d'un sommeil assez paisible ; elle se réveilla moins souffrante ; j'étais seul dans sa chambre ; nous nous parlions de temps en temps à de longs intervalles. Le médecin qui s'était montré le plus habile dans ses conjectures m'avait prédit[a] qu'elle ne vivrait pas vingt-quatre heures ; je regardais tour à tour une pendule qui marquait les heures, et le visage d'Ellénore, sur lequel je n'apercevais nul changement nouveau. Chaque minute qui s'écoulait ranimait mon espérance, et je révoquais en doute les présages d'un art mensonger. Tout à coup Ellénore s'élança[b] par un mouvement subit ; je la retins dans mes bras : un tremblement convulsif agitait tout son corps ; ses yeux me cherchaient, mais dans ses yeux se peignait un effroi vague, comme si elle eût demandé grâce à quelque objet menaçant qui

a. *C*. prédit *la veille...*
b. *C*. s'élança *comme* par...

se dérobait à mes regards : elle se relevait, elle retombait, on voyait qu'elle s'efforçait de fuir ; on eût dit qu'elle luttait contre une puissance physique invisible qui, lassée d'attendre le moment funeste, l'avait saisie et la retenait pour l'achever sur ce lit de mort. Elle céda enfin à l'acharnement de la nature ennemie ; ses membres s'affaissèrent, elle sembla reprendre quelque connaissance : elle me serra la main ; elle voulut pleurer, il n'y avait plus de larmes ; elle voulut parler, il n'y avait plus de voix : elle laissa tomber, comme résignée, sa tête sur le bras qui l'appuyait ; sa respiration devint plus lente ; quelques instants après elle n'était plus.

Je demeurai longtemps immobile près d'Ellénore sans vie. La conviction de sa mort n'avait pas encore pénétré dans mon âme ; mes yeux contemplaient avec un étonnement stupide ce corps inanimé. Une de ses femmes étant entrée répandit dans la maison la sinistre nouvelle. Le bruit qui se fit autour de moi me tira de la léthargie où j'étais plongé ; je me levai : ce fut alors que j'éprouvai la douleur déchirante et toute l'horreur de l'adieu sans retour. Tant de mouvement, cette activité de la vie vulgaire, tant de soins et d'agitations qui ne la regardaient plus, dissipèrent cette illusion que je prolongeais, cette illusion par laquelle je croyais encore exister avec Ellénore. Je sentis le dernier lien se rompre, et l'affreuse

réalité se placer à jamais entre elle et moi.
Combien elle me pesait, cette liberté que j'avais
tant regrettée ! Combien elle manquait à mon
cœur, cette dépendance qui m'avait révolté
souvent [70] ! Naguère toutes mes actions avaient
un but ; j'étais sûr, par chacune d'elles, d'épar-
gner une peine ou de causer un plaisir : je
m'en plaignais alors ; j'étais impatienté qu'un
œil ami observât mes démarches, que le bonheur d'un autre y fût attaché. Personne maintenant ne les observait ; elles n'intéressaient
personne ; nul ne me disputait mon temps ni
mes heures ; aucune voix ne me rappelait
quand je sortais. J'étais libre, en effet, je n'étais
plus aimé : j'étais étranger pour tout le monde.

L'on m'apporta tous les papiers d'Ellénore,
comme elle l'avait ordonné ; à chaque ligne,
j'y rencontrai de nouvelles preuves de son
amour a, de nouveaux sacrifices qu'elle m'avait
faits et qu'elle m'avait cachés. Je trouvai enfin
cette lettre que j'avais promis de brûler ; je ne
la reconnus pas d'abord ; elle était sans adresse,
elle était ouverte : quelques mots frappèrent
mes regards malgré moi ; je tentai vainement
de les en détourner, je ne pus résister au besoin
de la lire tout entière. Je n'ai pas la force de la
transcrire. Ellénore l'avait écrite après une des
scènes violentes qui avaient précédé sa maladie.
« Adolphe, me disait-elle, pourquoi vous

a. C. de son amour. *Jy découvris* de nouveaux...

acharnez-vous sur moi ? Quel est mon crime ?
De vous aimer, de ne pouvoir exister sans vous.
Par quelle pitié bizarre n'osez-vous rompre
un lien qui vous pèse, et déchirez-vous l'être
malheureux près de qui votre pitié vous retient ?
Pourquoi me refusez-vous le triste plaisir de
vous croire au moins généreux ? Pourquoi
vous montrez-vous furieux et faible ? L'idée de
ma douleur vous poursuit, et le spectacle de
cette douleur ne peut vous arrêter ! Qu'exigez-
vous ? Que je vous quitte ? Ne voyez-vous
pas que je n'en ai pas la force ? Ah ! c'est à
vous, qui n'aimez pas, c'est à vous à la trouver,
cette force, dans ce cœur lassé de moi, que tant
d'amour ne saurait désarmer. Vous ne me la
donnerez pas, vous me ferez languir dans les
larmes, vous me ferez mourir à vos pieds. »
— « Dites un mot, écrivait-elle ailleurs. Est-il
un pays où je ne vous suive [a] ? Est-il une retraite
où je ne me cache pour vivre auprès de vous,
sans être un fardeau dans votre vie ? Mais
non, vous ne le voulez pas. Tous les projets
que je propose, timide et tremblante, car vous
m'avez glacée d'effroi, vous les repoussez avec
impatience. Ce que j'obtiens de mieux, c'est
votre silence. Tant de dureté ne convient pas
à votre caractère. Vous êtes bon ; vos actions
sont nobles et dévouées : mais quelles actions
effaceraient vos paroles ? Ces paroles acérées

---

a. *C.* et *L.* ... où je ne vous suive, *est-il...*

retentissent autour de moi : je les entends la
nuit ; elles me suivent, elles me dévorent,
elles flétrissent tout ce que vous faites. Faut-il
donc que je meure, Adolphe ? Eh bien, vous
serez content ; elle mourra, cette pauvre
créature que vous avez protégée, mais que vous
frappez à coups redoublés. Elle mourra, cette
importune Ellénore que vous ne pouvez supporter autour de vous, que vous regardez
comme un obstacle, pour qui vous ne trouvez
pas sur la terre une place qui ne vous fatigue ;
elle mourra : vous marcherez seul au milieu
de cette foule à laquelle vous êtes impatient
de vous mêler ! Vous les connaîtrez, ces
hommes que vous remerciez aujourd'hui d'être
indifférents ; et peut-être un jour, froissé par
ces cœurs arides, vous regretterez ce cœur
dont vous disposiez, qui vivait de votre affection, qui eût bravé mille périls pour votre
défense, et que vous ne daignez plus récompenser d'un regard. »

**FIN**

# LETTRE A L'ÉDITEUR

J E vous renvoie, monsieur, le manuscrit que
vous avez eu la bonté de me confier. Je vous
remercie de cette complaisance, bien qu'elle
ait réveillé en moi de tristes souvenirs que le
temps avait effacés. J'ai connu la plupart de
ceux qui figurent dans cette histoire, car elle
n'est que trop vraie. J'ai vu souvent ce bizarre
et malheureux Adolphe, qui en est à la fois
l'auteur et le héros ; j'ai tenté d'arracher par
mes conseils cette charmante Ellénore, digne
d'un sort plus doux et d'un cœur plus fidèle,
à l'être malfaisant qui, non moins misérable
qu'elle, la dominait par une espèce de charme,
et la déchirait par sa faiblesse. Hélas ! la dernière fois que je l'ai vue, je croyais lui avoir
donné quelque force, avoir armé sa raison
contre son cœur. Après une trop longue
absence, je suis revenu dans les lieux où je
l'avais laissée, et je n'ai trouvé qu'un tombeau.

Vous devriez, monsieur, publier cette anecdote. Elle ne peut désormais blesser personne,
et ne serait pas, à mon avis, sans utilité. Le
malheur d'Ellénore prouve que le sentiment
le plus passionné ne saurait lutter contre l'ordre
des choses. La société est trop puissante, elle
se reproduit sous trop de formes, elle mêle
trop d'amertumes à l'amour qu'elle n'a pas
sanctionné ; elle favorise ce penchant à l'inconstance, et cette fatigue impatiente, maladies de
l'âme, qui la saisissent quelquefois subitement au sein de l'intimité. Les indifférents ont
un empressement merveilleux à être tracassiers
au nom de la morale, et nuisibles par zèle pour
la vertu ; on dirait que la vue de l'affection
les importune, parce qu'ils en sont incapables ;
et quand ils peuvent se prévaloir d'un prétexte,
ils jouissent de l'attaquer et de la détruire.
Malheur donc à la femme qui se repose sur un
sentiment que tout se réunit pour empoisonner,
et contre lequel la société, lorsqu'elle n'est pas
forcée à le respecter comme légitime, s'arme
de tout ce qu'il y a de mauvais dans le cœur
de l'homme pour décourager tout ce qu'il y a
de bon !

L'exemple d'Adolphe ne sera pas moins ins-
tructif, si vous ajoutez qu'après avoir repoussé
l'être qui l'aimait, il n'a pas été moins inquiet,
moins agité, moins mécontent ; qu'il n'a fait
aucun usage d'une liberté reconquise au prix
de tant de douleurs et de tant de larmes ; et

qu'en se rendant bien digne de blâme, il s'est rendu aussi digne de pitié.

S'il vous en faut des preuves, monsieur, lisez ces lettres qui vous instruiront du sort d'Adolphe ; vous le verrez dans bien des circonstances diverses, et toujours la victime de ce mélange d'égoïsme et de sensibilité qui se combinait en lui pour son malheur et celui des autres ; prévoyant le mal avant de le faire, et reculant avec désespoir après l'avoir fait ; puni de ses qualités plus encore que de ses défauts, parce que ses qualités prenaient leur source dans ses émotions, et non dans ses principes ; tour à tour le plus dévoué et le plus dur des hommes, mais ayant toujours fini par la dureté, après avoir commencé par le dévouement, et n'ayant ainsi laissé de traces que de ses torts.

# RÉPONSE

Oui, monsieur, je publierai le manuscrit
que vous me renvoyez (non que je pense comme
vous sur l'utilité dont il peut être ; chacun ne
s'instruit qu'à ses dépens dans ce monde, et
les femmes qui le liront s'imagineront toutes
avoir rencontré mieux qu'Adolphe ou valoir
mieux qu'Ellénore) ; mais je le publierai comme
une histoire assez vraie de la misère du cœur
humain. S'il renferme une leçon instructive,
c'est aux hommes que cette leçon s'adresse :
il prouve que cet esprit, dont on est si fier,
ne sert ni à trouver du bonheur ni à en donner ;
il prouve que le caractère, la fermeté, la
fidélité, la bonté, sont les dons qu'il faut demander au ciel [71] ; et je n'appelle pas bonté cette
pitié passagère qui ne subjugue point l'impatience, et ne l'empêche pas de rouvrir les
blessures qu'un moment de regret avait fermées. La grande question dans la vie, c'est la
douleur que l'on cause, et la métaphysique la

plus ingénieuse ne justifie pas l'homme qui a déchiré le cœur qui l'aimait. Je hais d'ailleurs cette fatuité d'un esprit qui croit excuser ce qu'il explique ; je hais cette vanité qui s'occupe d'elle-même en racontant le mal qu'elle a fait, qui a la prétention de se faire plaindre en se décrivant, et qui, planant indestructible au milieu des ruines, s'analyse au lieu de se repentir. Je hais cette faiblesse qui s'en prend toujours aux autres de sa propre impuissance, et qui ne voit pas que le mal n'est point dans ses alentours, mais qu'il est en elle. J'aurais deviné qu'Adolphe a été puni de son caractère par son caractère même, qu'il n'a suivi aucune route fixe, rempli aucune carrière utile, qu'il a consumé ses facultés sans autre direction que le caprice, sans autre force que l'irritation ; j'aurais, dis-je, deviné tout cela, quand vous ne m'auriez pas communiqué sur sa destinée de nouveaux détails, dont j'ignore encore si je ferai quelque usage. Les circonstances sont bien peu de chose, le caractère est tout ; c'est en vain qu'on brise avec les objets et les êtres extérieurs ; on ne saurait briser avec soi-même. On change de situation, mais on transporte dans chacune le tourment dont on espérait se délivrer ; et comme on ne se corrige pas en se déplaçant, l'on se trouve seulement avoir ajouté des remords aux regrets et des fautes aux souffrances.

# APPENDICE I

## CORRESPONDANCE
## DE BENJAMIN CONSTANT
## ET D'ANNA LINDSAY
### (Extraits)

## LETTRE SUR JULIE

## DE MADAME DE STAËL
## ET DE SES OUVRAGES

# CORRESPONDANCE
## DE BENJAMIN CONSTANT
## ET D'ANNA LINDSAY *

*(Extraits)*

## I

*Benjamin Constant à Madame Lindsay*

Paris, 23 novembre 1800.

What shall I write? That I love you? You know it. That you love me? you would maintain that a presumptuous assertion **, mais pouvais-je après hier soir m'empêcher de sentir que

---

* Ces extraits de la correspondance de Benjamin Constant et d'Anna Lindsay, ainsi que les notes qui les accompagnent, sont empruntés à l'ouvrage, *L'Inconnue d'Adolphe. Correspondance de Benjamin Constant et d'Anna Lindsay, publiée par la baronne Constant de Rebecque. Préface de Fernand Baldensperger*, Paris, Plon, 1933.

** Que vous écrirai-je? Que je vous aime? Vous le savez. Que vous m'aimez? Vous soutiendrez que voilà une affirmation présomptueuse.

nous sommes nés l'un pour l'autre, que jamais âme plus sympathique ne ressentira votre charme ? L'élévation de votre esprit, la simplicité de votre caractère, la douceur de votre sourire, joints à la dignité de vos traits, à votre nature pure, forte et sincère, étaient créés pour moi, et moi seul, tout comme votre beauté, vos lèvres, votre belle taille, vous toute enfin et chaque partie de vous !... Me punirez-vous de mon arrogance si nous nous voyons aujourd'hui ? Avec toutes vos grandes et bonnes qualités, vous êtes parfois une femme hautaine et capricieuse ! Mais jamais, après hier, vous ne me convaincrez que nous ne manquions pas notre destinée, que nous ne nous agitions pas dans des liens factices. Cependant, vous le dirai-je ? après cette conviction, je suis plus incertain et tourmenté que jamais. Rien d'ordinaire, rien de passager, ne saurait nous assurer le bonheur, ni à l'un ni à l'autre, ni même l'apparence de la tranquillité. Non, non, ni votre amitié, ni votre amour, pas même votre possession, sinon éternelle et exclusive.

Quoi encore ? Je hais la douleur, je crains la douleur de cœur par-dessus tout. Votre inégalité m'effraie. Vous en abusez, vous me ferez du mal. J'aurai bientôt besoin de l'air que vous respirez comme de la seule atmosphère où je puisse vivre. Et la prudence, et votre disposition féminine, et ces deux êtres qui sont en vous, et qui se succèdent

tout à coup si bizarrement, ces deux sons
de voix... je sais par cœur mon avenir. Je vous
désirerai d'avance comme je vous retrouverai,
après vous avoir quittée, tout autre que vous
êtes peut-être en me lisant...

Vous verrai-je aujourd'hui ? Je ne connais
pas tout ce qui pourrait me forcer à réclamer
mon indépendance... Il me faut aimer... je ne
veux pas souffrir... je ne veux pas, peut-être
aux dépens d'une autre, d'une situation incertaine, interrompue, convulsive... et cependant vous seule répondez à mon idéal de
bonheur complet, d'une vie entière de sensations identiques de félicité morale, sensuelle,
intellectuelle, éternelle enfin...

## II

### *Benjamin Constant à Madame Lindsay*

Paris, 26 th november 1800.

Comment vous portez-vous ? How are
you for me ? I thought you mightily calm and
reasonable last night : the first impression
is gone and I am afraid it is no longer necessary for you either to see or to avoid me.
The days are passing with horrible rapidity,
and I feel pain and madness coming on with
great steps. What shall I do ? Where shall
I go ? what shall we do, even if your sentiment

subsists, if it be not strong and generous enough to outweigh every other consideration ? I shall not see you this morning. I am not well, I hardly can write, and I know not how I shall be able to go to the tribunate. I'll be at your door at three or half after three. For God's sake grant me some more of those evenings you seem to dread so much, and yet that grow every hour more necessary for me. I have not strength to stay long without seeing you. After some hours my heart and my reason fail at once. What shall become of me ? I never felt such agitation ! my blood boils in my veins and I feel a convulsive start when I remember that every moment brings *him** nearer**

* Il s'agit du retour de M. de Lamoignon, l'amant de M^me Lindsay et père de ses enfants.

** Comment vous portez-vous ? Comment serez-vous pour moi aujourd'hui ? Je vous ai trouvée bien trop calme et raisonnable hier soir. La première impulsion s'est calmée, et j'ai peur que vous ne ressentiez plus, ni le besoin de me voir ni celui de m'éviter ?

Les jours passent avec une rapidité effroyable. Je sens la douleur et la folie s'avancer à grands pas. Que dois-je faire ? Où dois-je aller ? Que ferons-nous, même si votre sentiment subsiste, mais s'il n'est assez fort, ni assez généreux pour contre-balancer toute autre considération ?

Je ne vous verrai pas ce matin ; je ne vais pas bien, je puis à peine écrire, j'ignore comment je pourrai aller au Tribunat. Je serai à votre porte à trois heures ou trois heures et demie : au nom de Dieu, accordez-moi

## III

*Benjamin Constant à Madame Lindsay.*

Paris, ce 29 novembre 1800.

Je vous verrai demain, mais je veux vous écrire. Je veux arrêter ces moments fugitifs qui se termineront par ma perte. Je veux que cette nuit vous soit consacrée. Dans quelques heures, je vous reverrai, mais en public, mais observée. Je n'avais pas tort ce soir, quelqu'ait pu être le sens des fatales paroles que vous avez prononcées, où vous faisiez allusion à une idée qui m'est en horreur, qui glace mon sang, qui me jette dans le désespoir et sur laquelle rien ne me rassure, où vous disiez du moins qu'aussitôt qu'*il* serait de retour, vous sacrifieriez ces soirées, ma seule consolation, le dernier plaisir de ma vie. Je vous l'ai toujours dit, que ce sentiment faible, incomplet, interrompu, qui vous en-

---

encore quelques-unes de ces soirées que vous paraissez tant redouter, et qui d'heure en heure me sont plus nécessaires. Je n'ai pas la force de rester sans vous voir. Après quelques heures mon cœur et ma raison m'abandonnent. Que deviendrai-je ? Jamais je n'ai ressenti une telle agitation. Mon sang bout dans mes veines, et je ressens un choc convulsif quand je réalise que chaque instant le rapproche de vous...

traîne quelquefois vers moi, ne tiendrait pas un instant contre celui dont l'empire est fondé sur l'habitude, et dont vous reconnaissez, dont vous subissez encore les droits. Je ne me suis jamais flatté, même dans ces heures si rapides et si rares, lorsque je vous tenais dans mes bras et que je goûtais sur vos lèvres un bonheur imparfait et disputé. Alors même je prévoyais mon sort. Mais entraîné par une irrésistible puissance, j'ai marché vers ma perte avec les yeux ouverts.

L'heure approche, l'heure inévitable et destructive *. Elle ne sera pas terrible pour vous. Je ne troublerai point votre vie ; je vous le jure : la mienne est dévorée. Votre présence, votre sourire m'avaient entouré d'une sorte de cercle magique, où le malheur avait peine à pénétrer. Le charme va se rompre : il va tomber sur moi de tout son poids horrible.

Je vous aime comme un insensé ; comme ni mon âge **, ni une longue habitude de la vie, ni mon cœur, froissé depuis longtemps par la douleur et fermé depuis à toute émotion profonde, ne devraient me permettre encore d'aimer. Je vous écris d'une main tremblante, respirant à peine et le front couvert de sueur. Vous avez saisi, enlacé, dévoré mon existence : vous êtes l'unique pensée, l'unique sensation,

* Le retour de M. de Lamoignon.
** Né en 1767, il avait alors trente-trois ans.

l'unique souffle qui m'anime encore. Je ne veux point vous effrayer. Je ne veux point employer ces menaces trop profanées par tant d'autres. Je ne sais ce que je deviendrai. Peut-être me consumerai-je sans violences, de douleur sourde et de désespoir concentré. Je regretterai la vie parce que je regretterai votre pensée, les traits que je me retrace, le front, les yeux, le sourire que je vois.

Je suis bien aise de vous avoir connue. Je suis heureux d'avoir, à n'importe quel prix, rencontré une femme telle que je l'avais imaginée, telle que j'avais renoncé à la trouver, et sans laquelle j'errais dans ce vaste monde, solitaire, découragé, trompant sans le vouloir des êtres crédules, et m'étourdissant avec effort.

Je vous aimerai toujours. Jamais aucune autre pensée ne m'occupera. Que ne rencontré-je pas en vous ? Force, dignité, fierté sublime, beauté céleste, esprit éclatant et généreux, amour peut-être, amour qui eût été tel que le mien, abandonné, dévorant, ardent, immense !... Que ne vous ai-je connue plus tôt ?... J'aurais vu se réaliser toutes les illusions de ma jeunesse, tous les désirs d'une âme aimante et orgueilleuse de vous, et à cause de vous d'elle-même. Seul j'étais fait pour vous. Seul je pouvais concevoir et partager cette généreuse et impétueuse nature, vierge de toute bassesse et de tout égoïsme. Alors vous n'auriez pas dû sacrifier sans cesse la moitié de vos sentiments, et les plus nobles de vos impulsions. Un poids éternel de médiocrité tracassière et de considérations mesquines n'eût pas étouffé votre vie. J'eusse été fort de votre force, et défenseur heureux de l'être le plus pur et le plus adorable qui soit sur la terre.

Lirez-vous cette lettre ? Donnerez-vous une minute à ces rêves sur le passé ? Vous repoussez l'avenir. N'importe, je vous remercie d'être une créature angélique. Vous m'avez rendu le sentiment de ma dignité, vous m'avez expliqué l'énigme de mon existence. Je vois qu'il ne m'a manqué sur la terre que de vous avoir plus tôt connue, et que je n'aurai pas existé en vain.

Adieu, je suis malheureux profondément... je m'exalte ou je retombe. Je me berce de chimères et la réalité m'oppresse. Il est cinq heures : dans six heures je vous verrai et je vais penser à vous le reste de cette nuit. Il est impossible que vous puissiez ne point venir. Si je vous ai fait de la peine en vous quittant, pardonnez-moi. Je vous aime avec tant de délire ! Je voudrais seul porter toutes les douleurs qui peuvent atteindre votre vie. Je voudrais prendre toutes vos peines et vous léguer tous mes jours heureux, si je pouvais en espérer. Vous viendrez sûrement ? Ne pas venir serait affreux.

## IV
### *Benjamin Constant à Madame Lindsay*

Paris, le 6 décembre 1800.

Comment serez-vous pour moi aujourd'hui ? Je vous aime davantage chaque jour, chaque minute. Mais je suis loin d'être content de votre affection, et je serais bien malheureux si je n'avais pas l'espoir que le temps, le bonheur, et le plaisir l'augmenteront et la compléteront.

Je ne sais si je vous verrai ce matin. L'idée de m'en retourner sans vous voir, *s'il est là*, me révolte... Si je vous disais quand *Elle*\* sera ici, que je suis obligé de rester auprès d'elle, vous seriez également révoltée.

Oh ! si nous avions un mois de plus ! je suis convaincu que dans un mois vous serez sûre, vous serez à moi sans remords, si remords il y a à céder au sentiment le plus profond, le plus entier que vous ayez jamais inspiré. Écrivez-moi un mot. Dites-moi que vous m'aimez, que vous êtes heureuse d'être à moi... dites que nous sommes unis pour toujours. De nous séparer maintenant ne serait pas seulement la misère et l'angoisse, mais la perfidie et la honte.

Je vous aime au delà de toute expression.

\* M^me de Staël.

# V

*Benjamin Constant à Madame Lindsay*

Paris, le 13 décembre 1800.

J'envoie chez Mme Talma pour savoir si nous allons à *Thésée**. J'en profite pour faire passer par elle une lettre qui *seule* arriverait d'une manière indue. Que faites-vous à présent ? Qu'avez-vous fait depuis une heure du matin ? Avez-vous pensé à moi ? Et à ces heures ? Les regrettez-vous ? Les désirez-vous ? On n'est jamais sûr avec vous de ce que vous éprouvez une heure après qu'on vous a quittée, et il faut toujours un petit travail pour vous remettre dans une bonne disposition ! Ange, le plus inégal des anges, je vous aime et n'aime que vous. Je n'ai de bonheur que dans l'espoir du vôtre. Je n'ai de plaisir que sûr de votre plaisir ! Dites-moi que vous m'aimez ; dites-moi que vous êtes heureuse, et du plaisir passé et du bonheur à venir, et cessez enfin de repousser l'un et de retarder l'autre. Vous êtes le seul but de mon existence, l'entière occupation de ma pensée. Vivre avec vous, vous sortir du cercle absurde et

---

* *Thésée*, tragédie en cinq actes par Mazoyer, fut représentée pour la première fois à la Comédie-Française en novembre 1800.

contre nature dans lequel vous vivez, vous
consacrer tout ce que je suis, tout ce que je
vaux, est mon unique espérance. Mais
jusqu'alors, remplissons de plaisir ces moments d'attente : ignorons ce passage qui ne
peut être bien long. Raisonnez-vous quand
je n'y suis pas, pour que je vous retrouve
toujours convaincue que ce que vous avez
de plus sage à faire c'est ce que je désire et
ce que vous désirez. Je vous aime si complètement, pourquoi perdre des heures en luttes
inutiles et en douleurs qui troublent des
jours que vous pourriez rendre si purs et si
doux ! Je prêche, comme si de prêcher pouvait
faire aucun bien, et j'oublie que vos lèvres
sont de meilleurs avocats pour ma cause,
que toute mon éloquence ! Mon unique
aimée, consacrons toute notre existence à
tous les plaisirs et à toutes les joies. Com-
blons-nous l'un l'autre de toute espèce de
jouissance et d'union. Nos âmes, nos esprits
sont faits l'un pour l'autre. Je n'ai jamais connu
l'amour avant de te connaître. Jamais je n'ai
éprouvé dans les bras d'une femme une telle
félicité, quelque imparfaite soit-elle rendue
par tant de résistance de votre part, et de
capricieuse pudeur. Les heures que j'ai passées
avec toi sont gravées plus profondément
dans mon âme, que des années de calme et
complet bonheur passées dans les bras d'une
autre.

Mon amour, mon ange, mon espoir, tout ce que j'apprécie dans la vie, est en toi, chaque goutte de mon sang ne coule que pour toi seule !

Qu'y a-t-il de décidé pour *Thésée*? Si nous n'y allons pas, je serai forcé d'aller à sept heures à une réunion pour le Tribunat. J'y manquerai pour *Thésée*, mais l'ayant arrangée moi-même, je ne voudrais pas y manquer sans prétexte. J'en sortirai à neuf heures. Écrivez-moi un mot, que je voie cette écriture que je n'ai pas vue de longtemps. Adieu, ange aux lèvres célestes...

## VI

*Benjamin Constant à Madame Lindsay*

Paris, 14 décembre 1800.

Je voulais vous écrire pour vous dire combien chaque jour ajoute à mon sentiment pour vous. J'avais peur que vous ne sentissiez pas assez combien tout ce que vous m'avez dit hier vous a présentée à moi telle que je vous imaginais, telle que je vous ai reconnue avant de vous connaître : nature généreuse et forte, traversant la vie au milieu d'hommes corrompus, vous conservant pure parmi cette corruption, la repoussant à droite et à gauche par votre seule valeur intrinsèque, froissée quelquefois

par elle, mais vous relevant par vous seule, ne
devant ce qui vous afflige qu'à l'ordre contre
nature qui pèse sur tout ce qui est bon et
fier sur la terre, et devant à vous seule de vous
être frayée, au milieu de cet ordre étroit et
vicieux, une route au bout de laquelle vous
vous retrouvez avec votre valeur native, et
toute la pureté, l'élévation, la noblesse d'âme
dont le ciel vous a douée, et que les hommes n'ont
pu flétrir. Vous êtes pour moi plus qu'une
maîtresse et plus qu'une amie. Vous êtes le seul
être qui réponde à mon cœur et qui remplisse
mon imagination. Tout ce qui est vous est
pur, noble et bon. Tous les souvenirs qui vous
affligent proviennent des *autres* et non de *vous*. Ce
qui est *vous*, c'est cette égide qui vous a conservée intacte et pure ; c'est cette flamme céleste
que les orages n'ont pu éteindre et qui n'a reçu
des circonstances aucune atteinte, parce que
rien de moins pur n'a pu s'allier avec elle, ni
en diminuer l'éclat. Vous êtes telle que vous
êtes née, vous êtes ce que la nature avait destiné
les femmes à être. Le passé n'a de rapports
qu'à votre mémoire, mais il n'a rien pu changer
dans ce *qui est vous*. Je vous aime de toutes les
puissances de mon âme, parce que je vous
comprends, parce que je vous ressemble,
parce que *moi aussi* j'ai fait le voyage de la vie
*seul* par mon caractère, au milieu des luttes que
j'ai livrées et des torts qu'on m'a prêtés. Mon
amie, nous avons traversé des déserts peuplés

d'ombres, que nous avons prises quelquefois pour des réalités ! Enfin nous trouvons cette réalité désirée : qu'importent les ombres qui nous ont trompés ? Qu'importent de mauvais rêves à l'instant d'un heureux réveil ? Non, rien n'a été profané, car rien de ce qui est *nous* n'a été possédé. Nous sommes fatigués de songes, mais ces songes n'ont rien de réel et l'impression qu'ils laissent sera fugitive et bientôt oubliée. Vous me trouvez insouciant sur l'avenir : c'est que l'avenir lui-même n'est que le résultat de ces songes. Notre véritable avenir est *en nous*. J'ignore ce qui nous attend en dehors, mais ce qui est *nous*, ne sera pas plus flétri qu'il ne l'a été. Autour de votre âme est une barrière divine que rien n'a franchi, que rien de ce qui n'est pas digne de vous ne pourra franchir. Vous êtes vierge pour qui vous comprend et vous apprécie. Oui, assurément je vous dirai : aimez-moi, parce qu'il existe en vous une faculté non employée, et c'est cette faculté qui est mon bien. Je ne connais que vous que le plaisir embellisse, que vous qui portez dans les sensations abandon et pureté, que vous dont la valeur native soit toujours la même, que vous enfin qui soyez une femme comme je les concevais, comme je les ai toujours inutilement cherchées.

J'aime à vous entendre, à vous voir, à vous posséder, parce que je vous trouve toujours objet d'amour, de respect et de culte. Ce qu'il

vous faut, c'est de l'*indépendance*, le reste est
assuré. Encore quelques jours de patience et
le but est atteint. Vous ne trouverez repos et
sympathie que lorsque des liens contre nature
ne vous tiendront plus dans une agitation forcée,
avec des êtres indignes de vous.

Je ne sais si je pourrai vous aller voir avant
quatre heures, mais je passerai avec vous
toute la soirée. Je vous consacrerai toute ma
vie. Appuyez la vôtre sur moi. Dites-vous bien
que rien ne nous séparera, parce que la nature
nous a réunis et que tout fléchit tôt ou tard
devant elle.

Adieu, mon unique amour. Dans quelques
heures, je vous verrai, et d'ici là je n'aurai
qu'une pensée, je serai entouré d'une seule image.

## VII

*Benjamin Constant à Madame Lindsay*

22 décembre 1800.

Je vous remercie, ange d'amour, de m'avoir
écrit cette lettre dont j'avais si grand besoin.
J'ai passé la nuit dans une telle agitation, dans
un tel désespoir de perdre des heures, consa-
crées avant-hier encore au plus vif bonheur
que j'aie éprouvé, que je ne crois pas, si vous
n'êtes pas l'ange le meilleur, que je vive longtemps dans cette fièvre qui me dévore. Il

me faut *vous*, autant qu'avant ce changement qu'hier a apporté dans ma situation\*, aussi longtemps, aussi sûrement. Ces courses interrompues, ces moments arrachés au hasard et goûtés avec inquiétude ne calment pas le feu qui me brûle... Je vous aime avec idolâtrie, et plus qu'on aima jamais. Que n'avez-vous été témoin de ma concentration sur une seule idée, *vous* ! Que n'avez-vous pu voir combien tout ce qui existe autour de moi m'est étranger !...

Mon Anna, je n'aime que vous. Rien que le devoir, pour vous comme pour moi, m'empêche de vous arracher par la violence à tout ce qui nous entoure et vous emporter dans quelque endroit où je serais libre de vous contempler et de vous couvrir de baisers jusqu'à la mort. Mais il nous faut être dignes l'un de l'autre. Rien de dur, rien de cruel ne doit résulter du sentiment le plus noble qui fut jamais inspiré ou ressenti. Il faut attendre que nous puissions nous unir sans blesser aucun être qui soit en droit d'attendre que nous lui évitions de la peine. Mais jusque-là, par pitié, au nom de l'amour, permets-moi de te voir constamment.

Sois bonne et généreuse. Il y a dans votre vie actuelle ces heures qui ne peuvent être miennes. Il y a celles que je suis condamné à donner à des devoirs passés et à la gratitude et à l'affection dont la justice me fait un devoir sacré.

---

\* L'arrivée de M^me de Staël à Paris.

C'est une bien faible barrière si votre courage et votre bonté ne me soutiennent pas. Voilà pourquoi, mon Anna, mon amour, ma seule félicité en ce monde, il faut m'accorder encore quelques heures de bonheur et de sécurité ininterrompue.

Je mourrai si je passe huit jours dans le bouleversement que j'éprouve. J'ai besoin de te voir, de te presser sur mon cœur, de mourir sur tes lèvres. Ange à moi, ange adoré, j'ai besoin de verser mon âme dans la tienne, et de retrouver ces sensations qui sont devenues ma vie. Cette vie est en tes mains. Mon sang bout, tous mes sens sont dans une agitation que ton regard et tes baisers seuls calment. Je t'aime avec fureur, soyons toujours unis. Donne-moi de longues heures. L'avenir nous assure le bonheur, mais pour y atteindre, pour franchir l'intervalle, j'ai besoin de plaisir, d'amour et de ce délire que tu éprouves et que tu donnes ; j'ai besoin de cette vie décuple de la vie ordinaire et qui est un océan de bonheur. Je te verrai à deux heures.

## VIII

*Benjamin Constant à Madame Lindsay*

25 décembre 1800, minuit et demi.

Les derniers moments de notre conversation ont versé un peu de calme et d'espoir dans mon

cœur, et ces sentiments m'ont permis de soutenir un entretien convenable durant une demi-
heure et de me retirer pour penser à vous, ma
seule amie, ma vie, mon bonheur dans ce
monde.

Je ne puis dormir. Toutes mes artères sont
pleines de vous, mon cœur bat à se rompre,
je crois vous voir et respirer la douce atmosphère qui vous entoure, hors de laquelle
j'étouffe et ne saurais vivre. Mon Anna, nous
sommes unis pour l'éternité, la mort seule peut
nous séparer.

Mon amour, mon affection, mon estime,
chaque sentiment dévoué et raffiné ou de
toute nature, grandit et se fortifie à chaque
instant. Je t'aime, je t'adore, je n'ai d'autre
pensée que toi au monde. Je me sens poussé
à parler de toi ou de ce qui t'entoure, de nommer ta rue, ou V... ou B... ou n'importe quoi
qui rappelle notre entourage, nos soirées,
*vous* en somme, centre de toutes les émotions de
mon âme, source de toute joie, ornement,
félicité, orgueil de ma vie. Anna, je t'aime, je
ne trouve pas de mots assez forts pour exprimer ce que je ressens. Je t'aime parce que tu
es belle et bonne, généreuse et sublime, une
femme comme Milton décrit la première des
femmes, une femme comme la nature entendait
que soient ces compagnes, ces amies, ces
meilleures moitiés de l'homme.

Je n'ai jamais ressenti pour aucune créature

ce que je ressens pour toi. Je ne l'ai pas cru
possible. Je n'ai jamais connu de femme avant
toi. Toutes celles que j'ai rencontrées étaient,
sinon dégradées ou corrompues, faussées ou
défigurées par la société. Toi seule tu es le
beau idéal de la nature féminine. Seule tu
réponds à toutes les aspirations de l'esprit, à
tous les désirs du cœur. Ange d'amour et de
bonheur, je t'adore... je ne vis qu'en ta présence.

Je vous conjure, ange d'amour, de ne pas
renoncer à notre partie de campagne. C'est
toujours une ou deux heures de gagnées. Nous
causerons librement dans mon cabriolet, nous
serons sages aux Ternes, et je me résigne à
être accompagné par qui vous conviendra !

Mais nous pourrons ensuite, s'il fait beau,
prolonger la promenade. Je puis ensuite, après
t'avoir accompagnée chez toi, y passer quelques
instants. Le déjeuner, la course, la maison,
tout cela prendra une partie de la matinée,
durant laquelle nous causerons au moins
librement.

Ce soir je serai libre à huit heures pour tout
à fait. Je vous conjure de me conserver ces
heureux instants. Si mon espérance était trompée, elle retomberait sur mon cœur comme un
poids mortel. Adieu ange, je t'adore, je t'idolâtre, je ne pense, je ne vis, je n'espère qu'en toi.
Ne me réponds pas, je craindrais d'être obligé
d'attendre la réponse, de manière à n'être

pas chez vous à onze heures, et je ne veux pas perdre une seule de ces minutes fortunées. Adieu.

## IX

*Benjamin Constant à Madame Lindsay*

30 décembre 1800.

Avec quelle impatience j'ai attendu d'être libre pour pouvoir vous écrire, douce amie et aimée. Avec quelle maladresse j'ai soutenu une conversation étrangère à mon cœur et à mon esprit. Ce sont des sons qui touchent mon oreille sans me communiquer ni sens, ni pensée, ni sentiment... Non que la personne* qui parlait manquât d'esprit ou de bonté [pardonnez-moi cette expression, mais la passion ne doit pas altérer la justice]. Mais tout sauf vous m'est étranger. Le monde ne m'est plus rien. La voix d'Anna, le visage d'Anna, les baisers de mon Anna, sont mon univers. Que je vous remercie de sympathiser avec ma situation, de ne pas aggraver par des reproches injustes la position la plus pénible à laquelle un homme fut jamais soumis. Mon cœur déborde d'amour et de gratitude. Vous êtes la meilleure comme la plus aimable des créatures. Je vous aime, je vous admire, je vous

* Il doit s'agir de M<sup>me</sup> de Staël.

remercie. Je ressens pour vous toutes les affections dont un cœur humain soit capable, et chaque jour redouble et renforce ces sentiments et les rend plus essentiels à mon existence.

Anna bien-aimée, centre unique de mes espoirs, de mes pensées, de mes joies, je ne vis que pour toi, je n'ai d'autre projet que de passer mes jours sur ton sein et tes lèvres. Ton visage m'enchante, ton esprit me charme, ton caractère, cette impatience de tout ce qui est bas, cette générosité, ce courage, cette élévation de pensées, combinés avec ce doux abandon dans l'amour, avec tous ces dons de femme que la nature a répartis à ses créatures favorisées, cette pureté dans le plaisir même ! Ange adoré, je t'idolâtre. Je ne vis que pour attacher mes regards sur toi et pouvoir répéter ton nom quand je ne puis pas te voir. Douce amie, charme de mon cœur, aime-moi... livre-toi tout entière à l'espérance et à l'amour : crois à l'avenir, embellis le présent et masquons par le plaisir et par son image chacune des heures qu'il faut encore traverser.

Je vous verrai après le Tribunat et ce soir. Que je voudrais vous serrer à présent dans mes bras ! Pensez-vous à moi ? Rêvez-vous de votre ami ? Le désirez-vous auprès de vous ? Mon ange, suis-je pour quelque chose dans ta pensée, dans tes songes ? Dors bien, sois heureuse, pense à moi.

Puisse le calme et le plaisir se mêler à ton

sommeil. Adieu, ange adoré, je te bénis d'être ce que tu es, je te rends grâces du charme inexprimable que tu répands sur ma vie.

## X

*Benjamin Constant à Madame Lindsay*

4 janvier 1801, midi.

Je vous verrai aujourd'hui, je dînerai avec vous, je passerai avec vous la plus grande partie de la journée. J'ai bien besoin d'une longue soirée pour me dédommager de ces deux jours perdus pour le bonheur. Au reste, chaque jour me rend plus à moi-même, c'est-à-dire à vous, qui êtes le seul intérêt de ma vie. Ce que j'espérais s'accomplit : *ses* relations se reforment. *Elle* * rentre dans la société, et comme mes refus, motivés sur mes opinions, me dispensent de l'y suivre, je pourrai, sans offenser son cœur, consacrer à celle que j'aime des heures que m'enlevaient d'anciens égards et des ménagements que vous êtes faite pour comprendre, sans en être blessée de ce que je me réjouis de ce que mon bonheur ne fait de mal à personne. Oh ! vous n'avez pas besoin du malheur d'une autre pour être sûre que vous régnez seule sur toute mon existence ! Anna, je vous aime.

* Mme de Staël.

Votre pensée me suit partout : elle remplit mon cœur, elle anime ma vie, elle est unie à tout projet, à toute joie, à tout espoir. Je ne souhaite la gloire qu'afin que vous soyez fière de votre ami ; la puissance, afin que votre âme généreuse et bonne puisse trouver le bonheur en faisant des heureux ; la fortune, seulement pour vous rendre plus indépendante et plus libre. Anna aimée, je ne puis concevoir une vie qui serait passée loin de toi. Je ne conçois pas de félicité plus grande que de te contempler, d'entendre ta voix, de te presser sur mon cœur... Avez-vous apaisé lady C... à mon égard ? Vous ne devez pas avoir eu de peine à lui persuader que je ne pensais qu'à vous. Je crois que B... et C... en sont bien convaincus : je ne le suis pas autant que la non-jalousie du dernier ne repose pas sur des bases assez solides. J'ai toujours sur le cœur ces mots dits sans le regarder, et vous ne m'avez pas entièrement persuadé. Il m'est cependant impossible de croire ce qui ternirait une image que j'aime à conserver dans mon cœur intacte et pure. Il m'est impossible d'imaginer un avilissant et déplorable partage. Cette nature fière, impétueuse et sincère ne peut s'abaisser à ce point. Vous êtes à moi, vous ne pouvez donc être à un autre, car vous ne pouvez vous dégrader.

J'espère vous voir entre le Tribunat et le dîner, à moins que ce dernier ne se prolonge autant qu'aujourd'hui, ce qui n'est pas probable. En tout cas, je vous verrai à quatre heures et ne vous quitterai qu'un moment à huit heures pour revenir de suite. J'espère que rien ne dérangera nos projets. Une longue habitude m'a appris à toujours redouter quelque infortune lorsque j'ai fait des plans pour le plaisir ou le bonheur ! Mais vous romprez ce malheureux présage. Vous me porterez bonheur.

Adieu, ange que j'aime. Réponds-moi. Pense à moi, aime-moi.

# XI

*Madame Lindsay à Benjamin Constant*

6 janvier 1801.

Je commençais à croire qu'il fallait me résigner à ne pas entendre parler de vous. La manière dont vous m'aviez quittée hier, ces mots : *Je ne me laisse jamais entraîner*, rien ce matin qui en répare l'effet, et ce soir quelques lignes contraintes, me forceront à sortir de l'égarement où vous m'avez plongée. L'effort est bien douloureux, mais il y aurait folie à *me* laisser entraîner davantage.

Vous savez faire du mal et ne savez pas revenir. Vous agissez sans cesse sur moi, sans que je puisse vous faire éprouver les mêmes effets. Vous ne m'aimez pas, j'en ai bien peur.

Depuis hier tous vos mouvements, toutes vos
paroles ont été considérées et pesées. Et je
ne donnerai ma vie qu'à l'homme qui ne mettra d'autre limite à son amour, que celle que
j'imposerai moi-même. Commencerai-je une
nouvelle et vulgaire intrigue pour des plaisirs
éphémères, pour être sacrifiée, peut-être, à des
liens plus flatteurs pour la vanité, ou plus
utiles aux relations mondaines ? Vous m'avez
fait considérer les choses sous un jour nouveau et pénible. En un mot, ma raison est contre
vous, et mon cœur profondément blessé par
votre conduite. Il vaudrait mieux dans mon
état d'esprit actuel ne pas vous voir ce soir.
Peut-être en serez-vous heureux ? Je suis malade,
malheureuse, j'espère de tout mon cœur
qu'une haine universelle sera la suite de mes
combats.

## XII

*Benjamin Constant à Madame Lindsay*

19 janvier 1801.

La bague est sur mon cœur, — elle ne le
quittera jamais, — ma toux a diminué, et je
crois qu'en me reposant un peu et en me cou-
chant de bonne heure, je me retrouverai bientôt dans l'ordre accoutumé. Je commence
par répondre aux questions de fait... Laissez-

moi maintenant vous remercier d'avoir pris de mes nouvelles, et te répéter encore et encore qu'aucun amour ne saurait être plus tendre ou plus sincère ou plus passionné que le mien.

Ce que vous avez pris pour du changement est au contraire le résultat de l'idée que nous sommes unis pour la vie. Cette idée m'a fait porter mes regards autour de moi. Certain de ce qui fait la base de mon bonheur, j'ai senti le besoin de découvrir la route la plus sûre pour le mettre à l'abri des événements. J'ai vu que dans votre situation tout éclat vous nuirait, et produirait en vous-même, par son effet au dehors, une impression qui vous rendrait peut-être à jamais triste et malheureuse. J'ai vu que dans la mienne, entouré d'ennemis, une rupture * qui me couvrirait à juste titre du reproche d'ingratitude et de dureté, attirerait les regards sur moi et attiserait les haines. J'ai vu que l'inaction et le silence, pour un homme qui est entré bien volontairement dans les affaires et qui y a contracté par cela même plus de devoirs qu'un autre, était un mauvais parti ; que n'ayant plus la garantie de l'obscurité, il fallait conquérir celle du courage et du talent. Il est résulté de tout cela un besoin de défendre mes idées, de ménager un genre de lien qui n'a rien de commun avec mes sentiments pour vous, de travailler pour le Tribunat et pour

* Rupture avec M^{me} de Staël.

ma réputation, et par conséquent de mettre moins d'entraînement et plus de régularité dans ma vie. Voilà l'histoire de ce que j'ai fait et éprouvé. Mon dernier but, ma véritable espérance, c'est de vivre en vous et avec vous. Votre figure, votre voix, votre esprit, votre cœur, tout, jusqu'aux défauts de votre impétueux caractère, me sont chers et doux à voir. Vous êtes l'idéal d'une femme, je vous l'ai dit souvent, et je ne conçois pas qu'après vous avoir aimée, je puisse en aimer une autre, ou cesser de vous regarder comme le seul intérêt profond de ma vie, et le centre de toutes mes espérances, de toutes les affections de mon cœur.

Je vous verrai d'abord après le Tribunat, à moins qu'il ne finisse extrêmement tard. Mais il est certain que je serai libre à quatre heures...

## XIII

*Benjamin Constant à Madame Lindsay*

21 janvier 1801.

Ange d'amour, je ne vous verrai pas ce soir. Je veux me débarrasser de mon maudit travail, je veux le faire bien, parce qu'il sera peut-être le dernier et qu'il faut qu'il soit digne de vous et de moi : de vous surtout, dont j'adore tous les jours plus le caractère, et dont j'idolâtre chaque jour davantage la figure.

Je vous aime passionnément : je vous verrai demain ; je ne veux pas vous écrire davantage, parce qu'il ne faut pas que mes idées s'écartent du sujet austère que je traite, et qu'au milieu votre image répande dans ma tête un trouble qui me les fait perdre toutes. Adieu, jamais femme ne fut aimée comme je vous aime !

## XIV

*Note écrite par M^me Lindsay et intercalée par elle entre les lettres des 19 et 21 janvier au moment de sa fugue à Amiens, où elle copiait les lettres de Benjamin Constant. Elle est datée du 5 juin 1801.*

*The victim was secured and art was no longer necessary.*
[ Sûr de sa victime, il jugea inutile désormais de feindre. ]

A cette époque (19 à 20 janvier 1801) finit ma sécurité. Ses sentiments, sans être détruits, changèrent de nature, ou plutôt, sûr de moi, il cessa de feindre, et dans cette lettre, l'accablant avenir fut tracé. Dès ce jour, la méfiance, le soupçon s'emparèrent de moi. Sans altérer l'amour, ils firent le tourment de mon existence. Si les démonstrations les plus passionnées ramenaient parfois le calme et me rendaient ma première ivresse, une marche adroite, invariable, que l'aveuglement de l'amour le plus violent ne pouvait me dérober, me plongeait bientôt dans toutes les angoisses de l'incertitude, me livrait à toutes les douleurs de tant d'espérances trompées. Le cœur le plus froid se jouait du mien, jusqu'au moment où, comblant la mesure, l'amant même me fit un devoir de renoncer à lui.

Je ne verrai plus cet objet adoré, alors même qu'il m'est impossible de l'estimer encore, mais dans l'affreux abattement où je suis plongée, m'étant interdit de prononcer jamais son nom, de confier jamais ces maux qui pèseront sans cesse sur mon cœur, je trouve encore un charme qui suspend mes douleurs, à réécrire ce qui a servi à me perdre.

Amiens, ce 16 prairial an IX [5 juin 1801].

## XV

*Madame Lindsay à Benjamin Constant*\*.

Sans date.

Le docteur a chargé Adrien de me remettre un billet de loge pour quatre personnes, je n'ai pu refuser à mes enfants de les mener au spectacle. Je souhaite que cela ne vous contrarie pas de venir m'y rejoindre. Vous me trouverez

---

\* Après une séance du Tribunat à laquelle M^{me} Lindsay avait assisté.

aux loges du rez-de-chaussée, nº 1, théâtre de la République. Ce n'est pas du plaisir que j'ai eu à vous entendre que vous serez étonné. Oui, je l'avoue, j'ai admiré votre logique ferme et serrée, et le talent avec lequel vous avez développé les vues du projet que vous combattiez. Vos citations ont remué mon cœur et je n'ai regretté que ce que vous avez dit sur un talent que, certes, personne ne sera jamais assez stupide pour vous refuser.

Je n'ai pas assez de connaissances pour bien juger si quelquefois vous avez été adroit et même un peu sophistique. Vous avez noblement défendu une bonne cause, et quel que soit le résultat, vous avez certainement remporté la palme d'un raisonnement plein de bon sens.

Je voudrais avoir autant de sujet de me louer de votre cœur que de votre esprit, Benjamin. Je suis encore frappée douloureusement de l'impression que j'ai produite lorsque j'ai paru devant vous d'une manière si inattendue : je ne me plaindrais pas que vos yeux, errant dans la salle, ne m'aient pas découverte. J'accuse seulement leur faiblesse. Je vous voyais, moi, et j'étais heureuse, et j'étais fière, et mon cœur battait au moindre de vos mouvements, je me croyais aimée !

Quelle serait son émotion, me disais-je, s'il pouvait m'apercevoir !... Je n'étais donc que vaine ? Vous n'avez été qu'étonné : à peine m'avez-vous regardée. Ce n'est que par réflexion que vous m'avez dit adieu lorsque je m'éloignais.

Écoutez, Benjamin, je suis trop fière pour me plaindre longtemps de n'être pas assez aimée de vous. Plus j'attache de prix à remplir exclusivement votre âme, moins je supporte l'idée de n'être qu'un objet secondaire dans votre affection.

Je suis mortellement blessée. Ménagez même ma sensibilité. Je sais que dans ce moment vous tenteriez vainement de vous justifier. Il est des choses qu'on ne juge bien qu'avec le cœur. Le mien a été cruellement froissé, et il n'est que trop vrai peut-être que le vôtre a épuisé tous les sentiments. Adieu, ne me parlez pas de ce que je vous écris. De qui avez-vous reçu une lettre étant au Tribunat ?

## XVI

*Benjamin Constant à Madame Lindsay.*

3 février 1801.

Je n'ai jamais été plus surpris qu'en recevant votre deuxième lettre. Quelle injustice ! Mais vous êtes injuste par amour ; et je devrais vous en remercier au lieu de vous le reprocher ; je n'ai jamais mieux senti combien je vous aime, combien votre image est profondément gravée dans mon cœur et comme nos vies sont étroitement liées et ne pourront jamais être séparées.

Je ne comprends pas pourquoi les paroles que vous avez copiées ont pu vous irriter ? Oui, la douleur que j'ai ressentie était violente ; elle m'a alarmé parce que je ne puis me souvenir d'avoir jamais ressenti une douleur semblable. Tous les sentiments que vous m'inspirez sont nouveaux. Je n'ai jamais éprouvé de pareilles impressions. Je n'ai jamais aimé comme je vous aime. Je n'ai jamais ressenti de jouissances comparables à celles que vous me donnez. La surprise que me causent des émotions inconnues, impossibles à décrire, comparables à aucune autre, n'a rien d'offensant pour votre cœur et pour votre fierté.

Anna, j'aime votre visage, votre voix, votre beauté, votre conversation, votre cœur, votre âme... Il n'y a pas une parcelle de vous que je n'adore. Vous êtes folle ou stupide : je ne trouve pas de mots assez forts pour exprimer mon mépris pour votre absence de discernement, en ne voyant pas, ou n'étant pas convaincue, que vous êtes aimée au delà de toute expression, par un homme plus digne de vous aimer, de vous apprécier comme vous méritez de l'être, que nul autre humain sur la terre.

Anna, tu es folle. Je saurai mieux te le prouver quand je te tiendrai dans mes bras, en te disant à l'oreille mon amour et mon désir, que

par tous les mots que je pourrais tracer sur
cette feuille froide. Ce nom d'*Anna* n'est pas
une vaine formule : c'est un mot consacré,
qui rappelle à mon cœur tous les souvenirs
d'une félicité céleste et sans limites. Anna, c'est
le nom de mon amie, de ma maîtresse, de la
compagne de ma vie, associée à toutes mes
joies.

J'ai peut-être tort de ne pas sentir que votre
situation exige des ménagements nécessaires.
J'ai eu tort. Mais ce n'est pas un tort comme
celui que vous me reprochez. C'est l'impatience
de l'amour, de l'habitude du bonheur si pur,
si doux, si complet que je goûte en fixant les
yeux sur toi. Anna, folle Anna, je t'aime !
Je te verrai, je t'embrasserai, je te presserai
contre mon cœur dans peu d'heures.


# XVII

*Madame Lindsay à Benjamin Constant*


Ce 22 février 1801, dix heures.

J'ai passé une nuit presque sans sommeil,
mais vous étiez l'objet constant de mes pensées éveillées, et comment pourrais-je me plaindre ? Pourquoi mon imagination va-t-elle
sans cesse à la rencontre des joies promises,
qui termineront cette journée ? Vous êtes
privilégié, mon cher, de m'inspirer des désirs

qui ne meurent jamais ! Vous m'avez
transformée !

C'est de· mon cœur, que tu as réchauffé,
de mon imagination, que tu as exaltée, que
jaillissent les joies inexprimables que je ressens
dans tes bras. Une source plus noble et plus
pure que mon corps me pousse à t'aimer et
à mélanger mon âme avec la tienne. Oh !
apprends-moi à augmenter toutes tes facultés
d'amour, comme tu as doublé les miennes.
Apprends-moi à combler de bonheur tous les
instants de ta vie. Mon orgueil, ma gloire
est en toi. Tu seras ma renommée. Je n'envie
personne. Donne-moi ton âme ! Donne-la-
moi pure de toute autre affection. Parle d'affection si cela te plaît, mais n'en ressens pour
nulle autre que ton Anna. Est-ce trop présomp-
tueux d'en demander autant ? Mais n'ai-je
pas le droit de demander autant que je donne ?
Benjamin, vous pouvez rejeter mon amour,
mon cœur peut se briser, mais jamais je n'ac-
cepterai de dévouer ma vie à une affection
partagée. Chaque jour fortifie mes sentiments.
Ils sont devenus l'unique affaire des années
qui me restent à donner, qui soient encore
désirables. Je désire les terminer par un
attachement digne. Voulez-vous me conduire
au terme d'un voyage, que je regrette *si amèrement* de n'avoir pas commencé avec vous ?

Plus j'ai vécu, plus j'ai appris à mépriser le
monde et à être dégoûtée par ses perpétuelles

contradictions. La plupart de ceux qui y vivent ont le même sentiment, et cependant ceux qui ont quelque valeur travaillent dur, et passent leur journée à faire de pénibles sacrifices pour obtenir l'approbation de ceux qu'ils méprisent ! Tel a été mon sort. Déclassée par un sort infortuné, et lancée dans une triste carrière, j'ai lutté désespérément pour conquérir le peu de position que j'étais en droit d'attendre. On aurait pu m'accorder davantage, mais je n'ai jamais rencontré que l'égoïsme et l'étroitesse de l'âme, et à la fin l'ingratitude a tout couronné.

Je désire déposer mes armes et devenir une femme normale, et répéter avec Milton : « She for God and He. » (Elle pour Dieu et pour Lui). Oui, tu seras mon Univers... ta gloire couvrira les défauts de la mienne. Ton estime, ton amour, placeront ton Anna assez haut. Mais me les accorderas-tu éternellement ?

Je vous verrai avant dîner. J'espère que rien ne viendra bouleverser la parfaite harmonie de mon âme avec toute l'humanité, car je t'ai dit que je t'aime ! !...

Je tâcherai de me débarrasser de mon mauvais génie qui, comme Satan, présage l'infortune à mon oreille.

L'affaire dont Henri t'a parlé hier m'inquiète, quoique je ne la connaisse pas. Je voudrais tant que tu ne fusses pas tourmenté pour ces misérables intérêts qui sont le devoir d'un

autre. Pourquoi ne veux-tu pas que je me mêle
en rien à toutes ces choses ? Tu me raconteras
au moins ce qui en est. Je suis jalouse de ce
que Henri a la permission de t'être utile de
quelque manière. Je te verrai vers quatre
heures, je te verrai ce soir. Je verrai ton image
dans tous les instants. Ton sourire est présent à mes regards. Ton sein se presse contre
mon cœur : ta voix retentit autour de moi.
Je t'aime... Adieu, ange, charme de ma vie,
félicité de chacun de mes jours ; adieu, objet
d'amour, d'affection, de confiance et d'estime.
Adieu, toi, qui es l'objet de toutes mes sensations douces et de toutes mes facultés d'aimer.

# XVIII
*Benjamin Constant à Madame Lindsay*

26 mars 1801.

J'espère vous voir ce matin. J'ai laissé s'ar-
riérer beaucoup d'affaires et de comptes et
je dois les mettre en règle, mais tout cela sera
fini, je pense, avant deux heures. Si je n'étais
pas prêt avant dîner, j'irai ce soir sûrement
de bonne heure, et si vous voulez faire en sorte
que je puisse être seul avec vous, j'attendrai
aussi tard qu'il le faudra pour que tous les
importuns partent et pour causer librement.
Ce n'est qu'en causant que je puis vous ré-

pondre, n'ayant aucun moyen de juger de la
fidélité du compte rendu. Ce que je puis seulement vous dire d'avance, c'est que si vous
n'êtes pas contente de moi, si vous me soup-
çonnez, vous avez tort. Je n'ai que deux idées
dans le monde, et ce cœur si mort d'ailleurs,
ne se ranime que pour ces idées : l'une de ces
idées est de ne changer en rien votre situation
*sans la certitude* qu'elle serait meilleure. L'autre,
de vous donner tout le bonheur qui est compatible avec cette résolution, de ne prendre sur
ma responsabilité aucun bouleversement dans
votre vie. La pensée d'avoir à me reprocher
la moindre diminution de repos, de moyens
d'existence et de cette considération que vous
avez acquise par tant de nobles qualités, et
par une si fatigante lutte, cette pensée me donne
un frémissement qui me prouve que, réalisée,
elle deviendrait insupportable. Je puis me
consoler de vous exposer à quelque ragot,
de troubler un peu l'harmonie de votre salon :
mais si je vous entraînais dans un pas irréparable, et si je ne versais pas ensuite sur votre
existence tout le bonheur que vous méritez,
et qu'il n'est peut-être pas en moi de donner,
malgré mes efforts, je ne me le pardonnerais
jamais. Je ne concevrais pas que vous vissiez
dans le sentiment que je vous expose autre
chose qu'une profonde moralité. Certes, Anna,
si j'étais comme on le dit, perfide ou dur,
quel motif me prescrirait ces ménagements ?

L'abandon d'une femme, aux yeux d'un monde indifférent et sévère, ne lie jamais un homme, et pour être à l'abri de tous reproches, il me suffirait de ne pas concourir activement à la démarche quelconque qui déciderait de votre sort. Je pourrai agir sur votre imagination, vous exalter la tête, vous faire rompre vos liens, avant que votre existence soit assurée. Vous laisser mettre le monde entier contre vous, et profiter ensuite précisément au degré qu'il me plairait, de vos sacrifices. Qu'est-ce qui m'arrête, si ce n'est le sentiment intime de ce que vous valez, et l'impossibilité de supporter le malheur d'un être que j'aime et que j'apprécie?

Anna, je connais la vie, cette vie dans laquelle les objets ont deux faces et se présentent toujours, lorsqu'on a agi, sous le point de vue opposé à celui sous lequel on les contemplait auparavant. Je connais le tourment des situations irréparables. Je sais combien, avec votre caractère fier, qui comme tous les caractères délicats, a besoin de l'approbation même de ce qu'il méprise, le blâme, la médisance, les propos d'une société qui me hait, influenceraient sur vous. Je connais aussi *mon* caractère, moral, sensible, quoi qu'on dise, et craignant plus le malheur des autres que le mien propre. Mais affairé, ambitieux peutêtre, et ayant tellement agi sur lui-même pour ne pas souffrir, dans une carrière semée de souffrances, qu'il a perdu cette douceur qui

certes aide à soigner, à guérir les blessures,
même quand je les plains et que j'y prends part.

Anna, ne dites pas que je vous joue : quel
mot affreux et injuste. Ah! je le répète, si je
ne mettais pas à votre bonheur une importance
sans bornes, qui me dicterait cette lettre qui
peut tourner contre moi? Je vous posséderais
au jour le jour, et certes il me serait bien
plus doux de vous voir dans mes bras, perdue
dans une ivresse sans mélange, que de soulever
des réflexions qui peuvent vous détacher.
Votre ligne de conduite est tracée. Si je ne
pensais pas que la dépendance dans laquelle
on veut vous tenir, ne peut vous rendre heureuse, je ne vous dirais pas de rompre. Mais
ma conviction profonde, indépendante de tout
intérêt personnel, est qu'il vous faut une existence *assurée*, au-dessus des tracasseries d'un
esprit aigre et étroit qui vous tyrannise.

Cette indépendance, vous ne pouvez, vous
ne voulez la tenir que de ce qui vous est dû.
C'est donc là que vous devez tendre, et tout
ce qui peut y nuire ou la retarder, tout ce qui
peut en rendre le motif douteux, doit momentanément disparaître.

Tant de raison, direz-vous, n'est pas compatible avec l'amour. Vous avez tort, cette raison
est compatible avec un sentiment éclairé par
l'expérience, et avec une véritable moralité.

Vous méritez d'être heureuse, et libre et
indépendante, et vous le serez. Vous ne le

seriez pas en bravant le monde, en sacrifiant le fruit d'une lutte difficile, en vous entourant d'une défaveur qui vous serait insupportable, et pour laquelle *moi*, contre lequel tant de haines s'agitent, tant de chances de proscription sont possibles, et qui ne puis vous offrir ni l'éclat d'une fortune qui achèterait l'approbation, ni celui d'un nom qui la commande, je ne vous donnerais aucune sauvegarde réelle, aucun durable dédommagement. Anna, je vous aime profondément. Ne me jugez pas injustement et demandez-vous, après m'avoir lu, si vous pouvez ne pas m'estimer. Songez que cette lettre est écrite à la hâte, sans être relue, et ne vous arrêtez pas à quelques mots, mais *à l'intention*. A ce soir.

## XIX

*Benjamin Constant à Madame Lindsay*

La Grange, ce 29 floréal an IX [19 mai 1801].

Je ne vous écris que deux mots : je ne sais dans quelles dispositions vous êtes ; mais je voudrais que vous ne fussiez pas injuste, que votre injustice ne vous fît prendre aucune résolution violente ou précipitée, et que vous ne fissiez rien d'irréparable jusqu'à ce que je vous eusse vue, et que nous nous fussions *bien expliqués* et *bien compris*. J'ai un sentiment bien profond pour vous. Il se compose de mille affections différentes. Et je ne puis m'empêcher de croire que vous perdriez quelque chose en y renonçant. Je sens que notre première entrevue décidera de nos relations futures : et c'est pour cela que je vous écris. Votre pensée ne m'a pas quitté depuis mon départ. Je ne serai à Paris que le 3 prairial, au plus tôt. Je suis obligé de rester ici demain, et d'aller prendre une diligence assez loin d'ici. Je vous verrai certainement le 4. Faites que je trouve chez moi un mot qui m'annonce une bonne disposition. Serait-ce sans regrets que vous rompriez ce lien qui nous unit, et que vous renonceriez aux souvenirs de tant d'heures délicieuses doucement passées ensemble, de tant de plaisirs délicieux, de tant d'ivresses et d'oubli du monde entier au sein du bonheur le plus complet et le plus vif ?

Adieu, quoi que vous fassiez, je vous aimerai toujours, comme la plus noble et la plus attrayante des femmes.

## XX

*Madame Lindsay à Benjamin Constant*

Paris, ce 30 floréal à une heure du matin, an IX.
[20 mai 1801].

La lettre profondément perfide que j'ai devant les yeux, m'est garant que celle-ci

ne fera rien éprouver à votre cœur. Réjouissez-
vous d'avoir brisé le mien. Dans trois heures
je me serai ôté la possibilité de vous revoir.
Je pars avec le regret du passé et l'horreur
de l'avenir. Voilà le prix de l'amour le plus
abandonné, voilà ce que le vôtre m'a légué. Si
vous daignez vous rappeler avec quel art
vous m'avez rendu quelque tranquillité hier
en me quittant, si vous vous rappelez que
vous m'avez calmée me disant : *Je vous verrai
sans doute demain, mais laissez-moi lui faire mes
adieux* \*, vous rougiriez, j'espère, du rôle que
vous avez joué. Cette lettre, lettre si cruellement
insouciante, a dérangé les profonds calculs de
votre âme si inflexible.

Vous n'avez pas prévu les égarements de
la douleur, le désespoir de l'amour trompé ;
vous avez jugé de moi d'après les êtres brill-
lants et corrompus qui ont des droits si puissants sur votre vanité ! Je n'ai rien avoué,
et le bouleversement de mes traits, les sanglots que je n'ai pu retenir, les mouvements
convulsifs qui n'ont cessé de m'agiter depuis
la réception de votre lettre, ont donné tous
les éclaircissements suffisants pour qu'un es-
clandre en ait été le résultat.

Quelles douleurs vous avez accumulées dans
mon cœur ! à quels affreux efforts vous m'avez
condamnée ! c'est moi qui vous fuis : je n'ai

---

\* A M^{me} de Staël.

plus d'espérance, et ce qui est horrible, insupportable, je ne peux plus vous estimer. Ceux qui voulaient me défendre contre les inculpations publiques dont on vous chargeait, ont achevé de m'accabler par le genre de preuves qu'ils alléguaient. Vous étiez plus que jamais attaché à M^{me} de Staël. Votre ami T... dit à qui veut l'entendre que le jour où vous avez dîné chez lui avec elle, vous la regardiez avec une avidité inconcevable, que vous sembliez dévorer de vos yeux tout ce qui l'approchait. Celui qui répète ce propos ne saurait être suspect. Mais, grands Dieux, de quoi vais-je m'occuper ? votre conduite ne m'apprend-elle pas l'affreuse vérité ? Au milieu des emportements, des reproches, des menaces, je n'ai senti, je n'ai pensé qu'à votre inconcevable perfidie. Est-ce vous qui m'osez écrire une pareille lettre, et ne vous souvenez-vous plus de toutes celles que vous m'avez écrites ?

Qu'il eût bien mieux valu me dire : « Je vous ai trompée. Je ne vous aimais pas autant que j'ai voulu vous le persuader, peut-être me suis-je trompé moi-même... »

Je veux répondre à quelques-unes des phrases artificieuses de votre lettre. « Je n'ai ni le pouvoir ni la fortune qui en impose, et qui réconcilie aux choses bizarres, je n'ai que la considération d'un caractère froid, sévère et indépendant : un coup de tête me l'enlèverait. » Qu'appelez-vous un coup de tête ? est-ce de m'aimer, est-ce d'être aimé de moi ? Que vous demandais-je de plus ? Il y a quelques jours, lorsque je vous écrivis que je vous abandonnais ma vie, que je me résignais, que je faisais le sacrifice du seul genre de vie dans lequel je puisse trouver le bonheur complet, avez-vous pensé que je me soumettrais à l'insulte, et à n'être que l'instrument commode de vos plaisirs ?

Je ne voulais pas de coup de tête. Je voulais, avec autant de bonheur que votre amour pouvait m'en donner, attendre que le temps eût en quelque sorte légitimé cette nouvelle union, mais je n'ai pas compris un moment que vous ne relâcheriez pas vos rapports avec une autre. Jusqu'à quel point vous avez cru pouvoir abuser de mon délire ! Comme vous avez bravé ma douleur ! et enfin en la poussant à l'extrême, vous avez bouleversé complètement mon existence !... Vous seriez bien heureux d'avoir à vous faire pardonner ce que vous appelez « des folies de l'amour ». On ne vous juge pas assez favorablement pour vous croire capable d'en faire. Mais je pars, et je m'effraie de l'effort cruel que j'ai fait sur moi-même. Maintenant, quelle que soit ma faiblesse, c'est un devoir que de partir. Je veux bien essayer de vaincre mon amour, mais qui a le droit de m'en imposer la loi ? Il faudrait désormais opter entre vous et un autre. Je ne calcule pas, je n'ai pas de vanité, de considération honteuse qui me retiennent. Je puis vous fuir, j'en avais formé le projet avant qu'on eût éclaté. Mais cesser de vous voir, qu'un homme, quel qu'il soit, puisse *me forcer* à vous éloigner de moi, cette idée me révolte. En vous aimant, je n'ai trompé personne... je ne dois qu'à moi de taire le secret de notre union, parce que vous l'avez laissée sans excuse. On dit que vous m'avez affichée, que votre amie a parlé de moi comme d'une personne qu'*elle vous passait*. Je ne croyais pas ces bruits odieux, mais c'est pour vous avoir aimé qu'on cherche à m'avilir !

Il faut finir cette lettre trop longue, qui dit si peu, qui dit si mal, tout ce que j'éprouve. C'est un éternel adieu que je vous fais. Partout je vous éviterai, je demanderai à tout le monde, de ne jamais prononcer ce nom, que j'ai prononcé pendant quelque temps avec tant d'amour et d'orgueil ! Je ne sais quand je reviendrai, je ne sais ce que je vais devenir, je frémis des jours non encore écoulés. Moi, grands Dieux ! qui dévorais les heures qui nous séparaient, je ne vous verrai plus !... Je vous supplie de ne pas m'écrire : laissez se fermer mes profondes, mes douloureuses blessures.

Puissiez-vous, Benjamin, ne jamais regretter mon amour !... Vous m'avez fait bien du mal, et moi je vous souhaite tout le bonheur dont je suis pour jamais privée. Je crains, hélas, que vous ne soyez dans une fausse route pour le chercher.

Je vous demande pour dernière grâce, si vous rencontrez M. de L... *, s'il vous demande une explication, d'y mettre de la modération. J'ai mis l'état où il m'a vue sur le compte d'un abattement nerveux. Je l'ai aussi attribué à ce que, voulant lui faire mystère de mon voyage [ce qui était vrai], je n'avais pu résister à la tristesse que ce moment m'inspirait. Au reste, je n'ai rien dit qui fût contraire à la dignité de celui que j'ai tant aimé. J'ai dit que si je vous aimais, vous seul pouviez me guérir. Trahie par vous, je n'ai pu rien souffrir qui vous blessât. Cependant quels détails cruels il m'a fallu entendre ! Adieu pour toujours !...

Je suis persuadée que la réflexion aura calmé M. de L... Il est malheureux. Puisse-t-il cesser de vouloir une chose impossible. Je ne puis rien pour lui. Mais mon cœur, quoique déchiré, quoique abattu par tant de souffrances, lui porte encore une tendre affection. Adieu, Benjamin ! Oh ! quel charme je trouvais à tracer ce nom ! Je ne l'écrirai plus, un jour peut-être il me fera horreur. Avec quel art profond vous vous êtes fait aimer. Je ne guérirai jamais, je le sais. Tel qu'un malheureux qui s'est abreuvé d'un mortel poison, il échappe à la mort par les prompts secours qu'on lui donne, mais sa vie s'écoule dans des souffrances

* Auguste de Lamoignon.

aiguës ou dans la langueur. Vous ne vous
vanterez plus de n'avoir rien changé à mon existence. Comme si du moment où je vous ai
aimé elle n'avait pas été bouleversée !

Je ne me coucherai plus dans ce lit ; je veux
que l'on me le change — je voudrais ne jamais
revenir ici — peut-être n'y reviendrai-je plus.
« Je le sens, me disiez-vous dans une de vos
lettres, ma vie est dévorée, et ce qui n'occupera
que quelques-uns de vos moments fera le
destin de ma vie ! »

## XXI
*Benjamin Constant à Madame Lindsay.*

Le 11 prairial an IX. Paris [31 mai 1801].

Je vous aurais répondu hier même, à l'instant où j'ai reçu votre lettre, si après vous avoir
écrit douze pages, je n'avais senti le besoin de
mettre de l'ordre dans mes idées, de ne rien
laisser de vague dans mes expressions, et de
vous mettre à même, en répondant à tout ce
que vous me dites, et à tout ce que vous me
proposez, d'une manière claire et positive,
de décider vous-même sur vos projets et votre
avenir.

Vous me demandez de vous déclarer mon
plan de vie, de rompre d'une manière authentique, de vous donner des preuves de ma rupture, et ces preuves consisteraient en une lettre

que je vous livrerai. A ce prix vous m'offrez de me consacrer votre vie, d'écrire à M. de L... que vous m'aimez, de le sommer de terminer vos intérêts avec lui et d'assurer votre créance. Enfin vous me faites une loi de vous dire avec précision ce que je veux.

Jusqu'à présent je ne me l'étais pas déclaré à moi-même. Votre départ m'avait porté un coup dont je ne m'étais pas relevé. J'errai dans l'abattement et la douleur, privé de vous. Votre lettre me rend la raison. Je vois que je vous dois à vous une explication franche. Il est injuste de compromettre votre existence en me laissant plus longtemps moi-même agité çà et là par l'indécision. J'ai donc rassemblé toutes mes forces. Je me suis fait à moi-même les questions que vous me posez. Je vous en envoie la solution.

Je vous aime. Dès l'instant que je vous ai vue un sentiment impérieux s'est emparé de moi. Votre figure, votre esprit, votre caractère, votre âme, tout m'a entraîné. Il y a en vous quelque chose de fier, d'indompté, de généreux, de *genuine* [sincère] qui est à mes yeux l'idéal d'une femme. Vous avez une force, une étendue, une impartialité d'esprit qui est un charme tout-puissant pour moi.

Vous m'avez aimé : et de nouveaux plaisirs, des plaisirs jusqu'alors inconnus ont resserré mes liens et vous ont rendue nécessaire à ma vie. Jamais volupté si pure, si enivrante et si

profonde n'avait été à grands flots versée sur
tout mon être. Jamais femme n'avait réuni
tant de sortes de délires avec quelque chose
de si pur et de si délicat.

Je ne connaissais alors que votre situation
ostensible. Je vous croyais maîtresse d'un
homme pour lequel vous vous étiez dévouée,
envers qui vous aviez développé toutes les
vertus du caractère le plus élevé. J'ignorais
vos rapports de fortune, et je ne savais pas
jusqu'à quel point votre sort et celui de vos
enfants dépendaient de lui. Lorsque vous
fûtes vaincue par l'amour extrême que vous
n'avez pas cessé de m'inspirer, nos cœurs
s'étaient entendus, mais nous n'avions encore
parlé que d'amour, et le détail de vos affaires
ne m'avait point été confié.

Lors donc, qu'ivre d'amour, je vous proposais de vous emmener à la campagne, je ne
savais point qu'après une séparation d'avec
M. de L... il y aurait encore des détails, toujours pénibles et longs à régler, détails affreux
pour mon cœur, et par leur origine et par leur
genre, puisqu'ils devaient me retracer sans
cesse que vous en aviez aimé un autre que moi.

Ma situation à moi était très simple. Un
tendre amour pour une femme qui avait toujours été parfaite pour moi, s'était changé en
une amitié tendre et durable. *Rien* ne me liait
à une fidélité que nos sentiments mutuels
n'exigeaient plus. *Tout* me liait à de la recon-

naissance, à de l'attachement, à toutes les espèces de services et de dévouements, hormis l'amour. Mais rien dans ma liaison avec vous ne s'annonçait comme incompatible avec ces devoirs, et je dirai même avec ce besoin de toute âme sensible et délicate. Nos liens ont continué. Ma conduite envers vous a été ce qu'elle devait être, puisque l'amour le plus vif remplissait mon cœur et occupait tous mes moments.

Vous m'avez alors parlé de votre situation de fortune. J'ai vu ce qu'une rupture coûterait à vous et à vos enfants, si elle *précédait* des arrangements auxquels vous avez les droits les plus incontestables, et qui pourront être entravés, défigurés, flétris même, si vos réclamations deviennent l'objet de démêlés publics et de discussions légales.

Une fortune bornée, une situation précaire, beaucoup d'ennemis, la chance de la proscription, si probable, au milieu d'une révolution orageuse, lorsqu'on éprouve le besoin et que l'on a accepté la mission de servir la Liberté, enfin votre propre délicatesse, m'enlevaient l'espoir de suppléer à des sacrifices pécuniaires qui seuls auraient, par l'abandon de toutes vos prétentions sur M. de L..., pu couper court *tout de suite*, à toute relation et discussion ultérieure avec lui...

Si M. de L... eût été pour vous ce qu'il devait être, si au lieu de travailler publiquement à un accommodement pompeux avec sa femme, et de vous offrir une situation secondaire, indigne de vous, il eût senti ce que vous valez, et vous assurer [? *sic*], fixer, et aux yeux du monde honorer votre existence, mon devoir eût été de me retirer. Je ne sais si j'aurais pu le remplir. Je vous aimais et je vous aime encore avec une passion qui maîtrise mon cœur et mes sens dans tout ce qui ne met pas votre bonheur en péril. Mais ce devoir ne me fut pas imposé. Je sus que M. de L... méditait une réconciliation flétrissante pour lui, injurieuse pour vous : qu'il vous destinait à rester sa maîtresse, aux dépens et par la fortune de sa femme. Vous me dites ce que j'aurais attendu de tout être doué de quelque fierté, qu'indépendamment de votre sentiment pour moi, vous n'auriez pas consenti à cet humiliant partage. Il vous restait à dénouer vos liens et à terminer avec lui, de la manière la plus amicale possible, des arrangements dont la *fortune de vos enfants* dépendait. Je ne cessais pas de vous dire qu'il ne fallait avoir que ce but en vue ; qu'il ne fallait ni rompre, ce qui était imprudent, ni renouer, ce qui était honteux, mais en partant d'une situation à laquelle votre attachement pour moi ne changeait rien, qu'il fallait, par vos amis communs, faire sentir à M. de L... l'impossibilité de subir la situation qu'il vous proposait, et la nécessité d'assurer la créance la plus légitime et la plus sacrée.

Quelques inquiétudes peu fondées, des rapports d'amis officieux agitèrent, vers les derniers temps, votre imagination ombrageuse. Sans amener aucune crise, sans changer en rien votre situation. Tel était l'état des choses lors de mon départ. Je suis parti pour trois jours. Je ne vous avais jamais promis que je ne partirais pas. Je vous avais même annoncé que peut-être je partirais. Ce départ vous a porté à une résolution violente. Une explication fâcheuse s'en est suivie. M. de L... soupçonne que vous m'aimez. Vous ne pouvez revenir reprendre votre vie antérieure et nous revoir tous deux.

Mais encore, ce départ, ces soupçons, cette scène, rien de tout cela n'a produit un changement matériel dans votre position. Une seule personne au monde sait que vous avez été à moi\*. Deux ou trois soupçonnent que vous êtes partie parce que vous m'aimez, tout le reste voit dans votre conduite du mécontentement contre M. de L... et le désir de sortir d'une situation pénible et de terminer des affaires désagréables.

Voilà l'état des choses dans le moment actuel.

Maintenant que me proposez-vous ?

De rompre avec une femme pour laquelle j'ai eu de l'amour, qui n'en a plus pour moi, et à laquelle il reste sur mon cœur les droits

---

\* Julie Talma.

d'une conduite parfaite et d'une véritable
amitié.

Qu'appelez-vous rompre ? Est-ce que vous
ne m'avez pas dit vous-même, qu'elle disait
que nous n'avions plus d'amour l'un pour
l'autre ? N'êtes-vous pas convaincue que depuis
que je suis lié à vous, je n'ai pressé dans mes
bras aucune autre femme ? Cette rupture peut-
elle être authentique, s'arrêter à l'amour et ne
pas blesser l'amitié ? Faut-il que je constate
d'abord qu'elle m'a aimé et ensuite que nous
ne nous aimons plus ? Comment rompre authen-
tiquement sans se brouiller, et pourquoi me
brouillerais-je ? A quel titre ? Qu'a-t-elle fait
pour perdre mon amitié ? Car, je le répète, il
n'est plus question d'amour. Vous sentez si
bien que cette authenticité de rupture est impossible, que vous avez été entraînée à me demander une chose indigne de vous et de moi. Je
copie votre phrase « *on m'a dit si souvent que
vous professiez de l'amour pour elle, pendant que
vous vous efforciez de me le prouver, que sous ce
rapport aussi je ne me contenterais pas de simples
assurances de votre part. En cas que vous m'aimiez
assez pour vouloir me reprendre, rien moins qu'une
lettre d'elle ne calmerait mes scrupules* ». Qu'est-ce
que cela signifie ? Est-ce une rouerie digne des
*Liaisons dangereuses* que vous me proposez ?
Avez-vous songé que livrer les lettres d'une
femme qui nous a aimé, est une de ces perfidies
dignes de l'homme le plus vulgaire, et qui le

fait, à juste titre, mépriser de l'objet même de son honteux sacrifice ? J'ai obtenu d'autres femmes, j'ai des lettres d'autres femmes. Aucune puissance de la terre n'obtiendrait de moi une seule de ces lettres. Vous m'avez quelquefois accusé d'être immoral : eh bien, l'idée de livrer une ligne d'un être qui m'a aimé, est une immoralité qui me fait frémir.

D'ailleurs, soyons francs et entendons-nous : rupture d'amour, elle existe : je ne suis plus aimé, je ne suis plus amant ! Rupture d'amitié, serait ingratitude que je ne veux pas commettre, et privation d'une amitié à laquelle je ne me sens *ni le désir ni le devoir* de renoncer. Ce dernier sentiment serait moins fort chez moi, que je réclamerais encore ma parfaite indépendance. Quelle liaison serait-ce, mon Dieu, qui recommencerait par des témoignages de défiance et par d'outrageantes précautions ! Vous n'en seriez pas longtemps tranquille. Vos soupçons renaîtraient. Nous nous consumerions en altercations douloureuses : et qui peut prévoir l'effet du soupçon d'un côté et du besoin d'indépendance de l'autre ? Ah ! je vous rendrais à vous-même un bien funeste service si je consentais à ce que vous me demandez. Ce serait alors que vous auriez lieu de vous plaindre ; car en prenant l'engagement de me plier aux craintes, aux inquiétudes, aux ombrages d'une femme, je prendrais un engagement que je ne pourrais tenir. Enfin, pour épuiser ce sujet, l'amour, mon amie, est-ce une chose qui s'enregistre, qui se constate, pour laquelle on s'engage? Je serais entraîné aujourd'hui à la trahison vraiment coupable que vous me demandez, que vous n'eussiez pas de raison nouvelle, ou plus forte, de compter sur moi. Au contraire, l'homme faible, indélicat, et perfide est plus facilement infidèle. Celui qui livre sa maîtresse d'hier à celle d'aujourd'hui, a dans le cœur le germe d'une inconstance prochaine. Ce qu'il aime est déjà menacé, dès que ce qu'il aimait n'est plus sacré pour lui. L'amour est *dans le sentiment,* et non dans *les sacrifices* qu'on lui impose. Les sacrifices inutiles, les épreuves gratuites sont toujours funestes. Un sentiment involontaire, indépendant de sa nature, ne subsiste pas par des engagements, mais par le charme qui l'a fait naître.

Que me proposez-vous encore, d'avouer à M. de L... que vous m'aimez et de partir de cette donnée pour régler vos intérêts avec lui? Ici, Anna, je vous demande de m'écouter avec calme, j'invoque votre justice. Car la question que je vais traiter est délicate, mais il le faut.

M. de L... vous doit de l'argent : c'est une chose incontestable. Mais vos titres ne sont connus que d'un très petit nombre d'amis : ils ne le seront jamais du public, même quand la nécessité vous forcerait, pour assurer la fortune de vos enfants, à recourir à des mesures légales.

Si vous vous séparez de M. de L... à cause de son raccommodement avec sa femme, vos demandes auront pour elles *toute faveur*. Car on verra que vous faites, en refusant de vivre avec lui, un sacrifice de fortune et un acte de désintéressement volontaire. Personne ne pourra vous soupçonner de motifs sordides ni de prétentions exagérées. Mais si vous partez d'un lien nouveau, l'on ne verra plus dans votre séparation avec M. de L... un acte de désintéressement, mais une rupture inévitable, puisque vous ne pouvez pas avoir deux amants à la fois : et dans vos réclamations, quelque fondées qu'elles soient, l'on ne verra que le désir de tirer encore parti d'une liaison ancienne. Sous quel point de vue pensez-vous que je paraîtrai aux yeux du public, moi qui souffrirai qu'une femme dont l'existence serait attachée à la mienne demandât à l'homme dont elle aurait été longtemps la maîtresse... de l'argent !

Peu importe que cet argent vous soit dû... ne sentez-vous pas, que dans la discussion, qui suivrait une rupture avec M. de L... indélicat comme il l'est sous tant de rapports, il lui serait facile de tout confondre ?

J'aurais l'air de vous diriger, de vous pousser contre lui, pour ajouter à une fortune dont je pourrais profiter. Il serait favorisé par le public, avide de ce qui peut flétrir un républicain, et circonvenu par la nombreuse *clien-*

*tèle,* dans le sens romain, d'une famille considérée.

Vous m'écrivez vous-même que si vous me revoyez, la rupture avec M. de L... sera éclatante, qu'il vous accusera devant l'opinion. Le fera-t-il moins, tout étant constaté, et lorsque sa vanité et sa jalousie seront plus que jamais irritées ? et si, comme je n'en doute pas, vous êtes forcée, par ce que vous devez à vos enfants, de recourir à des moyens légaux pour assurer votre créance, pensez-vous que mon nom ne se trouve pas mêlé à ces déplorables débats, dans ces débats que vous pouvez soutenir, avec avantage, gloire et noblesse, *en partant de la situation où vous êtes,* mais qui deviendraient honteux pour vous et pour moi si j'avais sur vous les droits avoués, qui me feraient un devoir de vous interdire *immédiatement* toute démarche de ce genre ? Certes, Anna, vous si délicate et si ombrageuse, vous n'avez pas considéré la question sous ce point de vue. Vous ne pouvez vouloir avilir celui que vous aimez, et je le serais inévitablement si l'on me soupçonnait seulement d'approuver des réclamations, fondées sans doute, mais qui seraient entourées de mille circonstances pénibles pour moi. Savez-vous, mon amie, la seule manière qui fût admissible ? Ce serait que vous abjurassiez à l'instant toute prétention sur ce que M. de L... vous doit : que vous lui écriviez que sa conduite envers sa femme vous rend libre, que vous renoncez à tout intérêt commun entre vous, que vous ne lui demandez rien, même de ce qu'il vous doit, et que vous n'en accepteriez rien, dût-il vous l'offrir. Toute autre ligne de conduite couvrirait de honte une liaison seulement soupçonnée entre nous, et tant qu'il pourra s'élever des discussions d'argent entre M. de L... et vous, je me dois, je vous dois à vous, d'éviter tout ce qui vous donnerait l'apparence d'avoir été dirigée par moi. Une femme qui m'appartiendrait ne doit avoir besoin de personne, elle ne doit rien demander à personne ; elle doit vivre pour et par moi seul.

J'ai répondu. Il m'en a coûté horriblement de fixer si longtemps vos idées sur un résultat pénible : mais je le devais. Il reste maintenant la dernière question : que voulez-vous, que me demandez-vous ? hélas... votre départ si subit, si irréfléchi a mis bien des difficultés dans mes résolutions, quelles qu'elles soient : dès le premier instant, en arrivant ici, j'ai vu d'un coup d'œil toutes ces difficultés. Je ne vois aucun moyen de les surmonter tout de suite, aucun de satisfaire ce besoin que j'ai de vous voir. Cependant, après tout, l'effet de votre départ n'est pas, à beaucoup près, aussi grand que vous le croyez. On pense trop facilement, mon amie, avec une imagination mobile et effarouchée, que le public entier lit dans votre cœur. Parce que l'on a éprouvé une secousse violente, on croit tous ses alentours témoins et instruits de cette convulsion. L'orage se passe au dedans de nous. S'il finit sans que nous l'ayons constaté par quelque acte irréparable, tout se retrouve comme auparavant, à la douleur près, qui a été cruelle, mais ignorée. Aujourd'hui personne sur la terre, si ce n'est M. de C... et Julie Talma, n'imaginent en me voyant ici, et vous à Amiens, que je sois pour quelque chose dans votre absence. Chaque jour ajoute à la conviction de vos amis que je n'y entre pour rien. Votre secret est entier. Il périrait avec moi plutôt que d'être révélé. Vous pouvez donc partir de ce point, qu'aux yeux du public, votre départ est un événement simple déjà oublié, et que ceux qui vous regrettent attribuent aux chagrins intérieurs que la conduite de M. de L... vous cause.

Vous avez deux partis à prendre :

Ou d'écrire à M. de L... que vous ne reviendrez que lorsque vos affaires avec lui seront réglées. Que vous devez à vos enfants d'assurer leur subsistance, et de vous adresser en même temps à quelque ami sûr et neutre dans cette affaire, M. de Ségur par exemple, pour qu'il parle à M. de L... et pour que vous ayez dans le public un garant, un témoin, un défenseur de votre conduite.

Ou de prendre la chose d'une manière moins grave, mais ce dernier parti est le plus difficile à la fois et le moins solennel, celui qui exige le plus de calme et de fermeté : c'est d'écrire à M. de L... que vous vous êtes éloignée à cause des scènes qu'il vous faisait ; et certes la dernière scène que vous avez essuyée est une excuse assez légitime : que vous allez revenir. Que vous le prévenez que vous voulez terminer vos affaires : que vous en appellerez à ses amis et aux vôtres, s'il s'y refuse : que vous prétendez *ne fermer votre porte à personne* : 1º parce que ce serait un aveu que sa jalousie est bien fondée, aveu que vous ne voulez pas avoir l'air de faire ; 2º parce que ce serait vous mettre aux yeux du public, dans une position fausse et humiliante de dépendance [et cela est vrai : songez bien à l'effet que feraient ces deux choses simultanées : la réconciliation tentée par M. de L... avec sa femme et votre soumission à fermer votre porte à quiconque lui ferait ombrage : ce serait véritablement une conduite tout à fait subalterne et dégradante pour vos rapports] ; 3º enfin, parce qu'il n'a pas le droit de l'exiger, et que vous avez celui d'être libre.

Ce second parti est peut-être le plus raisonnable. Cependant il a des difficultés : non pas celles de l'emportement de M. de L... dont je vous garantis la conduite modérée à mon égard, mais celles qui viendraient de votre faiblesse, de son empire sur vous, et de votre crainte de lui. Remarquez cependant que parce que M. de L... vous doit de l'argent, ce n'est pas une raison pour que vous en soyez dépendante, et que ce qu'il y aurait de plus naturel, serait peut-être un retour très simple, avec la profession de foi claire et nette que vous n'êtes plus rien à M. de L..., que vous êtes indépendante quoique pauvre, que vous comptez qu'il assurera votre créance, et que du reste vous voulez vivre à votre manière et voir telles personnes qu'il vous plaira, et quand il vous plaira.

Enfin, mon amie, ce que je veux, ma dernière lettre vous le disait. Je veux que vous soyez libre, que le goût et le sentiment nous unissent, que parvenue à l'indépendance en reconquérant ce qui vous est dû, vous viviez au milieu d'amis qui chérissent votre esprit et apprécient votre caractère ; que vous éleviez vos enfants, mère heureuse et considérée, que vous ne paraissiez la maîtresse de personne, ni soumise à personne. Voilà ce que je veux pour vous.

Pour moi, en consacrant à vous une grande partie de ma vie, parce que j'y trouverais le bonheur, je veux l'indépendance que j'ai toujours conservée, je veux ne détruire aucun lien d'amitié, de reconnaissance et d'affection, n'être ni ingrat ni perfide, ni soumis à un joug quelconque. N'avoir à rendre compte d'aucune partie de ma conduite, n'avoir pas à craindre qu'un voyage de trois jours soit un crime, qu'une course dans un département où j'ai des propriétés, soit un événement. Je veux sanctionner mon sentiment pour vous, par ce qui seul rend le sentiment heureux et durable, la liberté. Anna, je veux être avec vous dans les seuls rapports qui me permettraient de vous rendre heureuse, qui n'aigriraient pas mon caractère, comme l'a *toujours fait toute espèce de contrainte*. Sans doute serais-je toujours heureux de céder à vous, tant que je n'y serais pas forcé. Mais ne méconnaissez pas votre empire. Remettez-vous-en à vous-même, à vos moyens naturels, à votre céleste figure, à votre esprit ferme, vaste, généreux, à cette dignité qui vous entoure et qui garantissent la durée des sentiments que vous inspirez.

Je vous aime d'amour. Je vous aime encore d'affection et d'estime profonde, je voudrais voir votre bonheur fondé sur toutes ces bases. *J'ai fait violence à mon caractère* pour exprimer si positivement mes idées. Je vous perdrai peut-être, mais si j'ai d'éternels regrets, je n'aurai pas de remords.

Je ne puis soutenir Paris. Tout m'y retrace des plaisirs passés peut-être à jamais. Je pars pour la campagne. Le monde m'importune. L'isolement, en me livrant à moi-même, rendra peut-être ma douleur plus vive encore. Je ne travaille point. Mes jours s'écoulent sans utilité comme sans gloire. Et vous dites que je ne vous aime pas !

## XXII

*Madame Lindsay à Benjamin Constant*

Paris, 25 messidor an IX [14 juillet 1801].

Avant de me coucher, je relis votre lettre, et l'effet magique, irrésistible de votre présence, est détruit. Si vous m'aviez dit : « En vous faisant le sacrifice de mon voyage, il m'en coûtera probablement les trois quarts de ma fortune », je vous aurais dit : partez... Les intérêts de mon amour-propre, de ma délicatesse même, doivent être soumis à une nécessité anonyme, mais cet aveu, de quoi le faites-vous ?

— Comme je ne puis pas ne pas vous aimer, je me résigne : *il m'en coûte mon repos*, mon bonheur, *toute la possibilité d'étude et de gloire.* — Ainsi donc, ce n'est pas de moi que vous tenez tous ces biens ? Ce n'est plus à la nécessité de vos affaires, mais à votre *bonheur* qu'il faut que je me sacrifie : car si je persiste à exiger de vous une conduite différente, je vous blesse, indépendamment de votre fortune, dans vos sentiments les plus chers ! Je sors enfin de l'inconcevable délire où j'étais plongée... je vous rends à vous-même. Il ne fallait rien moins qu'un empire absolu sur toutes vos facultés, que l'impossibilité de votre part

de vivre sans moi, que la conviction que j'étais
l'objet auquel vous rapportiez toutes vos pensées, que j'étais le but de toutes vos espérances,
que ma pensée se liait à tous vos plans, se mêlait à tous vos intérêts, pour faire mon bonheur
d'une manière complète et durable.

D'après ce que je vous cite de votre lettre,
vous ne pouvez m'offrir qu'une liaison de
plaisir, et ce lien, Benjamin, est avilissant.
Celle qui vous aima avec tant d'ivresse, ne
peut descendre vis-à-vis d'elle-même, et
renoncer à vous au risque d'en mourir, me
semble cent fois moins affreux! Cependant,
je ne veux pas vous cacher à quel point vous
remplissiez ce cœur malheureux, que vous
regretterez sans cesse. Car on ne perd pas sans
un éternel regret un sentiment aussi profond,
aussi abandonné! Que je souffrais ce soir!
je souriais, je riais même, et un poids énorme
m'accablait : vous étiez là néanmoins... l'air
de ma chambre était respiré par vous. C'est
sur ce même canapé où je reçus vos premiers
serments, que vous me dites que vous ne
connaissiez que moi que le plaisir embellit :
ce plaisir que je goûtais dans vos bras prenait
sa source dans l'amour. Il était pur, et il m'a
attachée à vous, et c'est lui qui cause maintenant mes profondes douleurs. *Vous* étiez
calme, tandis que tous mes nerfs étaient en
contraction. Benjamin, je ne puis aimer que
vous, je ne puis être à vous. Je vous plains de

ne pouvoir m'aimer avec la même énergie; quelles émotions vous sont inconnues !...

Grands dieux ! ne vous apercevez-vous pas des effets de la passion funeste que vous m'avez inspirée ? Ne suis-je pas dans un état voisin de l'aliénation d'esprit ? Vainement je veux m'étourdir, une seule idée me possède. Elle asservit, absorbe mon existence entière. Je n'entreprends pas de la détruire. N'être plus à vous, vous laisser bien complètement à vous-même, et vous dispenser par cette liberté de la nécessité d'être perfide, voilà ce qui va m'occuper. Je souffrirai.

Ce 25 messidor, à une heure et demie du matin.

## XXIII
### *Benjamin Constant à Madame Lindsay*

23 juin 1803. [Deux ans après la rupture.]

Malheureux que je suis de ne t'avoir pas entendue, ange, de tous les êtres du monde le seul dont la présence me charme et me rappelle à la vie ? mais quelle lettre tu m'écris ! Que me demandes-tu ?

Puis-je penser à autre chose qu'au bonheur d'être aimé de toi ? je ne sais pas si je suis coupable, je ne sais si je devrais sacrifier à ce que tu nommes ton repos, ce qui nous est encore donné de bonheur. Mais le puis-je ? n'ai-je pas fait déjà mille sacrifices surnaturels ? Ne suis-je pas parti sans t'écrire ? n'ai-je pas laissé s'enfuir, inutiles, plusieurs occasions de te voir ? Qu'as-tu gagné à ce que je perdais ? Ange de charme et d'amour, tu es née pour m'aimer, et quelque absurde scrupule que nous écoutions, tous les deux, nous n'échapperons pas à cette destinée. Prends-en donc le bonheur comme le tourment. Moi, je ne suis entraîné que vers toi sur la terre : et certes je ne puis me charger de combattre toujours le besoin du bonheur. Que parles-tu d'impardonnables rechutes : il n'y a d'impardonnable que de me rendre malheureux et de n'être pas heureuse. Oh ! replongeons-nous dans cette mer de délices, qui a si longtemps absorbé notre existence ! reviens au bonheur, au plaisir, au délire !

L'avenir s'arrange toujours. Si tu pouvais, il serait bien facilement arrangé. Tu ne le peux, tes enfants t'imposent des ménagements sévères. Sois juste envers eux, mais ne sois pas cruelle pour toi-même et pour moi. Est-ce mon sentiment qui ne te satisfait pas ? ne vois-tu pas que ce sentiment est exclusif, qu'il survit à tout ? Ne vois-tu pas que je ne renais à la vie que pour toi ? Que la société, la conversation, la politique, le mouvement de l'esprit, tout est fini pour moi hors ta présence ?

Ange bien-aimé, je reprends à la vie. Je te

verrai ce soir. Ni toi ni moi ne sommes res-
ponsables d'un besoin que trop longtemps
tu as voulu combattre. Cédons, soyons heureux,
que tout ce qui nous entoure reprenne du
charme. Nous en vaudrons mieux, même pour
les autres. Je te verrai, je te presserai dans
mes bras.

Ces baisers que toi seule sais donner, disper-
seront toute crainte, tous ressentiments passés, toutes craintes de l'avenir : aime-moi
Anna, sois bonne et sois sage, c'est-à-dire
sois mienne...

J'irai ce matin à onze heures chez Julie.

## XXIV

*Madame Lindsay à Benjamin Constant*

1ᵉʳ juillet 1805.

J'ai vu Rousselin * ce soir, mais je savais
depuis ce matin par ma femme de chambre
que vous étiez arrivé. Si près et cependant
si loin !... Comment êtes-vous ? êtes-vous
heureux ? ou la vie pèse-t-elle sur vous comme
sur moi ? J'ai cessé de vous écrire pour des
raisons qui d'abord vous étaient étrangères ;
ensuite votre absence prolongée, les tracas-

---

* Rousselin, ci-devant comte de Rousselin de Saint-
Albin, très lié avec Mᵐᵉˢ Lindsay et Talma.

series de mon triste intérieur m'ont jetée dans
un tel découragement, que j'ai vécu dans une
sorte de torpeur que j'ai prise quelquefois
pour du calme et peut-être pour de la raison.

Vous ne pouvez entendre prononcer mon
nom sans émotion, avez-vous dit à Rousselin.
Le vôtre a déjà changé la manière dont j'envisageais les objets. Il a ramené de si tristes
souvenirs et de si profonds regrets ! L'amie
qui nous réunissait repose en paix dans la
tombe *, elle m'a laissé la douleur éternelle,
irrémédiable. L'amour ne vient plus mêler
ses tourments à mes chagrins, mais vous
dois-je moins regretter, quand votre amitié
pourrait répandre tant de bonheur sur chacun
des instants de ma vie ? Ce n'est que sous
ce dernier rapport que j'aime maintenant
me considérer.

Tout ce qui me ramène au sentiment qui
m'a si longtemps dominée, me jette dans une
tristesse affreuse et m'inspire même de l'effroi.
Qu'il n'en soit jamais question entre nous.
Regardez-moi comme une malade, échappée
à une maladie mortelle, dont la convalescence
a été longue et qui aura toute sa vie besoin de
ménagements. Parlez-moi de vous en détail,
et surtout dites-moi que vous êtes plus heureux
que moi.

Rousselin vous fera passer celle-ci et voudra

---

\* Julie Talma, morte en 1805.

bien se charger de votre réponse. Je m'occuperai d'un moyen de correspondre sans danger. Il me serait impossible de rester si près de vous sans savoir ce que vous faites et sans avoir l'assurance que vous regrettez au moins de ne pouvoir me rencontrer.

J'ai été enfin obligée de rompre avec la seule personne chez laquelle j'aurais pu vous voir habituellement : cette liaison ne convenait plus à mes goûts ni à mon caractère. Comme tous les défauts s'augmentent en vieillissant, mon horreur pour la mauvaise compagnie...

(La fin manque).

# LETTRE SUR JULIE *

Vous me demandez de m'entretenir avec vous de l'amie que nous avons perdue, et que nous regretterons toujours. Vous m'imposez une tâche qui me sera douce à remplir. Julie a laissé dans mon cœur des impressions profondes, et je trouve à me les retracer une jouissance mêlée de tristesse.

Elle n'était plus jeune quand je la rencontrai pour la première fois ; le temps des orages était passé pour elle. Il n'exista jamais entre nous que de l'amitié. Mais comme il arrive souvent aux femmes que la nature a douées

* Cette lettre concerne une personne morte depuis longtemps ; mais plusieurs de nos contemporains l'ont connue, et verront peut-être avec quelque intérêt cet hommage rendu à la mémoire d'une femme qui, dans sa jeunesse, avait eu beaucoup d'admirateurs, et qui, dans un âge plus avancé, avait conservé beaucoup d'amis. *(Note de Benjamin Constant.)*

d'une sensibilité véritable et qui ont éprouvé de vives émotions, son amitié avait quelque chose de tendre et de passionné qui lui donnait un charme particulier.

Son esprit était juste, étendu, toujours piquant, quelquefois profond. Une raison exquise lui avait indiqué les opinions saines, plutôt que l'examen ne l'y avait conduite ; elle les développait avec force, elle les soutenait avec véhémence. Elle ne disait pas toujours, peut-être, tout ce qu'il y avait à dire en faveur de ce qu'elle voulait démontrer ; mais elle ne se servait jamais d'un raisonnement faux, et son instinct était infaillible contre toutes les espèces de sophismes.

La première moitié de sa vie avait été trop agitée pour qu'elle eût pu rassembler une grande masse de connaissances ; mais, par la rectitude de son jugement, elle avait deviné en quelque sorte ce qu'elle n'avait pas appris. Elle avait appliqué à l'histoire la connaissance des hommes, connaissance qu'elle avait acquise en société ; et la lecture d'un très petit nombre d'historiens l'avait mise en état de démêler d'un coup d'œil les motifs secrets des actions publiques et tous les détours du cœur humain.

Lorsqu'une révolution mémorable fit naître dans la tête de presque tous les Français des espérances qui furent longtemps trompées, elle embrassa cette révolution avec enthousiasme, et suivit de bonne foi l'impulsion de son âme et la conviction de son esprit. Toutes les pensées nobles et généreuses s'emparèrent d'elle, et elle méconnut, comme bien d'autres, les difficultés et les obstacles, et cette disproportion désespérante entre les idées qu'on voulait établir et la nation qui devait les recevoir, nation affaiblie par l'excès de la civilisation, nation devenue vaniteuse et frivole par l'éducation du pouvoir arbitraire, et chez laquelle les lumières mêmes demeuraient stériles, parce que les lumières ne font qu'éclairer la route, mais ne donnent point aux hommes la force de la parcourir.

Julie fut une amie passionnée de la Révolution, ou, pour parler plus exactement, de ce que la Révolution promettait. La justesse de son esprit en faisait nécessairement une ennemie implacable des préjugés de toute espèce, et, dans sa haine contre les préjugés, elle n'était pas exempte d'esprit de parti. Il est presque impossible aux femmes de se préserver de l'esprit de parti ; elles sont toujours dominées par des affections individuelles. Quelquefois, ce sont ces affections individuelles qui leur suggèrent leurs opinions ; d'autres fois, leurs opinions les dirigent dans le choix de leurs alentours. Mais, dans ce dernier cas même, comme elles ont essentiellement besoin d'aimer, elles ressentent bientôt pour leurs alentours une affection vive, et de la sorte l'attachement que l'opinion avait d'abord créé réagit sur elle et la rend plus violente.

Mais si Julie eut l'esprit de parti, cet esprit de parti même ne servait qu'à mettre plus en évidence la bonté naturelle et la générosité de son caractère. Elle s'aveuglait sur les hommes qui semblaient partager ses opinions ; mais elle ne fut jamais entraînée à méconnaître le mérite, à justifier la persécution de l'innocence, ou à rester sourde au malheur. Elle haïssait le parti contraire au sien ; mais elle se dévouait avec zèle et avec persévérance à la défense de tout individu qu'elle voyait opprimé : à l'aspect de la souffrance et de l'injustice, les sentiments nobles qui s'élevaient en elle faisaient taire toutes les considérations partiales ou passionnées ; et, au milieu des tempêtes politiques, pendant lesquelles tous ont été successivement victimes, nous l'avons vue souvent prêter à la fois à des hommes persécutés, en sens opposés, tous les secours de son activité et de son courage.

Sans doute, quand son cœur ne l'aurait pas ainsi dirigée, elle était trop éclairée pour ne pas prévoir que de mauvais moyens ne conduisaient jamais à un résultat avantageux. Lorsqu'elle voyait l'arbitraire déployé en faveur de ce qu'on appelait la liberté, elle ne savait que trop que la liberté ne peut jamais naître de l'arbitraire. C'était donc avec douleur qu'elle contemplait les défenseurs de ses opi-

nions chéries, les sapant dans leur base, sous
prétexte de les faire triompher, et s'efforçant
plutôt de se saisir à leur tour du despotisme
que de le détruire. Cette manière de voir est
un mérite dont il faut savoir d'autant plus de
gré à Julie, que certes il n'a pas été commun.
Tous les partis, durant nos troubles, se sont
regardés comme les héritiers les uns des
autres, et, par cette conduite, chacun d'eux,
en effet, a hérité de la haine que le parti contraire avait d'abord inspirée.

Une autre qualité de Julie, c'est qu'au milieu
de sa véhémence d'opinion, l'esprit de parti
ne l'a jamais entraînée à l'esprit d'intrigue.

Une fierté innée l'en garantissait. Comme on
se fait toujours un système d'après ses défauts,
beaucoup de femmes imaginent que c'est
par un pur amour du bien qu'elles demandent
pour leurs amis des places, du crédit, de
l'influence. Mais quand il serait vrai que leur
motif est aussi noble qu'elles le supposent,
il y a, dans les sollicitations de ce genre, quelque
chose de contraire à la pudeur et à la dignité
de leur sexe ; et, lors même qu'elles commencent
par ne songer qu'à l'intérêt public, elles se
trouvent engagées dans une route qui les
dégrade et les pervertit.

Il y a dans cette carrière tant de boue à
traverser que personne ne peut s'en tirer sans
éclaboussures. Julie, violente quelquefois, ne
fut jamais intrigante ni rusée. Elle désirait

les succès de ses amis, parce qu'elle y voyait un succès pour les principes qu'elle croyait vrais ; mais elle voulait qu'ils dussent ces succès à eux-mêmes, et non pas à des voies détournées, qui les leur eussent rendus moins flatteurs, et, en leur faisant contracter, comme il arrive la plupart du temps, des engagements équivoques, auraient faussé la ligne qu'ils devaient suivre. Elle aurait tout hasardé pour leur liberté, pour leur vie ; mais elle n'aurait pas fait une seule démarche pour leur obtenir du pouvoir. Elle pensait, avec raison, que jamais le salut d'un peuple ne dépend de la place que remplit un individu ; que la nature n'a donné en ce genre à personne des privilèges exclusifs ; que tout individu qui est né pour faire du bien, en fait, quelque rang qu'il occupe, et qu'un peuple qui ne pourrait être sauvé que par tel ou tel homme, ne serait pas sauvé pour longtemps, même par cet homme, et, de plus, ne mériterait guère la peine d'être sauvé. Il n'en est pas de la liberté comme d'une bataille. Une bataille, étant l'affaire d'un jour, peut être gagnée par le talent du général ; mais la liberté, pour exister, doit avoir sa base dans la nation même, et non dans les vertus ou dans le caractère d'un chef.

Les opinions politiques de Julie, loin de s'amortir par le temps, avaient pris, vers la fin de sa vie, plus de véhémence. Comme elle raisonnait juste, elle n'avait pas conclu, comme tant d'autres, de ce que, sous le nom de liberté, l'on avait établi successivement divers modes de tyrannie, que la tyrannie était un bien et la liberté un mal. Elle n'avait pas cru que la République pût être déshonorée parce qu'il y avait des méchants ou des sots qui s'étaient appelés républicains. Elle n'avait pas adopté cette doctrine bizarre, d'après laquelle on prétend que, parce que les hommes sont corrompus, il faut donner à quelques-uns d'entre eux d'autant plus de pouvoir ; elle avait senti, au contraire, qu'il fallait leur en donner moins, c'est-à-dire placer, dans des institutions sagement combinées, des contre-poids contre leurs vices et leurs faiblesses.

Son amour pour la liberté s'était identifié avec ses sentiments les plus chers. La perte de l'aîné de ses fils fut un coup dont elle ne se releva jamais ; et cependant, au milieu même de ses larmes, dans une lettre qu'elle adressait à ce fils tant regretté, lettre qui n'était pas destinée à être vue, et que ses amis n'ont découverte que parmi ses papiers, après sa mort ; dans cette lettre, dis-je, elle exprimait une douleur presque égale de la servitude de sa patrie sous le régime impérial ; elle s'entretenait avec celui qui n'était plus de l'avilissement de ceux qui existaient encore, tant il y avait dans cette âme quelque chose de romain !

En lisant ce que je viens d'écrire sur les opinions de Julie en politique, on se figurera peut-être qu'elle avait abdiqué la grâce et le charme de son sexe pour s'occuper de ces objets : c'est ce qui serait arrivé sans doute si elle s'y fût livrée par calcul, dans le but de se faire remarquer et d'obtenir de la considération et de l'influence ; mais, comme je l'ai dit en commençant, elle devait tout à la nature, et de la sorte elle n'avait acquis aucune de ses qualités aux dépens d'une autre.

Cette même femme, dont la logique était précise et serrée lorsqu'elle parlait sur les grands sujets qui intéressent les droits et la dignité de l'espèce humaine, avait la gaieté la plus piquante, la plaisanterie la plus légère : elle ne disait pas souvent des mots isolés qu'on pût retenir et citer, et c'était encore là, selon moi, l'un de ses charmes. Les mots de ce genre, frappants en eux-mêmes, ont l'inconvénient de tuer la conversation ; ce sont, pour ainsi dire, des coups de fusil qu'on tire sur les idées des autres, et qui les abattent. Ceux qui parlent par traits ont l'air de se tenir à l'affût, et leur esprit n'est employé qu'à préparer une réponse imprévue, qui, tout en faisant rire, dérange la suite des pensées et produit toujours un moment de silence.

Telle n'était pas la manière de Julie. Elle faisait valoir les autres autant qu'elle-même ; c'était pour eux autant que pour elle qu'elle discutait ou plaisantait. Ses expressions n'étaient jamais recherchées ; elle saisissait admirablement le véritable point de toutes les questions, sérieuses ou frivoles. Elle disait toujours ce qu'il fallait dire, et l'on s'apercevait avec elle que la justesse des idées est aussi nécessaire à la plaisanterie qu'elle peut l'être à la raison.

Mais ce qui la distinguait encore beaucoup plus que sa conversation, c'étaient ses lettres. Elle écrivait avec une extrême facilité, et se plaisait à écrire. Les anecdotes, les observations fines, les réflexions profondes, les traits heureux se plaçaient sous sa plume sans travail, et cependant toujours dans l'ordre le plus propre à les faire valoir l'un par l'autre. Son style était pur, précis, rapide et léger ; et, quoique le talent épistolaire soit reconnu pour appartenir plus particulièrement aux femmes, j'ose affirmer qu'il n'y en a presque aucune que l'on puisse, à cet égard, comparer à Julie. Madame de Sévigné, dont je ne contesterai point la supériorité dans ce genre, est plus intéressante par son style que par ses pensées ; elle peint avec beaucoup de fidélité, de vie et de grâce ; mais le cercle de ses idées n'est pas très étendu. La cour, la société, les caractères individuels, et, en fait d'opinions, tout au plus les plus reçues, les plus à la mode ; voilà les bornes qu'elle ne franchit jamais. Il y a, dans les lettres de Julie, plus de réflexion ; elle s'élance souvent dans une sphère plus vaste ; ses aperçus sont plus généraux ; et, comme il n'y a jamais en elle ni projet, ni pédanterie, ni emphase, comme tout est naturel, involontaire, imprévu, les observations générales qu'elle exprime en une ligne, parce qu'elles se présentaient à elle et non parce qu'elle les cherchait, donnent certainement à sa correspondance un mérite de plus.

Presque toutes les femmes parlent bien sur l'amour : c'est la grande affaire de leur vie ; elles y appliquent tout leur esprit d'analyse et cette finesse d'aperçus dont la nature les a douées pour les dédommager de la force. Mais comme elles ont un intérêt immédiat, elles ne sauraient être impartiales. Plus elles ont de pureté d'âme, plus elles sont portées à mettre aux liaisons de ce genre une importance, je ne dirai pas, pour ne scandaliser personne, exagérée, mais cependant en contraste avec l'état nécessaire de la société.

Je crois bien que Julie, lorsqu'il s'agissait d'elle-même, n'était guère plus désintéressée qu'une autre ; mais elle reconnaissait au moins qu'elle était injuste, et elle en convenait. Elle savait que ce penchant impérieux, l'état naturel d'un sexe, n'est que la fièvre de l'autre ; elle comprenait et avouait que les femmes qui se sont données et les hommes qui ont obtenu sont dans une position précisément inverse.

Ce n'est qu'à l'époque de ce qu'on a nommé leur défaite, que les femmes commencent à avoir un but précis, celui de conserver l'amant pour lequel elles ont fait ce qui doit leur sembler un grand sacrifice. Les hommes, au contraire, à cette même époque, cessent d'avoir un but : ce qui en était un pour eux leur devient un lien. Il n'est pas étonnant que deux individus placés dans des relations aussi inégales arrivent rapidement à ne plus s'entendre ; c'est pour cela que le mariage est une chose admirable, parce qu'au lieu d'un but qui n'existe plus, il introduit des intérêts communs qui existent toujours.

Julie détestait la séduction ; elle pensait à juste titre que les ruses, les calculs, les mensonges qu'elle exige dépravent tout autant que des mensonges, des calculs et des ruses employés pour servir tout autre genre d'égoïsme ; mais, partout où elle apercevait la bonne foi, elle excusait l'inconstance, parce qu'elle la savait inévitable, et qu'en prodiguant des noms odieux aux lois de la nature, on ne parvient pas à les éluder. Julie parlait donc sur l'amour avec toute la délicatesse et la grâce d'une femme, mais avec le sens et la réflexion d'un homme. Je l'ai vue plus d'une fois entre deux amants, confidente de leurs peines mutuelles, consolant, avec une sympathie adroite, la femme qui s'apercevait qu'on ne l'aimait plus, indiquant à l'homme le moyen de causer le moins de douleur possible, et leur faisant ainsi du bien à tous deux.

Julie n'avait point d'idées religieuses, et j'ai quelquefois été surpris qu'avec une sensi-

bilité profonde, un enthousiasme sincère pour
tout ce qui était noble et grand, elle n'éprouvât
jamais le besoin de ce recours à quelque chose
de surnaturel qui nous soutient contre la
souffrance que nous causent les hommes, et
nous console d'être forcés de les mépriser ;
mais son éducation, la société qui l'avait
entourée dès sa première jeunesse, ses liaisons
intimes avec les derniers philosophes du dix-
huitième siècle, l'avaient rendue inaccessible
à toutes les craintes comme à toutes les espérances de cette nature. C'était le seul rapport
sous lequel elle eût, pour ainsi dire, abjuré son
habitude de se décider par elle-même, et embrassé des opinions sur parole. Je suis loin de
regarder l'incrédulité comme une faute ; mais
la conviction de ce genre ne me paraît motivée
par rien, et l'affirmation dans l'athée me semble annoncer un grand vice de raisonnement.
Les dévots peuvent être entraînés par les besoins
de l'imagination et du cœur, et leur esprit
peut se plier à ces besoins sans être faussé ; mais
l'homme qui croit être arrivé par la logique
à rejeter sans hésitation toute idée religieuse
est nécessairement un esprit faux.

L'incrédulité de Julie était, au reste, plutôt
une impression de l'enfance qu'une persuasion réfléchie, et il en était résulté que cette
incrédulité s'était logée dans un coin de sa
tête, comme la religion se loge dans la tête de
beaucoup de gens, c'est-à-dire sans exercer

aucune influence sur le reste de ses idées ou de
sa conduite, mais en excitant toujours en elle
une assez vive irritation quand elle était contre-
dite sur ce point.

J'ai vu cette incrédulité aux prises avec
l'épreuve la plus déchirante. Le plus jeune des
fils de Julie fut attaqué d'une maladie de poitrine qui le conduisit lentement au tombeau ;
elle le soigna pendant près d'une année,
l'accompagnant de ville en ville, espérant toujours désarmer la nature implacable, en cherchant des climats plus doux ou des médecins
plus habiles. Toutes ses affections s'étaient
concentrées sur ce dernier de ses enfants. La
perte des deux premiers le lui avait rendu plus
cher. L'amour maternel avait remplacé en
elle toutes les autres passions ; cependant, au
milieu de ses anxiétés, de ses incertitudes, de
son désespoir, jamais la religion ne se présenta
à son esprit que comme une idée importune,
et, pour ainsi dire, ennemie ; elle craignait
qu'on ne tourmentât son fils de terreurs chimériques ; et, dans une situation qui aurait,
à ce qu'il semble, dû lui faire adopter presque
aveuglément les consolations les plus impro-
bables et les espérances les plus vagues, la
direction que ses idées avaient prise, plus forte
que les besoins de son cœur, ne lui permit
jamais de considérer les promesses religieuses
que comme un moyen de domination et un
prétexte d'intolérance. Je ne puis ici m'empê-

cher de réfléchir au mal que causent à la religion et aux êtres souffrants qui auraient besoin d'elle, l'esprit dominateur et l'intolérance dogmatique. Qui ne croirait, quand la douleur a pénétré dans les replis les plus intimes de l'âme, quand la mort nous a frappés de coups irréparables, quand tous les liens paraissent brisés entre nous et ce que nous chérissons; qui ne croirait, dis-je, qu'une voix nous annonçant une réunion inespérée, faisant jaillir du sein des ténèbres éternelles une lumière inattendue, arrachant au cercueil les objets sans lesquels nous ne saurions vivre, et que nous pensions ne jamais revoir, devrait n'exciter que la joie, la reconnaissance et l'assentiment ? Mais le consolateur se transforme en maître ; il ordonne, il menace, il impose le dogme quand il fallait laisser la croyance germer au sein de l'espoir, et la raison se révolte, et l'affection, découragée, se replie sur elle-même, et le doute, dont nous commencions à être affranchis, renaît précisément parce qu'on nous a commandé la foi. C'est un des grands inconvénients des formes religieuses, trop stationnaires et trop positives, que l'aversion qu'elles inspirent aux esprits indépendants. Elles nuisent à ceux qui les adoptent, parce qu'elles rétrécissent et faussent leurs idées ; et elles nuisent encore à ceux qui ne les adoptent pas, parce qu'elles les privent d'une source féconde d'idées douces et de sentiments qui les rendraient meilleurs et plus heureux.

On a dit souvent que l'incrédulité dénotait une âme sèche, et la religion une âme douce et aimante. Je ne veux point nier cette règle en général. Il me paraît difficile qu'on soit parfaitement content de ce monde sans avoir un esprit étroit et un cœur aride ; et, lorsqu'on n'est pas content de ce monde, on est bien près d'en désirer et d'en espérer un autre. Il y a, dans les caractères profonds et sensibles, un besoin de vague que la religion seule satisfait, et ce besoin tient de si près à toutes les affections élevées et délicates, que celui qui ne l'éprouve pas est presque infailliblement dépourvu d'une portion précieuse de sentiments et d'idées. Julie était néanmoins une exception remarquable à cette règle. Il y avait dans son cœur de la mélancolie, et de la tendresse au fond de son âme, si elle n'eût pas vécu dans un pays où la religion avait longtemps été une puissance hostile et vexatoire, et où son nom même réveillait des souvenirs de persécutions et de barbaries, il est possible que son imagination eût pris une direction toute différente.

La mort du dernier fils de Julie fut la cause de la sienne, et le signal d'un dépérissement aussi manifeste que rapide. Frappée trois fois en moins de trois ans d'un malheur du même genre, elle ne put résister à ces secousses douloureuses et multipliées. Sa santé, souvent chancelante, avait paru lutter contre la nature aussi longtemps que l'espérance l'avait sou-

tenue, ou que l'activité des soins qu'elle prodiguait à son fils mourant l'avait ranimée ;
lorsqu'elle ne vit plus de bien à lui faire, ses
forces l'abandonnèrent. Elle revint à Paris,
malade, et, le jour même de son arrivée, tous
les médecins en désespérèrent. Sa maladie dura
environ trois mois. Pendant tout cet espace de
temps, il n'y eut pas une seule fois la moindre
possibilité d'espérance. Chaque jour était marqué par quelque symptôme qui ne laissait
aucune ressource à l'amitié, avide de se tromper, et chaque lendemain ajoutait au danger
de la veille. Julie seule parut toujours ignorer
ce danger. La nature de son mal favorise, dit-
on, de telles illusions ; mais son caractère contri-
bua sans doute beaucoup à ces illusions heureuses : je dis heureuses, car je ne puis prononcer avec certitude sur les craintes qu'une
mort certaine lui aurait inspirées. Jamais cette
idée ne se présenta d'une manière positive et
directe à son esprit ; mais je crois qu'elle en
eût ressenti une peine vive et profonde : on
s'en étonnera peut-être. Privée de ses enfants,
isolée sur cette terre, ayant à la fois une âme
énergique, qui ne devait pas être accessible
à la peur, et une âme sensible, que tant de
pertes devaient avoir déchirée, pouvait-elle
regretter la vie ? Je ne mets pas en doute que
si ses forces physiques eussent mieux résisté
à sa douleur morale, elle n'eût pris en horreur
la carrière sombre et solitaire qui lui restait à

parcourir. Mais, menacée elle-même au moment où elle venait de voir disparaître tous les objets de son affection, elle n'eut pas le temps, pour ainsi dire, de se livrer à ses regrets. Elle fut obligée trop rapidement de s'occuper d'elle pour que d'autres pensées continuassent à dominer dans son âme : sa maladie lui servit en quelque sorte de consolation, et la nature, par un instinct involontaire, recula devant la destruction qui s'avançait et la rattacha à l'existence.

Dans les dernières semaines qui précédèrent sa mort, elle semblait se livrer à mille projets qui supposaient un long avenir ; elle détaillait avec intérêt ses plans d'établissement, de société et de fortune ; les soins de ses amis l'attendrissaient ; elle s'étonnait elle-même de se sentir reprendre à la vie. C'était pour ceux qui l'entouraient une douleur de plus, une douleur d'autant plus amère qu'il fallait lui en dérober jusqu'à la moindre trace. Elle disposait dans ses discours d'une longue suite d'années, tandis qu'un petit nombre de jours lui restait à peine. On voyait en quelque sorte, derrière les chimères dont son imagination semblait se repaître, la mort souriant comme avec ironie.

Je me reprochais quelquefois ma dissimulation complaisante. Je souffrais de cette batrière qu'élevait entre Julie et moi cette contrainte perpétuelle. Je m'accusais de blesser l'amitié, en la trompant, même pour adoucir

ses derniers moments. Je me demandais si
la vérité n'était pas un devoir ; mais quel eût
été le résultat d'une vérité que Julie craignait
d'entendre ?

J'ai déjà dit que le cercle de ses idées ne
s'étendait point au delà de cette vie. Jusqu'à
ses malheurs personnels, la mort ne l'avait
jamais frappée que comme un incident inévitable, sur lequel il était superflu de s'appesantir. La perte de ses enfants, en déchirant
son cœur, n'avait rien changé à la direction
de son esprit. Lorsque des symptômes trop peu
méconnaissables pour elle, puisqu'elle les avait
observés dans la longue maladie de son dernier fils, jetaient à ses propres yeux une lueur
soudaine sur son état, sa physionomie se cou-
vrait d'un nuage ; mais elle repoussait cette
impression ; elle n'en parlait que pour demander à l'amitié, d'une manière détournée, de
concourir à l'écarter. Enfin, le moment terrible arriva *. Depuis plusieurs jours, son

---

* Cf. les notes des *Journaux intimes* (mai 1805).

Dîné chez M^me Talma. Sa fin est bien près. Elle a
encore à travers la mort de la gaîté, de l'esprit, de la
douceur et de la grâce (2 mai).

Dîner avec M^me Talma. Elle est enflée jusqu'à la
poitrine. Elle a des mouvements de sensibilité déchirants. Elle tâche de se cacher son danger, et quand elle
se tait, elle a des regards suppliants et tristes, comme
si elle demandait la vie à ceux qui l'entourent. Le chirurgien dit qu'elle n'ira pas au delà de 8 jours (3 mai).

On m'a fait dire que M^me Talma était beaucoup plus

dépérissement s'était accru avec une rapidité accélérée ; mais il n'avait point influé sur la netteté, ni même sur l'originalité de ses idées. Sa maladie, qui quelquefois avait paru modi-

---

mal. J'y ai été. Je l'ai trouvée en effet plus mal, beaucoup, que hier. Elle a eu une crise où j'ai cru qu'elle expirerait. Le médecin dit qu'elle ne vivra pas 24 heures. Au milieu des tristes soins que je lui rends, j'étudie la mort elle-même. M^me Talma a toutes ses facultés : elle a de l'esprit, de la mémoire, de la grâce, de la gaîté, la même vivacité dans ses opinions. Tout cela sera-t-il anéanti ! Elle n'a plus qu'un souffle de vie et l'on voit bien clairement que tout ce qu'elle a conservé de son âme n'est que gêné par sa faiblesse, mais pas du tout diminué intrinsèquement. Y aurait-il en nous quelque chose d'immortel ? Il est certain que si on prenait ce qui la fait penser, parler, rire, ce qui en elle est intelligent, ce qui est elle en un mot, ce pourquoi je l'ai aimée, et qu'on transportât cela dans un autre corps, tout cela revivrait. *Nothing is impaired*, et pourtant ses organes sont détruits, ses yeux peuvent à peine s'ouvrir, elle ne respire qu'avec effort, elle ne peut soulever le bras. Si cette faiblesse, cette dissolution ne porte aucune atteinte à sa partie intellectuelle, pourquoi la mort y porterait-elle atteinte, la mort qui n'est que le complément de cette faiblesse ? L'instrument faussé, et déjà demi-brisé, la laisse intérieurement tout à fait ce qu'elle était. Pourquoi l'instrument brisé complètement ne la laisserait-il pas telle ? Y a-t-il une partie de nous qui nous survive ? Je suis bien impartial dans la question : toute la série de mes idées d'habitude est contre, mais le spectacle de la mort me fait entrevoir des probabilités pour, dont je n'avais jusqu'ici nulle idée... (4 mai).
Elle est morte. C'en est fait, fait pour jamais. Je

fier son caractère, n'avait point eu le même empire sur son esprit. Deux heures avant de mourir, elle parlait avec intérêt sur les objets qui l'avaient occupée toute sa vie, et ses

---

l'ai vue mourir. Je l'ai soutenue longtemps dans mes bras après qu'elle n'était plus. Le matin, elle parlait encore avec esprit, grâce et raison. Sa tête était tout entière, sa mémoire, sa finesse, sa sensibilité, rien n'avait disparu. Où tout cela est-il allé ? J'ai bien contemplé la mort, sans effroi, sans autre trouble que la douleur, et cette douleur était suspendue par l'espoir de la secourir encore une fois. Je n'y ai rien vu d'assez violent pour briser cette intelligence que tant d'évanouissements non moins convulsifs n'avaient pas brisée. Cependant que serait-elle, cette intelligence qui se forme de nos sensations, qui n'existerait pas sans ces sensations ? Enigme inexplicable ! Que sert de creuser un abîme sans fond ? Sous d'autres rapports, la mort est encore bien remarquable. Il semble que ce soit une force étrangère qui vienne fondre sur notre pauvre nature et ne lâche prise qu'après l'avoir étouffée. M^me Talma, au moment de cette dernière crise, a eu le mouvement de s'enfuir. Elle s'est soulevée avec force, elle a voulu descendre de ce lit fatal. Elle avait toute sa tête, elle entendait ce que l'on conseillait autour d'elle, elle dirigeait les secours ; quand elle entendait proposer quelque chose, elle en demandait d'une voix expirante. Deux minutes avant de mourir, elle indiquait de la voix et du geste ce qu'il fallait essayer. Qu'est-ce donc que cette intelligence qui ressemblait à un général vaincu donnant encore des ordres à une armée en déroute ? Je l'ai revue après. Une bizarre, avide et sombre curiosité m'a conduit près de ce corps sans vie. Les yeux demi-fermés, la bouche ouverte, la tête renversée, les

réflexions fortes et profondes sur l'avilissement de l'espèce humaine, quand le despotisme pèse sur elle, étaient entremêlées de plaisanteries piquantes sur les individus qui se
sont le plus signalés dans cette carrière de
dégradation. La mort vint mettre un terme à
l'exercice de tant de facultés que n'avait pu
affaiblir la souffrance physique. Dans son agonie
même, Julie conserva toute sa raison. Hors
d'état de parler, elle indiquait, par des gestes,
les secours qu'elle croyait encore possible de
lui donner. Elle me serrait la main en signe de
reconnaissance. Ce fut ainsi qu'elle expira.

---

cheveux épars, les mains en contraction, plus d'expression douce, rien qui lui ressemblât ! Nue, et un quart
d'heure avant sa mort, elle m'éloignait par pudeur !
sourde à tout le bruit qui se passait autour d'elle, et on
ne faisait pas un mouvement qu'elle ne le suivît de ses
faibles regards ! Au milieu de toute cette douleur, je
n'ai pas encore pensé à la perte que je fais. Je ne la
regrette encore que pour elle (5 mai). *(Note de l'éditeur.)*

# DE MADAME DE STAËL

## ET

# DE SES OUVRAGES

Depuis douze ans que M^me de Staël est morte, sa mémoire vit dans le cœur de tous ceux qui l'ont connue ; sa gloire, dans l'esprit de tous les amis des idées nobles et généreuses, qu'elle a défendues avec tant de constance, au prix de son repos et de son bonheur. Je me propose de réunir ici quelques observations sur le caractère et les ouvrages de cette femme illustre, persécutée si indignement par un pouvoir injuste, dont l'orgueil s'irritait de toutes les supériorités qui n'étaient pas de sa création.

Je n'écris point une biographie ; je ne recueille point d'anecdotes : je laisse au hasard errer ma pensée sur des souvenirs qui resteront à jamais gravés dans l'âme de ceux qui ont eu le bonheur de connaître M^me de Staël et de l'entendre.

Les deux qualités dominantes de M^me de Staël étaient l'affection et la pitié. Elle avait, comme tous les génies supérieurs, une grande passion pour la gloire ; elle avait comme toutes les âmes élevées, un grand amour pour la liberté : mais ces deux sentiments, impérieux et irrésistibles, quand ils n'étaient combattus par aucun autre, cédaient à l'instant, lorsque la moindre circonstance les mettait en opposition avec le bonheur de ceux qu'elle aimait, ou lorsque la vue d'un être souffrant lui rappelait qu'il y avait dans le monde quelque chose de bien plus sacré pour elle que le succès d'une cause ou le triomphe d'une opinion.

Cette disposition d'âme n'était pas propre à la rendre heureuse, au milieu des orages d'une révolution à laquelle la carrière politique de son père et sa situation en France l'auraient forcée de s'intéresser, quand elle n'y eût pas été entraînée par l'énergie de son caractère et la vivacité de ses impressions. Après chacun de ces succès éphémères qu'ont remportés tour à tour les divers partis, sans jamais savoir affermir par la justice un pouvoir obtenu par la violence, M^me de Staël s'est constamment rangée parmi les vaincus, lors même qu'elle était séparée d'eux avant leur défaite.

Peut-être, pour entretenir des regrets unanimes, faudrait-il ne parler d'elle que sous le rapport des qualités privées ou du talent littéraire, et passer sous silence tout ce qui tient aux grands objets discutés sans relâche depuis quarante ans ; mais je l'ai toujours vu tenir à honneur de manifester sur ces intérêts importants de nobles pensées, et je ne crois point qu'elle approuvât un silence timide. Je ne l'observerai donc pas : je dirai seulement qu'il me semble qu'on peut lui pardonner d'avoir désiré et chéri la liberté, si l'on réfléchit que les proscrits de toutes les opinions lui ont trouvé plus de zèle pour les protéger dans leur infortune, qu'ils n'en avaient rencontré en elle pour leur résister durant leur puissance. Sa demeure était leur asile, sa fortune leur ressource, son activité leur espérance. Non seulement elle leur prodiguait des secours généreux, non seulement elle leur offrait un refuge que son courage rendait assuré, elle leur sacrifiait même ce temps si précieux pour elle, dont chaque partie lui servait à se préparer de nouveaux moyens de gloire et de nouveaux titres à l'illustration. Que de fois on l'a vue, quand la pusillanimité des gouvernements voisins de la France les rendait persécuteurs, suspendre des travaux auxquels elle attachait, avec raison, une grande importance, pour conserver à des fugitifs la retraite où ils étaient parvenus avec effort, et d'où l'on menaçait de les exiler ! Que d'heures, que de jours elle a consacrés à plaider leur cause ! Avec quel empressement elle renonçait aux succès d'un esprit irrésistible, pour faire servir cet

esprit tout entier à défendre le malheur !
Quelques-uns de ses ouvrages s'en ressentent
peut-être. C'est dans l'intervalle de cette bien-
faisance active et infatigable qu'elle en a composé plusieurs, interrompue qu'elle était sans
cesse par ce besoin constant de secourir et de
consoler ; et l'on trouverait, si l'on connaissait
toute sa vie, dans chacune des légères incor-
rections de son style, la trace d'une bonne
action. Ici une triste réflexion me frappe.

Plusieurs de ceux qui lui ont dû leur retour
inespéré dans une patrie qui les avait repous-
sés, la restitution inattendue d'une fortune
dont la confiscation avait fait sa proie, la conservation même d'une vie que menaçait le glaive
des lois révolutionnaires, ont obtenu, sous un
gouvernement qui avait comprimé l'anarchie,
mais en tuant la liberté, du crédit, des faveurs,
de l'influence : et ils sont restés spectateurs
indifférents de l'exil de leur bienfaitrice, et
de la douleur déchirante que cet exil lui causait.
J'en ai vu qui, dans leur ardeur à justifier un
despotisme qui n'avait pas besoin de leurs
serviles apologies, accusaient sa victime d'a-
voir inspiré, par son activité, son esprit, son
impétuosité généreuse, des terreurs fondées à
une autorité qui s'établissait. Oui, son activité, sans doute, était infatigable, son esprit
était puissant ; elle était impétueuse contre
tout ce qui était injuste ou tyrannique. Vous
devez le savoir, car cette activité vous a secourus

dans votre misère et protégés dans vos périls ;
cet esprit puissant s'est consacré à plaider votre
cause ; cette impétuosité, que n'arrêtaient ni
les calculs de l'intérêt, ni la crainte d'attirer
sur elle-même la persécution dont elle s'efforçait de vous garantir, s'est placée entre vous
et ceux qui vous proscrivaient. Amis ingrats !
Courtisans misérables ! Vous lui avez fait un
crime des vertus qui vous ont sauvés.

Si telle était M^me de Staël pour tous les êtres
souffrants, que n'était-elle pas pour ceux que
l'amitié unissait à elle ? Comme ils étaient sûrs
que son esprit répondrait à toutes leurs pensées,
que son âme devinerait la leur ! Avec quelle
sensibilité profonde elle partageait leurs moindres émotions ! Avec quelle flexibilité pleine
de grâces elle se pénétrait de leurs impressions
les plus fugitives ! Avec quelle pénétration
ingénieuse elle développait leurs aperçus les
plus vagues, et les faisait valoir à leurs propres
yeux ! Ce talent de conversation merveilleux,
unique, ce talent que tous les pouvoirs qui ont
médité l'injustice ont toujours redouté comme
un adversaire et comme un juge, semblait
alors ne lui avoir été donné que pour revêtir
l'intimité d'une magie indéfinissable, et pour
remplacer, dans la retraite la plus uniforme,
le mouvement vif et varié de la société la plus
animée et la plus brillante. Même en s'éloignant
d'elle, on était encore longtemps soutenu par le
charme qu'elle avait répandu sur ce qui l'en-

tourait ; on croyait encore s'entretenir avec
elle ; on lui rapportait toutes les pensées que
des objets nouveaux faisaient naître : ses amis
ajournaient, pour ainsi dire, une portion de
leurs sentiments et de leurs idées jusqu'à
l'époque où ils espéraient la retrouver.

Ce n'était pas seulement dans les situations
paisibles que M^me de Staël était la plus aimable
des femmes et la plus attentive des amies ;
dans les situations difficiles, elle était encore,
comme nous l'avons dit, la plus dévouée.

Si je voulais en fournir des preuves, j'en
appellerais, sans hésitation, à un homme auquel
l'étendue et la flexibilité de son esprit, l'habileté
de sa conduite à toutes les époques, et sa participation presque constante aux plus grands
événements qui ont marqué le premier quart
de ce siècle, ont fait une réputation européenne.
Lorsque, relégué par la proscription dans une
contrée lointaine, dont la simplicité pesait à
son âme habituée aux jouissances d'une civilisation très avancée, il supportait avec peine
l'ennui des mœurs commerciales et républicaines, M^me de Staël, au sein des agitations
politiques et des distractions de la capitale,
devinait cet ennui comme par une sympathie
d'affection qui lui faisait éprouver pour un
autre ce qu'elle n'aurait pas ressenti pour elle-
même. Ce fut elle qui, par sa persistance, obtint,
bien que suspecte à un gouvernement ombra-
geux, à des néophytes en liberté, qui travestis-

saient leurs défiances en patriotisme, le rappel d'un citoyen dont le rang, le nom, les habitudes n'avaient rien de commun avec les formes sévères d'un républicanisme nouveau. Elle surmonta tous les obstacles, vainquit toutes les répugnances, brava des soupçons qui empoisonnèrent sa vie entière, et rendit à l'ami dont elle était alors la seule protectrice le séjour de la France que, par cela même, elle dut bientôt quitter. Et là ne se borna point l'enthousiasme de son amitié active ; elle voulut, pour cet ami, des honneurs, des dignités, des richesses, elle voulut qu'il lui fût redevable de toute son existence : elle réussit ; et après avoir contemplé la première fête qui constatait la prospérité dont elle était l'unique auteur, elle emporta dans l'exil la consolation du bien qu'elle avait fait, et le sentiment de la reconnaissance qu'avait méritée son dévouement.

Mille exemples du même genre me seraient aisés à citer. Aussi ses amis comptaient sur elle comme sur une sorte de providence. Si, par quelque malheur imprévu, l'un d'entre eux eût perdu toute sa fortune, il savait où la pauvreté ne pouvait l'atteindre ; s'il eût été contraint à prendre la fuite, il savait dans quels lieux on le remercierait de choisir un asile ; s'il s'était vu plongé dans un cachot, il se serait attendu avec certitude que M^me de Staël y pénétrerait pour le délivrer.

Parmi les affections qui ont rempli sa vie, son

amour pour son père a toujours occupé la première place. Les paroles semblaient lui manquer quand elle voulait exprimer ce qu'elle éprouvait pour lui. Tous ses autres sentiments étaient modifiés par cette pensée. Son attachement pour la France s'augmentait de l'idée que c'était le pays qu'avait servi son père, et du besoin de voir l'opinion rendre à M. Necker la justice qui lui était due ; elle eût désiré le ramener dans cette contrée où sa présence lui paraissait devoir dissiper toutes les préventions et concilier tous les esprits. Depuis sa mort, l'espoir de faire triompher sa mémoire l'animait et l'encourageait, bien plus que toute perspective de succès personnel : l'histoire de la vie de M. Necker était son occupation constante ; et, dans cette affreuse maladie qu'une nature inexorable semblait avoir compliquée pour épuiser sur elle toutes les souffrances, son regret habituel était de n'avoir pu achever le monument que son amour filial s'était flatté d'ériger.

Je viens de relire l'introduction qu'elle a placée à la tête des manuscrits de son père. Je ne sais si je me trompe, mais ces pages me semblent plus propres à la faire apprécier, à la faire chérir de ceux mêmes qui ne l'ont pas connue, que tout ce qu'elle a publié de plus éloquent, de plus entraînant sur d'autres sujets ; son âme et son talent s'y peignent tout entiers. La finesse de ses aperçus, l'étonnante variété de ses impressions, la chaleur de son éloquence, la force de sa raison, la vérité de son enthousiasme, son amour pour la liberté et pour la justice, sa sensibilité passionnée, la mélancolie qui souvent la distinguait, même dans ses productions purement littéraires, tout ici est consacré à porter la lumière sur un seul foyer, à exprimer un seul sentiment, à faire partager une pensée unique. C'est la seule fois qu'elle ait traité un objet avec toutes les ressources de son esprit, toute la profondeur de son âme, et sans être distraite par quelque idée étrangère. Cet ouvrage, peut-être, n'a pas encore été considéré sous ce point de vue : trop de différences d'opinions s'y opposaient pendant la vie de M^me de Staël. La vie est une puissance contre laquelle s'arment, tant qu'elle dure, les souvenirs, les rivalités et les intérêts ; mais quand cette puissance est brisée, tout ne doit-il pas prendre un autre aspect ? Et si, comme j'aime à le penser, la femme qui a mérité tant de gloire et fait tant de bien est aujourd'hui l'objet d'une sympathie universelle et d'une bienveillance unanime, j'invite ceux qui honorent le talent, respectent l'élévation, admirent le génie et chérissent la bonté, à relire aujourd'hui cet hommage tracé sur le tombeau d'un père par celle que ce tombeau renferme maintenant.

Après cette notice sur M. Necker, deux ouvrages qui, si je ne me trompe, font le mieux connaître, soit le caractère, soit les opinions de M^me de Staël, ce sont d'une part *Corinne*, et de l'autre les « Considérations sur la révolution française ». Disons donc quelques mots de ces deux productions si remarquables, dont la première a créé, pour ainsi dire, une ère nouvelle dans la littérature française, et dont l'autre a élevé aux principes de la liberté, proclamés en 1789, avant qu'elle ne se fût souillée par des crimes qu'avaient provoqués des résistances mal calculées, le monument le plus durable qu'on leur ait encore érigé.

Pour juger un ouvrage comme il doit être jugé, certaines concessions, que j'appellerai dramatiques, sont indispensables. Il faut permettre à l'auteur de créer les caractères de ses héros comme il veut, pourvu que ces caractères ne soient pas invraisemblables. Ces caractères une fois fixés, il faut admettre les événements, pourvu qu'ils résultent naturellement de ces caractères. Il faut enfin considérer l'intérêt produit par la combinaison des uns et des autres. Il ne s'agit point de rechercher si les caractères ne pourraient pas être différents. Sont-ils naturels ? Sont-ils touchants ? Conçoit-on que telle circonstance ait dû être l'effet de la disposition de tel personnage principal ? Que cette disposition existant, telle action ait dû être amenée par telle circonstance? Est-on vivement ému ? L'intérêt va-t-il croissant jusqu'à la fin de l'ouvrage ? Plus ces questions peuvent être résolues par l'affirmative, plus l'ouvrage approche de la perfection.

Corinne est une femme extraordinaire, enthousiaste des arts, de la musique, de la peinture, surtout de la poésie ; d'une imagination exaltée, d'une sensibilité excessive, mobile à la fois et passionnée ; portant en elle-même tous les moyens de bonheur, mais accessible en même temps à tous les genres de peine ; ne se dérobant à la souffrance qu'à l'aide des distractions ; ayant besoin d'être applaudie, parce qu'elle a la conscience de ses forces, mais ayant plus encore besoin d'être aimée ; menacée ainsi toujours d'une destinée fatale, n'échappant à cette destinée qu'en s'étourdissant, pour ainsi dire, par l'exercice de ses facultés, et frappée sans ressource dès qu'un sentiment exclusif, une pensée unique s'est emparée de son âme.

Pourquoi, dira-t-on, choisir pour héroïne une telle femme ? Veut-on nous l'offrir pour modèle ? Et quelles leçons son histoire peut-elle nous présenter ?

Pourquoi choisir pour héroïne une telle femme ? Parce que ce caractère s'identifiait mieux qu'un autre, et je dirai même s'identifiait seul avec la contrée que l'écrivain voulait peindre ; et c'est là l'idée heureuse dans l'ouvrage de M^me de Staël. Elle n'a point, ainsi que les auteurs qui, avant elle, ont prétendu réunir deux genres divers, promené froidement un étranger au milieu d'objets nouveaux, qu'il

décrivait avec une surprise monotone ou une
attention minutieuse ; elle a pénétré son héroïne
de tous les sentiments, de toutes les passions,
de toutes les idées que réveillent le beau ciel, le
climat superbe, la nature amie et bienfaisante
qu'elle avait à décrire. L'Italie est empreinte
dans Corinne ; Corinne est une production
de l'Italie ; elle est la fille de ce ciel, de ce climat,
de cette nature ; et de là, dans cet ouvrage, ce
charme particulier qu'aucun voyage ne nous
présente. Toutes les impressions, toutes les
descriptions sont animées et comme vivantes,
parce qu'elles semblent avoir traversé l'âme de
Corinne et y avoir puisé de la passion.

Le caractère de Corinne était donc nécessaire
au tableau de l'Italie, telle que M^me de Staël
se proposait de le présenter ; mais, indépendamment de cette considération décisive, ce
caractère est-il improbable ? Y a-t-il dans cette
réunion de qualités et de défauts, de force et
de faiblesse, d'activité dans l'esprit et de sensibilité dans l'âme, des choses qui ne puissent
exister ensemble ? Je ne le crois pas. Corinne
est un être idéal, sans doute ; mais c'est un
être idéal comme les belles statues grecques et,
je ne sache pas que, parce que ces statues sont
au-dessus des proportions ordinaires, et qu'en
elles sont combinées des beautés qui ne se
trouvent que séparément dans la réalité, on
les ait jamais accusées d'invraisemblance.

Mais quelle est la morale de *Corinne* ? Ici je

pense qu'il faut s'entendre. Si, par la morale d'un ouvrage, on comprend une morale directe, exprimée en toutes lettres, comme celle qui se trouve à la fin des fables de La Fontaine, j'affirme que, dans un ouvrage d'imagination, une pareille morale est un grand défaut. Cette morale devient un but auquel l'auteur sacrifie, même à son insu, la probabilité des événements et la vérité des caractères. Il plie les uns, il fausse les autres pour les faire concourir à ce but. Ses personnages ne sont plus des individus auxquels il obéit, pour ainsi dire, après les avoir créés, parce qu'ils ont reçu de son talent une véritable existence, et qu'il n'en est pas plus le maître qu'il ne serait le maître d'individus doués d'une vie réelle ; ce sont des instruments qu'il refond, qu'il polit, qu'il lime, qu'il corrige sans cesse, et qui perdent par là du naturel, et par conséquent de l'intérêt.

La morale d'un ouvrage d'imagination se compose de l'impression que son ensemble laisse dans l'âme : si, lorsqu'on pose le livre, on est plus rempli de sentiments doux, nobles, généreux qu'avant de l'avoir commencé, l'ouvrage est moral, et d'une haute moralité.

La morale d'un ouvrage d'imagination ressemble à l'effet de la musique ou de la sculpture. Un homme de génie me disait un jour qu'il se sentait meilleur après avoir contemplé longtemps l'Apollon du Belvédère. Il y a, je l'ai déjà dit ailleurs, mais on ne saurait trop le redire, il y a, dans la contemplation du beau en tout genre, quelque chose qui nous détache de nous-mêmes, en nous faisant sentir que la perfection vaut mieux que nous, et qui, par cette conviction, nous inspirant un désintéressement momentané, réveille en nous la puissance du sacrifice, puissance mère de toute vertu. Il y a dans l'émotion, quelle qu'en soit la cause, quelque chose qui fait circuler notre sang plus vite, qui nous procure une sorte de bien-être, qui double le sentiment de nos forces, et qui par là nous rend susceptibles d'une élévation, d'un courage, d'une sympathie au-dessus de notre disposition habituelle.

Corinne n'est point représentée comme une personne parfaite, mais comme une créature généreuse, sensible, vraie, incapable de tout calcul, entraînée par tout ce qui est beau, enthousiaste de tout ce qui est grand, dont toutes les pensées sont nobles, dont toutes les impressions sont pures, lors même qu'elles sont inconsidérées. Son langage est toujours d'accord avec ce caractère, et son langage fait du bien à l'âme. Corinne est donc un ouvrage moral.

Je ne sais pourquoi cette morale qui, résultant des émotions naturelles, influe sur la teneur générale de la vie, paraît déplaire à beaucoup de gens. Serait-ce précisément parce qu'elle s'étend à tout, et que, se confondant avec notre disposition tout entière, elle modifie nécessairement notre conduite, au lieu que les axiomes directs restent, pour ainsi dire, dans leur niche, comme ces pagodes de l'Inde que leurs adorateurs saluent de loin, sans en approcher jamais ? Serait-ce qu'on n'aimerait pas pour soi la morale qui naît de l'attendrissement et de l'enthousiasme, parce que cette morale force en quelque sorte l'action, au lieu que les maximes précises n'obligent les hommes qu'à les répéter ? Et ferait-on ainsi de la morale une masse compacte et indivisible, pour qu'elle se mêlât le moins possible aux intérêts journaliers, et laissât plus de liberté dans tous les détails ?

Un ouvrage d'imagination ne doit pas avoir un but moral, mais un résultat moral. Il doit ressembler, à cet égard, à la vie humaine qui n'a pas un but, mais qui toujours a un résultat dans lequel la morale trouve nécessairement sa place. Or, si je voulais m'étendre encore sur ce point, relativement à *Corinne*, je montrerais sans peine que son résultat moral n'est méconnaissable que pour ceux qui se plaisent à le méconnaître. Aucun ouvrage ne présente avec plus d'évidence cette importante leçon, que plus on a de facultés brillantes, plus il faut savoir les dompter ; que lorsqu'on offre aux vents impétueux de si vastes voiles, il ne faut pas tenir un gouvernail faible d'une main tremblante ; que plus les dons de la nature sont nombreux, éclatants et diversifiés, plus il faut marcher au milieu des hommes avec défiance et avec réserve ; qu'entre le génie révolté et la société sourde et sévère, la lutte n'est pas égale, et que pour les âmes profondes, les caractères fiers et sensibles, les imaginations ardentes, les esprits étendus, trois choses sont nécessaires, sous peine de voir le malheur tomber sur eux, savoir vivre seul, savoir souffrir; savoir mépriser.

« Mais Corinne est enthousiaste, et l'enthousiasme a bien des dangers. » Vraiment, je ne me doutais pas que ces dangers nous entourassent : je regarde autour de moi, et, je l'avoue, je ne m'aperçois pas qu'en fait d'enthousiasme, le feu soit à la maison. Où sont-ils donc ces gens entraînés par l'enthousiasme, et qu'il est si pressant d'en préserver ? Voyons-nous beaucoup d'hommes, ou même beaucoup de femmes, sacrifier leurs intérêts à leurs sentiments, négliger par exaltation le soin de leur fortune, de leur considération ou de leur repos ? S'immole-t-on beaucoup par amour, par amitié, par pitié, par justice, par fierté ? Est-il urgent de mettre un terme à ces sacrifices ? A voir tant d'écrivains courir au secours de l'égoïsme, ne dirait-on pas qu'il est menacé ? Rassurons-nous ; il n'a rien à craindre. Nous sommes à l'abri de l'enthousiasme. Les jeunes gens mêmes y sont inaccessibles, admirables par leur amour pour l'étude, leur soif de connaissances, leur impartialité, leur raison, cette raison qui semble les sortir de l'enfance, pour les porter de plein saut dans l'âge mûr.

Le caractère de Corinne une fois établi, il fallait, pour donner à l'ouvrage le plus vif degré d'intérêt, lui opposer un caractère assez semblable au sien, pour sentir tout son charme et se mêler à ses impressions, et néanmoins assez différent par ses penchants, ses habitudes, ses opinions, ses principes même, pour que ces différences amenassent des difficultés que ni les circonstances, ni la situation ne pouvaient produire. Ce caractère ne pouvait être celui d'un Français, d'un Allemand ou d'un Italien. En France, l'opinion est tranchante dans les formes, mais elle permet beaucoup de dédommagement à ceux qui s'écartent de ses règles, pourvu qu'ils ne disputent pas son autorité. Corinne était isolée, indépendante. Un Français amoureux de Corinne, et parvenant à lui inspirer un sentiment profond et durable, n'eût vraisemblablement travaillé qu'à la séduire. En Allemagne, les seules distinctions fortement marquées sont celles des rangs. L'opinion, d'ailleurs, est assez indulgente, et tout ce qui sort de la règle commune est plutôt accueilli avec bienveillance que traité avec défaveur. Un Allemand eût donc épousé Corinne, ou, s'il eût été retenu par des considérations tirées de l'obscurité qui enveloppait sa naissance, son hésitation ne reposant que sur des motifs de convenance extérieure, eût été d'un

effet commun et dénué d'intérêt. Un Italien se
fût consacré à elle, comme les mœurs de ce
pays l'autorisent.

Pour faire naître des combats qui eussent leur
source au fond du cœur, il fallait que l'amant
de Corinne fût un Anglais, c'est-à-dire l'ha-
bitant d'un pays où la carrière des hommes fût
tracée d'avance, où leurs devoirs fussent positifs, où l'opinion fût empreinte d'une sévérité
mêlée de préjugés et fortifiée par l'habitude,
enfin, où tout ce qui est extraordinaire fût
importun, parce que tout ce qui est extraordinaire y devient nuisible. Lord Nelvil est un
mélange de timidité et de fierté, de sensibilité
et d'indécision, de goût pour les arts et d'amour
pour la vie régulière, d'attachement aux opinions communes et de penchant à l'enthousiasme. C'est un Anglais déjà empreint des
préjugés et des mœurs de sa nation, mais dont
le cœur est encore agité par la mobilité naturelle à la jeunesse. Il y a une époque dans la vie
où le caractère se consolide et prend une forme
indestructible. A cette époque, suivant les
pays, les hommes deviennent ou égoïstes et
avides, ou seulement sérieux et sévères ; mais
toujours est-il qu'alors l'âme se ferme aux
impressions nouvelles ; elle cède à l'action
des habitudes et à l'autorité des exemples ;
elle se moule, pour ainsi dire, d'après le moule
universel. Avant cette époque, la nature lutte
contre des règles qu'elle ne connaît pas claire-

ment ; et c'est durant cette lutte que l'homme est en proie aux égarements de l'imagination comme aux orages du cœur. C'est ainsi qu'Oswald se présente, lorsque, pour la première fois, il rencontre Corinne. Sans doute, dès cette première rencontre, le destin de tous deux est décidé. Ils ne peuvent pas être heureux ensemble, ils ne pourront plus être heureux séparés. Oswald parcourt l'Italie avec Corinne ; il en contemple toutes les merveilles. Le langage éloquent, la voix harmonieuse, l'enthousiasme poétique de son amie prêtent à tous les objets une splendeur surnaturelle. En sa présence, les ruines se relèvent, les souvenirs renaissent, la nature se pare d'un éclat nouveau : l'Italie antique paraît environnée de toutes ses pompes ; l'Italie moderne brille de toute sa beauté. Mais, au milieu de ce délire qui bouleverse son cœur et ses sens, Oswald se rappelle sa patrie, ses devoirs, la carrière qui lui était tracée. Ravi sans être convaincu, charmé sans être soumis, souvent heureux, jamais content de lui-même, il suit à pas incertains le char triomphal de l'être étonnant qui le subjugue et l'enchante. Il est enivré de l'amour qu'il inspire, il est ébloui de la gloire qu'il contemple, il est orgueilleux des succès dont il est témoin ; mais il jette, malgré lui, quelquefois un regard de regret vers le pays qui lui promettait des jouissances et plus dignes et plus calmes. Il trouve dans l'air qu'il respire je ne sais quoi de léger qui ne remplit pas sa mâle poitrine. Cette poésie, ces beaux-arts, ces tableaux, cette musique, lui semblent les parures de la vie ; mais la vie elle-même, la vie active, utile et noblement occupée, il se demande où elle est, et la cherche vainement autour de lui.

Indépendamment du caractère d'Oswald, il y en a, dans *Corinne*, plusieurs autres qui décèlent une profonde connaissance de la nature et du cœur humain. Je n'en indiquerai que trois, Lucile, le comte d'Erfeuil et de M. de Maltigues.

Le portrait de Lucile se compose d'une foule de traits épars qu'il serait impossible d'extraire et de réunir sans leur faire perdre leur délicatesse et quelque chose de leur vérité. Jamais on n'a revêtu de couleurs plus fraîches, plus douces et plus pures à la fois, le charme de la jeunesse, de la pudeur tremblante, du mystère qui l'entoure et la protège, et de cette réserve craintive qui, par je ne sais quel pressentiment des maux de la vie, paraît demander grâce d'avance à une destinée qu'elle ignore encore.

Le tableau des relations contraintes de lord Nelvil et de Lucile, qu'il a épousée, sont décrites avec une finesse d'observation admirable. Il n'est personne peut-être qui n'ait, plus d'une fois dans la vie, été dans une situation pareille, dans une situation où le mot nécessaire, toujours sur le point d'être prononcé, ne l'était jamais, où l'émotion qui aurait été décisive, était toujours interrompue, où il y avait entre deux âmes qui avaient besoin de s'entendre une barrière invincible, un mur de glace qui les empêchait de se rapprocher.

Le portrait du comte d'Erfeuil est un chef-d'œuvre en son genre ; on voit qu'il est observé d'après nature et décrit sans malveillance. Le comte d'Erfeuil est un homme dont toutes les opinions sont sages, toutes les actions louables ; dont la conduite est généreuse sans être imprudente, raisonnable sans être trop circonspecte ; qui ne se compromet ni en servant ses amis ni en les abandonnant ; qui secourt le malheur sans en être ému, le souffre sans être accablé ; qui porte dans sa tête un petit code de maximes littéraires, politiques et morales, ramenées toujours à propos dans la conversation, et qui, muni de la sorte, traverse le monde commodément, agréablement, élégamment.

On a reproché à M^{me} de Staël quelque exagération dans la teinte innocente et légère du ridicule qu'elle donne quelquefois au comte d'Erfeuil. On a prétendu qu'il n'était pas possible qu'un Français, à Rome, appelât une Italienne « Belle étrangère ». On avait donc oublié ce trait si connu d'un Français dînant avec beaucoup d'autres Français chez un prince d'Allemagne, et lui disant tout à coup : « C'est singulier, Monseigneur, il n'y a que votre Altesse d'étranger ici ». Celui qui écrit ces lignes a vu de ses yeux, dans un spectacle allemand, un comédien français s'avançant pour haranguer le parterre, et commençant son discours par ces paroles : « Respectables étrangers... » M. de Maltigues est un autre caractère dont on n'a pas assez remarqué la profondeur, parce que M^me de Staël ne l'a montré qu'en passant. C'est un homme très corrompu, ne voyant dans la vie de but que le succès, professant cette opinion avec une sorte d'impudeur qui naît de la vanité, mais la pratiquant avec adresse. M. de Maltigues est le résultat d'un siècle où l'on a dit que la morale n'était qu'un calcul bien entendu, et qu'il fallait surtout jouir de la vie ; où l'on a créé contre tous les genres d'enthousiasmes le mot puissant de « niaiserie ». La bravoure est sa seule vertu, parce qu'elle est utile aux méchants contre les bons, tout comme aux bons contre les méchants. Il est fâcheux que M^me de Staël n'ait pas mis le caractère de M. de Maltigues en action ; elle aurait pu le développer d'une façon très piquante. On l'aurait vu peut-être réussir dans le monde par la hardiesse même de son immoralité ; car il y a une grande masse d'hommes qui regardent l'immoralité professée comme une confidence qu'on leur fait, sont flattés de cette confidence, et ne sentent point qu'en se moquant ainsi avec eux des choses les plus sérieuses, c'est d'eux qu'on se moque en réalité.

Une considération m'a frappé en examinant les deux caractères du comte d'Erfeuil et de M. de Maltigues ; c'est qu'il y a entre eux un rapport direct, bien qu'ils suivent une ligne tout opposée. Leur premier principe n'est-il pas qu'il faut prendre le monde comme il est et les choses comme elles vont, ne s'appesantir sur rien, ne pas vouloir réformer son siècle, n'attacher à rien une importance exagérée ? Le comte d'Erfeuil adopte la théorie, M. de Maltigues en tire les résultats ; mais les hommes comme M. de Maltigues ne pourraient pas réussir, si les hommes comme le comte d'Erfeuil n'existaient pas.

Le comte d'Erfeuil est la frivolité bonne et honnête ; M. de Maltigues, l'égoïsme spéculant sur la frivolité, et profitant de l'impunité qu'elle lui assure ; tant il est vrai qu'il n'y a de moral que ce qui est profond ; qu'en repoussant les impressions sérieuses, on ôte à la vertu toute garantie et toute base ; que, sans enthousiasme, c'est-à-dire sans émotions désintéressées, il n'y a que du calcul, et que le calcul conduit à tout.

Ce caractère n'est au reste que le développement d'une pensée que M^{me} de Staël avait indiquée dans son ouvrage sur la littérature.

Depuis longtemps, avait-elle dit, on appelle caractère décidé celui qui marche à son intérêt, au mépris de tous ses devoirs ; un homme spirituel, celui qui trahit successivement avec art tous les liens qu'il a formés. On veut donner à la vertu l'air de la duperie, et faire passer le vice pour la grande pensée d'une âme forte. Il faut s'attacher à faire sentir avec talent que l'immoralité du cœur est aussi la preuve des bornes de l'esprit ; il faut parvenir à mettre en souffrance l'amour-propre des hommes corrompus, et donner au ridicule une direction nouvelle. Ces hommes, qui veulent faire recevoir leurs vices et leurs bassesses comme des grâces de plus, dont la prétention à l'esprit est telle qu'ils se vanteraient presque à vous-mêmes de vous avoir trahi, s'ils n'espéraient pas que vous le saurez un jour ; ces hommes, qui veulent cacher leur incapacité par leur scélératesse, se flattant que l'on ne découvrira jamais qu'un esprit si fort contre la morale universelle est si faible dans ses conceptions politiques ; ces caractères si indépendants de l'opinion des hommes honnêtes, et si tremblants devant celle des hommes puissants, ces charlatans de vices, ces frondeurs des principes élevés, ces moqueurs des âmes sensibles, c'est eux qu'il faut vouer au ridicule ; il faut les dépouiller comme des êtres misérables, et les abandonner à la risée des enfants*.

Cette conception neuve, forte de vérité, puissante d'amertume, et empreinte d'une indignation à laquelle on voit se mêler le souvenir

* *De la littérature*, etc. (*Note de Benjamin Constant.*)

d'expériences douloureuses, M^me de Staël l'a réalisée dans le caractère de M. de Maltigues, et, sous ce rapport aussi, *Corinne* est une production du résultat le plus utile et le plus moral.

Je passe maintenant dans une autre sphère, et le lecteur sera frappé, je le pense, de cette variété de talent, de cette universalité de vues, qui transforme en écrivain politique du premier ordre l'observateur ingénieux des faiblesses de notre nature, et le peintre fidèle des souffrances du cœur.

Dès l'instant où la mort eut frappé le père de M^me de Staël, elle conçut le projet d'écrire l'histoire de la vie politique de cet homme illustre. Les persécutions dont elle fut l'objet, l'éducation de ses enfants, ses voyages dans toute l'Europe, une foule de distractions, enfin, les unes douloureuses, les autres brillantes, retardèrent l'exécution du dessein qu'elle avait formé, et son sujet s'agrandit à son insu devant elle. Le propre des esprits supérieurs, c'est de ne pouvoir considérer les détails, sans qu'une foule d'idées ne se présente à eux sur l'ensemble auquel ces détails appartiennent.

Bien que M^me de Staël fût très jeune lorsque la Révolution éclata, elle se trouvait mieux placée que personne pour en démêler toutes les causes, les causes générales, parce qu'elle rencontrait sans cesse, dans la maison de M. Necker, les hommes qui alors dirigeaient, ou, pour mieux dire, exprimaient l'opinion ; les causes particulières, parce que sa société intime se composait de ces grands seigneurs, dont plusieurs par amour du bien, quelques-uns par vanité, d'autres par l'inquiétude d'une activité non employée, favorisaient les réformes et les changements qui se préparaient. Douée d'un esprit d'observation admirable, qui l'emportait malgré elle sur ses affections privées, M^me de Staël ne pouvait s'empêcher de remarquer ce qu'il y avait de naturel ou de factice, de généreux ou de calculé, dans le dévouement de ces classes supérieures, qui s'acquittèrent pendant quelque temps avec élégance et avec un succès payé chèrement ensuite, du rôle brillant d'organes de l'opinion populaire. Le temps, qui nécessairement refroidit les affections lorsqu'elles ne sont pas fondées sur une complète sympathie, avait achevé de donner aux jugements de M^me de Staël le mérite de l'impartialité, à l'époque où elle entreprit de se rendre compte de ce qui s'était passé sous ses yeux. Sans doute, si elle eût voulu peindre plus souvent et plus en détail les individus, son ouvrage, en descendant à un rang moins élevé, comme composition littéraire, aurait gagné peut-être en intérêt anecdotique. On ne peut s'empêcher de regretter qu'elle n'ait pas appliqué à la peinture des caractères politiques le talent qu'elle a déployé dans le roman de *Delphine*. Personne n'aurait raconté avec plus de grâce et avec des expressions plus

piquantes tant d'apostasies déguisées en principes, tant de calculs transformés en conver-
sions ; et ces préjugés, repris aujourd'hui
comme moyens par des hommes qui hier les
combattaient comme obstacles, et ces vestales
du vice, qui en conservent la tradition comme
le feu sacré, et qui, trahissant tour à tour le
despotisme et la liberté, sont restées fidèles à
la corruption, comme un bon citoyen l'est à sa
patrie. Mais Mme de Staël a préféré le genre
de l'histoire à celui des mémoires particuliers.

Ceux qui haïssent M. Necker pour le bien
qu'il a fait, ou pour celui qu'il a voulu faire,
trouveront de l'exagération dans l'admiration
constante que sa fille témoigne pour lui. Il
était difficile de voir souvent M. Necker sans
concevoir beaucoup de vénération pour ses
vertus privées, et une grande idée de la saga-
cité de ses vues, et de la finesse de ses aperçus.
Il était impossible de vivre avec lui sans être
frappé de la pureté de son caractère et de la
bienveillance habituelle qui se manifestait dans
ses paroles et dans ses actions. Comme homme
d'état, M. Necker a eu le sort de tous ceux qui
ont voulu et qui ont été contraints de vouloir
conduire une révolution destinée, par la force
des choses, à échapper à tous les calculs et à
se frayer sa route elle-même. Si l'on réfléchit
à la disposition des esprits à cette époque, si
l'on considère les intérêts opposés des divers
partis, qui n'avaient de commun entre eux

qu'une égale inexpérience, et dont les opinions, rédigées en quelques phrases tranchantes, étaient violentes commes des préjugés et inflexibles comme des principes, on sentira qu'aucune énergie, aucune prudence humaine, ne pouvait maîtriser de tels éléments. C'est ce que M^me de Staël démontre, et elle justifie très bien son père contre ceux qui l'accusent d'avoir mis ces éléments en fermentation. Elle décrit, d'une manière juste et rapide, l'état de l'opinion en 1789. La monarchie, sinon absolue, du moins arbitraire, avait, sous Louis XIV, fatigué la nation par des guerres toujours inutiles, enfin malheureuses, et l'avait aliénée sous la régence, par le spectacle de la corruption, et sous Louis XV, par celui de l'insouciance et de la faiblesse. Les grands corps de la magistrature réclamaient des droits sans base, et faisaient valoir des prétentions sans limites. Les membres du clergé, tout en professant, comme un devoir de forme, les maximes héréditaires d'une intolérance usée, se donnaient le mérite d'afficher une incrédulité alors à la mode. La noblesse avait contre elle la perte de sa puissance, la conservation de ses privilèges, et les lumières mêmes des nobles les plus éclairés. Le tiers état réunissait toutes les forces réelles, le nombre, la richesse, l'industrie, et se voyait pourtant contester l'égalité de fait, qui était dans l'ordre existant, et l'égalité de droit, qui est imprescriptible. Enfin, les classes inférieures étaient plongées dans un état misérable, et elles étaient averties, par la portion parlante de la classe qui dominait l'opinion, que cette misère était injuste. Qui ne voit qu'indépendamment de tout projet de réforme, un bouleversement devait avoir lieu ?

Je dis ceci pour les lecteurs équitables, et non pour ces interprètes soudoyés de vieilles haines, qui s'élancent contre les tombeaux, parce qu'ils les savent sans défense, comme ils s'élancent contre les vivants quand ils les croient garrottés. Les ramener est impossible, parce qu'ils ne jugent rien avec leur intelligence, mais tout avec leur intérêt. Les convaincre est un espoir chimérique ; ils n'ont pas l'organe de la conviction, qui est la conscience ; il faut leur laisser répéter leurs mensonges toujours démasqués, toujours reproduits, comme on laisse aboyer la nuit les dogues affamés.

Cet essai n'étant l'analyse des ouvrages de M^{me} de Staël, ni sous le point de vue politique, ni sous le point de vue littéraire, je ne me propose de parcourir ici que quelques-unes de ses idées dominantes.

« La révolution de France, dit-elle, est une des grandes époques de l'ordre social. Ceux qui la considèrent comme un événement accidentel n'ont porté leurs regards ni dans le passé ni dans l'avenir. Ils ont pris les auteurs pour la pièce, et, afin de satisfaire leurs passions, ils ont attribué aux hommes du moment ce que les siècles avaient préparé ».

Cette observation est pleine de justesse.
Beaucoup de gens ne voient la cause des événements du jour que dans les hasards de la
veille. A les entendre, si l'on eût empêché tel
mouvement partiel, rien de ce qui a eu lieu
ne serait arrivé ; en comblant le déficit des
finances, on eût rendu inutile la convocation
des États Généraux ; en faisant feu sur le
peuple qui entourait la Bastille, on eût prévenu
l'insurrection ; si l'on eût repoussé le doublement du tiers, l'Assemblée Constituante n'eût
pas été factieuse ; et si l'on eût dispersé l'Assemblée Constituante, la révolution n'eût pas
éclaté. Spectateurs aveugles, qui ne voient
pas que le déficit dans les finances n'était pas
une cause, mais un effet, et que la même forme
de gouvernement qui avait produit ce déficit
en eût bientôt ramené un autre, parce que la
dilapidation est la compagne constante de
l'arbitraire ; que ce ne fut pas une fantaisie
subite dans les habitants de Paris que la destruction de la Bastille, et que la Bastille, préservée
aujourd'hui, aurait été menacée de nouveau
demain, parce que lorsque la haine des vexations a soulevé un peuple, ce n'est pas en pro-
tégeant les vexations par l'artillerie, mais en y
mettant un terme, qu'on rétablit une paix
durable ; que le doublement du tiers ne fit
que donner des organes de plus à une opinion
qui, privée d'organes, s'en fût créé de plus

redoutables ; qu'en dispersant l'Assemblée
Constituante, on n'eût pas anéanti le besoin
de liberté qui agitait les têtes et remplissait les
cœurs ; que la puissance du tiers état aurait
survécu, et que cette puissance voulait être
satisfaite ou se satisfaire elle-même ; enfin, que
les véritables auteurs de la révolution ne
furent pas ceux qui, étant ses instruments,
parurent ses chefs ! Les véritables auteurs de
la révolution furent le cardinal de Richelieu
et sa tyrannie, et ses commissions sanguinaires,
et sa cruauté ; Mazarin et ses ruses, qui rendirent méprisable l'autorité, que son prédé-
cesseur avait rendue odieuse ; Louis XIV et
son faste ruineux, et ses guerres inutiles, et
ses persécutions et ses dragonnades. Les véritables auteurs de la révolution furent le pouvoir absolu, les ministères despotes, les nobles
insolents, les favoris avides.

Ceci n'est point une apologie des révolutions.
J'ai montré, dans plus d'un ouvrage, que je
n'aimais point les révolutions en elles-mêmes.
D'ordinaire elles manquent leur but en le
dépassant ; elles interrompent le progrès des
idées qu'elles semblent favoriser. En renver-
sant, au nom de la liberté, l'autorité qui existe,
elles donnent à l'autorité qui la remplace des
prétextes spécieux contre la liberté. Mais plus
on craint les révolutions, plus il faut s'éclairer
sur ce qui les amène.

En partant du principe incontestable que les

causes du bouleversement de l'ancienne monarchie remontent bien plus haut que 1789,
M<sup>me</sup> de Staël a dû chercher à découvrir ces
causes ; et, conduite ainsi à examiner l'organisation sociale des peuples modernes, elle a été
frappée d'abord de la différence fondamentale
qui distingue ces peuples de ceux de l'antiquité.
Elle exprime cette différence en peu de mots,
mais ces mots sont pleins d'énergie : « Le
droit public de la plupart des états européens
repose encore aujourd'hui sur le code de la
conquête. »

Sans doute ; et c'est pour cette raison que
l'on a rencontré, de nos jours, tant d'obstacles
à l'établissement de la liberté. C'est pour
cette raison qu'ainsi qu'on l'a observé souvent,
la liberté paraît à beaucoup d'esprits qui la
cherchent et qui la désirent moins précieuse
encore que l'égalité.

Lors même que les progrès de la civilisation
eurent adouci les effets de la conquête, ses
souvenirs restèrent ; la noblesse eut même
souvent la maladresse de les rappeler. Dans ses
protestations, dans ses appels à ses droits
anciens, à son origine féodale, elle semblait
dire au peuple : Comment ne serait-ce pas à
nous à vous gouverner, puisque ce sont nos
aïeux qui ont dépouillé vos pères ? De la sorte,
l'irritation a survécu aux causes qui l'avaient
produite ; elle est devenue, pour ainsi dire,
une tradition. Cette tradition a été la source de

beaucoup de fautes. En poursuivant non seulement les privilèges héréditaires, mais les pos-
sesseurs de ces privilèges, les amis de la liberté
ont eux-mêmes, à leur insu, été dominés par
des préjugés héréditaires. Voyez les révolutions
des républiques italiennes du moyen âge, elles
ont eu pour but de repousser des conquérants
plutôt que de donner des droits égaux à des
citoyens *.

Je suis loin d'approuver les rigueurs dirigées contre la noblesse après son abolition ;
mais j'ai cru devoir, par occasion, expliquer
la cause de ces rigueurs. C'était, en quelque
sorte, une loi du talion exercée par le dix-
huitième siècle contre le cinquième ; loi que la
distance et le changement des mœurs, des institutions et des habitudes rendaient inappli-
cable et inique.

Le code de la conquête, continue M^me de
Staël, produisit le régime féodal.

La condition des serfs était moins dure que
celle des esclaves. Il y avait diverses manières
d'en sortir ; et, depuis ce temps, différentes
classes ont commencé par degrés à s'affranchir
de la destinée des vaincus. C'est sur l'agran-
dissement graduel de ce cercle que la réflexion
doit se porter.

* Rien n'est plus remarquable que la conformité
des lois faites en Italie, à Florence surtout, contre les
nobles, avec les lois de la Convention. *(Note de Benjamin
Constant.)*

Ici M^me de Staël donne à l'aristocratie la préférence sur le gouvernement absolu d'un seul. Cette opinion a excité beaucoup de réclamations. Elles tiennent en partie, si je ne me trompe, à une confusion d'époques. Dans un temps de commerce et de lumières, l'aristocratie est certainement plus funeste que le pouvoir absolu d'un seul ; mais c'est que, dans un temps de commerce et de lumières, le pouvoir absolu d'un seul ne saurait exister réellement. Pour le concevoir dans toute sa plénitude et se pénétrer de tout ce qu'il a d'odieux, il faut remonter à des siècles barbares et se transporter dans des pays qui ne soient pas commerçants. Voyez-le dans l'antiquité, en Perse, ou à Rome sous les empereurs ; voyez-le de nos jours à Alger ou au Maroc. Pourrons-nous encore longtemps ajouter à Lisbonne ! Certes, l'aristocratie vaut mieux. Tout en haïssant le sénat romain, je le préfère à Caligula ; et sans aimer l'oligarchie vénitienne, j'aime encore moins le dey d'Alger et ses Maures. Mais dès que les lumières ont fait des progrès, et surtout dès que le commerce existe, le despotisme d'un seul devient impossible. Ce commerce, en donnant à la propriété une qualité nouvelle, la circulation, affranchit les individus, et, en créant le crédit, il rend l'autorité dépendante.

Or, dès que le despotisme pur est impossible, le véritable fléau, c'est l'aristocratie ; et cela explique comment certains peuples modernes, les Danois, par exemple, ont consenti, pour s'en délivrer, à de si incroyables sacrifices.

La question de savoir lequel vaut mieux du pouvoir absolu d'un seul ou de l'aristocratie est d'ailleurs parfaitement oiseuse aujourd'hui. Je défie le pouvoir absolu d'un seul de subsister dix années dans tout pays éclairé. Bonaparte lui-même n'a pu ni le conquérir complètement ni le faire durer ; et je défie l'aristocratie de subsister un demi-siècle.

La constitution de l'Angleterre est l'objet constant de l'admiration de M<sup>me</sup> de Staël. Je ne méconnais assurément point ce que nous devons à cette constitution ; son nom seul a rendu à la liberté d'immenses services : la France, en croyant l'imiter, est arrivée à des institutions infiniment meilleures, et à une liberté beaucoup plus réelle, sinon de fait, au moins de droit, car nous n'avons plus ces lois exceptionnelles, qui équivalaient à la suspension de l'*habeas corpus*. Nous avons des élections sincères, au lieu des bourgs pourris anglais. Nous sommes préservés de cette concentration des propriétés, source de misère et germe infaillible de révolutions. M<sup>me</sup> de Staël a peut-être méconnu nos avantages. N'importe, il est bon de rendre hommage à la liberté partout où elle se trouve, et à cet hommage se mêle pour nous une réflexion satisfaisante.

Les Anglais ont dû les qualités qui leur ont

longtemps valu la considération de l'Europe, principalement à leur constitution, bien qu'elle fût beaucoup trop empreinte d'inégalité et de privilèges. Or, sans vouloir faire le moindre tort à un peuple qui a offert au monde de grands exemples durant à peu près cent quarante ans, ma conviction est que, si une constitution libre a eu pour lui de si bons effets, elle en aura pour nous de meilleurs encore. Notre climat n'est-il pas plus beau, nos ressources plus réelles, nos mœurs plus polies, nos affections plus douces et moins personnelles, notre esprit plus flexible et plus rapide, notre caractère plus hospitalier ? Si néanmoins la liberté a donné aux Anglais, pendant plus d'un siècle, une place éminente parmi les nations, la liberté nous rendra le rang qui nous est assigné par la nature.

Une erreur que M^{me} de Staël a énergiquement réfutée, c'est celle des écrivains qui regrettent le repos et le bonheur de l'ancienne monarchie.

« En lisant les déclamations de nos jours, dit-elle, on croirait que ses quatorze siècles ont été des temps tranquilles, et que la nation était alors sur des roses. On oublie les templiers, brûlés sous Philippe le Bel ; le triomphe des Anglais sous les Valois ; la guerre de la jacquerie ; les assassinats du duc d'Orléans et du duc de Bourgogne ; les cruautés perfides de Louis XI ; les protestants français condamnés à d'affreux supplices sous

François I$^{er}$, tandis qu'il s'alliait lui-même aux protestants d'Allemagne ; les horreurs de la ligue, surpassées toutes encore par le massacre de la Saint-Barthélemy ; les conspirations contre Henri IV, et son assassinat, œuvre effroyable des ligueurs ; les échafauds arbitraires élevés par le cardinal de Richelieu, les dragonnades, la révocation de l'édit de Nantes, l'expulsion des protestants et la guerre des Cévennes sous Louis XIV. »

J'ai pensé qu'il était bon de citer ce petit abrégé de l'histoire de notre monarchie avant qu'elle fût constitutionnelle. Il répond assez péremptoirement, ce me semble, à ceux qui prétendent que nous n'avons cessé d'être heureux que parce que nous avons voulu être libres. Il prouve aussi que les principes démagogiques ne sont pas rigoureusement nécessaires pour motiver des crimes assez bien conditionnés. Ce n'était point par philosophie que Philippe le Bel faisait brûler les templiers. L'on n'invoquait point les droits de l'homme quand on plongeait à plusieurs reprises les protestants dans les flammes sous les yeux de la cour de François I$^{er}$ ; et l'assassin d'Henri IV s'appuyait de la souveraineté du pape et non de celle du peuple.

Le jugement de M$^{me}$ de Staël, sur Louis XIV, a révolté tous ceux qui voient la majesté dans la pompe, le bon ordre dans l'étiquette, le triomphe des lettres dans un peu d'argent

jeté aux poètes, et la gloire dans la pédanterie
portée jusqu'au milieu des batailles, où le
peuple prodiguait son sang, tandis que le roi
leur donnait son nom, retenu qu'il était par
sa grandeur loin de la mêlée *.

« Le roi qui a pensé que les propriétés de
ses sujets lui appartenaient, et qui s'est permis tous les genres d'actes arbitraires, c'est
M^me de Staël qui parle, le roi (ose-t-on le
dire et peut-on l'oublier) qui vint, le fouet
à la main, interdire comme une offense le
dernier reste de l'ombre d'un droit, les remon-
trances du parlement, ne respectait que lui-
même, et n'a jamais pu concevoir ce que c'était
qu'une nation ».

On s'est indigné surtout de deux assertions :
la première, « que le code lancé contre les religionnaires pouvait tout à fait se comparer
aux lois de la Convention contre les émigrés ».
La seconde, « que la gloire des grands écrivains
du dix-septième siècle appartenait à la France,
et ne devait pas être concentrée sur un
seul homme, qui, au contraire, a persécuté
quelques-uns de ces écrivains, et en a dédaigné
beaucoup d'autres ».

Quant au premier point, j'ai lu, il est vrai,
dans un écrit récent, que « les lois contre les

---

* Gémit de sa grandeur qui l'attache au rivage.

BOILEAU.

*(Note de Benjamin Constant.)*

religionnaires étaient rigoureuses, et que les lois contre les émigrés étaient atroces » ; mais je n'ai point découvert pourquoi ce qui était atroce en 1793, n'était que rigoureux un siècle plus tôt, et je persiste à croire que les crimes sont des crimes et les cruautés des cruautés, quelle que soit l'autorité qui s'en rende coupable.

Pour ce qui regarde la part qu'il faut attribuer à l'autorité royale dans les travaux et les succès de notre littérature, il me semble qu'on sert mieux la gloire nationale, en montrant que le talent se développa par sa propre force, dès que la fin des guerres civiles eut rendu à l'esprit français quelque sécurité et quelque repos, qu'en cherchant à présenter nos grands écrivains comme des enfants de la protection et des créatures de la faveur. Arnaud, Pascal, Port-Royal tout entier, Fénelon, Racine, sont les preuves des bornes étroites, de l'intolérance altière, de l'inconstance capricieuse de cette faveur si vantée ; et, tout en plaignant ces génies supérieurs, les uns persécutés, les autres affligés par un despote, nous pouvons, en quelque sorte, aujourd'hui qu'ils reposent dans la tombe, nous féliciter des injustices qu'ils ont subies. Ils nous ont épargné la douleur de croire que l'espèce humaine dépend de l'arbitraire d'un homme, et que tant de germes féconds seraient demeurés stériles, tant de facultés éminentes inactives, tant de voix élo-

quentes muettes, si le sourire de cet homme ne
les eût encouragés.

J'insiste sur ce sujet, parce que l'admiration
pour Louis XIV n'est pas une opinion particulière, une erreur de théorie qu'on peut
laisser pour ce qu'elle est, sans avoir à redouter
ses conséquences pratiques. La monarchie de
Louis XIV est le type d'une monarchie absolue ; tous ceux qui regrettent ou désirent une
monarchie semblable entonnent, en l'honneur
de Louis XIV, un hymne si parfaitement le
même, malgré la diversité des circonstances,
qu'on le dirait stéréotypé pour être transmis
d'un régime à l'autre. Lorsqu'un homme, qui
n'a pas voulu être Washington, a commencé
à s'égarer dans les routes du despotisme, tous
les panégyristes de Louis XIV se sont groupés
autour de lui ; et notez que ces panégyristes
d'alors n'étaient autres que ceux d'à présent.
Sans doute il y avait une portion de leur doctrine qu'ils passaient prudemment sous silence;
mais à cette exception près, ils tenaient le
langage qu'ils tiennent encore. Ils apportaient
en tribut, à l'autorité nouvelle, les souvenirs,
les pompes, les étiquettes, toutes les traditions
de servilité en un mot, héritage de l'autorité
déchue ; heureux d'esquiver ainsi la liberté,
et pardonnant au pouvoir son origine en considération de son étendue. Le gouvernement
impérial n'a été qu'une application trop fidèle
du mot fameux, « l'État, c'est moi » ; ainsi,

l'exemple de Louis XIV nous a fait du mal, même sous Bonaparte. Il est donc utile d'empêcher qu'il ne nous en fasse encore aujourd'hui.

M^me de Staël termine ses observations sur Louis XIV par une remarque pleine de force et de vérité. « Il ne faut jamais, dit-elle, juger des despotes par les succès momentanés que l'extension même du pouvoir leur fait obtenir. C'est l'état dans lequel ils laissent le pays à leur mort ou à leur chute, c'est ce qui reste de leur règne, qui révèle ce qu'ils ont été ».

C'est là, en effet, le véritable point de vue sous lequel il faut considérer ce règne de Louis XIV, dont la durée avait tellement fatigué la France, qu'au décès du monarque, le premier mouvement du peuple fut de troubler ses funérailles, et la première mesure du parlement de désobéir à sa volonté. Quand les enthousiastes de l'aristocratie s'évertuent à le célébrer, ils sont plus généreux qu'ils ne croient ; car ils célèbrent l'auteur de leur perte. Les préférences de Louis XIV achevèrent l'ouvrage des rigueurs de Richelieu. La noblesse, désarmée sous Louis XIII, devint odieuse sous son successeur. Le dix-huitième siècle ne fit qu'obéir à l'impulsion qu'une trop longue compression avait rendue plus forte. La révolution de 1789 se fit spécialement contre les privilèges. La royauté, qui n'était point menacée, voulut en vain s'identifier à une cause qui n'était pas la sienne. Entraînée momentanément dans la chute commune,

ses efforts ne servirent qu'à fournir un exemple
triste et mémorable du danger des alliances
imprudentes. Ce danger est passé ; la royauté
relevée, constituée, limitée, repose maintenant
sur la nation ; et ceux-là seraient de funestes
royalistes, qui s'obstineraient à la replacer
sur d'autres bases, et à lui donner d'autres
appuis.

Bien que je n'aie voulu parler que de deux
ouvrages de M^{me} de Staël, pour la présenter
à la fois comme un de nos premiers poètes
et comme un de nos publicistes les plus éclairés, je ne puis m'empêcher de dire quelques
mots de ses « Dix années d'exil », qui ont provoqué de si vives, et j'ajouterai de si absurdes
attaques. Deux accusations ont été dirigées
contre elle. On lui a reproché d'être injuste
pour Napoléon, et d'avoir oublié ce que, même
exilée, elle devait à la France.

Certes, je ne méconnais ni le génie extraordinaire, ni la force de volonté, ni surtout les
talents militaires de l'homme qui a, durant
quatorze années, gouverné les Français et
dompté l'Europe ; mais j'ai toujours regardé,
je regarderai toujours la persécution longue et
obstinée qu'il a fait peser sur M^{me} de Staël
comme un de ses actes de tyrannie les moins
excusables de son règne, où néanmoins les
actes de ce genre sont assez nombreux. Des
hommes qui font retentir le ciel et la terre
lorsqu'on commet contre eux la moindre

injustice, ont trouvé révoltant qu'une femme dont Napoléon abîmait la vie jugeât Napoléon un peu sévèrement. Ils pensent que tout l'univers doit prendre fait et cause parce qu'on leur refuse une pension qu'ils disent leur être due ; mais ils s'indignent que la victime de l'exil le plus dur, le plus arbitraire, je dirai le plus ignoble, car rien n'est plus ignoble que la force brutale s'acharnant sur le génie désarmé, ne se soit pas résignée au despotisme qui l'arrachait aux lieux de sa naissance et la séparait de tous les objets de son affection : et si l'on réfléchit que le seul crime de cette femme qu'il rendait si malheureuse était une conversation animée et brillante, et que celui qui la poursuivait disposait d'une autorité sans bornes, faisait mouvoir d'un mot huit cent mille soldats, avait trente millions de sujets et quarante millions de vassaux, on ne peut se défendre d'une indignation mêlée de pitié pour un pouvoir si timide d'une part et si violent de l'autre. M^me de Staël, dit-on, inquiétait Napoléon sur son trône par l'entraînante impétuosité de ses émotions généreuses. Mais nous inquiétons tous l'autorité d'aujourd'hui par nos réclamations légitimes et nos plaintes fondées ; est-ce à dire que nous lui accorderons la faculté de nous exiler ? Il faut reconnaître à tous les droits qu'on revendique pour soi ; il ne faut pas se croire le seul objet digne d'intérêt, et lorsqu'on aspire à l'honneur de lutter contre le pouvoir du jour, il ne faut pas justifier les excès du pouvoir de la veille.

J'admire Bonaparte quand il couvre de gloire les drapeaux de la nation qu'il gouverne. Je l'admire, quand, prévoyant l'instant où la mort brisera son bras de fer, il dépose dans le Code civil des germes d'institutions libérales ; je l'admire quand il défend le sol de la France ; mais, je le déclare, sa persécution d'un des plus beaux talents de ce siècle, son acharnement contre l'un des caractères les plus élevés de notre époque, sont dans son histoire une tache ineffaçable. L'exil d'Ovide a flétri la mémoire d'Auguste, et si Napoléon, à beaucoup d'égards, est bien supérieur au triumvir qui prépara la perte de Rome, sous le prétexte banal d'étouffer l'anarchie, le versificateur licencieux qu'il envoya périr sous un ciel lointain n'était en rien comparable à l'écrivain qui a consacré sa vie entière à la défense de toutes les pensées nobles, et qui, au milieu de tant d'exemples de dégradation et d'apostasie, est resté fidèle aux principes de liberté et de dignité sans lesquels l'espèce humaine ne serait qu'une horde de barbares ou un troupeau d'esclaves.

Quant à l'amour de M^me de Staël pour cette France dont une tyrannie si impitoyable la tenait séparée, il faut n'avoir pas lu même les « Dix années d'exil » pour méconnaître l'empire qu'avait sur son âme cet amour indestructible. Les victoires des alliés renversaient la barrière contre laquelle elle s'était si longtemps brisée, et toutefois elle déplorait amèrement ces victoires. Elle assistait de ses vœux son persécuteur, parce qu'il protégeait le sol envahi; elle oubliait ses longues souffrances, ses justes griefs ; elle repoussait les espérances que lui rendait la chute d'un ennemi implacable, pour ne voir que l'intérêt, la gloire, l'indépendance de la patrie.

# APPENDICE II

## JUGEMENTS
## DE CONTEMPORAINS SUR
## ADOLPHE

# JUGEMENTS DE CONTEMPORAINS
## SUR ADOLPHE *

## LA GAZETTE DE FRANCE
### (1816)

C'est un grand prothée *(sic)* que M. Benjamin de Constant ! Après s'être déguisé en Montesquieu, métamorphose qui, par parenthèse, ne lui a pas prodigieusement réussi, le voici qui se transforme en Marivaux, et cette conversion est la plus heureuse de toutes celles dont il pouvait s'aviser. Mais pourquoi M. Benjamin de Constant, qui a mis tant d'idéal dans la politique, s'est-il décidé à ne mettre dans l'amour que du positif ? A cette bizarrerie près, qu'il faut lui passer, ainsi que d'autres singularités, je conviens que le nouvel ouvrage de cet écrivain, qui en a tant fait et trop fait, retrace avec autant d'énergie que

---

* Les articles suivants, ainsi que les notes qui les accompagnent, sont empruntés à l'ouvrage de J.-G. Prod'homme, *Vingt chefs-d'œuvre jugés par leurs contemporains*, Stock 1930.

de vérité une des plus frappantes et des plus déplorables situations du cœur humain\*.

... Il ne faut chercher dans cette histoire que ce qui est historique. M. Benjamin de Constant a creusé profondément dans le cœur humain : il en a découvert la plaie ; il la montre à nu ; il représente l'homme tel qu'il est avec ses faiblesses et ses irrésolutions, sa présomption et sa générosité, sa petitesse et sa grandeur. Il n'embellit point le monde. Accoutumé, par le genre de ses études, à examiner l'espèce humaine avec des yeux sévères, M. Benjamin de Constant la traite comme elle le mérite ; il ne rappelle en rien dans son ouvrage la brillante imagination qui a enfanté Atala et Corinne.

... Tel quel, cet ouvrage n'en offre pas moins des beautés remarquables ; il fait penser. Tous les caractères y sont tracés de main de maître. Les moindres traits de celui d'Adolphe frappent la vérité, à tel point qu'on croit avoir vu le personnage. On ne l'aime pas, on ne l'estime guère, on ne s'intéresse nullement à lui, mais ses faiblesses ont quelque chose d'attachant, et l'on éprouve pour lui je ne sais quelle pitié qui se fait toujours sentir pour ces êtres en contradiction avec eux-mêmes, qui cherchent le bonheur et qui le manquent toujours.

... Pour le style, on en peut dire : toujours

---

\* Le critique fait ici l'analyse du roman.

bien, jamais mieux. C'est celui d'un philosophe, d'un observateur qui a pris les passions sur le fait, et qui les explique plutôt qu'il ne s'attache à les peindre... Il est une espèce de *cicerone* d'amour ; il dit tout ce qu'il voit, mais il ne devine rien, excepté pourtant lorsqu'il décrit des choses qui avilissent ses héros.

... Il est à remarquer que depuis la révolution tous les auteurs de romans se sont attachés à nous représenter des héroïnes folles. Vertu, pudeur, bienséance ne sont que des êtres de raison pour ces dames : comment croire, après cela, qu'elles offrent le portrait de nos Françaises modernes ? Aussi M. Benjamin de Constant nous a-t-il peint une Polonaise. Je ne connais pas assez les femmes de ce pays-là pour décider jusqu'à quel point l'imitation est exacte. Au surplus, M. Benjamin de Constant écrit avec tant de succès sur l'amour, qu'il n'aurait jamais dû traiter d'autre sujet pour son honneur et pour notre plaisir.

B... T *

## JOURNAL DE PARIS
### (1816)

... Mais, dira-t-on, l'auteur de cette anecdote a pourtant montré des lumières et du talent

* *Gazette de France*, dimanche 14 juillet 1816, feuilleton. *Variétés. Adolphe.* L'article est probablement de Briffaut.

dans quelques brochures sur la politique et sur la philosophie. Je ne veux rien contester ; mais qu'on y prenne garde. Depuis vingt-cinq ans, la politique a son langage convenu. C'est un texte tout fait. Avec certains mots très mal définis on paraît profond, et quand on est profond, qu'importe de savoir écrire ? D'ailleurs, dans ces sortes de controverses on flatte toujours les passions d'un parti, et vous êtes sûr que le parti fera valoir le livre et l'auteur. Un succès est d'avance arrangé. Les bons juges se taisent car ils savent que, dès le mois suivant, on ne se souviendra plus de l'ouvrage tant admiré... Mais pour faire un bon roman, il faut de l'imagination, du goût, du naturel, et ces dons de la nature sont rares. Tout le monde vous lit, et vous juge. Vos lecteurs sont très exigeants, ils ne veulent absolument vous louer qu'à la condition que vous leur ferez plaisir. Que M. Benjamin de Constant ne s'abaisse donc plus jusqu'aux romans. Qu'il retourne dans les hauteurs de sa politique et de sa philosophie.

D\*.

---

* *Journal de Paris*, nº 201, vendredi 19 juillet 1816. Littérature. *Adolphe...* L'auteur, qui fait allusion à Necker, et cite *Corinne*, analyse assez longuement le roman, dont il critique surtout le style.

## L'ABBÉ DE FELETZ *
(1816)

... Tout faiseur de romans se peint plus ou
moins dans son héros : il n'est pas douteux
que M. Benjamin de Constant n'ait souvent
exprimé ses sentiments particuliers, ses propres
opinions, et ses idées générales sur les hommes
et sur les choses, par la bouche d'Adolphe qui,
étant d'ailleurs un homme de beaucoup d'expérience, a du moins une des qualités les plus
indispensables pour les bien présenter. Or,
tous ses discours, toutes les réflexions
d'Adolphe, et dans ce roman il n'y a pour ainsi
dire que des discours et des réflexions, tendent
à prouver que ce que l'homme veut ou croit
vouloir, pense ou croit penser, désire ou
croit désirer, il ne le voudra pas, il ne le pourra
pas, il ne le désirera pas demain ; qu'il n'y a

* L'abbé Charles-Marie Dorimond de Feletz (1767-
1850), littérateur et critique, conservateur à la bibliothèque Mazarine, collaborateur aux *Débats* de 1801 à
1829. Benjamin Constant de Rebecque collabora au
même journal sous la première Restauration, du 18 avril
1814 au 19 mars 1815. Son dernier article est célèbre.

aucune mauvaise foi dans ces contradictions,
ou plutôt comme on n'est jamais ni *tout à fait
sincère, ni tout à fait de bonne foi* dans un sentiment ou dans une opinion quelconque, il
est assez indifférent d'en changer ; on reste
toujours à peu près avec la même dose de sincérité. Jamais on n'a pris plus de soin à prouver
combien l'homme est léger, inconstant et
divers ; et je le répète, j'aime mieux que M.
Benjamin de Constant ait établi depuis longtemps sa doctrine de l'excessive instabilité
des hommes dans leurs sentiments et leur conduite ; peut-être n'y aurait-il pas eu bonne
grâce à développer cette opinion dans ces
derniers temps : trop récente, elle eût paru
une opinion de circonstance, et on aurait pu
la croire moins franche et moins désintéressée ;
mais toutes ces réflexions tombent devant le
roman fait il y a dix ans.

... Elle (la curiosité) sera peu satisfaite si
elle exige des événements, des péripéties, un
grand nombre d'acteurs et de personnages
dont les intérêts se croisent et se compliquent,
dont les caractères opposés se combattent,
et varient à chaque instant la scène. Il n'y a ici
que deux personnages, deux caractères, plus
singuliers et bizarres que simples et naturels,
plus condamnables qu'intéressants, plus dignes
de blâme que de pitié. Ils font mutuellement
le malheur l'un de l'autre et sans noble excuse
ni pour l'un ni pour l'autre. L'excuse de l'un

est une extraordinaire faiblesse ; l'excuse de l'autre un pur égoïsme...

Mais on peut demander quel est celui qui mérite le plus de blâme, et le moins d'intérêt ; c'est sans contredit celui d'Ellénore. La faiblesse excessive d'Adolphe est inexcusable ; mais la générosité qui s'y mêle, et qui en est le principe, le rend digne de pitié ; il faut toujours accorder quelque estime à la générosité même mal appliquée, et aux grands sacrifices même faits mal à propos ; le cœur qui en est capable a une noblesse et une élévation peu commune. Mais Ellénore, indigne de ces sacrifices, et qui les exige impérieusement, ne pouvant rien offrir en dédommagement, ni son honneur qu'elle a dès longtemps perdu, ni sa jeunesse qu'elle n'a plus, traînant à sa suite un jeune homme qui a dix ans de moins qu'elle, le tyrannisant par son amour qu'il ne partage pas, et l'excédant par les emportements et la violence de sa passion, Ellénore n'est digne ni d'estime, ni d'intérêt : une sorte de compassion peut seulement s'attacher à son sort, parce que souvent elle ne la refuse pas aux infortunes même les plus méritées.

... Faible romancier, M. Benjamin de Constant, est donc philosophe ingénieux, métaphysicien quelquefois trop subtil, mais cependant assez clair, observateur spirituel, il n'est pas toujours écrivain pur et naturel : il a quelquefois des recherches bien singulières, comme lorsqu'il dit d'une personne qu'il veut étudier et connaître : « Je pensais faire en observateur froid et impartial, *le tour de son esprit* »...

A *

* *Journal des Débats*, mardi 9 juillet 1816, feuilleton. Variétés. *Adolphe*, anecdote trouvée dans les papiers d'un inconnu, et publiée par M. Benjamin de Constant.

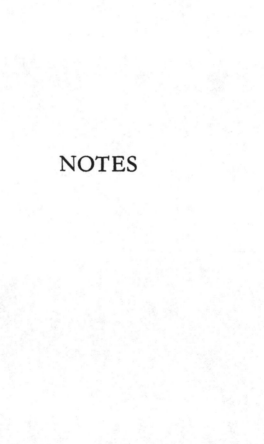

NOTES

# NOTES

1. C'est Gustave Rudler, qui, ayant enfin déniché à la Bibliothèque d'Edimbourg un exemplaire de la « seconde édition » fictive, à l'existence de laquelle on désespérait de croire, en a publié la Préface - dont l'on ne connaissait jusqu'alors, outre des esquisses, que la traduction anglaise - dans *la Revue de Paris* du 15 février 1935. Auparavant, cet éminent historien littéraire, qui a tant fait pour la mémoire et la connaissance de B. Constant, avait trouvé dans les archives d'Estournelles de Constant des brouillons et des esquisses de cette Préface. L'on trouvera ci-après les fragments que Constant n'a en définitive utilisés, ni pour la Préface à la deuxième édition (composée du 25 au 27 juin 1816 à la suite d'attaques « désolantes » dans certains journaux français), ni dans celle qu'il fabriqua de pièces et de morceaux en 1824 à l'occasion de la troisième édition - dernière édition à laquelle il ait mis la main, - et pour tenir au moins partiellement sa promesse envers l'excellente Félicité Brissot-Thivars, éditrice de cette réimpression :

« Ils survivent à leur meilleure nature... Et ce n'est pas leur seul malheur. Pendant la lutte les indifférents s'empressent. Ils sont si zélés, si attentifs ! Leur soif de détruire une affection leur en donne presque l'apparence. On dirait à les entendre qu'ils remplaceront admirablement l'être qu'ils vous sollicitent de quitter.

On les écoute : on franchit comme Arsène *(sic)*, [*pour* « *Armide* », *conjecture Mistler*] le cercle magique et l'on se trouve comme elle dans un désert...

« Voilà ce que j'ai voulu prouver, mais je me suis encore proposé un autre but.

« J'ai voulu peindre dans Adolphe une des principales maladies morales de notre siècle : cette fatigue, cette incertitude, cette absence de force, cette analyse perpétuelle, qui place une arrière-pensée à côté de tous les sentiments, et qui par là les corrompt dès leur naissance. Adolphe est spirituel, car l'esprit aujourd'hui est descendu à la portée de tous les caractères ; il est irritable, parce que l'obstacle est une sorte de galvanisme, qui rend à la mort un moment de vie ; mais il est incapable de suite, de dévouement soutenu, de générosité calme ; sa vanité seule est permanente. Il s'est nourri, dès son enfance, des arides leçons d'un monde blasé ; il a adopté, pour gaîté, sa triste ironie, pour règle son égoïsme ; en s'observant et se décrivant toujours, il a cru se rendre supérieur à lui-même, et n'est parvenu qu'à dompter ses bonnes qualités. Cette maladie de l'âme est plus commune qu'on ne le croit et beaucoup de jeunes gens en offrent les symptômes. La décrépitude de la civilisation les a saisis ; en pensant s'éclairer par l'expérience de leurs pères, ils ont hérité de leur satiété. Aussi, tandis que les romans d'autrefois peignaient des hommes passionnés et des femmes sévères, les romans actuels sont remplis de femmes qui cèdent et d'hommes qui les quittent. Les auteurs ne se rendent pas compte de la cause de ce changement. Mais les plus médiocres, comme les plus distingués, obéissent, par instinct, à une vérité qu'ils ignorent.

« Et ce n'est pas dans les seules liaisons du cœur que cet affaiblissement moral, cette impuissance d'impressions durables se fait remarquer : tout se tient dans la nature. La fidélité en amour est une force comme la croyance religieuse, comme l'enthousiasme de la liberté. Or nous n'avons plus aucune force. Nous ne savons plus aimer, ni croire, ni vouloir. Chacun doute de la vérité de ce qu'il dit, sourit de la véhémence de ce qu'il affirme, et pressent la fin de ce qu'il éprouve.

« J'ai peint une petite partie du tableau, la seule qui fût non sans tristesse, mais sans danger pour le peintre. L'histoire dira l'influence de cette disposition d'âme sur d'autres objets. Car, encore une fois, tout se tient. Ce qui fait qu'on est dur ou léger envers l'affection, fait aussi qu'on est indifférent à tout avenir au-delà de ce monde, et vil envers toutes les puissances qui se succèdent, et qu'on nomme légitimes tant qu'elles subsistent. L'on met ensuite son esprit à expliquer tout cela, et l'on croit qu'une explication est une apologie. Mais il en résulte que le Ciel n'offre plus d'espoir, la terre plus de dignité, le cœur plus de refuge ».

2. Dans une lettre du 23 juin 1816 au rédacteur en chef du *Morning Chronicle*, dont voici la traduction :

Monsieur,

« Différents journaux ont laissé entendre que le court roman d'*Adolphe* contient des péripéties s'appliquant à moi-même ou à des personnes existant réellement. Je crois qu'il est de mon devoir de démentir une interprétation aussi peu fondée. J'aurais jugé ridicule de me décrire moi-même et le jugement que je porte sur le héros de cette anecdote devrait m'avoir évité un soupçon de ce genre, car personne ne peut prendre plaisir à se représenter comme coupable de vanité, de faiblesse et d'ingratitude. Mais l'accusation d'avoir dépeint d'autres personnes, quelles qu'elles soient, est beaucoup plus grave. Ceci jetterait sur mon caractère un opprobre auquel je ne veux pas me soumettre. Ni Ellénore, ni le père d'Adolphe, ni le comte de P. n'ont aucune ressemblance avec aucune personne de ma connaissance. Non seulement mes amis, mais mes relations me sont sacrés. » Commentant ce paragraphe et les suivants, Charles de Constant écrivait d'autre part à Rosalie le 22 juillet 1816 : « Voici un fait. Il a fait une seconde édition de son *Adolphe* et une seconde préface dans laquelle il proteste n'avoir eu personne en vue dans ses portraits. Est-ce toi et moi qui peuvent le croire? N'est-ce pas lui, n'est-ce pas son père? D'autres y reconnaissent d'une manière aussi peu douteuse d'autres personnes dans d'autres portraits. Voici ce qu'il dit de Mme de Staël dans cette Préface : « Le génie (...) dans le dévouement. » Basse flatterie à mes yeux après tout ce qui s'est passé entre eux. Mais ils se regrettent mutuellement et ils ont raison parce qu'ils se convenaient à merveille. » Rosalie répondit à Charles le 26 juillet : « Je ne trouve pas mauvais que Benjamin ait écarté par quelques louanges l'accusation d'avoir voulu peindre celle qui l'a dominé longtemps. »

Sur ce problème — biographiquement complexe, mais psychologiquement assez simple — des « clefs », le jugement contemporain le plus impartial et dans une certaine mesure le plus fin semble celui de Sismondi, dans sa lettre à la comtesse d'Albany du 14 octobre 1816 : « J'ai profité de ce retard pour lire deux fois *Adolphe;* vous trouverez que c'est beaucoup pour un ouvrage dont vous faites assez peu de cas, et dans lequel, à la vérité, on ne prend d'intérêt bien vif à personne. Mais l'analyse de tous les sentiments du cœur humain est si admirable, il y a tant de vérité dans la faiblesse du héros, tant d'esprit dans les observations, de pureté et de vigueur dans le style, que le livre se fait lire avec un plaisir infini. Je crois bien que j'en ressens plus encore, parce que je reconnais l'auteur à chaque page et que jamais confession n'offrit à mes yeux un portrait plus ressemblant. Il fait comprendre tous ses défauts, mais il ne les excuse pas, et il ne semble point avoir la pensée de les faire aimer. Il est très possible qu'autrefois il ait été plus réellement amoureux qu'il ne se peint dans son livre mais, quand je l'ai connu il était tel qu'*Adolphe*, et avec tout aussi peu d'amour, non moins orageux, non moins amer, non moins occupé de flatter ensuite et de tromper de nouveau, par un sentiment de bonté, celle qu'il avait déchirée. Il a évidemment voulu éloigner le portrait d'Ellénore de toute ressemblance. Il a tout changé pour elle, patrie, condition, figure, esprit. Ni les circonstances de la vie ni celles de la personne n'ont aucune identité ; il en résulte qu'à quelques égards elle se montre dans le cours du roman tout autre qu'il ne l'a annoncée ; mais à l'impétuosité et à l'exigence dans les relations d'amour on ne peut la méconnaître. Cette apparente intimité, cette domination passionnée pendant laquelle ils se déchiraient par tout ce que la colère et la haine peuvent dicter de plus injurieux est leur histoire à l'un et à l'autre. Cette ressemblance seule est trop frappante pour ne pas rendre inutiles tous les autres déguisements.

L'auteur n'avait point les mêmes raisons pour dissimuler les personnages secondaires. Aussi peut-on leur mettre des noms en passant. Le père de Benjamin était exactement tel qu'il l'a dépeint. La femme âgée avec laquelle il a vécu dans sa jeunesse, qu'il a beaucoup aimée, et qu'il a vue mourir, est une M^me de Charrière, auteur de quelques jolis romans. L'amie officieuse qui, prétendant le réconcilier avec Ellénore, les brouille davantage, est madame Récamier. Le comte de P. est de pure invention, et, en effet, quoiqu'il semble d'abord un personnage important, l'auteur s'est dispensé de lui donner aucune physionomie et ne lui fait non plus jouer aucun rôle. »

Le lecteur verra que le comte de P. tient à la fois du comte de Lamoignon et du baron de Marenholz.

3. Allusion probable à Juliette Récamier, dont le souvenir doux-amer était encore très proche, et à propos de laquelle Constant écrivait dans son *Journal intime*

le 11 septembre 1815 : « Elle se perd dans la petite coquetterie dont elle fait métier et se plaît ou se désole tour à tour de la peine qu'elle cause aux trois ou quatre soupirants dont j'ai été un. »

4. Il n'existe en Calabre ni Cerenza ni Cozenze, mais bien, sur le Neto, un village qui se nomme Cerenzia à 85 km de Cozenza. Strongoli paraît une déformation de Stromboli.

5. Depuis la mise en vente d'*Adolphe* jusqu'à nos jours, tous les critiques ont considéré cette mise en scène comme un procédé littéraire usé et il est bien vrai qu'une affabulation analogue, par certains détails se trouve déjà dans la *Vie de Marianne* de Marivaux, dans *Claire d'Albe* (1797) de Madame Cottin, dans *Valérie* de Madame de Krüdner (1803). Pourtant, à ne chercher que des sources littéraires, l'on risque de méconnaître gravement l'importance du thème de l'« auberge » dans la vie de Constant, éternel voyageur, d'abord par goût, puis traîné ou poussé par M$^{me}$ de Staël. C'est dans une auberge de Nevers que le 18 décembre 1804, relisant pour la première fois son *Journal*, il se précise à la fois son esthétique du journal intime et son attitude future envers M$^{me}$ de Staël. Plus tard, au plus fort de sa passion déchirante pour M$^{me}$ Récamier, il sera plusieurs fois cet inconnu « silencieux » et « triste » qui dévore tout seul son secret dans une auberge :

« Saint-Clair, 2 octobre 1814. Pardon, pardon, oh ! si vous saviez tout ce que je souffre. Pardonnez-moi si je suis si près de vous, je n'approcherai pas davantage. Personne ne me verra. *Enfermé dans une chambre d'auberge,* j'attendrai votre réponse... Je ne vis pas sans vous. J'erre blessé à mort, et j'aime bien mieux me fatiguer à cheval que me consumer dans la solitude... »

« Bruxelles, 6 novembre 1815. N'est-il pas absurde que je vous écrive sans cesse pour vous parler de la même personne ?... Je frémis de la crainte d'être oublié par elle, et *je crois que je mourrai de douleur dans cette affreuse auberge*, inconnu, seul, sans qu'un être me rende d'autre service que de me faire enterrer... »

6. Cf. *Le Cahier Rouge* : « Car j'ai une telle paresse et une si grande absence de curiosité que je n'ai jamais de moi-même été voir ni un monument, ni une contrée, ni un homme célèbre. Je reste où le sort me jette, jusqu'à ce que je fasse un bond qui me place de nouveau dans une tout autre sphère. »

7. A vingt-deux ans (1789-1790), B. Constant vivait en réalité à Brunswick. Mais le château de famille de Charlotte, Hardenberg, était à côté de Gœttingue, et *Adolphe* a été entrepris pour Charlotte.

8. Sur la « vie très dissipée », cf. mon introduction et *Le Cahier Rouge*, *passim*. Il est vrai d'autre part que le jeune Benjamin Constant, original et déconcertant, n'était point passé inaperçu, surtout à Edimbourg (juillet 1783-avril 1785), où il se distinguait dans les discussions de la Speculative Society : « Vous passiez, dit Mackintosh, pour l'être le plus extraordinaire à Edinburgh et en effet je pense que vous l'êtes dans tous les sens. » (M^me de Staël à B. C. 10 janvier 1814).

9. Cf. la Lettre de B. C. à M^me de Nassau du 24 mai 1794 (*Journal intime de Benjamin Constant et Lettres à sa famille et à ses amis, précédés d'une introduction par D. Melegari*, Paris, A. Michel, 1928.) : « Revoyez mon éducation, cette vie errante et décousue, ces objets de vanité dont on a allaité mon enfance, ce ton d'ironie qui est le style de ma famille, cette affectation de persifler le sentiment, de n'attacher du prix qu'à l'esprit et à la gloire... »

10. Sur ces traits de caractère de Juste de Constant, son fils est revenu à maintes reprises. Cf., outre les

passages cités dans mon introduction, les confidences à Rosalie de Constant, en 1800 et 1803 (Éd. Menos, l. LIII et LX), où, parlant de son demi-frère (le fils de Marianne), Benjamin écrit : « Mon père le brusquait beaucoup, et j'ai peur qu'il ne s'établisse entre eux cette défiance qui, je le sais par expérience, est un des plus grands malheurs qui puisse exister dans ces relations. »

Puis, faisant allusion à une correspondance d'affaires avec son père, toujours à propos de son fâcheux remariage, il note avec tristesse, comme au début du chapitre VII du roman, le refus habituel de son père aux « choses directes », que celui-ci remplace obstinément par un « ton plaintif, mécontent et détourné... »

11. Cf. *Le Cahier Rouge* : « ... Ce que je prenais pour de l'indifférence était peut-être un ressentiment caché. Mais dans cette occasion comme dans mille autres de ma vie, j'étais arrêté par une timidité que je n'ai jamais pu vaincre. »

12. Charlotte, beaucoup plus fine et intelligente qu'on n'a bien voulu le dire, avait compris la sensibilité ombrageuse de son beau-père. Le 5 novembre 1808, elle écrit à son mari : « Je crois que ta dernière lettre a fait de la peine à ton père. J'en juge par quelques mots qui lui ont échappé, comme « qu'il ne méritait point que tu te défiasses de lui ». Il ne m'en a pas dit davantage ; tu sais qu'il ne s'ouvre jamais qu'à demi. Évite, mon bon ange, de rien lui dire qui blesse cette extrême sensibilité qu'il a. Avec moi, tu peux réparer. Avec lui, c'est plus difficile... »

13. Qu'il s'agisse d'influence ou de fraternité psychologique, l'on rapprochera avec intérêt cette peinture du caractère d'Adolphe de celle que Mérimée a faite de lui-même, sous les traits de Saint-Clair, dans sa nouvelle *Le Vase étrusque* : « *(Saint-Clair)* était né avec un cœur tendre et aimant ; mais, à un âge où

l'on prend trop facilement des impressions qui durent toute la vie, sa sensibilité trop expansive lui avait attiré les railleries de ses camarades. Il était fier, ambitieux ; il tenait à l'opinion comme y tiennent les enfants. Dès lors, il se fit une étude de cacher tous les dehors de ce qu'il regardait comme une faiblesse déshonorante. Il atteignit son but ; mais sa victoire lui coûta cher. Il put celer aux autres les émotions de son âme trop tendre ; mais, en les renfermant en lui-même, il se les rendit cent fois plus cruelles. Dans le monde, il obtint la triste réputation d'insensible et d'insouciant ; et, dans la solitude, son imagination inquiète lui créait des tourments d'autant plus affreux qu'il n'aurait voulu en confier le secret à personne. »

14. Trait permanent de Constant dans ses relations avec toutes les femmes qu'il a fait profession d'aimer : « Pour moi, en consacrant à vous une grande partie de ma vie, parce que j'y trouverais le bonheur, *je veux l'indépendance que j'ai toujours conservée*, je veux ne détruire aucun lien d'amitié, de reconnaissance et d'affection, n'être ni ingrat ni perfide, ni soumis à un joug quelconque... » ( L. à Anna Lindsay, 31 mai 1801). « Henri, tu n'as pas vu toute ma douleur : tu l'avais appelée une *tyrannie* ! » (Charlotte de Hardenberg à B. C., 3 juillet 1807). Cf. *Adolphe*, chapitre V : « ... j'avais pris en horreur l'empire des femmes. Je ne cessais de déclamer contre leur faiblesse, leur exigence, le despotisme de leur douleur. »

15. Autre trait permanent, complémentaire du précédent. Cf. *Journal intime, passim*, - et notamment 5 décembre 1806 : « Journée paisible. J'aimerais bien mieux l'étude et la solitude que toutes les femmes et tous les amours du monde. »

Pourtant, Constant parle plus loin, dans *Adolphe* (chapitre III, au début), de « ce cœur solitaire au milieu des hommes, et qui souffre, pourtant, de l'isolement auquel il est condamné. » Aspirations contradictoires qu'il espérera ramener à l'unité par son mariage avec Charlotte : « Mon Dieu, que j'aie Charlotte et du repos ! ... Charlotte, Charlotte, et des livres. La tranquillité seule sera une jouissance vive. » (9 avril 1807). Charlotte de son côté faisait vibrer cette corde : « Moi aussi, ange aimé, j'ai le « Heimweh ». Mon cœur appelle de tous ses vœux les Herbages ; cette douce petite retraite avec toi, cet abri contre tout ce qui nous tourmente encore. Puissions-nous l'atteindre enfin. » (L. du 8 juillet 1808.)

16. « ... Cet égoïsme dont tu as reçu une beaucoup trop forte dose ! » (Charlotte à B. C., hiver 1807-1808).

17. Sur ce sentiment d'irréalité, et cette paisible obsession de la mort, évoqués encore une fois à la fin du chapitre VII, cf. l'admirable lettre à M^me de Nassau du 1^er février (1796 ?) *(Journal intime de Benjamin Constant et Lettres à sa famille et à ses amis, précédés d'une introduction par D. Melegari*, Paris, A. Michel, 1928) : « J'ai, comme vous savez, ce malheur particulier que l'idée de la mort ne me quitte pas. Elle pèse sur ma vie, elle foudroie tous mes projets, de sorte que tous les faits qui viennent confirmer ou pour mieux dire rappeler cette idée, agissent fortement sur moi : ce n'est pas la crainte de la mort que j'éprouve, mais un détachement de la vie contre lequel la raison ne peut rien, parce qu'au bout du compte la raison corrobore ce sentiment au lieu de le combattre. Peut-être, au reste, tout le monde a-t-il au fond du cœur ce même sentiment. Car, à l'extérieur, je vis comme un autre ; j'ai besoin de ma santé, de ma fortune ; je m'intéresse en apparence à mes intérêts ; et si l'on se trompe sur moi, je puis me tromper sur les autres. J'ai souvent pensé que l'on ne connaissait jamais que soi dans le monde ; on ne pénètre au fond du cœur de personne, on ne se touche que par les apparences, et chacun,

éprouvant ce qu'il ne dit pas et n'entendant pas dire à d'autres qu'ils éprouvent la même chose, parce qu'ils se taisent comme lui, peut croire qu'il est d'une nature uniquement particulière. »

Parlant de son existence avec Charlotte, Constant, le 16 août 1811, écrit à son ami Hochet ces lignes curieusement révélatrices : « ... J'entre graduellement dans une vie réelle, dans laquelle je porte les ressources qui me consolaient dans mes agitations précédentes... »

18. Bien que les faits matériels soient déformés (Constant avait dix-neuf ans et demi, Mme de Charrière quarante-sept quand ils firent connaissance à Paris en 1787, et M^me de Charrière est morte à la fin de 1805, loin de son ami, et quasi oubliée par lui), cette femme est évidemment M^me de Charrière. Benjamin Constant évoque en ces termes son souvenir dans *Le Cahier Rouge* : « Son esprit m'enchanta. Nous passâmes des jours et des nuits à causer ensemble. Elle était très sévère dans ses jugements sur tous ceux qu'elle voyait. J'étais très moqueur de ma nature. Nous nous convînmes parfaitement. Mais nous nous trouvâmes bientôt l'un avec l'autre des rapports plus intimes et plus essentiels. M^me de Charrière avait une manière si originale et si animée de considérer la vie, un tel mépris pour les préjugés, tant de force dans ses pensées, et une supériorité si vigoureuse et si dédaigneuse sur le commun des hommes, que dans ma disposition, à vingt ans, bizarre et dédaigneux que j'étais aussi, sa conversation m'était une jouissance jusqu'alors inconnue. Je m'y livrai avec transport... »

19. D... est une synthèse des petites cours d'Erlangen, où Constant séjourna de février 1782 à mai 1783, et de Brunswick, où il s'ennuya six ans (1788-1794) comme gentilhomme de la Chambre.

20. Souvenir d'Erlangen. Cf. *Le Cahier Rouge* : « La margrave de Bareith... nous reçut avec tout l'empressement qu'ont les princes qui s'ennuient pour les étrangers qui les amusent. Elle me prit en grande amitié. En effet, comme je disais tout ce qui me passait par la tête, que je me moquais de tout le monde, et que je soutenais avec assez d'esprit les opinions les plus biscornues, je devais être, pour une cour allemande, un assez divertissant personnage... Je fis en même temps mille extravagances. La vieille margrave me les pardonnait toutes et ne m'en aimait que mieux : et dans cette petite ville, ma faveur à la cour faisait taire tous ceux qui me jugeaient plus sévèrement... »

21. Constant avait contracté — impunément alors... — cette habitude à Paris, en 1787 : « Je fus fêté par toutes les femmes de la coterie de Mme Suard, et les hommes pardonnèrent à mon âge une impertinence qui, n'étant pas dans les manières, mais dans les jugements, était moins aperçue et moins offensante. Cependant, quand je me souviens de ce que je disais alors et du dédain raisonné que je témoignais à tout le monde, je suis encore à concevoir comment on a pu le tolérer. Je me rappelle qu'un jour, rencontrant un des hommes de notre société qui avait trente ans de plus que moi, je me mis à causer avec lui, et ma conversation roula comme à l'ordinaire sur les ridicules de tous ceux que nous voyions tous les jours. Après m'être bien moqué de chacun l'un après l'autre, je pris tout à coup celui avec lequel j'avais causé par la main, et je lui dis : «Je vous ai bien fait rire aux dépens de tous nos amis, mais n'allez pas croire que, parce que je me suis moqué d'eux avec vous, je sois tenu à ne pas me moquer de vous avec eux ; je vous avertis que nous n'avons point fait ce traité. »

22. Cf. la lettre de Brunswick, 17 septembre 1792, à Mme de Charrière : « ... Quant à ma vie ici elle est

insupportable et le devient tous les jours plus. Je perds dix heures de la journée à la cour où l'on me déteste, non tant parce qu'on me sait démocrate, que parce que j'ai relevé le ridicule de tout le monde, ce qui les a convaincus que j'étais *un homme sans principes.* »

23. Cf. *Le Cahier Rouge.* « ... Je fus d'abord très affligé de ma disgrâce, et je tentai de reconquérir la faveur que j'avais pris à tâche de perdre. Je ne réussis pas. Tous ceux que cette faveur avait empêchés de dire du mal de moi s'en dédommagèrent. Je fus l'objet d'un soulèvement et d'un blâme général. »

24. Cf. notamment pages 88 et 147. La constatation de la lutte inégale entre l'indépendance de l'amour et les conventions sociales joue dans *Adolphe* un rôle singulier, dont j'ai essayé au cours de mon Introduction d'analyser les différentes raisons psychologiques.

25. Application de la Rochefoucauld. Cf. L'Introduction, pp. c et ci.

26. Pourquoi une Polonaise ? Parmi les différentes explications possibles, l'on est tenté par celle de G. Rudler, lequel note, d'après une lettre de Constant du 17 mai 1812, que « M. de Marenholz fils avait la moitié de sa fortune en Pologne. B. Constant et Charlotte ayant dû agiter la question d'argent avant de se marier, de là peut-être est venue la nationalité d'Ellénore. » Comme la mention inattendue de Göttingue au début du récit, un pareil choix géographique au courant de la plume confirme la survivance indéniable du personnage psychologique de Charlotte dans le second *Adolphe.*

27. Ici, allusion évidente au dévouement inlassable d'Anna Lindsay à Auguste de Lamoignon pendant la Révolution et la Terreur.

28. Toutes les notations de ce paragraphe et du précédent conviennent trait pour trait à Anna Lindsay. Cf. les lettres de Constant du 23 novembre (« L'*élévation* de votre esprit, la simplicité de votre caractère... ») et 14 décembre 1800 « ... *l'élévation, la noblesse* d'âme dont le ciel vous a douée, et que les hommes n'ont pu flétrir... » Après la rupture, le *Journal intime*, le 28 juillet 1804, lui reconnaît dans les mêmes termes « une grande *noblesse de caractère*, une grande *justesse d'esprit* ». La phrase suivante du paragraphe s'y retrouve presque mot pour mot : « Mais elle a... *des préjugés qu'elle a adoptés*, par un motif généreux, *en sens inverse de son intérêt* ! » La note du *Journal* fait également état d'une grande « minutie dans les détails du ménage » qui est ici complétée et sublimée par « la régularité de la conduite. »

29. Cf. la lettre à Anna du 14 décembre 1800 : « ... Froissée quelquefois par *(la corruption)* mais vous relevant par vous seule, ne devant ce qui vous afflige qu'à l'ordre contre nature qui pèse sur tout ce qui est bon et fier sur la terre... »

30. Cf. les lettres à Anna du 23 novembre (« Avec toutes vos grandes et bonnes qualités, vous êtes parfois une femme hautaine et capricieuse... votre *inégalité* m'effraie »), et 13 décembre 1800 (« Ange, le plus *inégal* des anges... »). Il est vrai que Constant note également, le 12 décembre 1806, à propos de « l'ange » Charlotte — ce qui confirmerait s'il en était besoin le caractère progressivement synthétique du roman — : (« 12 [*Mariage*]) volontiers, quoiqu'elle soit bien aussi exigeante et aussi facile à affliger par un seul mot que toute autre. Mais toutes les femmes le sont... » Cf. aussi les notes des 8-10 janvier 1807.

31. Encore une fois, expression et impression s'appliquent également à Anna Lindsay et à Germaine de Staël.

Anna : « ... cette *généreuse* et *impétueuse* nature... votre esprit, votre cœur, tout jusqu'aux défauts de votre *impétueux* caractère... » (29 novembre 1800 et 19 janvier 1801).

Germaine : « Elle a un caractère si *impétueux*, un tel besoin d'agitation... » (1er mai 1804).

32. L'expression, si elle convient au caractère exalté d'Anna Lindsay, s'applique expressément à Mme de Staël. Cf. *Journaux*, 28 juin 1804 : « Toute l'existence et toutes les heures, les minutes et les années doivent être à sa disposition, ou c'est un fracas comme tous les *orages* et tous les tremblements de terre réunis. »

33. Cf. *Le Cahier Rouge* : « Mme Trevor me répondit par écrit, comme cela était indiqué dans la circonstance. Elle me parlait de ses liens et m'offrait la plus tendre amitié. »

34. *Le Cahier Rouge* (amour pour Mme Trevor) retrace des sentiments identiques : « Je me mis en tête de lui plaire... Je passai de la sorte trois ou quatre mois, devenant chaque jour plus amoureux, parce que je me butais chaque jour plus contre une difficulté que j'avais créée moi-même. » Cette réaction psychologique est d'ailleurs banale, et commune à tous les cérébraux.

35. Réminiscence presque certaine de *Corinne* (VIII, 11) : « Une telle situation serait insupportable dans tout autre sentiment que l'amour ; mais il donne des heures si douces, il répand un tel charme sur chaque minute, que bien qu'il ait besoin d'un avenir indéfini, il s'enivre du présent, et reçoit un jour comme un siècle de bonheur ou de peine, tant ce jour est rempli par une multitude d'émotions et d'idées. Ah ! sans doute, c'est par l'amour que l'éternité peut être comprise ; il confond toutes les notions du temps ; il efface les idées de commencement et de fin ; on croit avoir tou-

jours aimé l'objet qu'on aime, tant il est difficile de concevoir qu'on ait pu vivre sans lui. »

36. Allusion à la destinée de Mᵐᵉ Lindsay.

37. Si l'expression comme le sentiment sont essentiellement romantiques et bien que Constant ait parfois réagi de la sorte devant Charlotte, — cette créature « céleste » et appréhendant toujours d'être « humiliée » est Anna Lindsay, dont son amant évoque à plusieurs reprises la « fierté sublime (et la) beauté *céleste* », la « flamme *céleste* que les orages n'ont pu éteindre », la félicité *céleste* ; la « *céleste* figure », en laquelle, au fort de son bref amour, il vénère « l'être le plus pur et le plus adorable qui soit sur la terre. » (L. du 29 novembre, 14 décembre 1800, 3 février, 31 mai 1801).

38. Cf. *Corinne* (X, vi) : « Qu'est-ce donc que l'amour quand il prévoit, quand il calcule le moment où il n'existera plus ? S'il y a quelque chose de religieux dans ce sentiment, c'est parce qu'il fait disparaître tous les autres intérêts, et se complaît, comme la dévotion, dans le sacrifice entier de soi-même. »

39. L'on sait que ce passage absent dans la copie fut seulement inséré dans la première édition. J'ai exposé au cours de l'Introduction les raisons de croire que ce couplet lyrique a été improvisé à propos de Juliette Récamier, et pour elle.

40. Cf. la lettre à Anna Lindsay du 31 mai 1801 « ... N'avoir à rendre compte d'aucune partie de ma conduite, n'avoir pas à craindre qu'un voyage de trois jours soit un crime, qu'une course dans un département où j'ai des propriétés soit un événement... Anna, je veux être avec vous dans les seuls rapports qui me permettraient de vous rendre heureuse, qui n'aigriraient pas mon caractère, comme l'a toujours fait toute espèce de contrainte. »

41. La même idée, et presque la même image, se trouvent dans la *Lettre sur Julie...* cf. Introduction, pp. LXXXIV-LXXXV.

42. Benjamin Constant faisait profession d'avoir la religion de la douleur. Cf. la lettre à Rosalie de Constant du 27 février 1804 : « Il y a des genres de douleur qu'il est impossible d'apprécier sans avoir une connaissance entière du caractère de celui qui les éprouve : or tout ce que je respecte sur la terre, c'est la douleur : et je veux mourir sans avoir à me reprocher de l'avoir bravée... » Dans ses *Journaux intimes* (22 avril 1804), il s'en explique ainsi : « ... Non, ce n'est pas ainsi que je suis sensible : ce n'est pas ainsi que je sais compatir à la douleur. Je la respecte, la douleur. Dieu me préserve de vouloir l'étouffer sous des consolations étrangères. » Il est vrai que six jours après, à propos d'un cas précis, il ajoute : « Minette est injuste pour moi. La douleur est toujours injuste, et la sienne surtout. Ce qui a fait le malheur de sa vie, c'est de ne pas savoir porter la douleur. »
Constant craignait aussi, et d'abord, la douleur pour lui-même : « Je me suis fait, en vieillissant, la loi de ne plus souffrir, et je crains tellement la douleur de cœur, qu'un sentiment même heureux, qui peut m'en causer, devient pour moi un objet d'inquiétudes et d'alarmes. » (A Anna Lindsay, 3 février 1801).

43. Souvenir synthétique d'Anna et de Charlotte aux premiers temps de l'amour. « Tout ce qui est vous est pur, noble et bon. » (L. du 14 décembre 1800). « Elle ne se croyait plus aucun droit sur moi. Elle parlait avec humilité, découragement, abnégation d'elle-même... » (*Cécile*, p. 98).

44. Beaucoup plus qu'une allusion à Auguste de Lamoignon, amant d'Anna Lindsay, il semble y avoir ici un souvenir des rapports gênants entre Constant

et le vicomte du Tertre, second mari de Charlotte, avant qu'il eût accepté de monnayer son consentement au divorce. Cf. *Cécile*, pp. 84-85 : « Il n'essaya pas d'abord d'empêcher sa femme de me recevoir ; mais des plaisanteries amères et lourdes, une humeur continuelle, des scènes qui naturellement conduisaient sa femme à s'occuper encore plus de moi, des procédés capricieux, un mélange de faiblesse et de dureté, de sévérité et d'insouciance, quelquefois à mon égard des manières impolies... »

45. Cf. les deux lettres à Hochet citées dans l'Introduction, pp. LXXXV-LXXXVI. La parenté est frappante.

46. Une situation identique, des scènes analogues préparèrent la rupture entre Constant et Anna Lindsay. Cf. la lettre d'Anna du 20 mai 1801 : « Il y a quelques jours, lorsque je vous écrivis que je vous abandonnais ma vie, que je me résignais, que je faisais le sacrifice du seul genre de vie dans lequel je puisse trouver le bonheur complet, avez-vous pensé que je me soumettrais à l'insulte, et à n'être que l'instrument commode de vos plaisirs ?... On dit que vous m'avez affichée, que votre amie a parlé de moi comme d'une personne *qu'elle vous passait* ! Je ne croyais pas ces bruits odieux, mais c'est pour vous avoir aimé qu'on cherche à m'avilir » - et les explications de Benjamin Constant le 31 mai : « Quelques inquiétudes peu fondées, des rapports d'amis officieux agitèrent, vers les derniers temps, votre imagination ombrageuse, mais sans amener aucune crise, sans changer en rien votre situation... »

47. Ce sont les plaintes mêmes d'Anna Lindsay. « Déclassée par un sort infortuné, et lancée dans une triste carrière, j'ai lutté désespérément pour conquérir le peu de position que j'étais en droit d'attendre. On aura pu m'accorder davantage ; mais je n'ai jamais

rencontré que l'égoïsme et l'étroitesse de l'âme, et à la fin l'ingratitude a tout couronné. »

48. Réflexion empruntée aux *Journaux* (Amélie et Germaine), 8 mars 1803. « C'est une relation terrible que celle d'un homme qui n'aime plus et d'une femme qui ne veut pas cesser d'être aimée. »

49. C'est trait pour trait la réflexion du « Journal » à la date du 10 février 1807 : « Ma fausseté, que je prolonge par affection pour elle, me pèse pourtant et me fait rougir. Mon calcul a été généreux, mais mauvais pour moi. » Cette équivoque dans les termes et la conduite sentimentale, par prudence comme par sensibilité, est d'ailleurs caractéristique de Constant. « Benjamin est adroit comme à son ordinaire. Il ne sortira jamais de sa route tortueuse... », écrit Anna Lindsay à Julie Talma le 29 mai 1801. Le 25 octobre 1808, à propos de M^me de Staël, Constant lui-même écrit à M^me de Nassau : « La personne dont vous me parlez, ma chère tante, ne peut plus ne pas sortir de sa situation quand elle le voudrait, et par conséquent je vous garantis qu'elle en sortira. Elle sera même obligée d'en sortir incessamment, pour éviter une apparence de fausseté qui lui ferait un tort irréparable. Je sens, car je veux quitter cette manière de parler de moi-même à la troisième personne... que je vais contre mon propre but, qui est de conserver, s'il est possible, l'estime ou l'amitié de la personne à laquelle j'ai si longtemps consacré ma vie. Il ne reste que peu de jours pour me laver d'une longue dissimulation, qui, jusqu'à présent, pouvait être excusable, parce qu'elle était motivée par l'intérêt d'une autre, mais qui deviendrait une faiblesse sans aucune excuse. »

50. Tel fut le comportement de Charlotte, Cf. *Cécile*, p. 99 :
« Je vous regarde donc à jamais comme mon mari, comme *mon maître*. C'est désormais à vous à me dicter

mes moindres démarches. Je vous obéirai en tout.
Tout ce que vous m'ordonnerez, je le ferai. Vous
êtes seul chargé de ma vie, et je n'ai plus d'autres
devoirs que la fidélité et la soumission. » Charlotte
elle-même écrit le 1er novembre 180 ? : « Tu me dis
que je n'ai rien de mieux à faire qu'à mettre mon sort
avec abandon et docilité entre tes mains ? Nulle créature n'a montré plus de confiance, parce que nulle
n'a pour toi plus de tendresse. De la docilité, certes,
j'en ai jusqu'à la bêtise... »

51. Ces disputes atroces étaient devenues de plus
en plus fréquentes entre Constant et Mme de Staël. Au
moment même d'*Adolphe* et à son propos, le *Journal*
note : « Scène inattendue causée par le roman. Ces
scènes me font à présent un mal physique. J'ai craché
le sang... La scène a recommencé le soir et duré jusqu'à
4 heures. Je suis indignement traité parce que je ne sais
pas mentir et que des outrages ne m'arrachent pas
des flatteries. » (28-29 décembre 1806). Le 4 juillet
1807, Constant parle de « cette furie, ce fléau, que
l'enfer a vomi pour me tourmenter... Quel supplice
que cet acharnement ! Quel monstre qu'une femme
en fureur ! »

Comment ne pas évoquer aussi, à la fin du même
été, la scène au cours de laquelle Mme de Staël, sommée
par Constant d'opter une bonne fois, vaille que vaille,
entre « un prompt mariage, ou une rupture à l'amia-
ble », hurle des imprécations, se roule par terre, puis,
le lendemain, quand son ancien amant horrifié s'est
enfui chez sa cousine Rosalie, l'y poursuit, et se jette
« à la renverse sur l'escalier, le balayant de ses cheveux
épars et de sa gorge nue, criant : Où est-il ? Il faut
que je le retrouve ! » (L. de Rosalie à son frère, 8
sept. 1807).

52. Cette fuite d'Adolphe et d'Ellénore — pense
avec raison G. Rudler — doit symboliser l'expulsion

de M^me de Staël en octobre 1803, expulsion que suivit le voyage à Weimar. « Vous aurez trouvé tout simple, je le pense, que malgré mes résolutions de cet été, je n'aie pas hésité à rendre à une personne à laquelle je ne puis cesser d'être attaché par une amitié très sincère, tous les services en mon pouvoir, dans la circonstance la plus douloureuse de sa vie. Il est impossible de se plaindre de ses amis quand ils sont malheureux. J'ai donc suivi, sans vouloir y réfléchir, l'impulsion de mon sentiment, et j'ai quelque plaisir à me dire que je lui ai été dans cette circonstance de quelque secours. » (A Rosalie de Constant, 1^er décembre 1803).

53. Il s'agit en réalité de Coppet.

54. Pour G. Rudler, le baron de T... est un personnage composite, qui s'apparente à deux héros de *Corinne*, le comte d'Erfeuil, et M. de Maltigues. Il n'est pas non plus sans rapports avec le père de Constant; enfin, il sert d'alibi à Benjamin lui-même.

55. « Y retourner [*auprès de M^me de Staël*] est pure faiblesse. Elle n'en sera pas moins furieuse quand j'en repartirai et ne s'en tuera pas plus si je n'y retourne pas. Tout ce laudanum est une singerie ou une frénésie... Elle persiste à dire qu'elle se tuera si je l'abandonne. Je n'en crois pas un mot, mais c'est un bruit importun à mes oreilles. » (*Journaux*, 6 et 10 juillet 1807).

56. Contraste entre Charlotte et M^me de Staël. « Soirée avec Ch. Cette femme est un ange de douceur et de charme. Quel lot j'ai manqué dans la vie !... Écrit à M^me de Staël. Je n'en puis plus de cet esclavage et je sens que chaque jour il me devient plus nécessaire et me sera moins douloureux de rompre ce *lien*. Charl. Soirée avec elle. *Douce* et aimable comme toujours. Quelle fureur avais-je donc de la repousser il y a douze ans ? Quelle manie d'*indépendance* ? qui a abouti par me

mettre sous le joug de l'être le plus impérieux qui fut jamais... Elle est d'une douceur, d'une raison, d'un désintéressement adorables. Quelle différence entre elle et cette furie qui me poursuit l'écume à la bouche et le poignard en main ? » (*Journaux*, 22 et 25 octobre 1806, 23 juin 1807).

57. Cf. la lettre à M^me de Nassau du 5 août 1808. « ... Il y a bien des années qu'une partie de mon âme n'est occupée que d'une seule idée et que je ne puis donner ni à moi-même ni aux autres que ce qui en reste, qui n'en fait sûrement pas la moitié. »

58. *Cécile* (pp. 121 seq.) nous éclaire par un admirable commentaire sur les sources et le caractère de ce quiétisme morbide. Cf. Introduction, pp. LXXXVIII seq.

59. Dans son édition critique de 1919, G. Rudler, qui ne pouvait alors connaître les relations exactes et l'échange de lettres entre Benjamin Constant, Anna Lindsay et Julie Talma, signale — tout en se refusant justement à y croire — la tradition selon laquelle cette amie serait Juliette Récamier. Dans son étude de 1935 (les correspondances parues), il incline en revanche à croire qu'il s'agit bien de M^me Récamier, et ne mentionne Julie Talma que pour écrire : « Le contexte à lui seul ferait écarter M^me Talma. »

Le contexte ? Il suffit, pour se persuader du contraire, de rapprocher, par exemple, la phrase d'Adolphe « convenant des inconséquences de ma conduite, *en les rejetant sur les difficultés de notre situation* », — et l'allusion de M^me Talma dans sa lettre du 18 juin 1801 : « *Je sens bien, mon ami, tout ce qu'il y a d'affreux dans votre position.* J'en gémis pour vous, pour Anna, et même pour une autre. [*M^me de Staël*] ». D'ailleurs, toute la correspondance, au moment de la crise entre Benjamin Constant et Anna Lindsay, ne nous offre-t-elle pas en Julie Talma l'image même de l'amie généreuse et impartiale qui reçut les confidences des deux amants, et qui s'acharne inlassablement en efforts de conciliation ? Nous n'avons pas les lettres de Constant à M^me Talma ; mais celles de Julie, comme celles d'Anna à Julie, nous renseignent suffisamment sur leur sens. Cf. ces quelques extraits (*op. cit.* pp. 103 seq.) : « Que je suis triste, mon Benjamin ! J'ai vu hier tant de larmes, tant de douleurs, qu'est-ce donc ? Oh ! de grâce, parlez-moi avec franchise. Vous seriez-vous trompé vous-même ? Un amour que vous avez cru sans bornes a-t-il cessé d'exister ? Enfin avez-vous perdu la douceur d'aimer ? Je le crains. S'il était vrai, quel parti croiriez-vous devoir prendre ?... Alors, mon Benjamin, et dans le cas où vous n'aimeriez *plus*, il faut avoir une conduite *franche*... Réfléchissez, de grâce, à ce que je vous dis. Si vous aimez encore, oh ! vous n'avez nul besoin de mes avis, et quelques mots qui partent de l'âme auront bientôt effacé toutes les douleurs. Puissiez-vous me dire que je suis une sotte qui s'effraie hors de propos ? C'est à regret, mon Benjamin, que *j'entre dans des secrets qui semblent profanés par un tiers. Mais je vous aime tous deux et je ne puis voir souffrir l'un de vous sans que mon indiscrète amitié ne cherche à en démêler la cause afin d'y porter un prompt remède.* » — « Je vous écris sans cesse, mais ne suis-je pas sûre des droits sacrés du malheur sur votre cœur ? » (Anna à Julie). — « Enfin, vous êtes libre, vous aimez à l'être. Mais mon cœur murmure... Vous voulez que je vous plaigne, mon ami : aussi je vous plains. Avec l'incertitude de votre caractère, vous devez souffrir beaucoup... » (Julie à Benjamin).

60. Ces traits se rapportent à Anna Lindsay. Cf. la note 28 et les lignes très voisines des *Journaux intimes* (28 juillet 1804) :

« Cette Anna est au reste une femme distinguée. Elle a une grande noblesse de caractère, une grande justesse d'esprit. Mais elle a peu de finesse, peu de variété, des préjugés qu'elle a adoptés, par un motif généreux, en sens inverse de son intérêt, et une violence, une fougue et une minutie dans les détails de ménage qui en font un vrai démon domestique. »

61. L'on sait (cf. les variantes) que ce passage, qui figure dès l'origine sur la Copie, n'a été publié que dans l'édition de 1824, après la mort de M^me de Staël, qu'il concerne positivement. L'on connaît la coquetterie immodérée de M^me de Staël, sa sensualité insatiable et changeante, ses passions successives pour des amants plus jeunes qu'elle.

62. Cf. la lettre à Hochet du 9 août 1809 : « Pendant plus de dix ans, on a attribué une conduite, j'ose le dire, assez dévouée, à des calculs qui étaient loin et de mon esprit, et de mon cœur. Les faits le prouveront... » — et une lettre à M^me Degérando (citée par G. Rudler) : « Une des singularités de ma vie, c'est d'avoir toujours passé pour l'homme le plus insensible et le plus sec, et d'avoir été constamment gouverné et tourmenté par des sentiments indépendants de tout calcul et même destructifs de tous mes intérêts de position, de gloire et de fortune. »

63. Cet état d'exaspération, que la technique romanesque se devait de représenter comme progressif, était en réalité cyclique depuis des années. Cf., dès le 26 janvier 1803, la note d' « Amélie et Germaine » ; où l'expression se trouve encore une fois déjà mot pour mot : « Depuis 8 ans, Germaine me fait vivre dans un orage perpétuel, ou plutôt dans une complication d'orages. » Cf. aussi, les remarques et souvenirs enregistrés le 8 mars de la même année : « scènes sur scènes et tourments sur tourments. Depuis trois jours, Germaine est furieuse et me poursuit tellement d'invectives, de larmes et de reproches que je passe moi-

même alternativement de l'indifférence à la fureur et de la fureur à l'indifférence. C'est une relation terrible que celle d'un homme qui n'aime plus et d'une femme qui ne veut pas cesser d'être aimée. Il y a dans les explications ou une telle dureté, ou quelque chose de si superficiel et de si vague qu'on a honte de n'être pas plus sensible à la douleur ou de faire ainsi semblant de ne rien entendre. »

64. Cf. le propos de Coulmann (« Réminiscences, III, 81) rapportant ainsi une réflexion de Constant : « Il me répondit qu'on était bien aride et bien stérile quand la lave de M^{me} de Staël vous avait dévasté pendant tant d'années. »

65. La description de la maladie et de la mort d'Ellénore est une synthèse de souvenirs réels (agonie et mort de Julie Talma ; crise nerveuse de Charlotte) — et de réminiscences romanesques (notamment de l' *Amélie Mansfield* de M^{me} Cottin : 1803, et quelque peu de *Corinne*). Beaucoup de romans passionnels de la littérature préromantique — comme il est naturel et commode dans des romans de l'absolu, — se terminent par des morts.

66. Cf. *Journaux intimes*, 12 décembre 1807 : (Charlotte) « n'a pas sa connaissance, et, dans son délire, elle dit des mots qui me déchirent. J'ai voulu lui parler, elle a frémi à ma voix. Elle a dit : « Cette voix, cette voix, c'est la voix qui fait du mal. Cet homme m'a tuée. »

67. Cf. La *Lettre sur Julie* : « Presque toutes les femmes parlent sur l'amour : c'est la grande affaire de leur vie... »

68. Cf. *Amélie Mansfield* : « L'attendrissement l'a empêchée de continuer ; elle a penché sa tête sur mon épaule, et ce n'est qu'après un moment assez long

qu'elle a ajouté : Cher Ernest ? Attendez encore quelque temps. »

69. Cf. la *Lettre sur Julie* : « Qui ne croirait, quand la
douleur a pénétré dans les replis les plus intimes de
l'âme... qu'une voix nous annonçant une réunion
inespérée, faisant jaillir du sein des ténèbres éternelles
une lumière inattendue... devrait n'exciter que la joie,
la reconnaissance et l'assentiment ? »

70. Cette angoisse de la solitude dans la liberté
est congénitale chez Constant. Après la rupture de son
fâcheux mariage, en 1793, il s'écriait : « Depuis plus
d'un an je désirais ce moment, je soupirais après l'indépendance complète ; elle est venue et je frissonne !
Je suis comme atterré de la solitude qui m'entoure. »
En mai 1805, un an et demi avant *Adolphe*, il note dans
son *Journal* : « Minette est une partie de moi : je ne puis
l'arracher de mon existence. Quoi que je dise ou même
que j'éprouve souvent, je serais effrayé de la solitude
qui m'environnerait et du manque d'intérêt de ma vie. »
En mai 1807 — toujours au printemps... — mêmes
regrets, même anxiété : « Ah ! certes, si je puis m'unir
à Charlotte, je le ferai. J'ai besoin d'un cœur qui soit
à moi et l'isolement serait trop affreux avec les regrets
que tant de liens brisés feraient naître. » Cela contribue
à dater et à expliquer *Adolphe*.

71. Cf. la lettre si clairvoyante et si mélancoliquement
bienveillante de Rosalie de Constant à son aigre cousin
Charles après la publication d'*Adolphe* (12 juillet 1816) :
« La position est si bien peinte que j'ai cru être encore
au temps où j'étais témoin d'un esclavage indigne et
d'une faiblesse fondée sur un sentiment généreux qui
méritait quelque intérêt.

« Ce n'est *elle* que sous le rapport de la tyrannie ; mais
c'est bien lui, et je comprends qu'après avoir été si
souvent en scène, si diversement jugé, souvent en con-

tradiction avec lui-même, il ait trouvé quelque satisfaction à s'expliquer, à se déduire et à signaler les
causes de ses erreurs et de ses motifs dans une relation
qui a si fort influé sur sa vie ; mais je voudrais bien
qu'il ne l'eût pas publiée. La fiction est triste, et ne
donne qu'un sentiment pénible du commencement
à la fin. Ce qui est changé à la vérité réelle ôte à la vérité
idéale, la fin surtout me fait de la peine ; les résultats
surtout sont décourageants. Pauvre Benjamin ! Je le
crois l'un des hommes les moins heureux qui existent.
Son esprit est si juste qu'il lui montre tous les côtés,
toutes les conséquences des erreurs où l'entraînement
et la faiblesse le conduisent. Chaque année j'espère
que ce qu'il a de bon et de grand dans l'âme prendra
le dessus et le replacera où il doit être, et chaque année
il me fait un nouveau chagrin. Mais je ne le haïrai
pas pour des défauts qui ne font tort qu'à lui... »

# TABLE DES MATIÈRES